COLLECTION FOLIO

Stephen Vizinczey

Vérités et mensonges en littérature

Traduit de l'anglais
par Philippe Babo et Marie-Claude Peugeot

Gallimard

Titre original
TRUTH AND LIES IN LITERATURE

2de édition Le Rocher : janvier 2003.
1re édition Folio : octobre 2006.

Textes traduits par Philippe Babo :
« Les dix commandements de l'écrivain », « Pourquoi la litt. angl. ne suffit pas », « L'un des *very few* », « L'arbre des Tolstoï », « Le grand maître de la frénésie », « Les lâches sont dangereux », « La dernière pseudo-science », « L'honneur selon la Mafia », « Gogol par le petit bout de la lorgnette », « Commentaire sur un poème [Imre Nagy et la révolution hongroise de 1956] », « Le pouvoir de la prétention », « Anatomie des sérieuses foutaises, ou la baie des Cochons de l'establishment littéraire américain », « Le pouvoir de la critique », « Vérités et mensonges en littérature ».

Textes traduits par Marie-Claude Peugeot :
« *Lucien Leuwen,* le chef-d'œuvre inachevé », « *Les Contes drolatiques* d'Honoré de Balzac », « Le mot de la fin sur les médias. Les *Illusions perdues* de Balzac », « Le gros mensonge de Nabokov », « Le génie serviteur de son maître », « Le génie dont l'heure est venue ».

« Rousseau massacré », « Une passion de l'impersonnel », « Des loups déguisés en pape » : traduction de David Kodratoff ; « Un héros équivoque » : traduction de Clare Parker ; « Une mêlée d'anarchistes », « Un anthropologue observe les Iks » : traduction de Michèle Whyte.

Textes de Kleist tirés d'*Œuvres complètes,* t. I, « Petits écrits »,
traduits de l'allemand par Pierre Deshusses,
Le Promeneur © éd. Gallimard, 1999

« Stephen Vizinczey — un nom difficile à prononcer et à orthographier, mais qui vaut la peine qu'on s'y exerce, car il s'agit d'un des maîtres de notre temps » (Angel Vivas, *Epoca).* Né en Hongrie, il n'avait que deux ans lorsque les nazis assassinent son père ; quelques années plus tard, son oncle est tué par les communistes. Il fut poète et dramaturge pendant sa jeunesse estudiantine, et vit trois de ses pièces interdites par le régime communiste ; par ailleurs, la police mit fin aux répétitions de l'une d'elles, récompensée par le prix Attila József, quatre jours avant la première, et toutes les copies du script furent saisies. En 1956 il se battit aux côtés des révolutionnaires hongrois contre l'armée soviétique, et après la défaite de la Révolution, il s'enfuit à l'Ouest ; il ne parlait alors qu'une cinquantaine de mots d'anglais. Depuis, « il s'est, comme Conrad et Nabokov, hissé au rang de ces étrangers qui manient l'anglais à faire pâlir de jalousie un anglophone » (Leslie Hanscom, *New York Newsday)* et compte parmi « ces écrivains qui peuvent enseigner aux Anglais à écrire l'anglais » (Anthony Burgess). Il a appris la langue en écrivant des scripts de films pour le National Film Board of Canada, après quoi il a dirigé un magazine littéraire et politique, *Exchange,* puis collaboré à CBC/Radio Canada en tant qu'écrivain et producteur. Il a quitté son emploi en 1965 et a emprunté l'argent nécessaire pour publier son premier roman, *Éloge des femmes mûres,* et le distribuer lui-même, en voiture et par courrier. Encensé par la critique au Canada, *Éloge des femmes mûres* sera le premier et seul livre publié à compte d'auteur à devenir un best-seller.

Édité pour la première fois en France en 2001 par Samuel Brussell chez Anatolia/Éditions du Rocher, il a été salué par

Pierre Lepape dans *Le Monde* comme « un chef d'œuvre... un roman éblouissant... un bain de bonheur ». Le livre est resté dans la liste des meilleures ventes de *Livres Hebdo* durant 72 semaines, et a fait l'objet de plus 41 réimpressions.

Éloge des femmes mûres et le second roman de Vizinczey, *Un millionnaire innocent*, ont été reçus avec enthousiasme par Graham Greene et Anthony Burgess entre beaucoup d'autres écrivains et critiques. *Éloge des femmes mûres* s'est forgé une solide réputation de « classique érotique moderne » ; il a été récompensé par le prix Elba 2003, et a fait l'objet de deux adaptations cinématographiques. *Un millionnaire innocent* (Anatolia 2004) a été unanimement salué à travers le monde, et fut comparé par les critiques aux classiques du XIXe siècle, notamment à Stendhal et Balzac.

Vizinczey est aussi l'auteur d'un traité philosophique, *The Rules of Chaos (Les règles du chaos)* (1969), fruit de son opposition à la guerre du Vietnam (« Power weakens as it grows — Le pouvoir s'affaiblit en croissant ») et d'un recueil de critique et d'articles, *Truth and Lies in Literature (Vérités et mensonges en littérature*, Anatolia 2001, Folio n° 4437). Son nouveau roman, *Wishes*, sera publié dans le courant de l'année prochaine. Il vit aujourd'hui à Londres.

Ses œuvres se sont vendues à plus de cinq millions d'exemplaires autour du monde et lui ont valu une notoriété internationale. Il est en effet considéré comme « un des grands écrivains contemporains qui fait siens les thèmes cruciaux de notre époque et les transforme en matériau romanesque avec humeur et passion » (Sergio Vila-Sanjuan, *La Vanguardia*).

Note de l'auteur

Il s'agit d'une version revue et augmentée du recueil original rassemblé et publié par Christopher Sinclair-Stevenson, que je remercie ici tout particulièrement. Depuis lors, j'ai développé et amélioré certains essais et articles pour de nouvelles éditions, quelques-uns ont été éliminés, d'autres ajoutés. Je dois beaucoup aux rédacteurs qui m'ont commandé ces textes : Michael Ratcliffe et John Higgins du *Times*, Derwent May et Nicholas Bagnall du *Sunday Telegraph*, Walter Karp de *Horizon*, Mary-Kay Wilmers du *London Review of Books*, Blanca Berasâtegui de *ABC Literario*, Lewis H. Lapham du *Harper's Magazine*, qui m'a demandé d'écrire l'essai qui donne son titre à ce recueil, et Steve Wasserman du *Los Angeles Times Book Review*.

Les dix commandements de l'écrivain

Ce qu'on va lire a été écrit en réponse à une demande de Raymond Lamont-Brown, rédacteur en chef du Writers' Monthly, *qui m'avait commandé un texte « rempli de conseils sûrs et pratiques », à l'intention de lecteurs qui bien souvent ne connaissent que très peu de chose au métier de l'écriture.*

1. TU T'ABSTIENDRAS DE BOIRE, DE FUMER ET DE CONSOMMER DES DROGUES

Pour être un écrivain, vous avez besoin de tout votre cerveau.

2. TU N'AURAS POINT D'HABITUDES DISPENDIEUSES

Pour faire un écrivain, il faut du talent et du temps — du temps pour observer, étudier et penser. De ce fait, vous ne pouvez perdre une seule heure à gagner de l'argent pour des choses superflues. À moins d'avoir la chance d'être né riche, il vaut mieux être préparé à vivre sans trop de biens matériels. Certes, Balzac a tiré une partie de son inspiration de sa propension à accumuler d'énormes dettes et à dilapider sa fortune, mais la plupart des gens ayant des habitudes dispendieuses échouent en général en tant qu'écrivains.

À l'âge de vingt-quatre ans, après l'échec de l'insurrection de Budapest en 1956, je me suis retrouvé au Canada en ne parlant qu'une cinquantaine de mots d'anglais. Quand j'ai réalisé que j'étais désormais un écrivain privé de langue, je suis monté en ascenseur jusqu'au dernier étage d'un grand immeuble de la rue Dorchester, à Montréal, avec l'intention de me jeter dans le vide. En regardant à mes pieds depuis le toit, terrifié à l'idée de mourir, mais ayant encore plus peur de me briser la colonne vertébrale et de passer le restant de mes jours dans une chaise roulante, j'ai décidé plutôt d'essayer de devenir un écrivain anglais. Finalement, apprendre à écrire dans une autre langue s'avéra moins difficile que d'écrire de bons textes, et j'ai vécu au bord de la misère pendant six ans avant d'être prêt à écrire *In Praise of Older Women*[1].

Je n'aurais pas pu le faire si je m'étais préoccupé de vêtements ou de voitures — en fait, si la seule alternative que j'avais entrevue n'avait pas été le toit de ce gratte-ciel. Certains écrivains émigrés que je connaissais trouvèrent des petits

1. *Éloge des femmes mûres*, Anatolia/Éditions du Rocher, 2001 (Folio n° 4367).

boulots comme serveurs ou vendeurs pour mettre de l'argent de côté et se créer une « base financière » pour eux-mêmes avant d'essayer de gagner leur vie en écrivant ; l'un d'eux possède aujourd'hui toute une chaîne de restaurants et est plus riche que je ne pourrais jamais l'être, mais ni lui ni les autres ne se sont remis à écrire. Vous devez décider de ce qui est le plus important pour vous : bien vivre, ou bien écrire. Ne vous tourmentez pas avec des ambitions contradictoires.

3. TU RÊVERAS ET ÉCRIRAS, ET RÊVERAS ET RÉÉCRIRAS

Ne laissez personne vous dire que vous perdez votre temps quand vous regardez dans le vide. C'est la seule façon de concevoir un monde imaginaire.

Je ne me suis jamais assis devant une feuille blanche pour inventer quelque chose. Mes personnages, leurs vies et leurs combats sont le produit de mes rêveries, et quand une scène a été jouée dans mon imagination et que je pense savoir ce que mes personnages ont éprouvé, dit et fait, je prends un stylo et un papier et j'essaie de *rapporter* ce à quoi j'ai assisté.

Quand j'ai écrit et tapé mon « rapport », je le relis et découvre que la plus grande partie de ce que j'ai écrit est (a) obscur, ou (b) inexact, ou (c) lourd, ou (d) simplement invraisemblable. Ainsi, le brouillon dactylographié fait en quelque sorte office de rapport critique sur ce que j'ai imaginé, et je retourne à mes rêveries pour améliorer l'ensemble.

C'est cette manière de travailler qui m'a fait comprendre, quand j'ai appris l'anglais, que mon principal problème n'était pas de maîtriser une langue, mais, comme toujours, de mettre de l'ordre dans ma tête.

4. TU NE SERAS PAS VANITEUX

La plupart des mauvais livres en arrivent là parce que leurs auteurs s'efforcent de se justifier. Si un auteur vaniteux est un alcoolique, alors le personnage dépeint de la manière la plus sympathique dans son livre sera un alcoolique. Cette sorte de chose est très ennuyeuse pour les lecteurs. Si vous pensez que vous êtes sage, rationnel, généreux, une bénédiction pour le sexe opposé, une victime des circonstances, alors vous ne vous connaissez pas assez pour écrire.

J'ai cessé de me prendre au sérieux à l'âge de vingt-sept ans, et depuis je me considère moi-même comme une simple *matière première*. Je m'utilise moi-même de la même manière qu'un acteur s'utilise lui-même : tous mes personnages — hommes et femmes, qu'ils soient bons ou mauvais — sont constitués de moi-même, plus mes observations.

5. TU NE SERAS PAS MODESTE

La modestie est une excuse pour le bâclage, la paresse, l'autocomplaisance ; de petites ambitions appellent de petits efforts. Je n'ai jamais connu un bon écrivain qui ne désirât devenir un grand écrivain.

6. TU PENSERAS SANS RELÂCHE AUX TRÈS GRANDS

« Le génie arrose ses œuvres de ses larmes », écrit Balzac dans les *Illusions perdues*[1]. Le rejet, la dérision, la misère, l'échec, et le combat permanent contre ses propres limites — tels sont les principaux événements de la vie de la plupart des grands artistes, et si vous aspirez à partager leur sort, vous devez vous endurcir en prenant exemple sur eux.

J'ai souvent repris courage en relisant le premier volume de l'autobiographie de Graham Greene, *A Sort of Life*[2], qui traite de ses premiers combats. J'ai eu également l'occasion de lui rendre visite à Antibes, où il vit dans un petit deux-pièces (un minuscule endroit pour un si grand homme), avec pour seuls luxes — hormis ses livres — l'air doux et une vue sur la mer. Il semble avoir peu de besoins matériels, et je suis sûr que cela a quelque chose à voir avec la liberté intérieure qui se dégage de ses œuvres. Bien qu'il prétende avoir écrit ses « divertissements » pour l'argent, il s'agit d'un écrivain qui se laisse gouverner par ses obsessions, sans faire la moindre concession aux modes et aux idéologies du moment, et cette liberté se communi-

1. Balzac, *Illusions perdues*, Classiques Garnier, 1961, p. 228.
2. G. Greene, *Une sorte de vie*, Laffont Pavillons, 1971.

que à ses lecteurs. Greene vous libère du poids de vos propres compromis, du moins tant que vous le lisez. Cette sorte d'exploit n'est possible que pour un écrivain au mode de vie spartiate.

Aucun de nous n'a la chance de rencontrer beaucoup de grands écrivains en chair et en os, mais nous pouvons goûter leur compagnie en lisant leurs mémoires, leurs journaux et leurs lettres. Évitez les biographies, cependant — surtout les biographies romancées sous forme de films ou de séries télévisées. Presque tout ce qui vous parvient sur les artistes par l'intermédiaire des médias ne vaut rien — des choses écrites par des tâcherons paresseux qui n'ont pas la moindre idée de ce qu'est l'art ou le travail. L'exemple le plus récent est *Amadeus,* qui essaie de vous convaincre qu'il est facile d'être un génie comme Mozart, et très difficile d'être un médiocre comme Salieri.

Lisez plutôt les lettres de Mozart. Pour ce qui est des ouvrages traitant spécialement de la vie de l'écrivain, je recommanderais *A Room of One's Own* de Virginia Woolf, la préface de Shaw à *The Dark Lady of the Sonnets, Martin Eden* de Jack London, et, avant tout, les *Illusions perdues* de Balzac.

7. TU NE LAISSERAS PAS PASSER UN SEUL JOUR SANS RELIRE QUELQUE CHOSE DE VÉRITABLEMENT GRAND

Pendant mon adolescence, j'ai fait des études pour devenir chef d'orchestre, et de ma formation musicale j'ai gardé une habitude qui, je le pense, est tout aussi essentielle pour les écrivains : *l'étude quotidienne, inlassable, des chefs-d'œuvre.* La plupart des musiciens professionnels, de quelque niveau que ce soit, connaissent par cœur des centaines de partitions ; la plupart des écrivains, de leur côté, n'ont que de vagues souvenirs des classiques — l'une des raisons pour lesquelles il y a plus de musiciens compétents que d'écrivains compétents. Un violoniste qui disposerait du savoir-faire technique de la plupart des écrivains publiés ne parviendrait jamais à se faire recruter par un orchestre. La vérité est que c'est seulement en assimilant des œuvres parfaites, les voies spécifiques que les grands maîtres ont inventées pour développer un thème, construire une phrase, un paragraphe, un chapitre, que vous pourrez apprendre tout ce qui doit être appris sur la technique.

Rien qui ait déjà été fait ne pourra vous apprendre comment réaliser quelque chose de nouveau, mais si vous comprenez les techniques des maîtres, vous avez plus de chances de développer la vôtre. Pour dire les choses dans le langage des échecs : il n'y a pas eu encore un seul grand maître qui n'ait pas connu par cœur les parties de championnat de ses prédécesseurs.

Ne commettez pas l'erreur classique d'essayer de tout lire pour être bien informé. Être bien informé vous permettra de briller dans les soirées, mais ne vous sera absolument d'aucune utilité en tant qu'écrivain. Lire un livre afin de pouvoir bavarder à son sujet n'est pas la même chose que de le comprendre. Il est beaucoup plus utile de lire et relire quelques grands romans jusqu'à ce que vous compreniez ce qui les fait fonctionner, et comment leurs auteurs les ont construits. Vous devez lire un roman environ cinq fois avant de pouvoir discerner sa structure, ce qui lui donne sa puissance dramatique, ce qui lui confère son allure et son dynamisme. Ses variations en matière de tempo et d'échelle de temps, par exemple : l'auteur décrit une minute en deux pages, puis consacre une seule phrase à deux années — pourquoi ? Quand vous aurez compris cela, vous aurez vraiment appris quelque chose.

Chaque écrivain piochera parmi ses lectures préférées celles dont il pensera pouvoir apprendre le plus, mais je déconseille fortement la lecture des romans victoriens, qui sont remplis d'hypocrisie et encombrés de mots redondants. Même George Eliot a écrit beaucoup trop sur trop peu.

Quand vous êtes tenté par la prolixité, lisez les nouvelles de Heinrich von Kleist, qui dit plus en moins de mots qu'aucun autre écrivain dans l'histoire de la littérature occidentale. Je le lis constamment, en même temps que Swift et Sterne, Shakespeare et Mark Twain. Au moins une fois par an, je relis des œuvres de Pouchkine, Gogol, Tolstoï, Dostoïevski, Stendhal et Balzac. À mon avis, Kleist et les grands romanciers français et russes du dix-neuvième siècle sont les grands maîtres de la prose — une constellation de génies insurpassés tels qu'on en trouve dans la musique de Bach à Beethoven, et j'essaie d'apprendre quelque chose d'eux chaque jour. Telle est ma « technique ».

8. TU TE GARDERAS D'ADORER LONDRES/PARIS/NEW YORK

Je rencontre souvent des aspirants écrivains habitant des lieux écartés, qui sont convaincus que les gens vivant dans les capitales des médias disposent « de l'intérieur » d'informations spéciales sur l'art auxquelles ils n'auraient pas accès. Ils lisent les chroniques de livres, regardent les émissions sur les arts à la télévision pour comprendre ce qui est important, ce que l'art est réellement, et par quoi les intellectuels devraient se sentir concernés. Le provincial est souvent une personne douée et intelligente qui finit par suivre l'avis du premier journaliste ou universitaire à la parole facile sur ce qui constitue l'excellence littéraire, et trahit son talent en singeant des crétins dont le seul talent est de savoir faire carrière.

Même si vous vivez au bout du monde, il n'y a aucune raison de vous sentir en dehors du coup. Si vous avez une bonne bibliothèque d'éditions de grands écrivains en livre de poche, et si vous les relisez régulièrement, vous aurez accès à davantage de secrets de la littérature que tous les poseurs culturels donnant le ton dans les grandes villes. Je connais un critique new-yorkais en vue qui n'a jamais lu Tolstoï et en est fier. Alors, ne perdez pas votre temps à vous préoccuper de la mode du moment, du sujet qu'il faut, du style qu'il faut, ou de je ne sais quoi qui vous permettrait de remporter un prix. Tous ceux qui ont réussi en littérature l'ont fait en suivant leur propre voie.

9. TU ÉCRIRAS CE QUI TE PLAIRA

Aucun écrivain n'a jamais réussi à plaire aux lecteurs qui ne se situaient pas approximativement à son propre niveau d'intelligence, qui ne partageaient pas son attitude fondamentale devant la vie, la mort, le sexe, la politique, l'argent. Les auteurs dramatiques ont de la chance : avec l'aide des acteurs, ils peuvent élargir leur audience au-delà d'un simple cercle de convaincus. Et cependant, il y a à peine deux ou trois ans, j'ai lu dans la presse américaine des critiques fort condescendantes à propos de *Mesure pour mesure* — la pièce elle-même, pas la mise en scène ! Si Shakespeare ne peut pas plaire à tout le monde, pourquoi perdre votre temps à essayer ?

Cela signifie qu'il n'y a pas lieu de vous forcer à vous intéresser à quelque chose qui vous ennuie. Quand j'étais jeune, j'ai perdu beaucoup de temps à essayer de décrire des vêtements et des meubles. Je ne m'intéressais pas le moins du monde aux vêtements et aux meubles, mais comme Balzac leur vouait un intérêt passionné, qu'il parvenait à me communiquer, je pensais que je devais maîtriser l'art d'écrire de passionnants paragraphes sur les armoires avant de pouvoir devenir un jour un bon écrivain. Voués à l'échec, mes efforts épuisèrent tout mon enthousiasme pour le cœur de mon sujet.

Maintenant, je n'écris que sur ce qui m'intéresse. Je ne cherche pas de sujets : tout ce à quoi je ne puis m'arrêter de penser — voilà mon sujet. Stendhal a dit que « la littérature est l'art de *leaving out* » (laisser de côté), et je laisse de côté tout ce qui ne me paraît pas important. Je décris les gens seulement en fonction de leurs actes, de leurs paroles, de leurs pensées, de leurs sentiments — qui m'ont choqué/intrigué/amusé/ravi en moi-même ou chez d'autres.

Il n'est pas facile, bien sûr, de s'en tenir à ce dont on se soucie vraiment ; nous aimerions tous être considérés comme des gens curieux de tout. Qui n'a jamais assisté à une soirée sans feindre un intérêt pour tel ou tel sujet ? Mais quand vous écrivez, vous devez résister à cette tentation, et quand vous relisez ce que vous avez écrit, vous devez toujours vous demander : « Est-ce que cela m'intéresse vraiment ? »

Si ce que vous écrivez vous plaît à vous-même — à votre *être véritable*, non à quelque idée imaginaire de vous-même en belle âme, par exemple, qui ne se soucierait que des enfants africains mourant de faim —, alors vous pouvez espérer écrire un livre qui plaira à des millions de lecteurs. Il en va ainsi parce que, qui que vous soyez, il y a des millions de gens dans le monde qui sont plus ou moins comme vous. Mais personne n'a envie de lire un romancier qui ne pense pas réellement ce qu'il écrit. Le best-seller le plus niais a une chose en commun avec un grand roman : ils sont tous les deux *authentiques*.

10. TU SERAS DIFFICILE À SATISFAIRE

La plupart des nouveaux livres que je lis me paraissent à moitié achevés. L'auteur était visiblement content d'avoir fait quelque chose qui se tienne à peu près, puis il est passé à autre chose. Pour moi, écrire devient vraiment passionnant quand je reviens à un chapitre deux ou trois mois après l'avoir écrit. À ce stade, je le regarde moins comme un auteur que comme un lecteur — et quel que soit le nombre de réécritures auxquelles j'ai soumis à l'origine ce chapitre, je trouve toujours des phrases qui sont vagues, des adjectifs qui sont inexacts ou redondants. Il m'arrive même de trouver des scènes entières qui, bien que véridiques, n'ajoutent rien à ma compréhension des personnages ou de l'histoire, et donc peuvent être supprimées.

C'est à ce stade que je remâche le chapitre assez longtemps pour l'apprendre par cœur — je le récite mot à mot à quiconque est disposé à m'écouter —, et si je ne parviens pas à me souvenir d'un passage, je m'aperçois généralement que ce passage clochait. La mémoire est un bon critique.

Writer's Monthly, juillet 1985

Pourquoi la litt. angl. ne suffit pas

La récente publication de *La Peau de chagrin* (un conte philosophique dans lequel tout le monde parle trop) et d'un *Choix de nouvelles* de Balzac (qui laisse de côté les deux meilleures, *Le Curé de Tours* et *Le Colonel Chabert)*, pourrait faire croire aux personnes mal informées que Penguin en est réduit à publier des fonds de tiroir en matière de classiques européens. La triste vérité est que des dizaines de chefs-d'œuvre — parmi lesquels *Lucien Leuwen* et les *Chroniques italiennes* de Stendhal, et les magnifiques *Contes drolatiques* de Balzac — n'ont pas encore été publiés en poche.

Raison de plus, alors, pour profiter des trésors déjà disponibles en anglais, de Balzac aux autres géants de la fiction du dix-neuvième siècle. De fait, je ne pourrais rendre de plus grand service aux lecteurs que de les inciter à chercher dans les rayons des libraires *Le Père Goriot, La Rabouilleuse*, les *Illusions perdues, Le Cousin Pons* et *La Cousine Bette* de Balzac, ainsi que la totalité des œuvres de Stendhal, Pouchkine, Gogol, Dostoïevski et Tolstoï.

Quel dommage que les chefs-d'œuvre de ces grands écrivains ne soient pas les livres de chevet de tout un chacun !

L'enseignement de la seule littérature anglaise, au lieu de la littérature mondiale, est à mes yeux la plus dommageable de toutes les pratiques éducatives mal pensées, dans la mesure où il prive notre vie intellectuelle et artistique d'une grande source de sagesse et d'inspiration. C'est comme si nos programmes d'éducation musicale ne comportaient que l'enseignement de la musique anglaise, comme si la plupart des musiciens ou mélomanes en Angleterre n'avaient jamais entendu un seul morceau de Mozart.

Heureusement, tout le monde convient qu'en matière de musique il n'est question que de musique, et non de xénophobie, et que les symphonies de Beethoven peuvent émouvoir les Anglais plus profondément que celles d'Elgar — que, en bref, en dehors de toute considération géographique, le meilleur est le plus proche de nous.

La plupart des enseignants n'ont pas encore acquis une compréhension aussi élémentaire de l'universalité de la grande littérature, ou plutôt, ils ne semblent pas se rendre compte à quel point il s'agit d'une denrée rare. Le souci exclusif d'étudier les auteurs nationaux dérive au moins en partie de l'idée selon laquelle on trouve des multitudes d'écrivains importants aux quatre coins du monde — une fausse croyance procédant de l'inaptitude à distinguer entre les œuvres pleines de talent et les œuvres véritablement profondes.

C'est un travers universel. Ainsi, quand les étudiants français étudient le théâtre, on leur fait étudier Racine plutôt que Shakespeare, comme si les deux étaient interchangeables au regard de leur utilité à développer les esprits, comme si les Grecs du poète tragique français étaient plus proches des Français, que les Grecs, les Maures ou les Danois du poète dramatique anglais. Seuls ceux qui ne font pas la différence entre les petits et les grands écrivains ne voient pas de raison de s'aventurer au-delà de leurs frontières.

Il y a bien sûr l'argument selon lequel les vertus d'un écrivain sont inséparables de sa langue, ce qui est en effet souvent vrai en matière de poésie. Cependant, on ne peut en dire autant de la prose, voire du drame en vers. Tout d'abord, l'élément le plus émouvant, le plus éclairant de toute fiction est la trame du livre ; ce n'est pas par les mots, mais par la *structure* de son œuvre qu'un écrivain décrit comment les choses s'ajustent les unes aux autres dans le monde, et les personnages révèlent leur véritable être intérieur non au travers de leurs discours, mais par leurs actes.

Pour ce qui est de la langue, je dirais que la littérature ne traite pas de la langue, mais de la vie ; son essence ne tient pas dans les sons des mots, mais dans leur signification, et les écrivains qui sont les plus importants dans n'importe quel pays sont ceux qui dépeignent l'humanité de la manière la plus chargée de sens — voilà pourquoi le plus grand auteur dramatique français est Shakespeare traduit en français.

Les étudiants anglais ont bien sûr la chance d'étudier Shakespeare plutôt que Racine, Swift plutôt que Voltaire, mais ils sont de grands perdants quand on en vient au roman du dix-neuvième siècle.

Dickens a créé d'inoubliables personnages comiques et a su peut-être mieux que quiconque décrire la misère de l'Angleterre victorienne, Thomas Hardy a écrit des romans qui ont gardé aujourd'hui toute leur force, le génie de Mark Twain enchante encore des lecteurs dans le monde entier, mais le fait demeure qu'aucun romancier du dix-neuvième siècle ne peut rivaliser avec l'ampleur de vue, la profondeur et la complexité des maîtres français et russes. *Huckleberry Finn* est un chef-d'œuvre, mais il traite de moins de choses que, mettons, *Le Rouge et le Noir* ou *Guerre et Paix*. De tels livres sont grands au sens où les pièces de Shakespeare sont grandes : incarnant des lois universelles de la société et de la nature humaines, du caractère et du conflit, ils atteignent une sorte de totalité et de validité permanente en dehors de la portée des meilleurs écrivains de la plupart des époques.

Les gens qui ont découvert les joies de la lecture par le biais des classiques anglais et américains et ont paré ces livres de la vitalité de leur propre jeunesse ne seront probablement pas d'accord avec moi, mais à considérer les obstacles qui se dressaient à l'époque sur le chemin de la création, le plus étonnant n'est pas que personne n'ait écrit de grand roman de portée universelle en anglais au dix-neuvième siècle, mais que quelqu'un ait réussi à le faire en quelque lieu que ce soit.

Les idées dominantes, les manières acceptées de regarder les choses ont toujours été fausses partout dans le monde : les classes et les nations cherchent des consolations et des autojustifications plutôt que des connaissances, et les pressions exercées sur les écrivains pour qu'ils justifient les mensonges de leur époque ont été écrasantes dans la plupart des périodes de l'histoire.

L'une de ces pressions a été mentionnée dans ces colonnes il y a quinze jours par Dame Rebecca West, quand elle a remarqué que les écrivains doivent se conformer aux opinions politiques du plus grand nombre s'ils veulent connaître le succès. Il en a toujours été ainsi et non seulement en regard des opinions politiques, mais aussi par rapport aux attitudes religieuses, philosophiques, psychologiques et surtout sexuelles, toutes impliquant invariablement toutes sortes d'hypocrisies et de faux-fuyants devant la réalité.

Ainsi, dépeindre les hommes tels que Dieu les verrait, décrire une société déchirée par des conflits sans succomber à l'esprit de parti, évoquer les puissants sans flatterie et les opprimés sans mensonges lénifiants, écrire à la fois sans servilité et sans la complaisance de la compassion, requiert non seulement du génie, mais un concours de circonstances historiques des plus rares.

Au cours des deux derniers millénaires, il n'y a eu qu'un seul Shakespeare pour le théâtre mondial, et il est vraiment miraculeux que des écrivains d'une stature shakespearienne soient apparus en France et en Russie au cours du même siècle.

Il doit y avoir plus de raisons à ce phénomène qu'on ne le pense, mais il m'est avis que l'émergence de Pouchkine, Gogol, Dostoïevski et Tolstoï doit avant tout être mise en relation avec le sentiment éprouvé par l'ensemble de la société russe de l'époque, y compris les tsars, à propos de l'impermanence du mode de vie russe, ainsi qu'avec le grand nombre de nobles cultivés, mais désœuvrés et désargentés, et de moines en proie au doute, dont l'intelligence et l'imagination n'étaient pas absorbées par une multitude de tâches journalières, qui avaient le temps de lire et de penser, et qui étaient prêts à entendre de nouvelles réponses à de vieilles questions. Il n'y a pas de grande littérature sans de grands lecteurs disposant de beaucoup de temps, et qui ne soient pas assez engagés dans la société pour avoir peur du changement. Il y avait une soif en Russie pour toutes sortes de panacées — mortelles pour la plupart — mais également pour la vérité.

En France, les soulèvements de la Révolution, les conquêtes, les défaites et la débâcle finale de Napoléon, enfin la restauration des Bourbons, propulsèrent certains au pinacle, avant de les rabaisser au bas de l'échelle sociale, avec la rapidité imparable du drame classique ; des ducs devinrent des cochers, des cochers devinrent des ducs, la vérité officielle changeant du jour au lendemain, et les meilleurs esprits étaient curieux de savoir comment tout cela s'était passé.

En comparaison, la situation pour une grande fiction en Angleterre était particulièrement défavorable. Le succès de la révolution industrielle, la puissance et la gloire de l'Empire britannique assuraient aux classes instruites qu'elles savaient ce qu'elles faisaient ; elles jouissaient de l'assurance et de la satisfaction du succès ; elles étaient remplies de certitudes.

Il y avait en Angleterre un consensus sur la façon de vivre, et ceux qui s'en écartaient n'étaient que de vils criminels, s'ils se laissaient attraper. La vie était envisagée, sinon vécue, selon des règles, et il régnait une hypocrisie stupéfiante sur le désir sexuel, la cupidité et l'ambition. On aurait pu dire de la fiction anglaise de l'époque ce que d'Arthez, dans les *Illusions perdues* de Balzac, dit de Walter Scott :

> Walter Scott est sans passion, il l'ignore, ou peut-être lui était-elle interdite par les mœurs hypocrites de son pays. Pour lui, la femme est le devoir incarné. À de rares exceptions près, ses héroïnes sont absolument les mêmes, il n'a eu pour elles qu'un seul poncif, selon l'expression des peintres. Elles procèdent toutes de Clarisse Harlowe ; en les ramenant toutes à une idée, il ne pouvait que tirer des exemplaires d'un même type, variés par un coloriage plus ou moins vif. La femme porte le désordre dans la société par la passion. La passion a des accidents infinis. Peignez donc les passions, vous aurez les ressources immenses dont s'est privé ce grand génie pour être lu dans toutes les familles de la prude Angleterre[1].

Si les passions étaient montrées, elles discréditaient les personnages comme la peste. Ni Dickens ni Thackeray (ni Flaubert, à une époque où la bourgeoisie française, elle aussi, se complaisait dans l'autosatisfaction de l'essor économique) n'auraient pu créer des personnages de femmes adultères brillantes, aimables, enviables comme les Mme de Rênal ou Gina Sanseverina de Stendhal. L'important n'est pas de savoir quel écrivain était libre d'approuver le *vice*, mais que Stendhal, qui avait vécu la retraite de Moscou, pouvait dépeindre les gens à la lumière de leurs propres vies plutôt qu'à celle des mœurs dominantes mais éphémères du moment historique.

1. Balzac, *op. cit.*, p. 230.

Les États-Unis formaient au dix-neuvième siècle une société dynamique et en mutation rapide, mais son élite culturelle partageait avec les classes moyennes anglaises les préjugés et l'hypocrisie qui entravent l'éclosion du talent. Quel encouragement y avait-il pour de jeunes génies à développer de profondes découvertes sur la nature et la société humaines quand Mark Twain lui-même redoutait de publier ses pensées les plus pénétrantes ?

Tout cela pour dire que les plus grands romanciers anglais et américains du dix-neuvième siècle sont Pouchkine, Gogol, Dostoïevski, Tolstoï, Stendhal et Balzac traduits en anglais. Il y a certes des nuances vouées à être perdues, et des erreurs de traduction flagrantes (tel le titre *A Harlot High and Low*[1] pour *Splendeurs et misères des courtisanes* de Balzac), mais tout de même, il n'y a pas de plus vive émotion intellectuelle que de lire ces écrivains.

La seule émotion encore plus vive est de les relire. Lire *La Chartreuse de Parme* une fois est à peu près aussi absurde que d'écouter *Cosi fan tutte* une seule fois ; ce n'est qu'à la cinquième ou la sixième lecture que l'on en sait assez pour prendre part à la vision d'un génie.

Si cela vous paraît quelque peu décourageant, je devrais peut-être ajouter que la lecture de Stendhal rend l'état amoureux plus délicieux,

1. Littéralement : « Les Hauts et les bas d'une fille de joie. » *(N.d.T.)*

et que *La Cousine Bette* de Balzac — qui dit tout de la cruauté du désir sexuel — est le plus beau cadeau qu'une épouse aimante puisse faire à un mari volage. Vous ne saurez pas ce qu'est la vie tant que vous n'aurez pas lu ces livres.

The Sunday Telegraph, 14 août 1977

Rousseau massacré

Certains livres sont écrits avec amour ; celui-ci me semble avoir été écrit avec dépit. J. H. Huizinga parle de Rousseau avec une animosité si virulente qu'on pourrait croire qu'il a été personnellement victime du philosophe, mort pourtant depuis bientôt deux siècles.

Bien entendu, Rousseau était loin d'être un saint (il abandonna ses cinq enfants à l'hospice), mais *The Making of a Saint* nous fait croire qu'il n'avait que des torts.

Presque tout ce que Rousseau fit, écrit ou dit est déformé dans le but de le discréditer. Quand l'auteur des *Confessions* manifeste quelque autosatisfaction, il fait la preuve de sa « vanité démentielle » ; quand il regrette, critique ou condamne sa conduite, il fait la preuve de son masochisme. On lui reproche d'être « faible » et « timide », mais aussi d'avoir un « formidable sang-froid ».

À propos des admirateurs de Rousseau, Mr Huizinga dit : « S'ils le prenaient pour un saint, ce n'était pas acheter un chat en poche mais une grenouille qui voulait se faire plus grosse que le bœuf. Au point que Rousseau donna plus d'une fois l'impression de s'identifier au Christ. » Passons sur le chat, la grenouille et le bœuf ; c'est le « donna l'impression » qui est ici crucial. Rousseau ne s'est jamais identifié au Christ, et fut horrifié quand un admirateur le fit, mais le « donna l'impression » révèle le mépris tout en restant dans l'imprécision. De fait, une demi-page plus loin, Mr Huizinga doit revenir sur sa position et admet que les « assimilations de Rousseau au Christ ne sont qu'implicites... ».

Mr Huizinga n'hésite pas à attribuer à Rousseau les attitudes et les pensées les plus invraisemblables. Il le tourne en ridicule pour sa sensibilité morbide (« son âme faible, sa sensibilité tellement à fleur de peau que la moindre petite pique lui crevait le cœur ») mais l'accuse également d'avoir une solide cuirasse : Rousseau, affirme-t-il, « serait certainement d'accord pour dire qu'une mauvaise publicité vaut mieux que pas de publicité du tout ».

Après avoir plaqué cette façon de penser hollywoodienne sur un philosophe français du dix-huitième siècle, Mr Huizinga essaie de justifier cette calomnie en citant Rousseau, qui déclara qu'il préférerait être oublié plutôt que d'être rememoré comme un homme ordinaire. Il montrait par là clairement qu'il préférait une absence de publicité à une mauvaise publicité ; et par ailleurs Mr Huizinga commet de nombreuses erreurs, y compris des erreurs de calcul sur la durée de vie de son sujet quand il parle de « sa mort à l'âge de soixante-huit ans ».

Mais pour donner toute la saveur du livre, peut-être suffit-il de dire que le chapitre consacré à la maîtresse de Rousseau, Thérèse Levasseur (une jeune femme très sensée mais ne sachant pas lire), est intitulé « Le Maestro et la crétine ».

Quant au piètre Maestro, le lecteur non averti n'a aucun moyen d'apprendre que Jean-Jacques Rousseau (1712-1778) fut l'un des hommes les plus talentueux et les plus énergiques du dix-huitième siècle.

Fils d'un horloger de Genève, apprenti chez un graveur à l'âge de douze ans, il fut un parfait autodidacte, d'abord professeur de musique et compositeur d'opérettes, puis le principal philosophe et romancier d'Europe continentale. Sous l'Ancien Régime, faire une telle carrière était en soi héroïque — d'autant plus que certaines de ses œuvres furent interdites ou brûlées et qu'il fut contraint à l'exil — et il incita des millions de jeunes hommes talentueux mais pauvres à défier le monde et à se dépasser dans l'adversité. C'est peut-être pour cette raison que beaucoup d'entre eux le prirent pour un saint, vénérant à travers lui leurs propres aspirations.

Mais les handicaps sociaux et les ennuis de Rousseau avec les autorités sont peu de chose à côté des maux physiques dont il était affligé.

Selon le Dr Elosu, auteur de *La Maladie de Jean-Jacques Rousseau,* « depuis sa naissance jusqu'à sa mort, Rousseau ne vida jamais complètement sa vessie, et oscilla toute sa vie entre la gêne d'une rétention partielle et le supplice d'une rétention totale ».

Comme on ne disposait pas de traitement pour l'infection des organes urinaires, il dut endurer toutes sortes de maux et de fièvres inexpliquées. Pire, il dut porter un cathéter.

Ce qu'il y a peut-être de plus mesquin dans ce livre mesquin est que l'auteur relègue la maladie de Rousseau au second plan, n'y faisant que de vagues allusions pour expliquer quelques épisodes particuliers, ce qui donne au lecteur l'impression qu'il ne s'agissait que d'un mal occasionnel ou au pire récurrent et non d'une souffrance permanente — comme si cela n'expliquait pas ses changements d'humeur, son caractère irascible et les difficultés qu'il y avait à bien s'entendre avec lui.

Bien que la santé du philosophe rendît soit impossible, soit douloureux les rapports sexuels, Mr Huizinga, apparemment enragé par le fait que l'œuvre de Rousseau attirait les bonnes grâces de tant d'admiratrices, a l'audace de tourner en dérision « Don Juan Jacques » et d'affirmer qu'il eut plus que sa part des plaisirs de la vie ainsi que nul autre n'en témoigna mieux que le « plus malheureux des mortels » lui-même.

Ainsi la capacité de Rousseau à aimer la vie en dépit du mal dont il était affligé, comme l'illustrent de nombreuses pages des *Confessions*, n'est pas reconnue à sa juste valeur et n'est utilisée que pour le priver de notre compassion, tandis que Mr Huizinga ne cesse de le fustiger pour sa tendance contre nature à se prendre lui-même en pitié.

La relégation de la maladie de Rousseau au rang de simple détail est d'autant plus déplorable qu'il s'agit de la clé d'une grande partie de son œuvre. Il me semble, par exemple, que son exaltation pour le sentiment au détriment de la raison et de l'action a beaucoup à voir avec le fait que, bien souvent, il dut sublimer ses désirs sexuels.

En tant que romancier, l'importance de Rousseau est de nature plus historique que littéraire. *La Nouvelle Héloïse*, roman épistolaire débordant de grandeur d'âme pour compenser la frustration sexuelle, a pour sujet une jeune fille et son tuteur dont la passion culmine en une seule nuit d'amour avant qu'elle se marie à un vieux gentilhomme et consacre le reste de son existence à la gestion de son domaine et à la maternité.

Cet ouvrage donne une idée de la situation des femmes, y compris dans la haute société, dans la France du dix-huitième siècle. Par le biais d'une fiction, Rousseau formula l'idée que l'amour était tout entier avant le mariage, et que ce qui ne pouvait être empêché était en fait « juste ». *Les femmes lui vouèrent un culte, le considérant comme le plus sage et le plus noble des hommes.*

En tant que philosophe, Rousseau est à tort considéré comme le père des idéologies totalitaires en raison de son concept (extrêmement métaphysique) de « volonté générale » et de la primauté consécutive de l'État sur l'individu. Au cœur de la Seconde Guerre mondiale, Bertrand Russell écrivit qu'« Hitler [était] la conséquence de Rousseau », et cette opinion est devenue un lieu commun.

Même en tant que philosophe, Rousseau était un artiste plutôt qu'un théoricien. Il n'exprima pas tant des idées nouvelles qu'une nouvelle attitude, un nouveau mode de vie, et il le fit dans la langue la plus éloquente, avec les paradoxes les plus frappants. Pour reprendre une formule de Peter Brook, Rousseau a suscité un « changement de perception » — il a perçu la possibilité que chacun puisse tout repenser pour lui-même. Comme le dit Mme de Staël, *il n'a peut-être rien inventé, mais il a insufflé du feu à toute chose.*

« L'homme est né libre, et partout il est dans les fers » : cette formule de Rousseau traversera certainement les siècles. Mais Rousseau est important pour nous d'abord en tant qu'auteur des *Confessions*, un chef-d'œuvre de réalisme psychologique et de psychanalyse. « Je me suis montré tel que je fus, écrivit-il, méprisable et vil quand je l'ai été, bon, généreux, sublime quand je l'ai été. » Comme dans un bon roman, les erreurs de jugement qu'il commet et les illusions qu'il entretient sur lui-même nous apparaissent pour ce qu'elles sont : Rousseau rapporte les détails avec tant de sincérité que le lecteur le comprend mieux qu'il ne se comprend lui-même.

The Sunday Telegraph, 18 janvier 1976

L'un des very few

La véritable grandeur est semblable à l'infini, nous ne pouvons la mesurer. En règle générale, nos efforts pour évaluer des œuvres d'art altèrent jusqu'à notre capacité de les apprécier. Bien des spécialistes de la littérature s'emploient à gommer la distinction cruciale qui sépare l'ordinaire de l'extraordinaire — avec cette sorte d'incompréhension barbare qui consisterait à décrire le regard d'une femme en disant qu'elle a 10/10 à chaque œil. Ce *sérieux* prosaïque, que Stendhal fut le premier à reconnaître comme étant le cancer de la culture moderne, domine aujourd'hui l'enseignement, avec ce résultat que seuls les lecteurs dotés d'une sensibilité à toute épreuve peuvent survivre à des cours de littérature.

Ceux-ci constituent le principal moyen utilisé pour détourner les jeunes de la bonne écriture, et notamment des classiques. Les discours pédants sur le brillant tableau qu'aurait laissé tel ou tel écrivain d'une époque révolue répandent cette idée fallacieuse selon laquelle les grands écrivains du passé parlent de choses mortes et enterrées. Mais la calomnie est une vérité énoncée mal à propos. Ce qui donne une redoutable crédibilité à l'interprétation socio-historique des œuvres d'art littéraires est l'abondance de romanciers datés, qui n'étaient effectivement guère autre chose que les chroniqueurs de leur société et les porte-parole de ses illusions. De tels écrivains souffrent, sinon d'un manque de talent, du moins de la rigidité de leur culture, avec tout ce qu'elle suppose de conventions. Orwell prétendait que les personnages de Dickens étaient les prototypes de leur métier ou de leur classe plutôt que des individus, représentant des fonctions sociales plutôt que des êtres humains particuliers. La même chose pourrait être dite de la plupart des ouvrages de fiction écrits en Angleterre ou ailleurs pendant des périodes de stabilité sociale (véritable ou apparente), quand les rôles et les relations à l'intérieur de la société étaient prédéterminés et figés, et que les pensées, les sentiments et les motivations de chacun étaient censés se conformer à des cadres prédéfinis. Dans un monde où chacun connaît sa place, rares sont ceux qui ont une chance de se connaître eux-mêmes, sans parler des autres ; quand des gens sont coulés dans un moule pour toute une vie, les rôles ne peuvent plus être distingués des acteurs. À nouveau, c'est Orwell qui a fait remarquer que Dickens, homme pourtant profondément compatissant et radical pour son temps, présentait ses « bons » personnages des basses classes comme satisfaits de leur position : le pauvre peut se plaindre de la faim, mais pas de la pauvreté, le serviteur peut souffrir de mauvais traitements, mais pas de la servitude. La calamiteuse description des relations entre les sexes qu'ont laissée de nombreux auteurs victoriens n'a d'égale que leur dénigrement tout aussi fallacieux et vindicatif de l'ambition sociale : l'antithèse des serviteurs satisfaits de leur sort et des épouses irréprochables est incarnée par le personnage odieusement noirci de Becky Sharp.

En ces temps, les désirs humains qui transcendaient le *statu quo* — les plus vivantes, les meilleures inspirations de notre nature — étaient tenus pour mauvais, car ils outrepassaient les limites de ce qui était possible et concevable. De même que Thackeray, malgré toute l'admiration qu'il voue au charme et au cran de Becky Sharp, voit dans sa détermination à faire son chemin dans le monde la preuve de sa perversité foncière, Flaubert conçoit Mme Bovary, qui aspire à s'échapper d'un mariage morne et sans amour, comme une femme vulgaire dont l'ambition affective ne peut être que stupide et destructrice. Non que ces écrivains fussent réactionnaires : un révolutionnaire romantique comme Victor Hugo ou un critique de la société aussi radical qu'Ibsen pâtissent de la même superficialité quand ils définissent leurs personnages par rapport à leurs rôles dans la société.

Quand les gens tendent à n'apparaître que d'une certaine manière standardisée (à l'intérieur non seulement d'un système social rigide, mais également à l'intérieur d'une idéologie aussi rigide que le déterminisme de la fin du dix-neuvième siècle en Europe occidentale), il est difficile de connaître leur être profond. La stagnation sociale empoisonne la perception jusque dans les plus infimes détails, car elle fait apparaître les gens seulement dans leurs fonctions morales, idéologiques ou sociales. Et il en va ainsi parce que nous n'observons que ce que nous nous attendons à voir ; l'inattendu passe inaperçu, quand il n'est pas nié ou condamné. Quand un trop grand nombre de choses sont tenues pour acquises, il est quasi impossible de percevoir la vérité.

Ainsi, même un grand nombre de « classiques » perdent leur attrait dès que le monde se transforme, dès que nous changeons nos attentes en matière de sentiments et de comportements. Nous répugnons toujours à faire la différence entre ce que les choses sont et ce que nous voudrions qu'elles soient, mais nous préférons que nos idées fausses appartiennent à notre époque.

Cela est dit non pour offenser les morts, mais pour les séparer des vivants — et pour donner une idée de l'avantage dont bénéficiaient ces esprits indépendants qui ont cherché à comprendre la réalité à des époques de bouleversements politiques et sociaux, quand ils pouvaient non seulement percevoir, mais apprécier la relativité des apparences et des idéologies dominantes. C'est lorsque aucune position sociale n'est sûre et qu'aucune idée ne peut être tenue pour acquise que les vérités sur notre existence peuvent faire surface. Le danger est la muse de la fiction. C'est sous son emprise qu'ont œuvré les écrivains qui (avec la force de leur génie) ont pénétré derrière la façade sociale, au-delà des conceptions biaisées de leur époque, et ont recréé nos destinées comme si on pouvait les contempler à travers le regard de Dieu. Stendhal était l'un de ces *very few* : il écrivait au temps présent éternel.

*

Aucun autre grand prosateur, en fait, n'eut autant que lui l'occasion de surprendre les gens entre leurs actes, de percer à jour les acteurs sous leurs textes et leurs rôles. Marie-Henri Beyle, que nous connaissons sous le nom de Stendhal, est né à Grenoble en 1783. Procureur, puis avocat au parlement du Dauphiné, son père était un homme pieux et prospère, et un royaliste fanatique ; la maison familiale, dominée par l'esprit de la France féodale, était située — le hasard fait bien les choses — rue des Vieux-Jésuites. Le jeune Beyle avait cinq ans quand la France de Louis XVI sombra dans la banqueroute, six quand éclata la Révolution ; son dixième anniversaire ne tomba pas un 23 janvier, mais (rétroactivement) un 3 pluviôse de l'an I, l'année où le roi fut exécuté et où la religion catholique fut officiellement abolie. De tous ces événements, le changement de calendrier semble le moins cataclysmique, et pourtant qu'y a-t-il de plus naturel, de plus évident que notre manière d'indiquer les dates ? Imaginez que l'on vous dise soudain que l'on est en nivôse de l'an II, et non à la fin du mois mais à son début — à partir de là, vous ne considérez plus rien comme acquis. C'est ainsi que le jeune Beyle s'habitua aux énormes surprises, qui abondent dans ses grands romans. À seize ans, il quitta Grenoble pour étudier à Paris, et arriva pour la première fois dans la capitale le 19 brumaire, le lendemain du jour où le général Bonaparte, le défenseur de la Révolution, avait renversé le Directoire.

Grâce à la protection de Pierre Daru, son lointain cousin et l'un des principaux chefs de camp de Napoléon, Beyle passa la plus grande partie des quatorze années suivantes dans l'entourage de Napoléon, d'abord en tant que jeune officier, puis comme administrateur, participant à douze campagnes, des entrées triomphales dans Milan, Berlin et Vienne jusqu'à l'incendie de Moscou et la retraite de 1812. Il assista à l'ascension et à la chute des grands héros et potentats bonapartistes, et vit nombre d'entre eux s'élever à nouveau dans le rôle de lâches courtisans rampant devant les Bourbons rétablis sur leur trône et assoiffés de vengeance (« ces Bourbons imbéciles à faire vomir ») et s'en tirer indemnes quand Charles X lui-même fut renversé en 1830. Il assista à la révolution de Juillet depuis les arcades du Théâtre-Français, après avoir vu ses contemporains jouer tous les rôles imaginables de la comédie humaine.

Sous le nouveau monarque constitutionnel, le roi-citoyen Louis-Philippe (pas moins méprisé comme « le plus fripon des *Kings* »), il fut nommé consul à Civita-Vecchia : Beyle, qui ne se faisait plus guère d'illusions sur le monde, termina sa vie, de manière appropriée, comme diplomate. Le 22 mars 1842, il s'effondra dans la rue à Paris, pour ne jamais reprendre conscience. Pendant les cinquante-neuf années de sa vie, il avait vécu sous dix régimes et six Constitutions différentes, et passait pour un « cynique » ; il n'acceptait rien les yeux fermés et ne colportait aucun mensonge.

L'exemple classique de son exposé éclair de la réalité sociale est sa description de la bataille de Waterloo au début de *La Chartreuse de Parme*. « Il n'a créé que quelques épisodes de cette déroute », écrit Balzac dans son essai sur Stendhal, « mais ses coups de pinceau sont si suggestifs que l'esprit voit au-delà des détails donnés, embrassant l'ensemble du champ de bataille. » Tolstoï devait déclarer plus tard qu'il avait appris chez Stendhal comment décrire les batailles, comment faire abstraction de la grandeur des armées au profit du rôle des individus. Mais même *Guerre et Paix* ne comporte pas de scène aussi saisissante que le Waterloo de la *Chartreuse*.

Stendhal restitue pour nous la bataille à travers la description des tentatives aussi enthousiastes que maladroites de Fabrice del Dongo, alors âgé de seize ans, pour participer au dernier coup d'éclat de Napoléon. À la fin, Fabrice n'est même pas sûr d'avoir pris part à cette grande bataille, dans la mesure où il n'a vu que de la fumée, de la confusion, une gentille vivandière avec sa petite charrette, des traînards marchandant pour obtenir des chevaux et de la nourriture, tirant avec leurs fusils, volant, mutilant — et le mystérieux spectacle d'hommes ayant cessé de vivre.

À travers la naissance et la ruine des espérances de Fabrice, Stendhal peut nous faire voir non seulement au-delà des détails de la bataille, mais au-delà des limites de l'époque, au-delà des illusions et des slogans flamboyants qui unissent les hommes dans l'autodestruction. Les dépouilles solitaires sur le champ de Waterloo sont les fondations de la principauté de Parme, un État totalitaire qui appartient à toutes les époques. Mais c'est, pour reprendre la formule de Valéry, l'une des « grandeurs caractéristiques[1] » de l'ensemble de l'œuvre de Stendhal que de montrer le monde à la lumière de cette vérité : chaque homme est seul dans l'histoire.

1. P. Valéry, « Au sujet de Stendhal. À propos de Leuwen », préface à *Lucien Leuwen*, Gallimard/Folio, 1973, t. 1, p. 18 : « Les quantités comparées de vanité et d'orgueil qui sont impliquées dans une œuvre sont des grandeurs caractéristiques que les chimistes de la critique ne doivent cesser de rechercher. » *(N.d.T.)*

*

C'est à Civita-Vecchia que Stendhal rédigea le récit de son enfance et de sa jeunesse sous le titre de *Vie de Henry Brulard.* En dehors de l'intérêt que nous y trouvons à voir reconstituées les années de formation d'un maître, il s'agit d'abord d'un chef-d'œuvre fort amusant. En anglais, seule l'ironie joyeuse d'un Bertrand Russell peut donner une idée de cet esprit enjoué, cette sincérité spontanée et cette clarté évidente que les idiots prennent pour un manque de profondeur. Les lecteurs de *Henry Brulard* pourraient poursuivre plus loin les parallèles entre ces deux ennemis des mystifications ; il suffit ici de mentionner que tous deux grandirent sans amis de leur âge, en compagnie d'« étrangers ». Stendhal avait sept ans quand il perdit sa mère, qu'il aimait si passionnément que sa mort sembla avoir détruit toute trace de piété filiale pour son père. Comme il le rappelle dans le livre, il avait surpris le prêtre déclarant que la mort de Mme Beyle était la Volonté de Dieu, une opinion à laquelle l'époux endeuillé avait pieusement souscrit ; mais suite à cet incident, le jeune Henri sut définitivement à quoi s'en tenir tant sur Dieu que sur son père. Dès lors, l'aversion qu'il éprouva toute sa vie pour les « petits mensonges lénifiants » fut renforcée par le fait qu'il dut constamment subir les préjugés et les hypocrisies de son père et de tante

Séraphie, qui en vint à prendre la place de sa mère — une famille à laquelle il ne pouvait pas s'identifier et qu'il n'avait aucun désir d'excuser.

Quand un serviteur de la famille décéda, la tante s'inquiéta de voir le petit Henri pleurer sa mort avec excès :

> Séraphie, en me voyant pleurer Lambert, me fit une scène. Je m'en allai à la cuisine en répétant à demi-voix et comme pour me venger : infâme, infâme !

Dans une maison d'ultras, il était un républicain pur et dur. Voici le récit d'une scène qui eut lieu chez lui après que Chérubin Beyle, son père, eut été arrêté et relâché par les aimables représentants du « Règne de la Terreur » à Grenoble :

> Deux ou trois mois après cette vexation, de laquelle on parlait sans cesse le soir en famille, il m'échappa une naïveté qui confirma mon caractère *atroce.* On exprimait en termes polis toute l'horreur qu'inspirait le nom d'Amar.
> « Mais, dis-je à mon père, Amar t'a placé sur la liste comme notoirement *suspect* de ne pas aimer la République, il me semble qu'il est *certain* que tu ne l'aimes pas. »
> À ce mot toute la famille rougit de colère, on fut sur le point de m'envoyer en prison dans ma chambre ; et pendant le souper, pour lequel bientôt on vint avertir, personne ne m'adressa la parole. Je réfléchissais profondément. Rien n'est plus vrai que ce que j'ai dit, mon père se fait gloire d'exécrer *le nouvel ordre des choses* (terme à

la mode alors parmi les aristocrates), quel droit ont-ils de se fâcher ?

Le bon sens impitoyable des enfants est proverbial, mais la plupart d'entre eux finissent par ne plus y recourir face aux protestations des adultes. Comme ils craignent d'être rejetés, rabroués, punis ou simplement de se tromper, ils cessent d'observer et apprennent à *croire*. Même lorsqu'ils pensent « différemment », ils tendent à le faire en groupe, préférant accorder foi à l'opinion commune plutôt qu'à ce qu'ils tiennent pour vrai. Henri Beyle, cependant, resta obstinément loyal à ses propres sens.

Il avait onze ans quand il rédigea un faux signé du commandant de l'armée de la jeunesse révolutionnaire, ordonnant au citoyen Beyle d'ordonner à son fils de rejoindre *le bataillon de l'Espérance*, et déposa le document à la porte, au pied de l'escalier, à *l'intérieur* de la maison. Quand la supercherie fut éventée, il fut envoyé à l'étude de son grand-père pour attendre le verdict : dans cette famille royaliste, il « était dans la position morale d'un jeune déserteur qu'on va fusiller » :

> Là je m'amusais à faire *sauter en l'air* une boule de terre glaise rouge que je venais de pétrir (…). L'action de faire un *faux* me *chicanait* un peu.

Quand il fut convoqué devant ses juges et condamné à trois jours d'exil de la table familiale, il retrouva tout son courage :

« J'aime bien mieux, leur dis-je, dîner seul qu'avec des tyrans qui me grondent sans cesse. »

En dehors de ses remords secrets à propos du faux dont il s'était rendu coupable, le récit de l'enfance de Stendhal ne comporte aucun épisode montrant de sa part le moindre signe qu'il doutait de lui-même pour la simple raison que les membres de son entourage auraient été en désaccord avec lui, alors qu'on le voit souvent bouillir de rage à cause de l'incapacité de sa famille à comprendre que « deux et deux font quatre » (l'une de ses remarques préférées et bien dans son style). Pendant deux ans, Henri mena également une guerre sans relâche contre son précepteur détesté, l'abbé jésuite Raillane, qui tenait absolument à lui enseigner le « système céleste de Ptolémée » parce que, disait-il, « il explique tout et d'ailleurs est approuvé par l'Église ».

Cet homme aurait dû faire de moi un coquin, c'était, je le vois maintenant, un parfait jésuite, il me prenait à part dans nos promenades le long de l'Isère (...) pour m'expliquer que j'étais imprudent en paroles : « Mais, Monsieur, lui disais-je en d'autres termes, c'est vrai, c'est ce que je sens.
— N'importe, mon petit ami, il ne faut pas le dire, cela ne convient pas. » Si ces maximes eussent pris je serais riche aujourd'hui car trois ou quatre fois la fortune a frappé à ma porte. (...) Je serais donc riche, mais je serais un

coquin, je n'aurais pas les charmantes visions du beau qui souvent encore remplissent ma tête à mon âge de *fifty two*.

Alors qu'il a conservé toute sa vie sa préférence d'enfant pour la vérité et la sincérité, les spécialistes, jusqu'à ce jour, lui reprochent son arrogance. Certes, c'est l'étoffe dont les insupportables je-sais-tout sont faits, mais c'est également un attribut vital pour les êtres qui comprennent que deux et deux font quatre. Sans amour-propre, aucun artiste ne pourrait garder le courage de ses opinions, l'audace de créer, d'imiter Dieu. À l'âge de sept ans, il avait déjà décidé qu'il « écrirait des comédies comme Molière et vivrait avec une actrice » quand il serait grand. Conforté par ses succès futurs, par la Révolution, par ses lectures *(Don Quichotte, Les Liaisons dangereuses)*, aspirant à la « révolte », il décida d'exceller dans une matière qu'il chérissait, les mathématiques (« vraies ou fausses, [elles] me sortiront de Grenoble, de cette fange qui me fait mal au cœur »). Finalement, au tournant du siècle, il monta sur un cheval, sortit de la ville par la porte de Lausanne, et entama son voyage décisif en Italie avec l'armée triomphante du Premier consul. Il n'avait jamais pris une seule leçon d'équitation, mais c'était pour lui un détail sans importance, ou du moins il ne lui vint jamais à l'idée qu'il devrait avouer son ignorance et demander conseil ; c'est ainsi qu'il enfourcha une bête rétive qui devint furieuse sous sa conduite, et traversa au galop un bois de saules, en direction du lac de Genève. Un planton les poursuivit par tout le champ pendant un quart d'heure et, après une lutte périlleuse au cours de laquelle il manqua lui-même se rompre le cou, parvint à arrêter le cheval. En guise de remerciements, le jeune homme blanc comme un linge demanda à son sauveur, avec un dédain souverain : « Que voulez-vous ? »

Mais qu'est-ce que la fierté sinon un sens aigu de la solitude ? Henri ne pouvait pas reconnaître qu'il avait besoin d'aide, parce qu'il ne pouvait pas concevoir que quelqu'un puisse désirer lui porter secours. Il soupçonna même le planton de lui avoir sauvé la vie à seule fin de l'arrêter, et envisagea de dégainer son pistolet. À l'évidence, la vie allait se résumer à un combat entre H. B. et le monde. Il serait son propre héros.

*

Et pourtant, à la différence de Stendhal, comme la plupart des esprits indépendants peuvent être ennuyeux ! Il devait se disputer avec le monde comme un amant ardent avec sa maîtresse — aucun de ses manques d'égards, réels ou imaginés, ne devait l'empêcher de l'aimer de tout son cœur. Ses joies l'emportaient toujours sur ses pensées les plus amères.

> Je voulais couvrir ma mère de baisers, et qu'il n'y eût pas de vêtements. Elle m'aimait à la passion et m'embrassait souvent, je lui rendais ses baisers avec un tel feu qu'elle était souvent obligée de s'en aller. J'abhorrais mon père quand il venait interrompre nos baisers. Je voulais toujours les lui donner à la gorge. Qu'on daigne se rappeler que je la perdis par une couche quand à peine j'avais sept ans.

De nombreux commentateurs voient dans ce souvenir tiré de *Henry Brulard* une preuve de son « complexe d'Œdipe » — un exemple de la manière dont les à-côtés freudiens tombent à côté de la plaque. Un « complexe » est la manifestation de sentiments contrariés, un conflit entre une pulsion et quelque norme impérative de comportement, entraînant inhibition et culpabilité ; rien ne peut être plus éloigné de Stendhal. L'amour et le charme de la femme qui était la plus proche de lui l'incitèrent à lui répondre de tout son être ; ses sens, ses émotions étaient trop puissants pour être guidés par des concepts, moraux ou autres ; de ce fait, il ne pouvait pas réagir « sélectivement ». L'idée de la « mère » n'a jamais pu être aussi réelle pour lui que la réalité de son être physique. Ses sens absorbaient le monde si avidement qu'ils reléguaient au second plan toutes les considérations intellectuelles. C'est cela qui lui permit de percevoir et de recréer la vie dans son *immédiateté* (*i.e.*, dans sa réalité), laquelle, pour la plupart d'entre nous, est enfouie sous des concepts, ou obscurcie par des émotions se déchaînant dans le vide des abstractions. Mais peut-être la meilleure manière de décrire ce qui est unique consiste-t-elle à se représenter son contraire. Les gens qui peuvent être subjugués par l'image mentale de dominos en voyant des Vietnamiens morts et mutilés manifestent une incapacité à « recevoir » le monde qui est l'exacte antithèse de l'extraordinaire aptitude de Stendhal à absorber la réalité de chaque instant. Après la mort de sa mère, il devint amer et sombre, mais il fut rapidement ramené à la vie par toutes sortes d'impressions — une poitrine frémissante, un beau paysage, ou une chanson.

En fin de compte, c'est la musique, le langage des émotions, qui lui fit découvrir sa véritable nature. « Je suis vraiment né à la Scala », se rappelle-t-il à propos de son arrivée à Milan. L'opéra, la ville qui était alors belle et animée, l'art de la Renaissance, les femmes — tout ce que l'Italie avait à offrir à un jeune aide de camp d'une armée libératrice — éveillèrent une sensibilité sans équivalent dans l'histoire du roman.

Aucun geste, aucun regard, aucune intonation, aucune atmosphère d'une scène n'échappait à son attention, et il devait étendre les limites de la prose à des domaines que seuls la musique et les arts visuels pouvaient atteindre. Il écrivit des volumes entiers tant sur la musique que sur l'art italien, et (bien que le meilleur de ces ouvrages soit sa brillante et désinvolte *Vie de Rossini*, et qu'il comparât ses intentions à celles de Corrège) il pouvait fort bien être présenté à des étrangers comme le Mozart ou le Botticelli de la littérature. Comme Mozart, il recréa les passions de la vie dans toute leur force, et cependant sans exagération et avec l'élégance de la précision absolue (car les grandes passions s'affirment avec clarté et ne peuvent se mélanger avec la sentimentalité). Et ses personnages, comme ceux de Botticelli, sont à la fois réels et singuliers. Stendhal, comme Botticelli, savait peindre la grâce — ce qui explique que les femmes de ses romans soient si fascinantes. Il n'hésitait pas à se répéter en décrivant l'héroïne de chacun de ses trois grands romans (Mme de Rênal dans *Le Rouge et le Noir,* Mme de Chasteller dans *Lucien Leuwen,* la duchesse Sanseverina de *La Chartreuse de Parme),* comme une femme dont la beauté est « le moindre de ses charmes ». Cette description aura un sens pour quiconque a vu *La Naissance de Vénus,* même s'il n'a pas lu les romans, et le souvenir de ce tableau lui permettra de saisir les dimensions exceptionnelles de l'art de Stendhal.

C'est là le fruit d'une vie entière vouée à l'aventure des passions. À Milan, l'aide de camp de dix-huit ans tomba amoureux promptement et désespérément (l'absence d'espoir est supposée, dans la mesure où il était trop impressionné pour faire des avances), mais la simple présence de Gina Pietragrua le plongeait dans une exquise félicité, tout comme les liaisons passagères, la musique de Cimarosa, le théâtre et la peinture, et la conversation animée des salons. Ayant connu le sentiment rare d'avoir vécu « cinq ou six mois de bonheur » divin, total, il décida que c'était la plus belle chose sur terre et consacra le reste de sa vie à la *chasse au bonheur*.

La tâche devait se révéler ardue. Ces quelques mois d'exaltation prirent fin quand il contracta une maladie vénérienne, un coup dur qui eût refroidi l'ardeur de tout autre jeune homme. Pas celle de Beyle. « Je suis toujours tracassé », écrit-il dans son *Journal* (10 décembre 1801). « Je sortirai demain. »

Au début de l'année 1802, il retourna à Grenoble lors d'une permission de convalescence et tomba aussitôt amoureux de Victorine Mounier, qu'il suivit à Paris, cette fois sans permission. Comme il devait se rappeler dans une des nécrologies qu'il écrivit sur lui-même, « le ministre se fâcha, B. démissionna, ce qui le brouilla avec M. Daru ». Mais Victorine alla s'installer à Rennes avec sa famille, et Beyle entreprit de faire la cour à sa cousine parisienne de quatorze ans, Adèle, avant de parvenir à ses fins avec la mère. Pendant trois ans, il vécut de la petite pension que lui accordait son père et consacra tout son temps à lire, à aller au théâtre et à essayer d'écrire des comédies. Pour l'obliger à s'engager dans quelque activité honnête, « son père voulut le prendre par la famine. B., plus fou que jamais, se mit à étudier pour devenir un grand homme ». Ses projets dramaturgiques avortèrent, mais il réalisa la deuxième ambition de son enfance : l'actrice Mélanie Guilbert, qui l'avait repoussé à Paris, devint sa maîtresse quand il la suivit à Marseille, et il alla jusqu'à se faire embaucher par une société d'import-export de la ville pour prouver son attachement. Moins d'un an plus tard, il était de retour à Paris. Il se réconcilia avec Daru et fut envoyé au service de l'empereur à Brunswick, où il courtisa Wilhelmina (une jeune fille vertueuse dont le cœur était déjà pris) et entendit pour la première fois *Cosi fan tutte* et *Les Noces de Figaro.*

En « mission » prolongée à Paris, il se rassasia de théâtre, livres, conversations dans les salons, leçons de danse, cours d'espagnol, mais au bout de quatre mois il fut rappelé auprès des commissaires des guerres à Strasbourg et suivit l'armée jusqu'à Vienne au printemps 1809. Finalement, il convainquit Daru de le détacher à la cour de Napoléon dans la capitale, en tant qu'inspecteur du mobilier et des bâtiments de la Couronne et passa une « année brillante » à Paris en 1811, entretenant une actrice, Angeline Bereyter, et déclarant sa flamme à la femme de Daru. S'étant vu opposer un ferme mais amical refus, il se rendit à Milan pour revoir son premier amour sans espoir, Gina Pietragrua. Cette fois, il eut plus de chance, partit le lendemain matin pour Bologne, Florence, Rome et Naples, et tira de ce voyage son inspiration pour écrire une histoire de la peinture italienne. Cet heureux interlude fut suivi de la campagne de

Russie, au cours de laquelle Beyle, en administrateur toujours aussi compétent qu'ennuyé par ses fonctions, se distingua en organisant le ravitaillement de la retraite depuis Moscou. « À mesure qu'il s'éloignait du danger, il en prit horreur », écrit-il dans une autre de ses nécrologies prématurées. « Il arriva à Paris navré de douleur. Le physique avait beaucoup de part à cet état. Un mois de bonne nourriture ou plutôt de nourriture suffisante le remit. » Sur l'insistance de Daru, il prit part à la campagne de 1813 en Pologne, en qualité d'« intendant avec le plus borné des généraux », mais il tomba malade d'une espèce de fièvre pernicieuse. En huit jours, il fut réduit à une faiblesse extrême et « il fallut cela pour qu'on lui permît de revenir en France ». Sitôt de retour dans la capitale, il repartit pour l'Italie pour retrouver la santé sur le lac de Côme. Il réintégra l'armée, mais quand sa carrière s'effondra en même temps que l'Empire en 1814, il vendit son appartement et ses meubles, sa voiture et ses chevaux, et prit le premier coche pour Milan, pour passer les sept années suivantes en Italie, le « pays des sensibilités ».

Quand sa liaison mouvementée avec Gina Pietragrua prit fin, il rencontra dans les cercles radicaux de *carbonari* milanais son amour le plus désespéré, la hautaine Métilde Viscontini-Dembowski, qui le fit languir trois années durant. Cependant, ne sachant que faire de ce Français raffolant tant de la compagnie de ces passionnés et subversifs Italiens, la police autrichienne le délivra en 1821 des tourments que la présence de Métilde lui infligeait en le chassant de Milan. Pendant son voyage de retour vers Paris, il hésitait entre le désir de se donner la mort et la peur que ses amis viennent à se moquer de lui :

> Le pire des malheurs serait, m'écriai-je, que ces hommes si secs, mes amis, au milieu desquels je vais vivre, devinassent ma passion, et pour une femme que je n'ai pas eue ! (...) J'entrai dans Paris que je trouvai pire que laid, insultant pour ma douleur, avec une seule idée : *n'être pas deviné.*
>
> *(Souvenirs d'égotisme)*

Il était alors âgé de trente-huit ans. Certains de ses détracteurs voient en lui un « adolescent perpétuel », « un enfant qui n'a jamais grandi » ; comme un enfant, il était le jouet de ses impulsions, trop impétueux, trop excitable, trop impressionnable pour se colleter au monde avec succès. Tout ce qu'il tirait de la vie, il devait se démener pour l'obtenir, et le payer chèrement. C'était un pauvre diable malade, malchanceux, qui tirait de modestes ressources de ses livres sur la musique, la peinture et ses voyages, et en écrivant des chroniques pour des revues anglaises. Existe-t-il indice plus douloureux d'un échec complet que le fait qu'abordant la quarantaine il ne pouvait porter un nouveau manteau sans que ses amis soupçonnent qu'il lui avait été acheté par une femme ?

Le simple récit de sa vie indiquerait plutôt que nous avons affaire à un Dostoïevski français, un homme devenu un expert en matière de souffrances, un grand connaisseur du tourbillon stupéfiant des émotions. À certains, il pourra sembler pathétique que cet homme se considère — tant dans sa vie que dans son œuvre — avoir mené avec succès sa *chasse au bonheur*. Cependant, rien ne résume son personnage avec une plus grande exactitude que son propre credo :

> Le génie est la torche qui éclaire le chemin vers l'art du bonheur.

Ce grand art, en fait, doit reposer sur une conscience aiguë des malheurs de la vie. Car quelle pertinence, quelle vérité pourrait receler une ignorance béate des souffrances qui sont notre lot commun ? Le génie de Stendhal est ancré dans son refus de peindre des mirages, dans son rejet des douces rêveries qui ne font qu'accroître nos déceptions. Quand il n'était qu'un soldat de dix-sept ans en route pour Milan, bien décidé à vouer sa vie au *bonheur*, il connut sa première bataille, dans laquelle il découvrit que la véritable source de la félicité est d'être *simplement vivant ;* c'est ainsi qu'il pouvait embrasser tout ce qui lui arrivait et, d'une certaine manière, en tirer satisfaction : la joie de survivre fut son plus vif plaisir. « Vivre c'est sentir, avoir des émotions puissantes », écrit-il, formule qui n'est pas ce truisme qu'elle paraît être. Il se soumet à toutes les sensations si elles sont assez intenses : même douloureusement ressentie, une défaite est une victoire. Ce qui importe est d'éprouver pleinement le miracle d'exister. (En cela, également, il rappelle Mozart : sa gaieté de cœur divine dit tout des souffrances humaines.) On pourra voir une clé nous permettant de comprendre tant son œuvre que son caractère dans le fait qu'il conseille à juste titre à ses lecteurs de ne pas perdre leur temps à le lire s'ils n'ont pas passé au moins six mois dans les affres de l'amour.

La démonstration que notre bonheur dépend de nos sentiments réels, et non, comme on le suppose couramment, de notre situation, est une des autres *grandeurs caractéristiques* de Stendhal. Dans *La Chartreuse de Parme*, Fabrice, jeune vétéran de Waterloo, qui tente de faire sa fortune à Parme sous les ordres de sa tante Gina, qui l'adore, et de l'amant de celle-ci le Premier ministre, et qui finira archevêque, est le plus heureux là où l'on s'attend à ce qu'il soit le plus malheureux — en prison. Il tombe amoureux de Clélia Conti, la fille du gouverneur de la prison, et, à sa grande surprise, le simple fait de l'apercevoir par un trou dans le mur se révèle plus excitant que tout ce qu'il a jamais éprouvé dans le monde extérieur. Pendant plusieurs semaines, Fabrice décourage toutes les tentatives de le secourir, et même après s'être évadé malgré lui, il n'aspire qu'à une chose : retrouver sa cellule dans la tour Farnèse.

La « réponse toute faite », qui est habituellement envisagée en termes d'esthétique, est en vérité l'un des grands problèmes de nos vies : nous nous *attendons* continuellement à réagir d'une manière prédéfinie. Non seulement nous présumons de pouvoir prévoir les événements futurs, mais nous nous faisons fort de connaître nos sentiments futurs à leur propos, et c'est là la source d'une grande part de notre malheur. Aucun écrivain ne peut davantage nous aider à nous guérir de ce malheur que nous nous infligeons à nous-mêmes que Stendhal ; le romancier en qui Freud voyait un « génie de la psychologie » nous fait toucher du doigt la tension permanente qui écartèle notre conscience entre nos réactions prévisibles et celles que nous éprouvons dans la réalité. Une façon de décrire son premier grand roman, *Le Rouge et le Noir*, est de dire qu'il s'agit d'un conte ironique sur un jeune homme si résolu à se placer dans des « situations heureuses », si certain de savoir ce qui le rendra heureux, qu'il ne parvient pas à se rendre compte des moments où il est *véritablement* heureux.

Que nous tablions sur nos « réponses toutes faites » est particulièrement évident dans notre attitude par rapport à l'argent. Quant à Stendhal, il était non seulement pauvre mais « puérilement » capricieux et irrésolu dans ses ambitions matérielles. Malgré sa haute position à l'époque de Napoléon, ses nombreuses relations au sein de la Vieille Garde et ses dispositions à les faire jouer, il ne put jamais persister dans ses efforts pour devenir riche. Invité à *solliciter* la direction de l'approvisionnement de Paris sous les Bourbons, il déclara qu'il était « en admirable position pour accepter ». L'homme qui eut finalement la place s'en retira « au bout de quatre ou cinq ans, las de gagner de l'argent ». Stendhal préféra passer son temps dans le pays où la lumière du soleil « ne coûte rien », à enrichir ses sens avec la musique, l'art, l'exaspérante Gina et l'inaccessible Métilde.

Les violents changements de l'ordre social en France firent accéder des vagues successives de nouveaux venus au pouvoir et aux richesses, apportant « tout » à des gens qui avaient pensé que les seules choses qui leur manquaient dans la vie étaient le rang et la fortune. Leur déception produisit la première épidémie du malaise qui frappe de larges couches de la société d'aujourd'hui, dont l'accession à la prospérité peut s'effectuer du jour au lendemain. La source de ce malaise tient simplement au fait que nous ne pouvons faire l'amour avec des sujets inanimés, quand bien même nous mettons toute notre ardeur à les obtenir, quand bien même nous les parons d'un symbolisme sexuel. Nous entretenons une relation *statique* avec tout ce que nous possédons ; c'est un envoûtement mortifère. Stendhal a bien vu cette faille existentielle qu'est la foire d'empoigne de la course aux richesses. Dans le personnage mineur de M. de Rénal, *Le Rouge et le Noir* dépeint les frustrations de la réussite dans leurs plus infimes détails. Le maire de Verrières, riche manufacturier récompensé et décoré en sa qualité d'*ultra* à la loyauté indéfectible, propriétaire de la plus belle demeure de la ville et des plus grands jardins, marié à une riche héritière qui lui a donné trois fils, M. de Rénal aspire, et échoue continuellement, à tirer satisfaction de ses affaires, de ses honneurs et de ses acquisitions — tel un poisson malheureux dans un vase en argent, essayant de comprendre pourquoi nager dans l'eau stagnante d'un espace confiné n'est pas rendu plus agréable par le raffinement du récipient.

Stendhal préférait voyager. Pendant ses années sans travail à Paris, il effectua six autres voyages — deux en Angleterre, trois en Italie, et un à Barcelone — mystifiant ses riches amis. Voici un portrait de l'un d'eux, le baron Adolphe de Mareste :

> Lussinge, alors âgé de trente-six ou trente-sept ans, avait le cœur et la tête d'un homme de cinquante-cinq ans. Il n'était profondément ému que des événements à lui personnels ; alors il devenait fou, comme au moment de son mariage (...). Il avait une mère avare et surtout folle et qui pouvait donner tout son bien aux prêtres ; il songea à se marier ; ce serait une occasion pour sa mère de se lier par des actes qui l'empêcheraient de donner son bien à son confesseur (...). Enfin, il épousa une sotte parfaite, grande et assez belle, si elle eût eu un nez. (...) Avec sa dot, ses

> appointements de chef de bureau au ministère de la Police, les donations de sa mère, Lussinge réunit vingt-deux ou vingt-trois mille livres de rente vers 1828. De ce moment, un seul sentiment le domina, la *peur de perdre*. Méprisant les Bourbons, non pas autant que moi qui ai de la vertu politique, mais les méprisant comme maladroits, il arriva à ne pouvoir plus supporter sans un vif accès d'humeur l'énoncé de leurs maladresses. (Il voyait vivement et à l'improviste un danger pour ses propriétés.) (...) Dans nos discussions politiques, il me disait : « Vous, vous n'avez pas de fortune ! »

Stendhal s'immergea plutôt dans la société — avec une ferveur que l'on peut deviner à l'esprit et à la verve qu'il met à dresser les portraits de ses contemporains dans ses *Souvenirs d'égotisme*. Voici comment il décrit le général Lafayette. :

> Une haute taille, et au haut de ce grand corps, une figure imperturbable, froide, insignifiante comme un vieux tableau de famille, cette tête couverte par en haut d'une perruque à cheveux courts, mal faite. Cet homme vêtu de quelque habit gris mal fait et entrant, en boitant un peu et s'appuyant sur un bâton, dans le salon de Mme de Tracy qui l'appelait : « Mon cher Monsieur », avec un son de voix enchanteur, tel était le général de La Fayette en 1821. (...)
> Ce *Cher Monsieur* de Mme de Tracy, et dit de ce ton, faisait, je crois, le malheur de M. de Tracy. Ce n'est pas que M. de La Fayette eût été bien avec sa femme, ou qu'il se souciât, à son âge, de ce genre de malheur, c'est tout simplement que

l'admiration sincère et jamais jouée ou exagérée de Mme de Tracy pour M. de La Fayette constituait trop évidemment celui-ci le premier personnage du salon.

Quelque neuf que je fusse en 1821 (j'avais toujours vécu dans les illusions de l'enthousiasme et des passions) je distinguai cela *tout seul*.

Je sentis aussi, sans que personne m'en avertît, que M. de La Fayette était tout simplement un héros de Plutarque. Il vivait au jour le jour, sans trop d'esprit, faisant tout simplement, comme Epaminondas, la grande action qui se présentait. Et en attendant, malgré son âge (né en 1757, comme son camarade du jeu de paume, Charles X), uniquement occupé de serrer par derrière le jupon de quelque jolie fille (...) et cela souvent et sans trop se gêner.

En attendant les grandes actions qui ne se présentent pas tous les jours et l'occasion de serrer les jupons des jeunes femmes qui ne se trouve guère qu'à minuit et demi, quand elles sortent, M. de La Fayette expliquait sans trop d'élégance le lieu commun de la Garde nationale. Ce gouvernement est bon, et celui-là seul, qui garantit au citoyen la sûreté sur la grande route, l'égalité devant le juge, et un juge assez éclairé, une monnaie au juste titre, des routes passables, une juste protection à l'étranger. Ainsi arrangée, la chose n'est pas trop compliquée.

(...) Pour moi, accoutumé à Napoléon et à Lord Byron, j'ajouterai à Lord Brougham, à Monti, à Canova, à Rossini, je reconnus sur-le-champ la grandeur chez M. de La Fayette et j'en suis resté là. Je l'ai vu dans les journées de Juillet avec sa chemise trouée ; il a accueilli tous les intrigants, tous les sots, tout ce qui a voulu faire de l'emphase. Il m'a moins bien accueilli, moi ; il a demandé ma dépouille (pour un grossier secrétaire, M. Levasseur). Il ne m'est pas venu dans l'idée de me fâcher ou de moins le vénérer qu'il ne me vient dans l'idée de blasphémer contre le soleil lorsqu'il se couvre d'un nuage. M. de La Fayette, dans cet âge tendre de 75 ans, a le même défaut que moi. Il se passionne pour une jeune Portugaise de 18 ans qui arrive dans le salon de M. de Tracy, où elle est l'amie de ses petites filles (...). Il se figure, pour cette jeune Portugaise et pour toute autre jeune femme, il se figure qu'elle le distingue, il ne songe qu'à elle, et ce qu'il y a de plaisant c'est que souvent il a raison de se figurer.

Stendhal pouvait se permettre d'être généreux à l'égard de Lafayette. Pendant six ans, selon son propre récit, son amour sans espoir pour Métilde Dembowski le plongea dans un célibat désespérant, mais quand il en guérit en 1824, il prit comme maîtresse l'une des femmes les plus désirables de France, la comtesse Clémentine Curial (« Clémentine est celle qui m'a causé la plus grande douleur en me quittant (...). Quant à l'esprit elle l'a emporté sur toutes les autres. ») Plusieurs amourettes plus tard, alors qu'il écrivait *Le Rouge et le Noir*, une jeune Siennoise vivant à Paris, Giulia Rinieri, tomba amoureuse de lui (il avait quarante-sept ans, était pauvre, avait pris de l'embonpoint, souffrait de la goutte, et, par intermittence, de la syphilis) et il demanda sa main. L'oncle-gardien de la jeune fille, l'ambassadeur de Toscane, suggéra que le mariage fût légèrement retardé.

Bien qu'il fût considéré comme un dangereux libéral — Metternich ayant opposé personnellement son veto à sa nomination à Trieste en 1830, il dut s'estimer heureux d'obtenir le consulat de Civita-Vecchia — Stendhal mit constamment en péril son emploi en l'abandonnant parfois pendant des mois d'affilée, visitant Naples, Florence, Sienne, les Abruzzes, Bologne, Ravenne, et participant à des fouilles archéologiques dans la campagne de Rome. Ayant obtenu un congé de maladie de trois mois, il s'absenta pendant trois ans, visitant la France, la Suisse, la Rhénanie, la Hollande et la Belgique, et fréquentant les cafés, théâtres et salons de Paris. Il retrouva dans cette ville Giulia Rinieri, qui n'avait épousé un cousin que pour pouvoir rejoindre à sa guise son amant d'âge mûr. (« Giulia, ce me semble, l'a emporté sur toutes les autres par la force du caractère, tandis que, au premier moment, elle semblait la plus faible. ») En dix ans, il écrivit *Souvenirs d'égotisme, Chroniques italiennes, Lucien Leuwen, Vie de Henry Brulard, Mémoires d'un touriste, La Chartreuse de Parme* et *Lamiel,* sans compter sa volumineuse correspondance, mais son itinéraire était toujours celui d'un étudiant incorrigible. À cinquante-sept ans, il connut sa « dernière romance » à Rome avec la comtesse Cini. Un an plus tard, il fut victime d'une première attaque d'apoplexie (« il n'y a pas de ridicule à mourir dans la rue », écrit-il à son ami Domenico

Fiore, « quand on ne le fait pas exprès »), mais il se rétablit pour une ultime brève aventure.

Alors qu'il contemplait le lac Albano à la fin de sa vie, il songea que l'histoire de sa vie pouvait être résumée par les initiales de onze femmes et les « étonnantes bêtises et sottises qu'[elles lui] ont fait faire ». Cependant, ceux qui courent les aventures doivent avoir la force de courir : seul un homme extraordinaire peut posséder l'énergie émotionnelle, la spontanéité qui lui permettent de rester un enfant à cinquante ans. Comme il le dit lui-même, « pour posséder un caractère fort, on doit avoir une grande expérience des déceptions et des malheurs de la vie : alors, soit l'on désire constamment, soit pas du tout ».

Les critiques qui ont raillé Stendhal pour sa « puérilité » et son « immoralisme » n'ont pas su voir la source de son génie, la force qui lui permettait de conserver sa sensibilité juvénile même quand il eut atteint un âge vénérable. Quand il manifestait une capacité insouciante pour la joie et la tristesse jusqu'à la fin de sa vie, il nous donnait un indice des talents qui lui ont permis d'écrire les romans les plus intensément vivants de toute la littérature. Il comprenait lui-même très bien les sources de son inspiration :

> Après les hasards de la première jeunesse, le cœur se ferme à la sympathie. La mort ou l'absence éloigne-t-elle des compagnons de l'enfance, l'on

est réduit à passer la vie avec de froids associés, la demi-aune à la main, toujours calculant des idées d'intérêt ou de vanité. Peu à peu, toute la partie tendre et généreuse de l'âme devient stérile (...), et à moins de trente ans l'homme se trouve pétrifié à toutes les sensations douces et tendres. Au milieu de ce désert aride, l'amour fait jaillir une source de sentiments plus abondante et plus fraîche même que celle de la première jeunesse.

De l'amour (chap. XXXI)

Stendhal est l'un des rares esprits qui n'ait jamais cessé de désirer *être vivant, être amoureux, être libre.* Ces trois désirs dominent toute son œuvre.

*

Cependant, comme le disait Balzac, nous devons Stendhal au contraste entre le Nord et la Méditerranée : l'homme qui désirait que fût inscrit sur sa tombe « Errico Beyle Milanese » restait possédé par l'esprit logique des Français.

La discussion entre le jeune Henri et son tuteur jésuite sur le fait de savoir s'il devait dire ce qu'il pensait et éprouvait reflète l'un des thèmes récurrents chez Stendhal, présent dans toutes ses œuvres de la maturité : le conflit entre les esprits intelligents et les esprits conventionnels, qui sont trop timides pour penser par eux-mêmes et souscrivent à toutes les idées reçues de leur temps. Tout ce qu'il écrit est l'œuvre d'un génie qui voit de ses propres yeux, pense avec sa propre tête et ressent avec son propre cœur. C'est là une qualité rare, même chez les géants de la littérature mondiale ; cela n'est pas toujours vrai, par exemple, de Shakespeare ou Balzac, sans parler du commun des mortels. L'athée Stendhal pourrait être baptisé saint patron des lecteurs intelligents : aucun autre écrivain ne semble avoir trouvé la stupidité — y compris la sienne — si difficile à supporter. Les héros de ses trois grands romans souffrent tous de cette affliction.

Animé par le désir *d'arriver*, Julien Sorel met un point d'honneur à ne jamais émettre une opinion qui ne lui paraisse pas vaine.

« D'ailleurs, comme j'ai plus d'esprit que lui », remarque le comte Mosca, « au bout d'un mois il me prendrait pour un monstre. »

« Dès qu'il mentit à tout venant, comme chantait la cigale, l'engouement reprit de plus belle ; mais (…) avec la prudence l'ennui commença pour Lucien. »

Tous les malheurs qu'endurent les gens intelligents se trouvent chez Stendhal, telle « la colère du rang contre le mérite ». Les charlatans qui dominent la politique, l'enseignement, le discours sur la société, l'ensemble de la culture, du seul fait qu'ils servent les besoins du pouvoir, obscurcissent le bonheur que nous pouvons trouver dans ce monde :

> Un certain nombre d'imbéciles et de gens adroits conviennent entre eux qu'ils savent le mexicain, par exemple ; ils s'imposent en cette qualité à la société qui les respecte et aux gouvernements qui les paient. On les accable de faveurs précisément parce qu'ils n'ont point d'esprit, et que le pouvoir n'a pas à craindre qu'ils soulèvent les peuples et fassent du pathos à l'aide des sentiments généreux !
>
> *(La Chartreuse de Parme)*

Il est impossible d'être une personne pensante et de ne pas être affligé par la solitude et le doute, de ne pas se demander à soi-même, *suis-je fou, ou est-ce les autres ?* En de tels moments, cher lecteur, Stendhal est le meilleur compagnon. Quand les déclarations de quelque idiot jouant les maîtres à penser vous mettent en furie, rappelez-vous cette citation : « Un certain nombre d'imbéciles et de gens adroits... » C'est magique.

Stendhal a étudié la folie d'abord en lui-même. L'adolescent perpétuel était un sujet d'expérience pour le cynique, qui ainsi devint expert en matière de passion et d'ironie tout à la fois. L'ami de son enfance, son grand-père maternel le docteur Gagnon, n'a jamais cessé de lui faire comprendre l'importance qu'il y a à *connaître le cœur humain*, et Stendhal a disséqué son propre cœur comme celui d'un cochon d'Inde. Ce qui explique la différence entre ses mémoires et son journal, d'une part, et les œuvres de fiction de la plupart des autres écrivains, d'autre part :

il parle de nous-mêmes quand il parle de lui-même, alors qu'ils écrivent sur eux-mêmes même lorsqu'ils écrivent sur d'autres. Et ce qu'il a appris dans le laboratoire de son journal, il l'a appliqué au monde de ses romans. Si sa principale quête était celle du bonheur, il savait également que c'était la quête essentielle de tous les êtres humains, et si ses personnages se singularisent avec tant de netteté, c'est parce qu'il a posé les questions les plus cruciales et les plus révélatrices : qu'est-ce qui leur apporte la joie ? Qu'aiment-ils et que haïssent-ils véritablement ?

Son premier chef-d'œuvre, *De l'amour*, est né de son combat pour comprendre la passion insensée qu'il éprouvait pour Métilde Dembowski. Dans la mesure où c'est cet ouvrage qui a incité la plupart des critiques à le trouver « froid » et à voir en lui « un cynique », il peut être instructif d'indiquer comment il l'a achevé à l'âge de trente-neuf ans :

> Je montais dans ma charmante chambre, au troisième, et je corrigeais, les larmes aux yeux, les épreuves de *l'Amour.* C'est un livre écrit au crayon à Milan, dans mes intervalles lucides. Y travailler à Paris me faisait mal, je n'ai jamais voulu l'arranger.
>
> *(Souvenirs d'égotisme)*

De l'amour est la distillation du *Beylisme,* l'art de garder sa tête, quand on perd son cœur. Dans *L'Être et le Néant,* Sartre (qui doit beaucoup à Stendhal, sans l'avoir jamais reconnu) cite cette « dualité » comme un exemple de « mauvaise foi ». En fait, c'est le côté schizoïde du génie littéraire : implication absolue, et détachement absolu.

C'est aussi le secret des grands acteurs. Le fait que « Stendhal » (dérivé du nom d'une ville prussienne) ne soit que l'un des cent trente-neuf pseudonymes que Beyle a inventés pour lui-même devrait décourager quiconque de prétendre un jour le connaître. Cependant, sa prédilection à adopter des identités différentes trahit au moins une autre aptitude saisissante. Tous les écrivains doivent avoir quelque chose de l'acteur en eux — créer un personnage revient à jouer son rôle — mais il ne fait aucun doute que Stendhal était le plus grand acteur, même parmi les grands romanciers. Dans la *Vie de Henry Brulard*, il se rappelle que pendant sa jeunesse à la cour de Napoléon il se fit de nombreux et redoutables ennemis en mimant inconsciemment leurs expressions, et bien plus tard à Civita-Vecchia il se tenait souvent devant une glace, imitant les postures et les gestes qu'il trouvait particulièrement frappants. Balzac et Tolstoï ont dépeint une plus grande variété de personnages, mais c'est Stendhal qui fait *jouer* au-delà de toute mesure ses héros et héroïnes :

> On connaît en France l'anecdote de Mlle de Sommery, qui, surprise en flagrant délit par son amant, lui nie le fait hardiment, et comme

l'autre se récrie : « Ah ! Je vois bien, lui dit-elle, que vous ne m'aimez plus ; vous croyez plus ce que vous voyez que ce que je vous dis. »

De l'amour soutient qu'elle avait presque raison. Sa sortie, citée dans le livre, traite *ad absurdum* d'un de ses thèmes principaux : nous ne prenons conscience que de ce que nous voulons savoir en premier lieu. À strictement parler, Stendhal n'examine que les relations entre l'amour et la conscience, mais avec une telle lucidité, qu'il révèle le lien entre toutes nos pensées et émotions. *De l'amour* constitue ainsi le commentaire le plus utile sur ses romans à venir.

En anglais comme en français, l'expression « état d'esprit » *(state of mind)* ressortit davantage aux émotions qu'à la connaissance — et cette notion est aussi le point de départ de Stendhal. Il analyse comment nos croyances et nos opinions sont formées par nos besoins psychologiques, comment nous raisonnons pour déformer la réalité en acceptant, en rejetant, ou en dénaturant les faits de la vie pour qu'ils correspondent à nos inclinations. Il appelle ce processus *cristallisation :* ce que nous connaissons de l'autre se cristallise sur le fil du sentiment en une forme nouvelle et non reconnaissable, tel le rameau incrusté de « diamants » qu'il avait vu jadis dans les mines de sel d'Hallein. Nous pensons tout savoir des désirs que nous prenons pour des réalités et des jugements dictés par les émotions (s'agissant notamment des opinions de nos adversaires), mais c'est *De l'amour* qui a donné à ces phénomènes leurs véritables proportions, en décrivant le processus dans ses pénibles détails, et en montrant que chaque être humain y est sujet : nous refaisons tous le monde à l'image de nos sentiments.

Éclairant les diverses manières dont nous nous abusons volontairement nous-mêmes, *De l'amour* s'est vendu à dix-sept exemplaires l'année de sa parution, et l'analyse que fait Stendhal de la façon dont nous nous trompons nous-mêmes n'a pas encore été appréciée à sa juste valeur. Selon l'un des modes caractéristiques de la « cristallisation », nous rejetons sa signification en ne voyant en elle qu'un truisme. Cependant, une vérité ne paraît évidente que lorsque nous la comprenons de la manière la plus superficielle. Les faits sont rarement obscurs, notre problème est de détecter leur pertinence, leur *sens.* Ainsi, alors que nous prétendons tout connaître de la part de l'ego dans notre pensée, nous continuons à gaspiller une quantité démesurée d'énergie en feignant d'estimer que nos croyances, nos principes, nos opinions, nos capacités de raisonnement eux-mêmes ne sont pas tributaires de nos émotions. Ces faux-semblants (qui sont responsables de tant de maux, de la pruderie sexuelle aux guerres idéologiques) forment ce que Stendhal nomme *l'affectation,* cible de choix de son ironie et l'un des courants traversant la tension qu'il crée dans ses romans.

*

Dans une lettre adressée à Sainte-Beuve en 1834, Stendhal écrivait : « Je serai bien étonné, après ma mort, si je trouve [Dieu], et, s'il m'accorde la parole, je lui en dirai de belles. » Il dit tout cela à ses lecteurs, et une bonne partie de ce qu'il dit se rapporte aux *affectations* de la méchanceté envieuse.

Même aujourd'hui, alors que la littérature nous offre une galerie animée de monstres surdimensionnés, de fous et de sadiques pour démontrer l'inhumanité de l'homme pour l'homme, les écrivains deviennent curieusement réticents dès qu'il s'agit de parler de la méchanceté pure et simple. Elle semble être si inhérente à notre nature qu'elle doit être niée. L'idée reçue est qu'il y a très peu de méchanceté dans le monde et beaucoup de paranoïa. Mais Stendhal n'a pas peur de parler de la malignité — il dénonce l'affirmation selon laquelle « l'amour mène le monde » pour ce qu'elle est : un mensonge.

De l'amour conseille au lecteur ayant la chance d'être passionnément amoureux de ne pas se confier à son meilleur ami, parce que « ce dernier a la certitude que si ce que vous dites est vrai, les plaisirs que vous éprouvez sont mille fois plus intenses que les siens, et que vous en concevrez un grand mépris pour lui ». C'est de là que naît la méchanceté. Nous nous haïssons pour nos malheurs et soupçonnons les autres de nous haïr aussi, ou tout simplement, nous jalousons ceux qui sont plus heureux que nous, et nous imaginons qu'ils nous considèrent avec condescendance parce que nous les plaçons si haut ; et ainsi, nous nous empressons d'anticiper sur leur dédain en les méprisant les premiers — tels les généraux qui préconisent la stratégie nucléaire de « première frappe », pressant leur pays à être le premier à tirer ses missiles, comme une mesure préventive dictée par la prudence. *La méchanceté est un mépris préventif.*

Dans *Lucien Leuwen*, Stendhal décrit la réaction d'un groupe d'officiers d'une garnison de province quand ils apprennent qu'un nouveau lieutenant arrive de Paris. Tout ce qu'ils savent du nouveau venu, Lucien, est qu'il est le fils d'un riche banquier et qu'il a habité la capitale ; mais comme ils s'ennuient à mourir, menant des vies étriquées et impécunieuses, ils s'imaginent que Lucien les méprisera, et c'est ainsi qu'ils ont tôt fait de le « percer à jour ». Ils décrètent qu'il est dominateur, stupide, faible et inintéressant avant même d'avoir pu se faire ne fût-ce qu'une idée de sa véritable personnalité, et ils emploient toutes les petites ruses mesquines de la vie militaire pour lui faire payer sa « vanité ». Ce qui aurait pu être une satire facile des provinciaux devient sous la plume de Stendhal l'analyse d'un trait humain largement partagé : le moindre signe de bonheur chez les autres passe aux yeux de la plupart d'entre nous pour une offense, dont nous nous sentons obligés de nous venger. Le père de Lucien a tout autant d'ennemis à Paris que son fils en province, parce qu'il est avenant et spirituel de nature, et qu'il est soupçonné de jouir d'une fortune et d'une influence sans limites. *Lucien Leuwen*, soit dit en passant, reste le roman le plus moderne sur la politique contemporaine et, avec *La Chartreuse de Parme*, permet au lecteur de découvrir le rôle d'inspiratrice que joue la méchanceté dans les théories, les stratagèmes et les intrigues politiques.

Le maître en ironie ne manque pas de remarquer le caractère unilatéral de la rancœur. Les gens que nous envions s'estiment rarement enviables. Le riche lieutenant Lucien, que les autres officiers méprisent pour son « arrogance », est malheureux, manque de confiance en lui et envie à son tour les officiers qui ont fait carrière dans l'armée sans l'aide de leur père. À la cour de Parme, une marque anodine de faveur de la part du monarque régnant suffit à faire de l'heureux courtisan, Fabrice, un objet de haine — bien qu'il soit si déprimé qu'il songe à se suicider. Les gens n'ont pas vraiment besoin d'être meilleurs, plus riches, plus intelligents ou — le pire des crimes — plus heureux que nous —, le simple soupçon qu'ils puissent l'être suffit à nous convaincre de leur mépris pour nous et nous incite à riposter.

« L'orgueil passionné des médiocres. » La formule est de Sartre, mais les romans de Stendhal en ont fait la démonstration. Dans *Le Rouge et le Noir*, Julien Sorel, fils d'un meunier, est battu par son père parce qu'il lit des livres — signe du désir manifesté par le jeune garçon d'être supérieur. La justification donnée est qu'il est « paresseux ». Quand Julien devient le précepteur des enfants du maire et troque sa veste de paysan pour un élégant habit noir, ses propres frères lui tendent une embuscade dans les bois et le laissent gisant dans son sang pour le punir de ses effets vestimentaires. Dans le monde de Stendhal, comme dans le nôtre, la plupart des gens sont plus intéressés à rabaisser les autres qu'à s'améliorer eux-mêmes.

La malveillance des personnages stendhaliens ne dépend pas de leur caractère mais de leur état émotionnel. Julien Sorel (qui souffre autant de manques d'égards imaginaires que de la réelle rancœur dont il fait l'objet) est finalement condamné à mort parce qu'il refuse de s'humilier devant les jurés, et cependant il est capable de mépriser sa maîtresse, Mme de Rênal, comme une femme creuse et égoïste, chaque fois qu'il la soupçonne du péché d'orgueil.

À chaque page des romans de Stendhal, les personnages sont prêts à changer leurs attitudes à l'égard des autres, de se convaincre eux-mêmes de jugements nouveaux et « impartiaux », et d'agir en conséquence, dès lors que leur ego est blessé.

Il doit être souligné que rien de tout cela n'est avancé sur le ton de la plainte : l'auto-apitoiement béat qui transforme la plupart des livres sur la condition humaine en d'écœurantes révélations sur le profond chagrin que les auteurs éprouvent pour eux-mêmes est étranger au réalisme de Stendhal. Loin de se laisser attendrir par les malheurs de ses personnages, il montre qu'il s'agit de la principale source du mal. Il apprend au lecteur qu'il doit se défier de lui-même, *qu'il doit se défier des malheureux.*

Nous pouvons devenir vertueux (ou en tout cas inoffensifs pour nous-mêmes et les autres) si nous sommes véritablement heureux, car le contentement est un état d'esprit généreux, voire humble. C'est là l'importance de l'amour — bien que l'amour ait lui aussi ses fausses justifications.

Ayant grandi dans un couvent, Mme de Rênal n'a ni pensées, ni désirs autres que ceux que son éducation l'autorise à avoir. Soumise et timide, sincèrement pieuse, elle est une épouse fidèle et une mère aimante ; c'est aussi une *bourgeoise* de province détestant comme il se doit Napoléon (le héros secret de Julien) et elle est présentée par tous les petits tyrans du bourg comme un modèle pour leurs épouses. Avant l'arrivée de Julien dans sa maison, le mot amour ne signifiait rien d'autre pour elle qu'une vile et révoltante débauche. Quand elle s'éprend de lui, elle sait expliquer ses sentiments : elle éprouve une grande joie que ses enfants aient un précepteur attentionné qui ne les bat point, elle a pitié de ce pauvre fils de meunier, elle se soucie de son bien-être par charité chrétienne. Et ainsi, elle est « parfaitement heureuse, occupée sans cesse de Julien » et « [est] loin de se faire le plus petit reproche ». Quand elle ne peut ignorer plus longtemps son amour, elle reconnaît en elle-même son existence, tout en le désavouant : « Cette folie sera passagère. »

Elle est soulagée de ne rien avoir à craindre. C'est par de telles contorsions de sa conscience qu'elle finit par devenir sa maîtresse.

Animé par l'ambition, Julien a pour sa part des opinions fermes et bien pesées sur la valeur de toutes les autres émotions. Il est si pénétré de son esprit raisonnant qu'alors même qu'il est follement amoureux de Mme de Rênal il continue de se prétendre à lui-même qu'il joue avec elle.

Des *affectations* telles que celles-ci produisent les ironies qui font le charme de nos vies, mais l'ironie, en l'occurrence, tient dans une contradiction qui peut finir par nous détruire. Quand Julien est obligé de quitter Verrières, Mme de Rênal se convainc elle-même que le vide laissé par son absence s'apparente au *remords*, à la culpabilité, preuve de son péché ; quand il lui est demandé un certificat de bonne conduite pour faciliter le mariage de Julien avec la fille d'un marquis, elle est tout aussi convaincue qu'elle doit « à la cause sacrée de la religion et de la moralité » d'écrire une lettre qui ruinera et son mariage et sa carrière. Déterminé à n'agir et à ne parler que pour gravir les marches de la société, Julien (ambitieux fanatique calculant le moindre de ses gestes) ne prend conscience de sa passion pour Mme de Rénal que lorsqu'il retourne précipitamment à Verrières et tente de la tuer.

En bref, aucun rationaliste naïf ne saurait aimer Stendhal. Si vous avez une haute idée de vous-mêmes pour vos opinions et vos principes, si vous pensez qu'ils vous placent au-dessus des mortels à l'esprit moins élevé, il n'est pas votre auteur. On ne peut lire aucun de ses livres sans acquérir le sentiment gênant que nous ne savons rien d'une personne si nous ne connaissons d'elle que ses opinions. Stendhal est le romancier qui met les idées et les idéologies à leur place : si elles sont cohérentes avec le personnage, elles sont l'expression d'un état intérieur ; sinon, elles n'ont aucun sens — ou pire, elles sont un poison.

Mais qu'en est-il des sentiments qui nous mènent aux idées fausses ? Stendhal n'est pas complice de cette sorte de cynisme avec lequel nous nous protégeons de tout engagement. Les gens sont toujours prêts, note-t-il dans *De l'amour*, à ridiculiser la folie des passions susceptibles de nous accaparer, afin de s'encourager eux-mêmes à n'en ressentir aucune. L'affectation selon laquelle la sagesse réside dans l'absence d'émotion est inspirée par la plus méprisable de toutes les émotions, l'appréhension d'éprouver, qui nous conduit à ce qu'il appelle (en anglais) le *dead blank*.

Nous ne pouvons échapper à la domination de notre état psychologique, la seule question est de savoir quelles émotions régiront notre être. Voici un extrait de *De l'amour* :

> Tandis que ce servant jaloux se nourrit d'ennui, d'avarice, de haine et de passions vénéneuses et froides, je passe une nuit heureuse à rêver d'elle, à elle qui me traite mal par méfiance.

*

Alors qu'aussi bien les États capitalistes que les nations communistes — pour ne pas mentionner le monde technologique — ont évolué dans l'illusion que les hommes les ont intentionnellement construits, l'optimisme idéologique s'insinue dans chaque recoin de nos vies. Ce phénomène est aggravé par la culture de masse qui nourrit nos illusions les plus destructrices, entretenant la croyance selon laquelle, si nous sommes dans notre bon droit (et qui ne l'est pas ?) — si nous nous contentons de calculer les choses correctement, de *faire la bonne chose au bon moment* (et qui ne saurait le faire ?) —, alors l'avenir doit donner les résultats désirés. Il doit toujours y avoir un moyen. Et ainsi l'*hybris* transforme l'espoir en fausses certitudes, chacun espère être un gagnant — pour recevoir chaque matin un coup de massue sur la tête.

C'est la raison pour laquelle nous avons besoin de Stendhal plus, peut-être, que toute autre génération : ses romans nous montrent comment l'avenir fonctionne. Tolstoï a écrit la meilleure étude sur le rapport ténu qui existe entre les buts des hommes et les résultats d'une vie, mais c'est Stendhal qui expose inlassablement la condition fondamentale de nos vies. Le chaos est sa spécialité.

Il y a, pour commencer, sa compréhension des contradictions chaotiques inhérentes à chacun de ses personnages. Nous ne pouvons pas espérer que les gens agissent toujours de la manière dont nous nous attendons qu'ils agissent. Le préfet de province, dans *Lucien Leuwen*, risque de perdre son poste et ses chances d'avancement, fruits de longues années de servilité éhontée, en laissant un candidat de l'opposition remporter une élection partielle, dans un accès soudain de vanité blessée. Le père de Lucien, le riche banquier parisien qui agit et parle comme le prototype du capitaliste qui a réussi et ne croit qu'à l'argent et au pouvoir, éprouve en fait si peu d'intérêt pour ces deux choses, qu'à la surprise de tous il meurt dans la misère.

Irving Howe fait à Stendhal un compliment trompeur quand il loue l'extrême sophistication politique de *La Chartreuse de Parme* pour la raison que le chef du parti de l'opposition libérale de la principauté, Fabio Conti, est également le lâche gouverneur de la prison du despote, toujours prêt à fermer les yeux sur le meurtre des victimes d'Ernesto IV. Stendhal est beaucoup plus sophistiqué que cela. Voir au travers des dissimulations transparentes de la politique est un jeu d'enfant comparé au brio avec lequel il décrit la véritable relation, dans la conscience de chacun de ses personnages, entre leurs idées, leurs principes, ou leurs intentions, et leur vraie nature.

La société dépeinte par Stendhal donne l'image d'un monde d'oppression net et propre (où même de perfides libéraux ne se soucient, bassement mais simplement, que de leurs propres intérêts) — apparaissant comme un rêve éveillé, un cauchemar beaucoup trop ordonné et rationnel. *La Chartreuse de Parme* révèle un totalitarisme moderne fonctionnant selon la même anarchique absence de règles que la guerre des Deux-Roses. Si le gouverneur de prison libéral est prêt à sacrifier la vie de Fabrice sur l'autel de la rancune du Prince (et de la sienne propre), c'est le comte Mosca, le premier ministre ouvertement opportuniste et sans scrupules du Prince, qui organise la fuite du prisonnier. (« "Me voici en haute trahison !" se disait-il ivre de joie. ») On ne peut même pas espérer des hommes politiques qu'ils soient constamment vils, pas plus qu'on ne peut espérer qu'ils tiennent les promesses de leurs nobles discours.

Au-delà des ténèbres qui se sont abattues sur l'Europe avec la victoire de la Sainte-Alliance, il y a le monde plus sombre de l'imprévisibilité.

Stendhal ne se borne pas à le suggérer, il le prouve. Ses héros et ses héroïnes sont munis des meilleures armes pour affronter le monde, et exploitent pleinement chaque occasion imaginable de parvenir à leurs fins. Ils n'échouent pas, ils sont vaincus.

Julien Sorel, le roturier déterminé à atteindre le sommet, est un quasi-génie. À l'âge de quatorze ans, il a l'esprit de reconnaître à un simple incident banal le fait que dans la France postnapoléonienne un jeune paysan ne peut espérer gravir les échelons de la société dans la vareuse rouge de l'armée, et que la seule façon de s'élever est de revêtir la soutane noire de l'Église.

> Tout à coup, Julien cessa de parler de Napoléon ; il annonça le projet de se faire prêtre, et on le vit constamment, dans la scie de son père, occupé à apprendre par cœur une bible latine que le curé lui avait prêtée. Ce bon vieillard, émerveillé de ses progrès, passait des soirées entières à lui enseigner la théologie. Julien ne faisait paraître devant lui que des sentiments pieux. Qui eût pu deviner que cette figure de jeune fille, si pâle et si douce, cachait la résolution inébranlable de s'exposer à mille morts plutôt que de ne pas faire fortune !

Détermination, abnégation, intelligence, imagination, rêves de gloire — et une série de hasards heureux et malheureux — le mèneront du moulin paternel à la maison des de Rênal, et de là au séminaire de Besançon et à l'hôtel de La Mole à Paris, en tant que secrétaire privé d'un puissant aristocrate. Bien qu'il ne cesse de calculer, il se montre loyal et digne de confiance, ainsi que compétent, et il est bientôt chargé de gérer toutes les affaires et de débrouiller toutes les dangereuses intrigues politiques du marquis de La Mole, s'en occupant mieux que le marquis lui-même, qui eût aimé que son fils ressemblât davantage à Julien. Quand la *monstrueusement fière* Mathilde de La Mole s'éprend de lui et l'invite dans sa chambre à minuit, il soupçonne un piège : il est convaincu que les jeunes nobles amis du frère de Mathilde veulent le tuer et lui préparent une embuscade ; et cependant il se rend au rendez-vous, pistolets à la main. Il ne se pardonnerait pas d'être négligent ; il ne veut pas avoir à se dire : « Je n'y ai pas pensé. » Il pense toujours à *tout*. Même les choses qu'il ne calcule pas tournent à son avantage : une fois enceinte, Mathilde tient absolument à l'épouser, et le marquis pris de rage est finalement contraint de faire de son secrétaire un aristocrate. Julien devient le chevalier de La Vernaye, lieutenant de hussards, stationné à Strasbourg avec ses chevaux, ses uniformes, ses serviteurs en livrée. Il est grisé par l'ambition.

> Il calculait déjà que, pour commander en chef à trente ans, au plus tard, comme tous les grands généraux, il fallait à vingt-trois être plus que lieutenant. Il ne pensait qu'à la gloire et à son fils.

À ce moment, le marquis a déjà reçu la lettre de dénonciation de Mme de Rênal.

La signification de sa lettre est qu'elle conduit Julien à prendre conscience de ce qui comptait le plus pour lui dans la vie. Cette prise de conscience vient trop tard pour lui ; c'est sa tragédie. Mais pour autant que ses ambitions sociales soient concernées, il a fait tout ce qui était humainement possible. Il s'est retrouvé ne manquant de rien ; personne n'aurait pu faire mieux les choses. À dire vrai, même ses succès temporaires sont dus plutôt au hasard qu'à ses calculs et à ses efforts, et au bout du compte il est vaincu.

Si Julien avait été un peu moins volontaire et capable, son histoire aurait été non concluante. En fait, la littérature regorge des malheurs de personnages faibles ou obsessionnels écrasés par la vie, plongeant à la fois eux-mêmes et le lecteur *dans la plus grande perplexité*. De tels personnages — même conçus par Dostoïevski ou Kafka — peuvent être émouvants et convaincants, mais leur impuissance même limite leur pertinence : on ne peut jamais être certain qu'un homme plus sensé ou plus fort n'aurait pas fait mieux à leur place. Les limites de la condition humaine n'ont pas été testées. Nous sommes laissés avec une impression déroutante du « mystère » de la vie, qui peut exercer notre compassion et nourrir la pitié que nous portons à nous-mêmes, mais qui ajoute peu à notre compréhension des règles de l'existence.

Stendhal n'a que faire de ce qui n'est pas concluant. Après son premier roman, *Armance*, il a écarté les personnages tièdes et hésitants, qui étaient incapables de sonder les limites ultimes de la passion, de la volonté et des talents. Bien qu'il ait condamné Napoléon pour « avoir dépouillé la France de ses libertés », il n'a jamais cessé d'être un admirateur fasciné de l'intelligence, de l'énergie, du courage et de la détermination qui ont permis au Corse inconnu de devenir empereur. Comme Tolstoï après lui, il a vu dans Napoléon *l'être agissant* par excellence, l'explorateur des possibilités de la maîtrise humaine sur les événements. Et c'est ainsi qu'il a créé des personnages napoléoniens. Julien se compare souvent au jeune Bonaparte, et la comparaison est justifiée par ses talents et ses actes. Il n'y a pas de « mystère de la vie » dans un roman de Stendhal : quoi que ses personnages centraux essayent de faire, le lecteur peut retenir au bout du compte que la chose *a été tentée.*

Même une femme aussi ardente qu'Anna Karénine soutient mal la comparaison avec l'une des héroïnes les moins résolues de Stendhal, Mme de Rênal. Elle est timide et peut être incitée par son confesseur à causer la perte de Julien et la sienne propre, mais son échec réside dans le fait qu'elle ne comprend pas ce qui lui arrive, non dans sa faiblesse de caractère. Après que Julien eut attenté à sa vie, elle n'hésite pas à s'exposer elle-même au ridicule et à la condamnation en tentant publiquement de le sauver. Elle *pense* au suicide, mais elle tient bon jusqu'à ce que son cœur cesse de battre.

Cependant, aucun personnage, masculin ou féminin, ne peut se comparer à la Gina Sanseverina de *La Chartreuse de Parme*. Il n'y a rien au monde qu'elle ne connaisse pas : elle comprend les hommes, elle comprend la politique, elle sait charmer, elle sait lutter. Cette femme n'est jamais abusée par de fausses idées : elle va jusqu'à se connaître elle-même. Elle est également bien née, riche et puissante. Le comte Mosca, premier ministre de Parme passé maître en matière de diplomatie et d'intrigue, est son esclave. Sans même essayer, elle peut inspirer des passions qui poussent les hommes à risquer leur vie et commettre des meurtres à seule fin de lui plaire. On a remarqué qu'elle fait même perdre la tête aux critiques littéraires ; pour ne citer que Balzac, elle est « franche, naïve, sublime, résignée, remuée comme un drame de Shakespeare, belle comme la poésie. (…) Les événements de [sa] vie agitée ont développé chez elle le plus magnifique caractère italien : elle a l'esprit, la finesse, la grâce italienne[1]… » Il n'y a jamais eu être humain, réel ou imaginaire, qui fût si bien armé pour obtenir ce qu'il voulait de la vie — ou qu'il ait désiré si ardemment. « L'univers est un sentier pour sa passion. » Elle veut son neveu. Tout ce qu'elle fait, elle le fait pour Fabrice. Il éprouve l'affection et l'admiration les plus sincères pour elle, mais il est épris de Clé-

1. Balzac, « Études sur M. Beyle (Frédéric Stendalh [*sic*]) », *Écrits sur le roman*, Livre de Poche, 2000, p. 221, 209.

lia Conti, et il n'y a rien qu'elle puisse faire pour l'en détacher.

Son amour repoussé, sa vie en danger, elle entend « un grand bruit » dans sa maison à minuit :

> « Bon ! se dit-elle, voilà qu'on vient m'arrêter. (...) Eh bien, tant mieux ! je vais avoir une occupation ; je vais leur disputer ma tête. »

La duchesse Sanseverina non seulement nous fait voir l'impossibilité de maîtriser notre destinée, elle nous réconcilie avec elle.

*

Les lecteurs qui auront bâillé à la lecture d'un trop grand nombre de romans « sérieux » n'ont pas besoin de garder leurs distances avec Stendhal. Ses ouvrages ne sont pas des démonstrations de fatuité pesante, conçues pour prouver à quel point l'esprit de l'auteur est profond, et son métier difficile. Ils n'appartiennent pas à cette sorte de livres portés aux nues par les imposteurs de la culture, tel Sainte-Beuve, qui dictent l'opinion littéraire à toutes les époques et dans tous les pays, et qui sont infailliblement hostiles à l'art — peut-être pour la simple raison qu'ils s'intéressent principalement à l'art, alors que l'art s'intéresse principalement à la vie. De tels gens peuvent facilement s'accommoder de ce qui est faux, car rien ne les horrifie hormis la vulgarité — *i.e.*, la réalité non édulcorée par l'affectation. Ils jugeaient Stendhal commun, vulgaire et « non artistique » à son époque, et même aujourd'hui ils ne peuvent écrire sur ses œuvres sans condescendance. Stendhal est trop vivant pour eux, même dans la tombe.

Ceci devait être rappelé, car la dédicace de Stendhal aux *happy few* a été revendiquée par ces précieux comme le slogan de leur caste. Il détestait ces « faibles d'esprit pédants dont la vanité les obligeait à parler de littérature et à prétendre penser », et c'était avant tout leur coterie qu'il entendait exclure du cercle des heureux élus, ses lecteurs, parmi lesquels il aurait aimé voir figurer « des êtres tels Mme Roland et M. Gros, maître de géométrie » — son vieux professeur de mathématiques à Grenoble. De son vivant, ils encensaient et admiraient des auteurs qui sont aujourd'hui complètement ignorés, ou dont on se souvient encore pour leurs monumentales réalisations en matière d'absurdité mélodramatique, de psychologie torturée et de style factice — Chateaubriand, Alfred de Vigny, Eugène Sue, Fenimore Cooper, Walter Scott. Sainte-Beuve estimait que les romans de Stendhal n'étaient même pas dignes d'être recensés ; il se privait lui-même du plaisir de les attaquer par écrit de crainte que des critiques négatives n'encouragent quelque lecteur pervers à les acheter. *La Chartreuse de Parme* ne fit l'objet l'année de sa publication que d'une seule chronique (une faveur de *La Revue de Paris* à Stendhal, qui comptait parmi ses collaborateurs) — un scandale qui incita finalement Balzac à rédiger son essai de soixante-neuf pages, « Études sur M. Beyle ».

Cependant, Balzac, entre tous, ne pouvait s'empêcher de dire que M. Beyle était « très gros » et (tout en écorchant le nom de plume de l'auteur en « Stendalh ») le critiquait pour ses « négligences » en matière de grammaire et de style — avant de conclure en suggérant qu'il devrait polir son manuscrit pour atteindre à la perfection poétique de Chateaubriand. Il n'est pas étonnant que Stendhal ait mis deux semaines à rédiger son mot de remerciement, quand bien même il était reconnaissant à Balzac pour ses nombreuses remarques judicieuses. Les trois versions de sa réponse nous font comprendre pourquoi il n'est jamais ennuyeux. « On me dit, écrit-il à Balzac, qu'il faut quelquefois délasser le lecteur en décrivant le paysage, des habits, etc. Mais ces choses m'ont tant ennuyé chez les autres ! J'essaierai. » Il n'infligerait pas à ses lecteurs ces passages « obligatoires » qu'il trouvait lui-même si pénibles — c'est la raison pour laquelle il compte parmi les rares auteurs que nous pouvons lire sans sauter des pages. Excusant ses erreurs de négligence en arguant du fait que le livre avait été dicté en à peine neuf semaines (chose à peine croyable !), il confiait innocemment qu'il n'avait jamais « songé à l'*art* de faire un roman », et qu'il ignorait l'existence de règles en la matière. Quant à ce que Balzac appelait « le caractère de perfection, le cachet d'irréprochable beauté que MM. de Chateaubriand et de Maistre ont donnés à leurs livres chéris » —

> En composant *la Chart [reuse]*, pour prendre le ton, je lisais de temps en temps quelques pages du code civil. (…) Je n'ai jamais pu lire vingt pages de M. de Chateaubriand ; j'ai failli avoir un duel parce que je me moquais de la *cime indéterminée des forêts.* (…) M. de Maistre m'est insupportable. Voilà sans doute pourquoi j'écris mal ; c'est par amour exagéré pour la logique.

Il confiait qu'il ne voyait qu'une seule règle en matière d'écriture : *être clair.* (« Souvent je réfléchis un quart d'heure pour placer un adjectif avant ou après son substantif. Je cherche à raconter (1) *avec une idée,* (2) avec clarté, ce qui se passe dans un cœur. ») Par gratitude pour la critique enthousiaste de Balzac, il fit la promesse (non tenue) de « corriger le style » ; mais il ne faisait aucun doute dans son esprit que, des deux, c'était lui qui avait raison. Comme il l'avait déjà écrit ailleurs, « Il n'y a qu'une grande âme qui ose avoir un style direct. C'est pour cela que Rousseau a mis tant de rhétorique dans *La Nouvelle Héloïse* ».

Méconnu de ses contemporains, il écrivait pour les générations futures, et cela a un rapport direct avec le fait que ses chefs-d'œuvre ont l'allure, l'économie et la tension de bons *thrillers.* Escomptant que ses futurs lecteurs ne connaîtraient, ni ne se soucieraient de l'époque à laquelle il vivait, il ne s'embarrassait pas des grands sujets éphémères de son temps, le genre de problèmes figurant à la une des journaux, qui font leur chemin dans la plupart des romans et les *datent* en quelques décennies, sinon en quelques mois. Ses romans ne renferment rien qui ne soit de la plus haute importance pour les personnages ou leur histoire. Balzac, qui a gâché certaines de ses propres œuvres par une documentation excessive sur des sujets purement transitoires, identifiait le comte Mosca de *La Chartreuse de Parme* au comte de Metternich. La réponse de Stendhal à cette remarque est franche :

> Je n'ai point copié M. de Metternich (...). Je songe que j'aurai peut-être un peu de succès vers 1860 ou [18]80. Alors, on parlera bien peu de M. de Met[ternich] (...). La mort nous fait changer de rôle avec ces gens-là.

Stendhal n'est pas fait pour les érudits, ni pour les intellectuels des lettres, en nombre heureusement limité : son œuvre traite des émotions humaines, notre lot commun. Il ne se soucie de plaire ni aux femmes prétentieuses, ni aux hommes « positifs » trop occupés à gagner cent mille francs par an et à gérer une main d'œuvre de deux mille employés pour *perdre leur temps* à des choses inutiles, ni à l'étudiant si enchanté d'avoir appris le grec moderne qu'il pense déjà à se mettre à l'arabe ; mais il n'exclut pas de ses *happy few* la sorte de gens qui font fortune à la Bourse ou à la loterie. Selon Stendhal, de tels jeux de hasard, qui suscitent de fortes émotions, sont tout à fait compatibles avec les sentiments inspirés par une grande peinture, une phrase de Mozart ou un éclat dans le regard d'une femme.

Comme le disait Balzac, Stendhal peut être lu « avec le souffle court, le cou tendu, les yeux exorbités, par quiconque a une imagination, ou juste un cœur ».

*

Les écrivains qui gavent leurs lecteurs des mensonges les plus absurdes, semblant ignorer la vie réelle au-delà de ce qui est imaginable, sont habituellement qualifiés de « romantiques ». C'est un estimable et joli mot, comme si le fait de croire en toutes sortes d'absurdités était un passe-temps inoffensif, voire louable. L'adjectif « romantique » a également été appliqué à Stendhal, sans la moindre justification, par des critiques à l'âme sèche, choqués à la simple idée que des hommes et des femmes puissent êtres mus par des sentiments. Ceux qui voient en lui un cynique et déplorent qu'il nous prive de nos illusions énoncent au moins une vérité.

Nous vivons dans un brouillard d'illusions, jamais vraiment sûrs de savoir qui nous sommes et où nous nous trouvons, chacun souffrant de sa propre « névrose d'anxiété » ou « crise d'identité ». Quand Stendhal nous prive de nos idées fausses sur l'amour, la raison, l'action et l'histoire, il dissipe le brouillard et nous permet de toucher terre. « C'est la vie », peut dire le lecteur, « voilà ce que signifie être un être humain, c'est cela que je dois affronter. »

Dépouillant la vie de ses mensonges, Stendhal communique aussi sa *force*, celle qui remplit nos sens, nos émotions, nos impulsions, mais que nous apprenons à trahir.

La plus grande partie de notre vie adulte se passe en de petits compromis qui nous permettent de cohabiter avec d'autres êtres humains, mais qui atténuent également la conscience que nous avons de notre individualité, le sens de notre unicité et de notre importance. Nous savons parfaitement — plus peut-être en cette époque de surpopulation et de communication de masse que jamais auparavant — que chacun de nous n'est qu'un grain de poussière dans l'ordre de la nature. Cela permet à d'autres de nous manipuler plus facilement, et nous empêche d'avoir foi en nous-mêmes — ce qui explique que toutes les tyrannies fassent de l'humilité la plus grande des vertus. Cette vertu, cette servilité, ce déni de soi-même que l'on appelle par euphémisme « conformisme » écrasent jusqu'à notre volonté de vivre.

La principale source de toute l'œuvre de Stendhal est la tension émotionnelle qui existe entre nos pulsions immédiates, nos sentiments vrais, et la pression qui nous oblige à les contenir au nom de notre rôle dans la société. Dans cette tension, nous faussons souvent notre individualité vivante, quand nous ne la transformons pas en une sorte de machine mécanique. C'est le tourment le plus douloureux de Julien Sorel : ses propres impulsions entrent en conflit avec ce qu'il conçoit comme une nécessité de rendre toutes ses paroles et tous ses gestes conformes à un modèle préétabli, censé fournir la clé de la réussite. Mais ce problème n'est pas réservé aux perdants et aux outsiders : Lucien Leuwen, le garçon fortuné, le ressent de manière tout aussi aiguë, ainsi que Fabrice del Dongo, l'aristocrate italien.

Pour l'impulsif, le passionné, le « puéril » Stendhal, il s'agissait du problème de sa vie. Il passa de nombreuses années dans l'armée, à la cour de souverains, dans la diplomatie (sans parler des salons littéraires, essentiels pour lui), où chaque regard, chaque mot, chaque geste était gros de conséquences — et affronta des dangers encore pires dans la compagnie constante de femmes qu'il adorait et auxquelles il désirait si désespérément plaire. S'adapter, ou être soi-même — c'est le drame qui est toujours là, à chaque moment que nous passons avec les autres. Stendhal devait également l'affronter en tant qu'écrivain : devait-il ou ne devait-il pas prendre part aux intrigues littéraires ? devait-il ou ne devait-il pas utiliser le style « poétique » ?

Pour paraphraser Valéry, il était partagé entre son désir de plaire et d'atteindre la gloire, et la *manie*, le *plaisir sensuel* d'être lui-même.

Condamné à la guillotine pour avoir attenté à la vie de Mme de Rênal, Julien Sorel se voit offrir une chance de pardon à la seule condition qu'il se repente publiquement de son péché et qu'il se convertisse à la religion. Cependant, ce jeune homme, l'opportuniste le plus cynique qui se faisait fort de ne jamais prononcer un mot sérieusement, en est venu à comprendre que nous ne pouvons nous fier à rien en ce monde — que nous ne pouvons pas nous fier à nos espoirs, qu'ils se réalisent ou soient contrariés, et que nous ne sommes riches ou pauvres, victorieux ou vaincus, que par rapport à ce que nous ressentons à propos de nous-mêmes, et que de ce fait, rien n'est aussi précieux que ce sentiment, la seule chose que nous possédons véritablement. Et c'est ainsi qu'il refuse de *feindre* davantage, même pour avoir la vie sauve. « Et que me resterait-il, répondit froidement Julien, si je me méprisais moi-même ? »

La joie sensuelle qui inspire la décision de Julien est la pulsation stendhalienne, imprimant dans l'âme du lecteur « ce qui est farouche, jaloux, incommunicable » (Valéry). Personne ne peut lire Stendhal et se sentir superflu, ou complètement vaincu. Il ravive notre fierté.

The Times, 11 mai 1968

Lucien Leuwen,
le chef-d'œuvre inachevé

Dans sa préface au *Diable blanc*, Webster parle de « ces ânes ignorants qui, chez le libraire, demandent toujours non pas de bons livres mais des livres nouveaux ». Ce qui me fait penser à ce mot de Webster, c'est le fait qu'un des grands romans de Stendhal n'a été traduit en anglais qu'en 1951, qu'il n'a été réimprimé que trente-trois ans plus tard, et que — à ma connaissance du moins — la nouvelle édition de la Boydell Press n'a fait l'objet d'aucune mention particulière dans la presse. *Lucien Leuwen* n'a pas l'élan dramatique du *Rouge et le Noir* ou de *La Chartreuse de Parme*, mais il nous touche de plus près sur un sujet qui nous importe, « ce séduisant mélange d'hypocrisie et de mensonges qu'on appelle un gouvernement représentatif ». Il se situe sous le règne de Louis-Philippe, le « roi-citoyen », amené au pouvoir par la révolution de Juillet 1830 : la France a une monarchie constitutionnelle, une Chambre des députés, un parti républicain légal, la liberté de la presse, et certains citoyens ont le droit de vote. D'où la nécessité de l'hypocrisie et des mensonges. Le prince de Parme, lui, peut se fier à sa police secrète : un gouvernement élu, pour imposer sa volonté, doit avoir recours à la duperie.

Dans son introduction à la présente édition, Geoffrey Strickland montre combien le roman est profondément enraciné dans sa période historique, cette « halte dans la boue », selon l'expression du général Lamarque, député libéral populaire. Mais les hauts fonctionnaires qui « meurent de crainte et de vanité » sont aussi courants de nos jours que du temps de Stendhal ; le ministre du gouvernement, un voleur qui ne se permet jamais un propos sincère, est toujours parmi nous, de même que ces banquiers qui, comme Leuwen père, « achètent, dans l'occasion, des nouvelles aux ministres, ou les exploitent de compte à demi avec eux ». *Lucien Leuwen* foisonne d'histoires scandaleuses, de ces potins que les journalistes politiques racontent à leurs amis mais publient rarement, par crainte de procès en diffamation et manque de preuves irréfutables, ou pour certaines raisons politiques. Seule une œuvre de fiction peut dire la vérité sur les puissants. Comme l'écrivait Stendhal, reprenant les propos de son amie Mme Destutt de Tracy : on ne peut plus arriver à la vérité que dans un roman.

Aucun autre romancier n'est arrivé à la vérité en politique de façon aussi vivante et ironique.

Certains ont pu rivaliser avec son génie, mais aucun ne possédait une expérience aussi étendue des affaires publiques.

C'est pendant qu'il assurait la fonction de consul de Louis-Philippe à Civita-Vecchia que l'ancien soldat et officier d'état-major, administrateur et fonctionnaire du gouvernement, écrivit *Lucien Leuwen.* Il n'était pas un outsider attaquant le « système », mais un initié qui s'enorgueillissait de son exactitude, en espérant être encore lu au vingtième siècle. Son but était de montrer comment les choses fonctionnent. Tout cadre compétent reconnaîtrait l'importance capitale de remarques telles que : « Quand on est chef de corps, il faut savoir se mortifier », ou encore : « Traitez toujours un ministre comme un imbécile — il n'a pas le temps de penser. »

Mais la profondeur et la pertinence de tout grand roman réside dans la synthèse de toutes les vérités qu'il contient, dans la manière dont les personnages se révèlent et dans les rapports qui s'établissent entre eux — en un mot, dans l'intrigue. Ici encore, le héros de Stendhal est un jeune homme qui veut parvenir au succès tout en restant honnête. La double découverte du moi et de la société est au roman ce que le contrepoint est à la musique, et Stendhal en est le maître inégalé.

Lucien est le plus chanceux de ses héros. Contrairement à Julien Sorel ou à Fabrice del Dongo, il a un père jovial et affectueux qui considère qu'« un fils est un créancier donné par la nature » — un père qui, de plus, est un banquier parisien extrêmement riche et puissant. Sur le plan pécuniaire, Lucien n'a pas de souci à se faire. Quand il est chassé de l'École polytechnique pour avoir pris part à une manifestation antigouvernementale après les obsèques du général Lamarque, il se console bien vite de ne pas avoir à travailler douze heures par jour pendant deux ans « à faire une guerre soutenue aux cigares et aux bottes neuves ». Oisif, futile, mais intelligent et dynamique, plein d'élans de générosité et d'honnêteté, Lucien décide de prendre sa vie en main et d'entrer dans l'armée. Comme son père lui achète sa charge et qu'il peut donc choisir son régiment, il opte pour le 27e de lanciers, parce que c'est l'uniforme qui lui plaît le plus.

> Il se promenait dans sa chambre (...). À chaque tour (...), il détournait un peu les yeux, sans s'arrêter pourtant ; il regardait un canapé, et sur ce canapé était jeté un habit vert, avec passepoil amarante, et à cet habit étaient attachées des épaulettes de sous-lieutenant.

Sa première prouesse de sous-lieutenant est une chute de cheval. Ceci intéressera le lecteur, qui se souviendra avoir lu dans la *Vie de Henry Brulard* que Henri Beyle adolescent, en route pour l'Italie avec l'armée de Napoléon, monta un cheval pour la première fois de sa vie, et que la bête devint enragée et se précipita vers les saules du bord du lac de Genève. Le jeune Beyle vécut un quart d'heure de terreur mortelle, pendant lequel il crut se rompre le cou. Cet incident l'affecta si profondément qu'il en fit un de ses motifs préférés. Julien, Fabrice, Lucien — tous ses héros tombent de cheval. Manifestement, le rappel de cette mésaventure au bord du lac de Genève est une manière de puiser dans son subconscient et de retrouver les sentiments intenses de sa jeunesse, l'enthousiasme, l'esprit rêveur, la tristesse et la gaieté de l'adolescence, dont est empreint tout ce qu'il a écrit.

Lucien tombe de son cheval en entrant dans la ville de Nancy avec son régiment, car il éperonne sa monture à un mauvais moment : il est en train d'admirer une jeune blonde aux cheveux magnifiques et à l'air dédaigneux qui regarde le défilé d'une fenêtre des étages. Elle lui sourit (mais il croit qu'elle se moque de lui) au moment où il est précipité dans la boue. Furieux, la tête tournée par la belle, décidé à lui prouver qu'il est bon cavalier, il repasse devant chez elle quotidiennement et lève les yeux vers sa fenêtre jusqu'au jour où il fait une nouvelle chute, après quoi il se consacre résolument à gagner son cœur. « Pour se justifier du malheur d'aimer, Lucien se disait qu'il n'avait jamais rencontré une physionomie aussi céleste. » Il ne sait plus ce qu'il fait, n'est plus maître de lui-même. Dans une plaquette intitulée *H. B.*, Mérimée écrit de Stendhal : « Je ne l'ai jamais vu qu'amoureux, ou croyant l'être. » C'est toujours chez lui un thème majeur, raison pour laquelle on le considère souvent comme un romantique. Mais l'amour, chez Stendhal, est une éducation.

Pour être présenté à Mme de Chasteller, Lucien est obligé de s'introduire par des manœuvres dans les salons de l'aristocratie locale et de « faire sa cour à des personnes vieilles, laides et ridicules ». Irrités de voir leur part du budget réduite et souhaitant l'effondrement du régime tout en redoutant une révolution, les gros propriétaires nancéiens inquiets passent le plus clair de leur temps à discuter de politique. Stendhal fait revivre les angoisses, la paranoïa et les manières pompeuses de ces privilégiés en marge des événements — tout en esquissant une vaine idylle à travers un dédale de discussions politiques passionnantes. Ses personnages sont constamment en porte à faux avec leurs opinions et, avec l'impartialité de son intelligence critique, Stendhal montre qu'il y a autant de folie dans un point de vue que dans un autre. « Il était dépourvu de cette servilité d'esprit que risque d'exiger toute allégeance politique », observe Geoffrey Strickland dans sa brillante étude *Stendhal : l'Éducation d'un romancier*. Les sympathies de Stendhal vont aux républicains et à l'éditeur de leur journal, M. Gauthier, « qui ne bégayait point en cherchant à convertir (Lucien) à la démocratie américaine », mais ne pouvait venir à bout de son objection majeure à la république : la nécessité de flatter les médiocres. Malheureusement, Lucien trouve Gauthier ennuyeux et craint d'être condamné à passer sa vie « entre des légitimistes fous, égoïstes et polis, adorant le passé, et des républicains fous, généreux et ennuyeux adorant l'avenir ». Il me semble que c'est là une définition de la gauche et de la droite qui tient toujours parfaitement.

Avec l'art d'un grand compositeur, Stendhal crée une tension entre les deux thèmes contrastés de l'amour et de la politique qui résonnent chacun de leur propre écho. Les tiraillements contraires du caractère et des idées, de l'amour et de la crainte des complications, tendent à converger sans y parvenir vraiment. Mme de Chasteller et Lucien fuient tous deux le « vide mortel » de l'oisiveté, de la vanité, d'une compagnie insipide, de l'insignifiance et de l'ennui et trouvent leur délivrance dans l'amour, mais en même temps ils font tout ce qu'ils peuvent pour retenir leurs sentiments. Mme de Chasteller est une jeune veuve dont le père intercepte les lettres et l'assigne pratiquement à résidence pour compromettre ses chances de se remarier (le vieil homme désire vivre sur la fortune de sa fille sans l'entrave d'un gendre) ; malgré cela, elle craint de perdre la liberté de ses sentiments en s'abandonnant à Lucien, tandis que celui-ci a peur, en tombant amoureux, de se rendre ridicule, et peut-être de devenir fou.

Leur rupture est perpétrée par la supercherie d'un médecin légitimiste, le docteur Poirier, au nom des célibataires de Nancy, qui ne veulent pas qu'un Parisien leur ravisse la veuve la plus riche de la ville. La résistance de Mme de Chasteller, ses « Je-vous-aime-mais » ébranlent Lucien, qui tombe dans le piège de croire qu'elle a eu un autre amant et a donné naissance à un enfant. Il déserte son régiment et revient aussitôt à Paris, où les affaires de la France sont mal gérées, comme nous l'apprenons dans la seconde partie du roman.

Dans son journal, à la date du 5 mai 1834, Stendhal note que son premier jet de *Lucien Leuwen* est trop long.

> Je fais le premier manuscrit trop long. À Marseille, en 1828, je crois, je fis trop court le manuscrit du *Rouge*. Quand j'ai voulu le faire imprimer à Lutèce, il m'a fallu faire de la substance au lieu d'effacer quelques pages et de corriger le style. De là, entre autres défauts, des phrases heurtées et l'absence de ces petits mots qui aident l'imagination du lecteur bénévole à se figurer les choses. Je fais donc ceci trop long de 200 pages, afin qu'à Lutèce, après *the fall of me or of the j.*, je n'aie que deux choses à faire :
> 1° Couper des pages et des phrases ;
> 2° Rendre le style plus clair encore, s'il est possible, et plus coulant, moins heurté.

Finalement, il met le livre de côté, inachevé, n'en ayant révisé que la première partie. La monarchie de Juillet ne tombera qu'avec la révolution de 1848, six ans après sa mort et, comme, pour vivre, il dépendait du « Budget » (ainsi désignait-il avec mépris le gouvernement), il ne pouvait pas se permettre de risquer son poste à Civita-Vecchia. Ce que nous avons est donc l'ébauche originale des deux premières parties. Je doute, s'il avait revu le manuscrit, qu'il ait pu supprimer deux cents pages, mais peut-être aurait-il réussi à en retrancher une quarantaine ou une cinquantaine, ce qui eût amélioré le tempo, et à reprendre certaines scènes esquissées à la hâte et qui n'emportent pas l'adhésion du lecteur. Il est possible qu'à une première lecture on bute sur les passages non travaillés : j'ai moi-même longtemps trouvé *Lucien Leuwen* moins bon que *Le Rouge et le Noir* et *La Chartreuse de Parme.* Mais à la relecture, on trouve justifié l'enthousiasme de Geoffrey Strickland pour cette œuvre dont la forme inachevée convient parfaitement à son contenu — des vérités que personne parmi ceux qui sont au pouvoir ne souhaite entendre. Si Stendhal écrivait *Lucien Leuwen* de nos jours, il ne pourrait pas plus qu'en 1835 espérer le publier et garder son poste de consul.

Voici un extrait d'une conversation, au moment du retour à Paris de Lucien, entre ce dernier et son père. Le banquier Leuwen, qui ne craint « que deux choses au monde, les ennuyeux et l'air humide », se propose de procurer à son fils la place de secrétaire du ministre de l'Intérieur. Lucien déclare alors qu'il accepte, sous la condition « de ne contribuer à aucun assassinat » et de ne pas rédiger de « pamphlets menteurs ».

> « Fi donc ! Cela regarde les gens de lettres. Dans le genre sale, vous dirigez, vous ne faites jamais. Voici le principe : tout gouvernement, même celui des États-Unis, ment toujours et en tout ; quand il ne peut pas mentir au fond, il ment sur les détails… Voilà une première maxime d'État ; cela ne doit jamais sortir de votre mémoire ni de votre bouche.
> — J'entre dans une caverne de voleurs, mais tous leurs secrets, petits et grands, sont confiés à mon honneur. »

Les Leuwen s'acquièrent l'affection du lecteur par leur lucidité, leur manque d'hypocrisie, leur mépris pour les coquins et les imbéciles qui les entourent ; ils sont intelligents, bien intentionnés, généreux, et ils ne manquent pas une occasion de bien se comporter. Le premier acte de Lucien dans le cadre de ses fonctions officielles est de prévenir l'empoisonnement d'un agent provocateur blessé par des policiers soucieux d'empêcher ce dernier de parler. Et pourtant, le père comme le fils coûtent très cher à la société. Lucien devient secrétaire particulier du ministre parce que celui-ci peut fournir sur les décisions gouvernementales des informations selon lesquelles Leuwen père achètera et vendra en Bourse : pratique qui permet encore de nos jours aux politiques de devenir millionnaires en « servant leur pays ».

S'étant aperçu que les hommes mentent presque toujours quand ils s'expliquent sur leurs raisons d'agir, Stendhal rejette l'idée ennuyeuse et largement partagée, concernant les affaires publiques, que les actes politiques sont accomplis pour des raisons politiques, dans l'intérêt général, ou du moins dans l'intérêt de tel ou tel groupe. Même les marxistes dépeignent les politiques des régimes démocratiques comme les représentants plus ou moins désintéressés d'un système mauvais, motivés par le désir de maintenir le pouvoir de la classe exploitante, plutôt que tels qu'ils sont réellement, des individus avides, qui roulent pour eux-mêmes. Stendhal n'était pas dupe. Il y a dans ce livre autant de partis que de personnages.

Mais le pire, c'est qu'il n'y a pas que la corruption par l'argent. Simplement pour prouver — louable ambition — qu'il n'est pas juste le fils de son père, Lucien déploie beaucoup d'efforts au service du ministre qu'il méprise en essayant de soudoyer les électeurs de Caen pour empêcher l'élection du candidat républicain, qui est pourtant un homme de bien. Malgré ses manœuvres habiles, Lucien échoue parce que le vaniteux petit préfet de Caen préférerait risquer de perdre son poste en assurant la défaite du candidat du gouvernement plutôt que de coopérer avec Lucien, qui a blessé son amour-propre. Le républicain perd à Caen, mais le père de Lucien, dans un accès d'ambition, se fait élire député de l'Aveyron, rallie un groupe de partisans à la Chambre, et déclenche une crise parlementaire pour punir de Vaize de n'avoir pas récompensé les efforts de Lucien de façon suffisamment marquante.

Par toute une série d'incidents très révélateurs, Stendhal démontre de manière concluante que la mauvaise gestion des affaires publiques n'est pas une aberration mais une loi de la nature, car les hommes ne peuvent s'empêcher de prendre des décisions d'ordre public pour des raisons privées et souvent particulièrement personnelles. La matière du livre est une myriade de détails concrets, de petits faits réels, mais ce qui définit le mieux son esprit, c'est une anecdote improvisée par Stendhal et rapportée par Mérimée :

> Une fois, chez madame P., il nous fit la théorie cosmogonique suivante : « Dieu était un mécanicien très habile. Il travaillait nuit et jour à son affaire, parlant peu, et inventant sans cesse, tantôt un soleil, tantôt une comète. On lui disait : Mais écrivez donc vos inventions ! Il ne faut pas que cela se perde. "Non, répondait-il ; rien n'est encore au point où je veux. Laissez-moi perfectionner mes découvertes, et alors..." Un beau jour, il mourut subitement. On courut chercher son fils unique, qui étudiait aux Jésuites. C'était un garçon doux et studieux, qui ne savait pas deux mots de mécanique. On le conduit dans l'atelier de feu son père. "Allons, à l'ouvrage ! Il s'agit de gouverner le monde." Le voilà bien embarrassé ; il demande : "Comment faisait mon père ? — Il tournait cette roue, il faisait ceci, il faisait cela." — Il tourne la roue et les machines vont tout de travers. »

The London Review of Books, 20 février 1986

Les Contes drolatiques
d'Honoré de Balzac

S'il y a quelque chose en moi qui puisse vivre, ce sont ces Contes. *L'homme qui en fera cent ne saurait mourir.*

BALZAC

Allez-vous rire en voyant toutes les hypocrisies de femmes qui auront dévoré votre livre et ne voudront pas avoir à le connaître.

LE DUC DE FITZ-JAMES

Certains lecteurs capitulent à la lecture de Balzac parce qu'ils ne commencent pas par le bon livre. L'auteur a à son actif un grand nombre d'ouvrages inégaux, dont *Les Chouans*, le premier roman qu'il signa de son propre nom. *Le Lys dans la vallée* se termine par une scène magnifique mais avant d'y arriver on est obligé de respirer une bonne quantité de l'air confiné du dix-neuvième siècle. Ayant un faible pour le luxe, poursuivi par ses créanciers, et espérant épouser une femme riche et conformiste, l'écrivain avait de nombreuses raisons de rester dans la norme ; il lui était impossible de ne penser qu'aux *happy few.* Il écrivait constamment et s'essaya à tous les genres, à tous les styles ; il voulait fournir de la lecture à tous les publics, et il était soucieux de toutes les croyances populaires, et attentif à tous les préjugés. Mais, contrairement à des écrivains de moindre envergure, il tirait parti de ses faiblesses et de ses folies en se mettant, grâce à elles, dans la peau de tout un chacun. Comme s'il ne se faisait idiot que pour apprendre comment écrire sur les imbéciles, et n'épousait les idées reçues que pour mieux comprendre comment fonctionne l'esprit des gens à un niveau médiocre d'intelligence. Et, de la même façon qu'un athlète sort de la routine de l'entraînement pour se lancer dans une course, Balzac sortait régulièrement du gothique, du mystique, du Grand Guignol, du sentimental, de la solennité artistique pour écrire des chefs-d'œuvre absolus d'une profondeur et d'une virtuosité inégalées, dans lesquels il s'élevait au-dessus des idées fausses de son temps pour ne suivre que la nature. Et, comme tous les très grands, il avait un registre émotionnel qui ne connaissait pas de limites.

Les Contes drolatiques sont, parmi ses œuvres, une de celles qui atteignent la perfection — une fiction sur le sexe, des plus allègres et des plus profondes à la fois, dans laquelle des personnages passionnés font vivre toute la gamme des émotions qui naissent de nos pulsions sexuelles. Balzac, chez qui les détails abondent, à l'excès parfois, nous donne ici des pages parmi les plus denses et les plus riches de la littérature mondiale. Il y a des dizaines d'années que *Les Contes drolatiques* sont épuisés en Angleterre et en Amérique — ce qui, je le crains, confirme certaines tendances coutumières de la culture anglo-américaine. J'ai essayé de persuader mon éditeur américain de réimprimer la brillante traduction qu'en a faite George R. Sims au dix-neuvième siècle : cette idée l'a tenté, mais lorsqu'il a demandé à divers départements d'universités si le livre figurerait dans leur bibliographie, la réponse a été qu'ils s'occupaient seulement des *œuvres sérieuses* de Balzac.

Sérieuses ? Quoi de plus sérieux que le sexe ? Et qui d'autre en a traité avec autant de profondeur ?

Mais laissons le maître répondre lui-même à ses détracteurs :

> Iadis ces gens eussent esté nommez, à bon escient, cannibales, agelastes, sycophantes, voire mesme ung peu yssus de la bonne ville de Gomorrhe. Mais l'Autheur consent à leur espargner ces iolies fleurs de la critique ancienne ; il se rabat à ne point souhaiter estre en leur peau, veu que il auroyt honte et mesestime de luy-mesme… L'Autheur s'est consolé de ne point plaire à tous en songiant que ung vieulx Tourangeau, d'éterne mémoire, eut telles contumélies de gars de mesme estoffe, que elles avaoyent lassé sa patience, et s'estoyt, dit-il en ung de ses prologues, *délibéré de ne plus escrire un iota.*

On comprendra aisément que ce genre d'invective si spirituelle ne plaise guère à des universitaires au cœur et au cerveau calcifiés par la vanité et la suffisance.

Mais parlons d'abord de l'amour physique, et de la difficulté majeure (du point de vue littéraire) d'en rendre les émotions les plus intimes et les plus intenses d'une façon assez convaincante pour que le lecteur les reconnaisse comme siennes *et les partage.* D'après Tolstoï, cette espèce de « communion humaine » est l'essence de tout art, « nécessaire à la vie et au bien de l'individu et de l'humanité ». Les descriptions physiques et les films parviennent à nous représenter l'expérience sexuelle de l'extérieur, mais pas à en exprimer le cœur ni à rendre nos sentiments et nos sensations du dedans. Or, à lire les *Contes,* on s'aperçoit que tout est là, et l'on retrouve toutes ses propres sensations.

C'est peut-être par le moyen de son contraire qu'on parvient le mieux à suggérer l'extraordinaire. La plupart des tentatives pour recréer l'intensité de l'extase sexuelle nous mettent dans l'embarras parce qu'elles ne sont pas vraies : les amants, « emportés » par la passion, « oublient le monde », mais en réalité il n'y a rien pour nous en persuader, de sorte que tout ce qui est dit et décrit nous paraît frauduleux. Dans *Les Contes drolatiques,* tout est bien réel. On y est, et on sait que tout est vrai.

Balzac situe ses contes dans la France du seizième siècle, mais, paradoxalement, cela ne les rend que plus proches de nous. Les passions sont toujours une affaire de vie et de mort, et cette vérité intrinsèque est rendue évidente par le fait que les personnages sont placés dans des situations de vie et de mort à une époque violente, où la force de leurs sentiments apparaît à travers les risques qu'ils prennent.

Dans « La Connestable », il ne fait aucun doute que la dame du même titre et sa nouvelle conquête oublient le monde dans les bras l'un de l'autre. Elle a attiré dans sa chambre le chevalier amoureux et sans défiance, afin que ce soit lui, au lieu de son amant Savoisy, qui tombe sous le fer du mari jaloux. Tandis que les hommes de son époux entourent son hôtel, elle avoue au chevalier que, sans prendre la place de son amant dans sa chambre, il va devoir prendre sa place devant ses assassins. Le chevalier empoigne son épée pour *vendre cher sa vie*, mais la dame, pleine de remords, impressionnée par le courage de cet homme et « picquée au vif de ce qu'il sembloyt vouloir la quitter, sans mesme requérir d'elle une légiere faveur », essaie de l'embrasser, lui disant : « Venez que je vous arme. » On ne peut s'y tromper : ils sont pris d'un désir soudain, d'une passion qui se rit de tout : ils font l'amour tandis que le premier amant est mis en pièces par le mari jaloux et ses vassaux, là, sous la fenêtre de la dame.

> … gens d'armes, archers, connestable, capitaines, tous coururent sus à Charles Savoisy, filleul du

Roy, lequel ils assaillirent iouxte là croisée de la comtesse ; et par ung cas notable, les gémissements du pauvre ieune homme s'exhalèrent douloureusement meslez aux hurlements des souldards, pendant les sospirs passionnez et les cris que poulsoyent les deux amans, lesquels se hastèrent en grant paour.

Nul mieux que Balzac n'a l'art de terminer un paragraphe : on est doublement frappé par le désir irrépressible des deux amants qui, au lieu de s'interrompre, « se hastèrent en grant paour ». Quelques minutes plus tard, le connétable fait irruption dans la chambre, tenant à la main la tête sanglante de l'oublié :

« Vécy, madame, dit-il, ung tableau qui vous endoctrinera sur les devoirs d'une femme envers son mary.

— Vous avez tué ung innocent, respondit la comtesse sans paslir. Savoisy n'estoy point mon amant. »

Et, sur ce dire, elle resguarda fièrement le connestable avecques ung visaige masqué de tant de dissimulation et d'audace féminines, que le mary resta sot comme une fille qui laisse échapper quelque note d'en bas devant une nombreuse compaignie, et il feut en doubte d'avoir faict ung malheur…

(…) Pensez que monsieur d'Armignac feut grantement embarrassé de la teste du paouvre Savoisy, et (…) grommeloyt tout seul des paroles de toutes sortes. Enfin, le connestable frappa deux grans coups sur la table et dit : « Ie vais tomber sur ceux de Poissy. »

C'est une des manifestations du génie que d'envoyer au lecteur une multitude de messages qui stimulent simultanément plusieurs circonvolutions de son cerveau — émotions, facultés de raisonnement —, lui étirant l'esprit même au sens physiologique du terme. Ici, nous avons : le meurtre du filleul du roi, que la connétable n'a pas pu empêcher ; la passion soudaine de la dame pour l'étranger dont elle était prête à sacrifier la vie ; sa présence d'esprit héroïque (le nouvel amant est caché dans le placard, et « n'avoyt nulle envie de tousser ») ; le personnage du mari meurtrier mais facile à duper ; et la raison pour laquelle la malheureuse ville de Poissy fut rasée. Sans cette allusion à Poissy, le meurtre pourrait relever simplement du comportement aberrant d'un déséquilibré, susceptible de survenir n'importe quand, mais, avec ces atrocités en toile de fond, toute une société est mise à nu. Ceci est vrai de tous les grands livres de Balzac : à quelque page qu'on les ouvre, on sait dans quel monde on se trouve.

Ici, nous sommes dans un régime féodal où la vie même d'une grande dame, aussi bien que celle du pauvre peuple, dépendent des caprices et des passions du seigneur et maître. Dans une telle société, la femme qui désire ardemment baigner dans les eaux de l'amour ne fait rien d'autre que refuser d'être la propriété de son père ou de son époux, et s'affirmer en tant qu'individu. En recherchant son plaisir, la femme adultère devient maîtresse de son âme.

Les critiques féministes prétendent que la plupart des œuvres de fiction sur le sexe ne sont que des fantasmes de domination masculine dans lesquels les femmes ne sont pas des individus mais des créations de l'imagination conçues pour flatter l'égo masculin. Ce n'est que trop vrai. Mais les véritables héros de Balzac, ce sont ses héroïnes : ce n'est pas le rêve de domination masculine qu'il dépeint, mais la brutalité de sa réalité féodale, qui ne réussit pourtant pas à soumettre les femmes intrépides. C'est de cet univers tyrannique et cruel qu'il tire un grand nombre de ces joyeuses histoires, montrant comment l'esprit et le courage peuvent avoir raison de l'épée, comme dans « L'Apostrophe » :

> Ce feut en ce doulx moment que le mary entra l'espée haulte et nue. La belle taincturière, à qui le visaige de son homme estoyt bien cogneu ; veit que c'en estoyt faict de son bien aymé le prebstre. Mais tout à coup, elle s'élança vers le bourgeoys, demy-nue, les cheveulx espars, belle de honte, plus belle d'amour, et luy dit : — Arrête, malheureux, tu vas tuer le père de tes enfants !

Le monde des *Contes* est régi par des rois, des cardinaux et des nobles lubriques. Balzac nous les montre dépossédés de l'appareil de leurs prétentions et se souciant peu de leurs sermons, de Dieu ou de la justice. Sous l'empire de leurs propres préoccupations, de leurs ambitions et de leurs passions, ils ne sont pas particulièrement attentifs à leurs gens, qu'ils sont censés protéger et servir. Et pourtant, on n'a jamais l'impression qu'il s'agit d'histoires anticléricales ou antimonarchiques : Balzac est bien plus subversif que cela. Et ses grands seigneurs parasites existent toujours.

Sur le plan politique, le sexe a toujours été un sujet dangereux : hommes et femmes, quand ils sont nus, n'ont d'autres médailles ou emblèmes de privilèges que ceux que la nature leur a donnés. De plus, au lit, les hommes les plus puissants peuvent se révéler tout petits. Pire encore, le comportement sexuel dévoile le caractère autant que le corps de la personne, et de majestueux personnages de la haute société peuvent apparaître à la fois petits et ridicules — comme dans « La Pucelle de Thilhouze ». Le seigneur de Valesnes dépense une fortune pour acheter une pucelle de seize ans, mais, au bout de six mois, « il n'avoyt pas encores seulement recouvré le prix d'ung seul fagot ». Puis la pucelle finit par céder, mais le seigneur « ne sçait plus rien du joly mestier d'amour. Ce que voyant, après ung moment, la bonne fille dict innocemment à son vieulx cavalier : — Monseigneur, si vous y estes, comme ie pense, donnez, s'il vous plaist, un peu plus de volée à vos cloches ».

Ici on rit, mais on pleure aussi, quand le seigneur est ce messire Bruyn, du « Péché Véniel », qui, dans sa jeunesse, est un fléau pour toute créature vivante sur ses terres. L'abbé du monastère voisin, voulant débarrasser de lui la région, lui dit « qu'il marchoyt dans la bonne voye, mais que, s'il alloyt desconfire, à la gloire de Dieu, les Mahumetistes qui conchyoient la Terre-Saincte, ce seroyt mieulx encores, et que il reviendroyt sans faulte, plein de richesses et d'indulgences, en Touraine, ou en paradiz, d'où tous les barons estoyent sortis jadis (...). Lors il mit à sac force villes d'Asie et d'Affricque, battit les mescréans sans crier gare (...) se soulciant peu s'ils estoyent amis et d'où ils sourdoyent (...). À ce mestier moult agréable à Dieu, au Roy et à luy, Bruyn gaigna renom de bon chrestien *(et)* loyal chevalier ».

Il finit par rentrer en son pays, épuisé par les massacres et les pillages, mais riche. Il sauve du bûcher une jeune Mauresque abandonnée par des bohémiens, la fait baptiser et instruire dans la vraie foi, et l'épouse. Mais le vieux singe « veit bien que Dieu s'estoyt amusé à luy donner des noix quand il n'avoyt plus de dents ». La jeune épousée, encore vierge, fervente et sincère adepte de la religion qui l'a sauvée du bûcher, a cependant grand désir d'amour et d'enfant. Décidée à se faire engrosser par un page jeune et beau, elle se donne beaucoup de peine pour qu'il la dépucelle à son insu, afin de ne commettre qu'un péché véniel et pas un péché mortel ! Adoptant une pose des plus séduisantes, elle fait semblant de s'assoupir en présence du page inexpérimenté qui, « armé contre son dézir, tant grant paour il avoyt », n'ose lui faire que « de briefves dévotions et menues caresses ». Perdant patience, elle s'écrie finalement : « Oua doncques, René ! Ie dors ! »

La scène est drôle en soi : c'est un exemple particulièrement frappant de cette faiblesse si commune chez l'être humain, qui ne veut pas endosser la responsabilité de ses propres actes et se pose en victime impuissante des circonstances. Ici le comique a valeur universelle, mais la scène, émouvante, est aussi chargée d'héroïsme. Ce qui asservit la jeune femme à son vieux singe, ce n'est pas uniquement la force brutale, c'est aussi la reconnaissance qu'elle éprouve envers lui pour lui avoir sauvé la vie, et aussi sa foi. Elle est piégée. Cependant, elle ne renonce pas, persuadée qu'il y a toujours une issue : elle devient mère en *faisant semblant* d'être sans défense. On ne crée pas de personnage plus fort que ça.

Et, accessoirement, sans qu'il y paraisse, on a là un concentré d'histoire des croisades. Le comte Bruyn s'adoucit en vieillissant, mais non sans avoir auparavant séparé les jeunes amants et avoir détruit leur bonheur.

*

Balzac était profondément sensible au mal que les individus se font les uns aux autres, mais son indignation morale, tempérée par un esprit implacable, permet au lecteur de regarder le mal avec mépris. Ceci se vérifie encore dans « Le Succube », histoire déchirante sur la bêtise, l'envie, la cupidité et le sadisme de la ferveur religieuse, qui a soif du sang des innocents. Les autorités ecclésiastiques de Tours décident de juger pour sorcellerie une jeune Mauresque trop belle, qui a trop joui de la vie et qui a le sang trop chaud pour ce monde. « Je n'ay point eu le cueur assez ferme pour la resgarder, veu que ses yeulx m'eussent incité à m'adonner à elle aussitost », dit un témoin hostile pendant le procès. Son jardinier « ha dict avoir veu, ez croisées dudict logiz, verdes flouraisons de toute sorte en hyver, poulsées magicquement, espécialement des roses par un temps gelif, et aultres chouses pour lesquelles estoyt besoing de grant chaleur ; mais de ce ne s'estomyroit nullmeent, veu que ardoyt si fort ladicte estrangiere que, alors que elle se pourmenoyt à la vesprée au long de son mur, il trouvoyt lendemain ses salades montées ».

Par la force de sa poésie dramatique, Balzac s'adresse non seulement à la sensibilité, mais aussi à l'entendement du lecteur et celui-ci comprend ce qui se passe sans pour autant y être moins sensible. La jeune Mauresque sans défenseurs est accusée par le tribunal ecclésiastique d'être un démon qui a pris la forme d'une femme, « soy mettant soubz ung nombre infini d'hommes, pour en conquester les âmes (...) et leur donnant le trespas là où se prend la vie ». Les fanatiques fermement décidés à l'envoyer au bûcher nomment pour la juger un vieillard, parce qu'ils croient pouvoir se fier, avoue-t-il lui-même, à sa « vieillesse froide ». Mais quand on la dépouille de ses vêtements pour la torturer et qu'il voit la beauté de son corps, il rapporte qu'alors « se fondirent toutes les neiges de son front ». « Ie perdis cognoissance de ma vie chrestienne, dit-il, et me creus un escholier virvouchant en la campaigne, eschappé de la classe et robbant des pommes. »

Je ne connais qu'un seul autre poète dramatique chez qui les personnages vibrent d'une telle vérité.

La jeune fille se défend en vain d'être un démon, déclarant qu'elle « n'avoyt jamais practiqué les délices de toute sorte qu'invente l'amour aultrement que meue par le plaisir que le Créateur souverain avoyt mis en ceste chouse ». En fait, le vieux juge tente de lui rendre la liberté, et on assiste aussi à un vain soulèvement pour sa libération, mais les spectateurs rassemblés à Tours pour la voir brûler sur le bûcher sont plus nombreux que les braves gens qui essaient de lui sauver la vie. C'est ainsi qu'arriveront à leurs fins ceux qui sont possédés par l'envie sexuelle et le goût du sang.

Avec l'art d'un grand compositeur entrelaçant ses thèmes pour construire un crescendo, Balzac nous saisit en nous faisant éprouver toute l'horreur de la race humaine. En prison, la jeune beauté est réduite à « ung squelette à poine couvert de chair, et ses fers pesoyent plus qu'elle ». En dépit de quoi « elle put, ha-t-on dict, secouer ses chordes et s'évader en l'ecclise où… elle grimpa trez-agilement ez galeries d'en hault, en volant comme un oyseau le long des colonnettes et frizes menues. Elle alloyt se saulver ez toicts, alors que ung souldard la visa de son arbalestre et lui planta sa flesche dedans la cheville du pied. Malgré son pied demi-coupé, la paouvre fille courut encores par l'ecclise lestement sans en avoir cure, allant sur son os brisé, espandant son sang, tant grant paour elle avoyt des flammes du buscher ». Tout au long de l'histoire, ses efforts pour échapper à la mort suscitent l'horreur et la crainte. Finalement, elle est « arse et cuicte vive ».

Le seizième siècle ? Si des extraterrestres intelligents, venant sur notre planète, n'arrivaient pas à concevoir quelle race a pu produire l'histoire du vingtième siècle, je leur donnerais à lire les nouvelles de Kleist et « Le Succube » de Balzac, et ils comprendraient.

Pourtant cette même histoire tragique ne manque pas de moments de jubilation, où l'on s'aime et fait l'amour, et d'exemples de générosité désintéressée. « Or, si mangeoys-je bien près d'elle, partageant l'aër qui entroyt en son gozier, la lumière qui esclairoyt ses beaulx yeulx, treuvant à ce mestier plus de joye que n'en ont les seigneurs du paradiz », témoigne un jeune homme devant le tribunal ecclésiastique. Quant à la jeune femme, elle raconte dans sa confession que c'est un moine qui lui a appris les douceurs de l'amour « auxquelles avoyt moult prins goust, les treuvant de bel usaige », et que « tant plus les fuyoyt, tant mieulx venoyent-ils, et la sailloyent... avecques raiges infinies ; et alors que elle estoyt par eulx prinse, bien y alloyt-elle de tout son mouvement à la graace de Dieu, pour ce que elle sentoyt des joyes à nulles aultres pareilles en ceste chouse ». Un vieux marchand juif qui n'a pas eu de relation amoureuse avec la jeune femme propose de payer pour elle au tribunal une rançon dont la somme permettra d'achever la construction de la plus haute tour de l'église de Saint-Maurice. De nombreux Tourangeaux qui ne l'ont jamais vue mais qui sont outrés par la barbarie du procès risquent leur vie pour voler à son secours. Balzac fait que notre cœur s'émeut, sans que notre esprit se brouille. Pour supporter les tragédies de la vie et les horreurs du monde sans nous laisser détruire par elles, pour nous souvenir de nos joies au milieu de nos malheurs, nous avons besoin d'être préparés psychiquement, et les chefs-d'œuvre de Balzac nourrissent notre conscience et fortifient notre âme.

Les Contes drolatiques sont un des livres les plus captivants qu'il sera jamais donné au lecteur de rencontrer, mais comme, de nos jours, quand on vante un livre, on le fait généralement en ces termes, il est sans doute opportun de rappeler ici que ce n'est pas pour leur valeur divertissante que nous avons besoin de grands livres. Tolstoï l'a très bien dit : « De la même façon que ceux qui pensent qu'on ne se nourrit que pour le plaisir ne comprennent pas le sens véritable de la nourriture, ceux qui pensent que le plaisir est le seul but de l'art ne comprennent ni son sens ni son objet… Les gens ne comprendront que l'on mange pour nourrir son corps que lorsqu'ils cesseront de considérer le plaisir comme le but de cette activité. Il en est de même pour l'art. »

*

En critique littéraire, les comparaisons servent de sténographie, et le plus court moyen de parler de Balzac est de dire qu'il est le Shakespeare de la prose. Ses personnages et la structure de ses récits ont cette même énergie explosive qui jaillit de la multiplicité d'émotions et de sens simultanés. Mais parmi ses nombreuses forces, ce sont ses dons poétiques qui sont le moins souvent mentionnés. Ses images et ses comparaisons, comme chez Shakespeare, sont si puissamment justes qu'elles sont rarement remarquées pour elles-mêmes (et d'autant moins par ceux qui trouvent ce grand poète vulgaire).

Dans « Cy est démonstré que la Fortune est Tousiours femelle », un chevalier tourangeau parti pour un lointain voyage et qui a tout perdu, même son cheval, est interrogé par un riche Vénitien qu'il rencontre dans un bois.

> « Si vous avez tant voyagé, repartit le Venitien, vous debvez estre docte.

— J'ay appris, respondit le Françoys, à ne prendre aulcun soulcy de ceulx qui ne s'inquiètent point de moy. J'ay apprins que tant hault allast la teste d'ung homme, il avoyt toujours les pieds au niveau des miens ; d'abundant, j'ay encore apprins à ne point avoir fiance au temps chauld en hyver, au sommeil de mes enemys et aux paroles de mes amys. »

À lire la tristesse sur le visage de la reine de Sicile, le Français conclut qu'elle doit être négligée par son mari, « pour ce que la loi de Touraine est que la joye du visaige vient de la joye de l'aultre ».

Les créations féminines de Balzac dans ces contes sont toujours bien vivantes, à commencer par la Belle Impéria, la courtisane souveraine à Rome, qui vit dans un tel luxe que l'ambassadeur d'Espagne crache au visage d'un domestique plutôt que de souiller ses magnifiques tapis. Mais sa splendeur va de pair avec sa dévotion, car Madame Impéria n'a jamais oublié de penser à Dieu, ayant passé une grande partie de son temps « avecques les gens d'Ecclise, abbez, évesques, cardinaulx, lesquels lui balloyent eaue benoiste en sa coquille, et entre deux courtines lui ramentevoyent son salut éternel ». Fine plaisanterie car « elle estoyt plus tost ung souffre-plaizir que ung souffre-douleur ».

Quand elle tombe amoureuse et abandonne sa profession, le cardinal anglais proteste auprès du pape, disant que cette passion pour un seul homme de la part d'une femme qui « estoyt la joye de tous » est une « infâme dépravation », et que le pape devrait annuler le mariage.

> Ains l'amour de ceste paouvre fille, qui lors confessoyt les mizères de sa vie, estoyt chouse si jolye et remouit tant la fressure au plus maulvais garson, que elle fict tayre tous les dires et ung chascun lui pardoina son heur.

Loin de ralentir le rythme de l'histoire, la poésie accélère le tempo par la force du concentré : Balzac résume un millier de détails en une image unique et puissante. Six années d'un mariage heureux sont contenues dans l'expression : « tous deulx se cuydoient mariez de la veille ».

Désirant désespérément un enfant, Madame Impéria devient pour son mari une maîtresse exigeante, mais « elle multiplia ses victoires, ains ce feut multiplier ses deffaictes, veu que elle n'obtint que fleurs sans fruict » et « ne conceut aultre chouse que le plus violent chagrin ».

Pas sérieux tout cela ? Comme le dit Balzac lui-même dans le prologue du deuxième volume :

> En l'espéciale jurisprudence du Gay-Sçavoir, la coustume est d'existimer plus chièrement ung feuillet extorqué au gézier de la Nature et de la Vérité que tous les tièdes volumes dont, tant baulx soyent-ils, ne sçauriez extraire ni ung rire ni un pleur.

Si vous n'avez pas lu les *Contes*, trouvez-en vite un exemplaire. Avec les immortels, il n'est jamais trop tard pour se mettre à jour !

The Sunday Telegraph, 4 août 1974

Le mot de la fin sur les médias
Les Illusions perdues *de Balzac*

Qu'est-ce que l'Art, monsieur ? c'est la nature concentrée.

D'ARTHEZ

En prose, il n'y a pas de chevilles, il faut absolument dire quelque chose.

DOGUEREAU

Le personnage central des *Illusions perdues* est un jeune poète angoumois, Lucien Chardon, qui monte à Paris avec un recueil de poésie et un roman, dans l'espoir de faire une brillante carrière littéraire, et qui y parvient — il devient un grand héros romanesque, avec cette ambiguïté classique de qui possède un talent éblouissant et de funestes défauts. Abandonné par la jeune femme de la noblesse qui l'a poussé à venir à Paris, découragé par des éditeurs cupides, le beau et brillant Lucien cherche à s'introduire dans les milieux journalistiques. Il tombe dans le premier panneau mis en travers du chemin de tous les jeunes artistes ambitieux — les hommes d'affaires rapaces résolus à dérober aux inconnus les fruits de leur travail. Qui rêve de gloire littéraire doit lire la merveilleuse scène comique dans laquelle un éditeur va voir Lucien avec l'intention de lui offrir mille francs pour son roman :

> En voyant l'hôtel, le vieux renard se ravisa. « Un jeune homme logé là n'a que des goûts modestes, il aime l'étude, le travail ; je peux ne lui donner que huit cents francs. » L'hôtesse, à laquelle il demanda monsieur Lucien de Rubempré, lui répondit : « Au quatrième ! » Le libraire leva le nez, et n'aperçut que le ciel au-dessus du quatrième.
> « Ce jeune homme, pensa-t-il, est joli garçon, il est même très beau ; s'il gagnait trop d'argent, il se dissiperait, il ne travaillerait plus. Dans notre intérêt commun, je lui offrirai six cents francs... »

Après avoir monté les escaliers, il offre quatre cents francs pour le livre.

> « Le volume ? dit Lucien.
> — Le roman », dit Doguereau sans s'étonner de la surprise de Lucien. (...)
> Lucien prit son manuscrit, le jeta par terre en s'écriant : « J'aime mieux le brûler, monsieur !
> — Vous avez une tête de poète », dit le vieillard.

Lucien a l'orgueil du poète, mais il n'a ni la force de supporter le travail pénible et les privations, ni la force de persévérer. Alors il tente de devenir journaliste. C'est l'histoire de la plupart des gens doués pour les médias, et pas seulement pour les articles de presse. Les débuts de Lucien dans le journalisme sont prometteurs, il fait une critique charmante et pleine d'esprit d'une comédie, et en particulier de la comédienne Coralie — laquelle tombe immédiatement amoureuse de lui. Balzac avait en lui une foule de personnages, mais aucun n'était plus prégnant que ceux du génial d'Arthez et de Lucien, l'écrivain talentueux qui ajoute un « de » à son nom, assoiffé de réussite sociale et de luxe, et prêt à en payer le prix en termes de conformisme — Balzac mit toutes ses faiblesses et ses rêves matérialistes en Lucien, qui était aussi beau que l'Apollon du Belvédère. Plusieurs de ses contemporains relevèrent à l'époque combien Balzac avait l'air ridicule dans le monde, sa silhouette disgracieuse jurant avec ses costumes élégants ; lui qui avait perdu ses dents de devant, se comportait comme s'il était le plus beau jeune homme de Paris. Mais il l'était ! Il était Lucien de Rubempré, à la vue de qui les femmes tombaient immédiatement amoureuses :

> « Coralie est folle de vous, lui dit Lousteau en entrant. Votre beauté, digne des plus illustres marbres de la Grèce, fait un ravage inouï dans les coulisses. »

Balzac entra dans la peau du personnage. Il pouvait quelquefois avoir l'air ridicule, mais c'est ainsi que sont créés les personnages immortels. J'ai déjà mentionné l'incroyable capacité de Balzac à communiquer la passion — ici il le fait grâce au dialogue :

> « Me ferez-vous l'honneur de me donner le bras ? lui dit Coralie en tremblant.
> — Volontiers », dit Lucien qui sentit le cœur de l'actrice palpitant sur le sien comme celui d'un oiseau quand il l'eut prise.
> L'actrice, en se serrant contre le poète, eut la volupté d'une chatte qui se frotte à la jambe de son maître avec une moelleuse ardeur. « Nous allons donc souper ensemble ! » lui dit-elle.

Il y a bien sûr des scènes où l'émotion est rendue avec plus de force, mais elles seraient trop longues à relater, il faut tout simplement lire le livre. Mais le roman a une autre dimension que saura peut-être suggérer ce fragment de conversation au souper après-théâtre avec une équipe de journalistes et Finot, qui publie leur *Petit Journal*.

> «… En France, l'esprit est plus fort que tout, et les journaux ont de plus que l'esprit de tous les hommes spirituels, l'hypocrisie de Tartufe.
> — Blondet ! Blondet, dit Finot, tu vas trop loin : il y a des abonnés ici. (…)
> — Blondet a raison, dit Claude Vignon. Le Journal (…) est devenu un moyen pour les partis ; de moyen, il s'est fait commerce ; et comme tous les commerces, il est sans foi ni loi. Tout journal est, comme le dit Blondet, une boutique où l'on vend au public des paroles de

la couleur dont il les veut. S'il existait un journal des bossus, il prouverait soir et matin la beauté, la bonté, la nécessité des bossus... Ainsi tous les journaux seront dans un temps donné, lâches, hypocrites, infâmes, menteurs, assassins ; ils tueront les idées, les systèmes, les hommes, et fleuriront par cela même... Nous verrons les journaux, dirigés d'abord par des hommes d'honneur, tomber sous le gouvernement des plus médiocres qui auront la patience et la lâcheté de gomme élastique qui manquent aux beaux génies, ou à des épiciers qui auront de l'argent pour acheter des plumes (...) Nous savons, tous tant que nous sommes, que les journaux iront plus loin que les rois en ingratitude, plus loin que le plus sale commerce en spéculation et en calculs, qu'ils dévoreront nos intelligences à vendre tous les matins leur trois-six cérébral ; mais nous y écrirons tous, comme ces gens qui exploitent une mine de vif-argent en sachant qu'ils y mourront. Voilà là-bas (...) un jeune homme (...) comment se nomme-t-il ? Lucien (...). Eh bien, il entrera dans quelques-uns de ces mauvais lieux de la pensée appelés journaux, il y jettera ses plus belles idées, il y desséchera son cerveau, il y corrompra son âme, il y commettra ces lâchetés anonymes qui, dans la guerre des idées, remplacent les stratagèmes, les pillages, les incendies, les revirements de bord dans la guerre des condottieri... »

Cent cinquante ans plus tard, au cours de réceptions à Toronto, à New York et à Londres, j'ai entendu des journalistes se plaindre exactement dans la même veine — les allusions à la France mises à part, bien entendu. Même à

Hollywood, où l'on ne saurait être plus loin du Paris de Balzac, les gens parlaient de leur travail dans le cinéma et à la télévision avec ce même mélange de suffisance et de dégoût.

Avec sa vaste expérience du monde de l'édition en tant qu'auteur, éditeur, rédacteur et plaignant, Balzac dépeint le monde des médias de façon si juste et si pénétrante que, de nos jours, les professionnels des médias du monde entier ne tiennent pas un autre langage quand ils se trouvent réunis en privé. Et ce n'est pas seulement les propos qu'ils tiennent qui n'ont pas changé. Lucien réussit brillamment dans le journalisme : il établit sa réputation en rédigeant une critique féroce d'un livre qu'il admire, pour ensuite le porter aux nues dans une autre revue (dont l'éditeur vient de lui acheter ses poèmes), et finalement calmer le jeu avec un article, signé de son nom cette fois, dans un troisième journal. Lucien est séduisant, charmant, spirituel, intelligent, capable d'émotions intenses et de réflexions profondes sur sa propre situation ; au début, il a des réactions et des jugements moraux admirables. Mais il saura bientôt les réprimer quand le succès semblera être à ce prix. Sa maîtresse, la belle Coralie, une actrice pleine d'allant qui s'est libérée pour lui de la tutelle de son riche protecteur, l'encourage, par ambition, à ce double jeu, et même aux jeux d'argent — afin qu'il n'ait plus le temps d'être séduit par d'autres femmes. À chaque page, l'auteur nous montre au passage comment, en voulant garder son amant, une femme amoureuse contribue à le détruire.

Lucien trahit ses principes, ses amis, sa famille ; il comprend et exècre ce qu'il fait, mais ne s'arrête pas pour autant — l'enjeu est trop élevé.

À travers l'avilissement de Lucien et des gens qu'il fréquente, Balzac dépeint toutes les passions et les pressions, tous les intérêts personnels, politiques et financiers qui interviennent dans la production et la commercialisation tant des loisirs que de l'information ; il dénonce le genre d'individus séduits par cette activité, montre comment se livrent les batailles littéraires, culturelles et politiques, et révèle comment et pourquoi l'information est muselée, déformée et banalisée.

On présente régulièrement les *Illusions perdues* comme une satire du monde de la presse, mais, si j'en juge d'après ma propre expérience de travail pour les journaux, la radio et la télévision, ainsi que de rédacteur d'une revue littéraire et politique, réalisateur d'une émission sur les arts et les affaires publiques, et romancier qui traite avec des éditeurs — si j'en juge surtout d'après l'expérience de mes amis et connaissances sur quatre continents — je ne vois franchement pas où est la satire. Balzac manie admirablement l'ironie, avec beaucoup d'esprit, et le lecteur ne manque pas d'occasions de s'esclaffer, mais néanmoins les *Illusions perdues* me semblent brosser un tableau très juste et très factuel des masses-médias. La meilleure garantie de la véracité du roman est l'attitude de la presse parisienne de l'époque qui, offusquée, n'y fit aucun écho, espérant qu'il tomberait dans l'oubli si l'on n'en parlait pas.

À cet égard non plus, rien n'a changé. George Walden, ancien député conservateur et ministre de l'Éducation, collaborateur de plusieurs journaux londoniens, a récemment écrit un livre courageux et brillant, *Les Nouvelles Élites*, dans lequel, avec une abondance d'exemples concrets à l'appui, il attaque tous ces médiocres qui, en flattant, par intérêt, les défavorisés intellectuels à tous les niveaux de la société font de la communication de masse l'instrument de l'ignorance de masse. Les journaux, la radio et la télévision sont toujours avides de sujets qui prêtent à discussion pour remplir l'espace de leurs colonnes ou leur temps d'antenne, mais ils estiment qu'un regard critique sur leur propre activité n'est pas un sujet assez intéressant pour qu'on en débatte, ou même qu'on y accorde quelque attention.

Ce sont là autant de réalités prédites dans les *Illusions perdues*, qui montrent les médias inévitablement modelés par des gens de talent opportunistes et par le pouvoir de l'argent. Bien sûr il existe toujours des artistes comme Daniel d'Arthez, « l'accord d'un beau talent et d'un beau caractère » ; d'Arthez est le noble alter ego de Balzac, et représente tous ses points forts. En fait, c'est le génie littéraire le plus irrésistible qu'on ait jamais vu vivre en littérature. Mais, comme dans la vie, d'Arthez et ses amis du Cénacle ne peuvent être que des raisonneurs. Le centre de la scène culturelle est revendiqué par ceux qui, talentueux ou non, ont la malhonnêteté nécessaire à l'emploi. Comme, à l'époque de Balzac, les médias en étaient tout juste à leurs débuts, ne disposant encore pour tout moyen technologique que de l'imprimerie, et qu'ils n'exerçaient qu'une influence très limitée en comparaison des effets combinés, de nos jours, de la radio, de la télévision, du cinéma et de la presse, le roman a plus de pertinence aujourd'hui que lorsqu'il fut écrit. Si vous n'avez pas lu ce livre, il vous est impossible de comprendre pleinement le monde dans lequel vous vivez.

La dernière des illusions que perd Lucien est une illusion que Balzac lui-même n'a jamais eue : celle que les nobles sentiments et les meilleures intentions ne rendent pas un individu moins dangereux lorsque celui-ci désire vraiment arriver quelque part et que vous êtes sur son chemin. Le roman abonde en hommes au cœur tendre qui ne feraient pas de mal à une mouche, et qui pourtant trompent, trahissent, exploitent, escroquent, volent et ruinent leurs semblables à contrecœur, et uniquement parce qu'ils ne peuvent pas faire autrement pour arriver là où ils veulent aller.

Pour ne pas percevoir cette face cachée des gens les plus charmants, Lucien court à sa perte, comme son beau-frère David Séchard, qui ne recule pas devant sa rude tâche et choisit, pour réussir, la voie de l'honnêteté. Il endure des années de sacrifice pour inventer un procédé plus économique de fabrication du papier, et il perd tout le bénéfice qu'il en a retiré en faisant confiance à son avocat, un ancien camarade d'école, qui, pour obtenir le poste qu'il convoite, va appuyer ceux qui escroquent son client. Avant de consulter votre avocat, lisez Balzac.

Comme le remarque V. S. Pritchett, la passion morale est une des qualités les plus marquantes de Balzac, qui, pourtant, ne se laisse jamais abattre par la bassesse. Les *Illusions perdues* renferment certaines scènes de comédie et de tragi-comédie parmi les plus éblouissantes qu'on ait jamais écrites, et qui traduisent le pur plaisir, l'ivresse, l'art de duper les gens. Dans cet ouvrage de maître, quoiqu'on se donne la peine de faire, on se donne la peine de le faire bien.

Balzac met en œuvre parallèlement un nombre de situations difficiles encore plus grand que Shakespeare dans *Le Roi Lear*, et il les entremêle avec un maximum d'effet. Ce dramaturge magistral de la fiction n'accorde à aucun de ses personnages plus de place que ne le justifie son rôle dans l'histoire. S'il a plus à dire de certains personnages épisodiques qu'il ne peut le faire dans tel volume, il leur accordera peut-être le rôle principal dans tel autre volume, mais pour lors il les maintient à leur place, afin de donner à son roman le mouvement et la tension d'une grande œuvre dramatique. Et Balzac a le plus rare de tous les dons : un sens absolu du minutage.

Lire les *Illusions perdues*, c'est se faire tirer vers le haut, puis jeter à terre, et plonger dans l'eau chaude et l'eau froide : Balzac fait éprouver au lecteur toutes les émotions dont celui-ci est capable. Le lirait-on pour la dixième fois, c'est un livre qu'on ne peut pas lâcher.

Jefferson a dit que le but de l'éducation était d'enseigner aux gens à reconnaître l'ambition dans tous ses états et sous toutes ses formes, afin de leur apprendre à préserver leur liberté. Aucun écrivain, mieux que Balzac, n'offre une meilleure éducation de cet ordre-là.

The Times, 24 juin 1971

Le gros mensonge de Nabokov

Dans *Invitation au supplice,* Nabokov tourne en ridicule, à vous faire dresser les cheveux sur la tête, la prétention que le bourreau peut être l'ami de sa victime, l'idée selon laquelle on peut aimer quelqu'un et rester indifférent à sa souffrance.

Cet excellent roman pourrait également servir de commentaire critique montrant l'absurdité à la fois de *Lolita* et du petit récit *L'Enchanteur,* une sorte de « pré-Lolita », ces deux œuvres étant des rhapsodies romantiques sur le viol d'enfant, sur le désir poignant des pédophiles et leur amour profond des enfants qu'ils molestent, et sur le remords que leur âme sensible doit souffrir. Dans ces deux œuvres, le lecteur est prévenu qu'il ne doit pas confondre les désirs du pédophile avec la luxure et la lubricité ordinaires.

Vladimir Nabokov (1899-1977) est un écrivain-né qui, comme son Sebastian Knight, « vit en riant » dans de nombreux livres, mais — ce qui est fort exaspérant — c'est quand il ment sur le viol d'enfant qu'il est au summum de son écriture. *Lolita* est son roman le plus habilement fait, et on l'étudiera avec profit si l'on s'intéresse à l'art de construire une phrase, un paragraphe, un chapitre, un monde.

Tout y est parfaitement fabriqué, avec encore plus de soin scrupuleux qu'il n'apparaît dans les autres textes nabokoviens ; on ne peut pas manquer de voir, d'éprouver et de croire tout ce qu'on lit — et pourtant, plus on avance dans la lecture, moins on en sait, contrairement à ce que l'on attendrait, sur le sujet du livre et sur les personnages concernés.

La plupart des critiques se refusent à penser que Nabokov ait été obsédé par les nymphettes, mais j'avoue que je n'arrive pas à trouver d'autre explication à cette combinaison, dans l'une et l'autre de ces deux histoires de pédophilie, d'une narration extrêmement méticuleuse et soignée d'une part, et d'autre part d'obscurcissements, de subterfuges et de déformations inhabituels.

Il ne fait pas de doute que les petites filles enchantaient Nabokov en tant que modèles de mystère sexuel (elles surgissent presque aussi souvent dans ses livres que les bonbons à la violette) mais, à mon avis, il ne possédait pas tout à fait cette faculté qui est le propre d'un grand écrivain, de garder un regard lucide sur ce qui le fascinait profondément.

Dans un bon roman, le déroulement de l'histoire fait découvrir les personnages et le sens de leurs actes. Dans *Lolita*, il ne sert qu'à tout brouiller. Humbert Humbert a épousé la mère de Lolita et projette de la tuer pour pouvoir mettre la main sur la fillette : manifestement, s'il passe à l'acte, l'insensibilité de sa nature apparaîtra plus clairement — mais Nabokov lui évite d'avoir à choisir en tuant la mère dans un accident qui n'a rien à voir avec Humbert. La scène a l'effet puissant d'un fantasme qui s'est magnifiquement matérialisé : voir son ennemi trucidé tout en étant soi-même innocent du crime.

Nabokov invente ensuite, pour adoucir l'horreur du viol d'enfant, de transformer la fillette en une femme ayant un passé. Lolita (douze ans) est déjà « totalement et irrémédiablement dépravée », et c'est elle qui séduit le mâle de trente-sept ans « désarmé, en pleine mue, humide et tendre ». Le scénario de Nabokov utilise en fait les arguments habituels et universellement discrédités qui sont ceux de la défense dans les affaires de viol : « C'est une salope, elle l'a cherché. »

Nabokov présente Humbert Humbert sous un jour séduisant en faisant de lui le personnage du livre le plus raffiné et le plus intelligent — le seul, en fait, en dehors de son double américain, Clare Quilty, qui est impuissant et dégénéré de toutes les façons concevables, alors que Humbert, hormis le fait qu'il est violeur d'enfants, est un homme d'un caractère exemplaire.

Il est le représentant de la civilisation européenne, que feront toujours grimacer l'ignorance, la bêtise crasse et la vulgarité américaines. Ses remarques caustiques sur la culture des autoroutes sont parmi les meilleures choses que Nabokov ait jamais écrites, mais les détails révélateurs ne font qu'ajouter au gros mensonge qui consiste à faire passer le violeur d'enfants pour le personnage le plus sensible et le plus impressionnant de l'histoire.

Et aussi le plus sympathique. Clare Quilty est introduit dans l'histoire pour « profiter de l'innocence profonde et essentielle » de Humbert et faire de *lui* une victime en lui prenant sa Lolita bien-aimée. En fait, c'est Humbert qui est la principale victime car, contrairement à la fillette, il est capable de sentiments profonds : il est le seul à *aimer* vraiment :

> Je t'aimais. J'étais un monstrueux pentapode, mais je t'aimais. J'étais haïssable et brutal et abject — j'étais tout cela, mais *je t'aimais, je t'aimais*[1].

L'Enchanteur, écrit en 1939, est le début de *Lolita* — en ce sens aussi que le crime n'y est pas encore accompli. Certes, on n'y trouve pas les superbes détails du roman plus tardif, mais l'histoire est incontestablement moins tordue. On n'y exploite pas de façon trompeuse le brio intellectuel du pédophile anonyme, lui aussi

1. *Lolita*, éd. Gallimard, 1959, trad. Éric H. Kahane.

enchanté par une fillette de douze ans, par « la teinte estivale de ses bras nus… la douceur vague de sa poitrine encore étroite mais déjà plus vraiment plate ».

Ici, l'enfant sans nom est une victime véritablement innocente, et aussi une héroïne, qui hurle à tue-tête au bon moment. Mais cette longue nouvelle (ce n'est pas un roman, comme il est indiqué sur la jaquette) contient déjà en germe les distorsions qui, dans *Lolita*, vont apporter de la beauté à ce qui est répugnant et sordide à l'extrême.

L'Enchanteur est un récit à la troisième personne, mais il est raconté entièrement du point de vue du pervers, jamais corrigé par une perspective autre (celle de l'enfant, ou d'un observateur détaché). Nabokov a fait une brillante analyse du style et de la technique de Gogol ; mais lui-même n'a pas réussi à faire ce qui, à lire Gogol, semble la chose la plus facile au monde : montrer comment les choses apparaissent à un fou et — *avec exactement les mêmes mots* — faire voir au lecteur comment elles sont réellement.

Comme dans *Lolita*, dans *L'Enchanteur*, la mère de la jolie nymphette est une créature repoussante, grosse, pâle et flasque, et, bien que le héros l'épouse pour se rapprocher de sa fille et qu'il ne tarde pas à se procurer du poison pour se débarrasser d'elle, elle aussi meurt sans qu'il ait besoin d'intervenir — d'un cancer des intestins, ce qui la rend encore moins attrayante.

Ce n'est pas seulement que le pédophile

trouve les femmes repoussantes, elles le sont réellement. Un homme attiré par la beauté n'a pas le choix : il doit se tourner vers les fillettes de douze ans.

À la fois dans *L'Enchanteur* et dans *Lolita*, le pédophile est le personnage le plus sympathique parce qu'il est dépeint essentiellement dans son désir et sa crainte de se faire prendre (sentiments ordinaires et naturels auxquels on peut aisément s'identifier), alors que les autres adultes sont présentés à travers les détails de leur apparence physique, qui est répugnante, et de leurs habitudes personnelles, qui ne le sont pas moins. On se croirait dans un film où le pédophile apparaîtrait baigné d'une lumière céleste, tandis que les gens normaux seraient couverts d'excréments.

Je ne pense pas que Nabokov aurait pu mettre son immense talent au service d'une telle ignominie s'il n'avait été un fervent de l'art pour l'art, s'il n'avait pas été passionnément convaincu que la littérature n'est qu'une construction de l'esprit, une sorte de jeu n'ayant rien à voir avec la réalité.

Mais, comme il l'a démontré lui-même, les romans parlent toujours de la vie : s'ils n'en donnent pas un reflet fidèle, ils mentent à son sujet. Les livres de Nabokov qui survivront sont dans la tradition des grands auteurs réalistes qu'il méprisait.

The Sunday Telegraph, 11 janvier 1987

L'arbre des Tolstoï

Un grand romancier écrit sur le monde entier, et écrit comme si toutes les âmes qui l'habitent étaient de ses relations. Avec Léon Tolstoï, c'était presque le cas, et le livre que Nikolaï Tolstoï a consacré à ses ancêtres nous éclaire sur un assez grand nombre d'entre eux.

J'ai été particulièrement frappé par le portrait du comte Dimitri Andreïevitch Tolstoï, cousin et contemporain du romancier, qui fut successivement ministre de l'Éducation et ministre de l'Intérieur. Peut-être encore plus frustré que le public par l'inertie de l'administration qu'il était censé diriger, le comte Dimitri eut l'idée de créer un nouveau type de fonctionnaires appelés « commandants territoriaux », choisis au sein de la noblesse locale et investis de pouvoirs leur permettant de prendre des décisions rapides sur les affaires de leurs districts, sans en référer à d'autres autorités.

Des hommes généreux et intelligents nommés à ces nouveaux postes améliorèrent grandement les choses, mais comme la plupart de ces nouveaux fonctionnaires aux pouvoirs importants se révélèrent généreux, mais pas intelligents, ou intelligents mais pas généreux, ou ni généreux ni intelligents, ils ne firent qu'ajouter à la misère et au chaos généraux, accélérant la désintégration de la société russe.

Le cousin Dimitri a très clairement servi de modèle au portrait implacable, mais intime, d'Alexeï Karénine, ainsi que de ses collègues des ministères : des hommes à la fois mesquins, secs et brillants, qui semblent aussi coupés des réalités de la vie que les fous, parce que dans tous les projets bien intentionnés qu'ils forment pour la Russie, ils omettent de prendre en compte l'incompétence et les ambitions personnelles des subordonnés sur qui repose l'exécution de leurs ordres, et attendent de millions de sujets dotés de leur libre arbitre d'accorder davantage d'attention aux décrets et aux règlements qu'à leurs propres besoins.

Dans les œuvres de Tolstoï, les hommes qui tentent de façonner à leur idée la société semblent aussi absurdes que s'ils essayaient de changer la forme des vagues de la mer, mais ce qui aurait pu être une satire banale apparaît finalement comme l'expression d'une vérité profonde, bien que paradoxale — le fruit de l'expérience des générations et des générations de Tolstoï impliquées dans la gestion des affaires de la Russie depuis le quatorzième siècle. Le principal mérite du livre de Nikolaï Tolstoï est qu'il servira d'ouvrage de référence sur ces ancêtres, du moins du côté paternel de la famille du romancier.

Cependant, Tolstoï était bien davantage qu'un écrivain de la classe dirigeante, même s'il fut un temps où lui-même en ait douté. Nikolaï Tolstoï cite un passage du début de *Guerre et Paix*, omis de la version finale, dans lequel le romancier décide d'écrire uniquement sur

> les princes, les comtes, les ministres, les sénateurs et leurs enfants (...) parce que j'appartiens moi-même à la plus haute strate de la société et que je l'aime bien. (...) Je ne puis comprendre (...) ce qu'un boutiquier pense et éprouve quand il invite ses clients à acheter des bretelles et des cravates, ou ce qu'un étudiant en théologie pense quand il est flagellé pour la centième fois, etc. Je ne puis comprendre cela, pas plus que je puis comprendre ce qu'une vache pense quand on la trait, ou ce qu'un cheval pense quand il transporte une barrique.

En fin de compte, Tolstoï a même laissé des pages superbes sur ce que pensaient les vaches et les chevaux. Il avait le don quasi absolu de s'identifier à toutes sortes de types humains, et d'autant plus facilement qu'il appartenait à toutes sortes de milieux de la société : il y eut en vérité davantage de Tolstoï pauvres et obscurs que de riches et puissants. Nikolaï Tolstoï en mentionne un grand nombre, en oubliant cependant le demi-frère de Léon Tolstoï, dont la mère était paysanne ; il devint postillon et mourut dans la misère.

Avec des cousins dans toutes les strates de la société, Tolstoï bénéficiait à n'en point douter d'un avantage exorbitant sur la plupart des romanciers modernes, qui savent si peu de chose sur leurs propres familles éparpillées qu'ils sont incapables de décrire la vie d'une seule classe, sans parler d'une société entière, et en sont réduits à ne parler que de *coteries* — la jet-set, l'Université, les médias… La désintégration des familles étendues a appauvri la société d'innombrables manières, jusque dans sa littérature.

Mais nous ne pouvons évoquer Tolstoï sans nous référer à sa jeunesse effrénée, pendant laquelle il acquit l'expérience émotionnelle qui devint la substance de sa fiction. Vous n'apprendrez pas cela dans les ateliers d'écriture, mais être un jeune et riche noceur est un bon début pour un grand romancier. « Je ne vois pas à quoi cela me servirait d'écrire. Je suis tellement dégoûté par moi-même que j'aimerais tout oublier de mon existence », écrit-il dans son journal après avoir perdu au jeu la maison dans laquelle il était né. « Quand arrêterai-je de mener une vie sans objet ni passion, condamné à éprouver une profonde blessure dans mon cœur, que, je le sais, je n'ai aucun moyen de guérir ? » Mais bien sûr, là était l'objet recherché : éprouver une blessure qui ne peut être guérie. Ses pertes désastreuses au jeu, à mon sens, imprimèrent dans son subconscient l'élément le plus vital de la narration dramatique : l'irrévocabilité des décisions prises sur-le-champ, la rapidité du destin, le choc du moment qui change tout. Sa fiction est remplie de tels moments, comme celle de Dostoïevski, qui était lui aussi un joueur compulsif. On ne peut s'empêcher de regretter que certains de nos romanciers n'aient pas joué dans leur jeunesse.

Le personnage le plus proche de Tolstoï fut le plus proche de lui par son absence. Sa mère, la riche princesse Marie Volkonski, mariée au comte désargenté Nikolaï Tolstoï, mourut quand son plus jeune fils Léon n'avait que vingt-trois mois. Tirant son inspiration du manque causé par cette absence, Tolstoï créa le personnage de la princesse Marie Bolkonski, dans *Guerre et Paix :* tyrannisée par son père et mariée à un noble ruiné, le comte Rostov — qui l'avait épousée, en partie, au moins, pour son argent —, la princesse sans beauté, mais intelligente et noble, ensorcelle à la fois son mari et le lecteur ; c'est l'un des personnages les plus beaux et les plus émouvants qui aient jamais surgi d'une page imprimée pour vivre dans notre imagination.

Nonobstant la princesse Maria, l'unique grand défaut des œuvres de Tolstoï est la relation de subordination naturelle et heureuse qui lie les personnages féminins aux hommes. Tolstoï, si fin observateur de la vanité des hommes lorsqu'ils asservissent en toute bonne conscience d'autres hommes, semble avoir été lui-même victime des illusions autojustificatrices de l'amant égoïste qu'il était.

Sonia Tolstoï le confiait dans son journal : « Je ne m'habituerai jamais à la saleté, à l'odeur. » Par une combinaison de l'horreur religieuse du désir charnel et de la fainéantise et de l'impatience naturelles du mâle, Tolstoï avait fini par se soucier si peu du plaisir de sa femme qu'il ne prenait même plus la peine de se laver.

Et cependant, c'était *lui* qui se plaignait que le sexe fût « dégoûtant », « humiliant », « répugnant ». Comme l'écrit Nikolaï Tolstoï, il était sujet à des « remords exagérés », éprouvant une « révulsion postcoïtale plus forte que la grande majorité des hommes ». Je pense qu'il n'existe pas d'amant pouvant être autant rebuté, humilié et torturé par le remords avec une femme heureuse dans ses bras, et Tolstoï se sentait malheureux parce qu'il avait conscience de la déception de son épouse, quand bien même il refusait de le reconnaître lui-même.

Ce mensonge et cette auto-illusion ont laissé leur marque sur pratiquement tout ce que Tolstoï a écrit concernant les relations entre les hommes et les femmes. Ils ne sont peut-être pas non plus étrangers à son virage vers le prêchi-prêcha plus tard dans sa vie. Il reste que sa description de l'univers des hommes est insurpassée dans l'histoire de la littérature.

The Sunday Telegraph, 11 septembre 1983

Le grand maître de la frénésie

Si nous voulons savoir comment le monde tient debout, nous devons lire Pouchkine, Kleist, Stendhal, Balzac, Tolstoï ; si nous voulons savoir comment le monde s'effondre, nous devons lire Dostoïevski, grand maître de la frénésie, des passions viles et insensées.

Alors que les personnages de Balzac, par exemple, dévorent leurs prochains pour des raisons à la fois bassement égoïstes et logiques — par cupidité, luxure, ou vengeance —, les protagonistes de Dostoïevski torturent ou tuent parce qu'ils éprouvent un amour profond pour leurs victimes, ou pour le bien de l'humanité, ou simplement pour s'humilier eux-mêmes. Avant de l'avoir lu, vous n'aurez pas mesuré à quel point les êtres humains peuvent être monstrueusement stupides et tordus.

Pour dire les choses autrement, si le monde de Stendhal est dominé par les amants, les personnages dominants de Dostoïevski sont des fous furieux — des brutes, des tyrans, des terroristes. Un auteur tout à fait d'actualité.

Pour ce qui est de la méthode et du style, si Pouchkine et Kleist pouvaient faire entrer l'univers dans une enveloppe, seul Tolstoï égalait Dostoïevski pour les variations pratiquement sans fin auxquelles il soumet ses thèmes.

La grande découverte de Dostoïevski (énoncée de façon très succincte dans son bref chef-d'œuvre, *Notes d'un souterrain)* est d'avoir pressenti que la plus dangereuse et la plus destructrice de toutes les religions était la foi nouvelle en la raison, la science, l'industrie, la révolution et la perfectibilité de l'homme. Parmi les grands romanciers du dix-neuvième siècle, tous plus ou moins animés de fausses espérances, seul Dostoïevski pourrait se lever aujourd'hui et nous dire : « Je vous l'avais dit ! »

Son œuvre incarne toutes nos raisons de désespérer, tous les faits de la vie les plus réactionnaires. De ce fait, une biographie soviétique de Dostoïevski est vouée à être un document tout à fait spécial.

Mais d'abord, rendons hommage à feu Léonide Grossman. Son *Dostoïevski* n'est pas ce genre de biographie quelconque écrite à la hâte par un tâcheron sous-payé n'ayant pas eu le temps de penser à son sujet ; elle est le fruit de toute une vie de dévouement héroïque à un auteur qu'il était dangereux de recommander trop chaleureusement en Union soviétique. Pour ne citer que Lounatcharski, commissaire à la culture, qui portait toujours sur lui un revolver :

Se soumettre à l'influence directe de Dostoïevski dans un quelconque domaine est hors de question.

Malgré cet avertissement, Grossman s'est laissé envoûter, et il nous donne un récit envoûtant de la vie de Dostoïevski. Né dans le quartier le plus pauvre de Moscou, entre un hospice pour enfants trouvés, un asile de fous et une fosse commune, Dostoïevski souffrit de la misère, des dettes, de la bronchite, de l'emphysème et de l'épilepsie. Sa mère mourut quand il était enfant, son père (d'abord médecin pauvre, puis propriétaire terrien impécunieux, et toujours cruel ivrogne) fut assassiné par ses serfs.

Dostoïevski lui-même fut condamné à mort par un tribunal militaire pour avoir frayé avec des socialistes. Il dut affronter le peloton d'exécution avant d'apprendre que la sentence avait été commuée — ce qui explique pourquoi nous savons, grâce à *L'Idiot*, quel effet cela fait d'être exécuté. En Sibérie, en plus de faire quatre années de travaux forcés, il épousa une femme stupide et malade qui le méprisait.

De nombreuses femmes tombèrent amoureuses de Dostoïevski, mais assez curieusement, toutes semblent s'être retournées contre lui. De fait, c'est en lisant cette biographie que j'ai réalisé que toutes les héroïnes de Dostoïevski font de violentes volte-face, exprimant ainsi la psychologie de femmes surexcitées et déçues.

Quelle qu'en soit la raison, cela donne des scènes d'une rare intensité dramatique, tant dans sa vie que dans ses romans. En fait, son deuxième mariage (selon Grossman, qui eut une série d'entretiens avec la veuve de Dostoïevski pendant l'hiver 1916-1917) fut une union heureuse, malgré l'hypocondrie du romancier et sa manie du jeu, qui l'obligea à s'endetter, à quémander, à gager ses biens.

Grossman souscrit à la formule de Balzac selon laquelle les principaux événements dans la vie d'un écrivain sont ses livres, et il raconte la vie de Dostoïevski de manière à mettre en lumière ses romans, s'attardant sur les liens entre les malheurs personnels de l'auteur et son regard pénétrant et sans égal sur la tragédie humaine.

À considérer les résultats, Dostoïevski lui-même était tout à fait satisfait de sa malchance. Il aurait ainsi confié à un jeune écrivain à quel point son séjour de dix ans en Sibérie avait été une bonne chose pour lui :

> J'ai vraiment appris à me connaître moi-même là-bas, mon ami. J'ai appris à connaître le Christ, à connaître l'homme russe. (…) Mes meilleures idées me sont toutes venues à cette époque. (…) Oh, si seulement vous pouviez être envoyé aux travaux forcés !

Ses misérables contrats d'auteur, par contre, lui restèrent sur le cœur. Son éditeur habituel lui refusa un roman en 1874 parce qu'il venait d'acheter *Anna Karénine* (diable, les éditeurs avaient l'embarras du choix en ce temps-là !) —

et, comme si cette fin de non-recevoir n'était pas suffisante, Dostoïevski apprit que le comte Tolstoï avait reçu près de quatre fois plus de droits d'auteur que lui, alors qu'ils étaient tous les deux aussi connus l'un que l'autre. « Nous ne sommes pas tenus en très haute estime, Anna », écrit-il à sa femme. « Ils ne font pas grand cas de moi parce que je vis de mon travail. »

Tout cela trouve un chroniqueur idéal en Grossman. Les choses commencent à se gâter quand il se sent obligé de transformer son héros en un humanitariste progressiste, pour le rendre acceptable aux yeux des maîtres de l'Archipel du Goulag, qui aiment que les lectures offertes au peuple fassent montre d'un optimisme sans bornes.

Ainsi, avec ce traitement, même le mysticisme religieux de Dostoïevski semble préférable à ses vérités les plus amères. Car s'il a le courage de son désespoir en rejetant la possibilité de l'Utopie, il adoucit l'horreur des passions et des infamies en plaçant la possibilité d'une rédemption spirituelle à la portée de chacun. En conséquence, comme a dit l'un de ses détracteurs, « toutes sortes d'abominations peuvent cohabiter avec la noblesse chez l'homme ».

Grossman lui-même ne voit rien à redire au personnage de Dmitri Karamazov :

> brute arrogante de l'armée, toujours prêt à insulter et blesser quelqu'un, toujours prêt pour « une orgie ou un pogrom ». Mais sous cet

> extérieur rude bat un cœur vivant, sensible (...) un individu intellectuellement et moralement doué, une âme profonde et compatissante (...) amoureuse de la vie et de l'art.

De nombreux Russes semblent croire en cette sorte de choses. Mais le livre devient vraiment pervers quand Grossman se lamente (on espère, pas tout à fait sincèrement) que Dostoïevski n'ait pas réussi à prévoir le glorieux avenir que les bolcheviques réservaient à la Russie, et le tance pour avoir prophétisé des massacres et l'avènement de la pire tyrannie de tous les temps comme conséquences ultimes de la révolution.

Cependant, nous devons être reconnaissant envers un livre qui contribue à maintenir en circulation à travers l'Union soviétique un auteur n'ayant jamais cessé de croire que l'homme ne vit pas seulement de pain, qui fait connaître un grand nombre de documents, et qui restitue l'émoi que nous éprouvons à lire les « scènes turbulentes, aux nombreux personnages, qui ébranlent littéralement les fondations de ses romans — scènes d'assemblées, empoignades, rixes, crises d'hystérie, gifles et attaques d'apoplexie ».

Quels que soient les défauts de la biographie de Grossman, comme un grand nombre de personnages de Dostoïevski, elle est rachetée par l'amour.

The Sunday Telegraph, 12 janvier 1975

Une passion de l'impersonnel

L'une des règles les mieux établies en France est d'accorder beaucoup d'honneur et d'attention aux activités intellectuelles — ce qui explique peut-être pourquoi les Français ont eu tant de grands penseurs et aussi, hélas, tant de soi-disant intellectuels en fait attirés par le prestige et l'éclat de ces activités qui, en raison de leur supériorité numérique, dominent et dirigent la culture officielle.

Ainsi, il est naturel que les livres les plus clairvoyants soient écrits par des Français, et il est tout aussi naturel que des merveilles du monde telles que *La Chartreuse de Parme* et les *Illusions perdues* soient ignorées et maltraitées en France. Les Français ont à la fois les meilleurs intellectuels et le plus grand nombre de faussaires, et actuellement le roi des faussaires, appartenant à l'espèce que j'appellerais les charlatans de la culture, c'est André Malraux, qui a aujourd'hui [en 1976] soixante-quinze ans et au sujet duquel Jean Lacouture a écrit une biographie extrêmement détaillée.

Malraux est considéré comme un grand écrivain par cette catégorie de gens qui admire le rayonnement social d'un artiste autant que son talent, et pour qui le prestige a autant d'éclat que le génie. Claude Mauriac a écrit qu'il s'attendait à voir le prestige et le génie de Malraux rayonner sur son visage quand il rencontra le célèbre romancier et homme d'action qui était sur le point de devenir ministre dans le premier gouvernement de de Gaulle après la guerre.

La célébrité débuta pour André Malraux en 1924 quand il se rendit en Indochine pour une expédition soi-disant archéologique. S'étant fait prendre pour le vol d'une tonne de bas-reliefs du temple de Bantaï Srey au milieu de la jungle, il fut jugé et condamné par l'administration coloniale française. Selon une bonne vieille coutume française qui veut que quelqu'un ayant une fois pris la plume et que l'on surprend en train de commettre un acte criminel devienne immédiatement le grand espoir de la littérature française, la plupart des écrivains connus de l'époque signèrent une pétition dans laquelle les auteurs se portaient garant

> de l'intelligence et de la réelle valeur littéraire de cette personnalité dont la jeunesse et l'œuvre déjà réalisée permettent de très grands espoirs. [L'œuvre déjà réalisée consistait en quelques articles et quelques essais.] Ils déploreraient vivement la perte résultant d'une sanction qui empêcherait André Malraux d'accomplir ce que tous sont en droit d'attendre de lui.

En fait, l'emprisonnement s'est toujours révélé être une chose merveilleuse pour les écrivains (pour ne mentionner que Cervantes, Dostoïevski et Soljenitsyne), et si Malraux avait passé trois ans en prison, il aurait peut-être acquis une vague idée de ce qui constitue notre humanité commune, le terreau de la littérature. Mais malheureusement pour lui la cour d'appel ne lui infligea qu'une condamnation avec sursis, et il se piqua d'intérêt pour des causes politiques.

Il devint l'un des écrivains engagés des années trente qui pensaient qu'il fallait aimer Staline simplement parce qu'il n'était pas Hitler, et il se transforma en orateur public habitué des estrades, écrivant des romans fondés sur les illusions les plus répandues dans la gauche de l'époque : sur le caractère profondément philosophique de l'action terroriste, sur la lutte révolutionnaire en Chine *(Les Conquérants, La Condition humaine)* et sur la guerre civile en Espagne *(L'Espoir)*.

Le succès de ces livres fut renforcé par l'idée que Malraux avait pris part à toutes les luttes historiques sur lesquelles il écrivait. Contrairement à ce qu'il prétendait, il n'avait en fait pas participé à la révolution du Kuomintang, mais il se battit réellement contre Franco en Espagne, en tant que chef d'une escadrille qu'il organisa lui-même, et il joua par la suite un rôle courageux et important dans la Résistance.

Dans sa biographie, Jean Lacouture cite de nombreux témoins de l'extraordinaire courage physique de Malraux, mais à la lecture de ses actes de bravoure, j'ai senti resurgir mon respect pour Orwell et Koestler. En dépit de l'intensité de leur engagement dans des combats où ils jetèrent toutes leurs forces, ces auteurs sont tout de même parvenus à nous représenter la diversité des tourments de l'humanité, tandis que Malraux nous offrait des traités arides sur l'Engagement et l'Absurde, entrecoupés de scènes de violence.

Malraux fut traité de renégat par les communistes français pour avoir abandonné les convictions qu'il défendait dans les années trente et être devenu gaulliste. M. Lacouture insinue même que la seule raison pour laquelle Malraux n'obtint pas le prix Nobel était « qu'il fut longtemps ministre du général de Gaulle, donc membre d'un gouvernement tenu pour semi-fasciste par quelques professeurs puritains du jury de Stockholm ». (Ce n'étaient pas, bien sûr, les *puritains* qui qualifiaient le gouvernement de de Gaulle de semi-fasciste, mais en France on n'invoque pas le nom des communistes en vain — et certainement pas M. Lacouture, qui écrit avec une impartialité digne de la télévision.)

Pour ma part, je ne crois pas essentiel de savoir si les opinions politiques de Malraux sont de gauche ou de droite. Le vrai défaut de ses opinions, c'est qu'elles sont des idées reçues.

Malraux pense la même chose que des millions d'autres gens, que ceux-ci appartiennent à la gauche d'avant-guerre ou à la droite d'après-guerre. Il ne semble pas avoir de centre de gravité propre ; il faut toujours qu'il se sente appartenir à la foule.

La leçon la plus salutaire de cette biographie d'un homme courageux qui « n'aimait rien plus que de se tenir debout et bien en vue au plus fort de la fusillade », c'est que le courage physique ne peut sauver ni l'individu, ni la société, encore moins un artiste, et que la vraie force est ce que Stendhal appelait le courage moral, le courage de penser par soi-même.

M. Lacouture cite une observation faite sur Malraux par Gaëtan Picon qui, je crois, résume à la fois le vide de l'homme et la fausseté de ses livres :

> Il s'agit toujours pour Malraux d'échapper à lui-même, d'échanger une subjectivité contre quelque chose d'extérieur (...). Passion de l'histoire, de l'événement, de l'acte, des idées, des problèmes, des styles artistiques, des grandes cultures : autant de formes d'une même passion de l'impersonnel.

« Que m'importe ce qui ne concerne que moi ? » demande Malraux dans ses *Antimémoires :* quel est l'intérêt de révéler « ce misérable petit tas de secrets » qu'est un homme ? Horrifié par sa propre individualité autant que par celle de tout un chacun, il admet qu'il n'a jamais eu la moindre curiosité à l'égard de ses amis. Sartre l'appelait « être-pour-la-mort », et en effet cette fuite de soi finit par détruire un homme, ne lui laissant rien d'autre que le désir d'être aimé et le culte du pouvoir.

Les *Antimémoires* sont probablement l'un des livres les plus pitoyables jamais écrits : un écrivain revient sur sa longue vie et ne trouve presque rien qui vaille la peine d'être rapporté si ce n'est son rôle dans les événements historiques et ses rencontres officielles avec les grosses pointures de ce monde.

Il est plein de compassion et de sollicitude à l'égard de personnages aussi divers que Mao Tsê-Tung, Nehru et de Gaulle ; la seule chose qui ait pu susciter chez lui de l'admiration pour tous ces hommes, c'est qu'ils sont parvenus au sommet et ont acquis une stature historique.

C'est précisément cette vénération pour le pouvoir, indépendamment de sa nature, qui rend Malraux si représentatif du caractère toujours plus creux du débat intellectuel français. Aujourd'hui en France on écrit peu de chose qui puisse choquer les marxistes ou les catholiques ; la coexistence de ces deux organisations hégémoniques a conduit à la mise en place de ce qu'on pourrait appeler une idéologie du consensus qui, en prétendant qu'il n'y a pas de conflits entre des croyances totalement incompatibles et irréconciliables, réduit toute réflexion à un exercice de diplomatie.

Malraux, qui a un peu touché à tout et qui a bien appris à retourner sa veste, correspond parfaitement à l'époque. Il dit avoir été marxiste comme Pascal était catholique ; il s'affirme agnostique mais assure à un prêtre qu'il sait, lui aussi, que « personne ne peut échapper à Dieu ». Se dire agnostique et en même temps affirmer l'existence de Dieu n'est pas du domaine de la pensée ; il dit simplement ce qu'il pense que son interlocuteur veut entendre.

La seule constance de Malraux, depuis ses chapardages de bas-reliefs au milieu de la jungle jusqu'à son ministère de la Culture sous de Gaulle, semble avoir été son amour de l'art. Alors qu'il était ministre, il institua le ravalement des grands immeubles, une pratique qui s'est répandue dans toute l'Europe.

Mais alors qu'il prétend être entré en art comme on entre en religion, il n'a pas hésité à ôter la direction du théâtre de l'Odéon à Jean-Louis Barrault (ce grand acteur et metteur en scène que les Français ont pour se consoler de ne pas avoir Laurence Olivier), parce qu'il faisait des discours politiques qui n'étaient pas appréciés et qu'il avait dit des choses « extrêmement malicieuses » à propos de Malraux lui-même. Il me semble que quiconque ayant la moindre considération pour l'art, sans même parler de dévouement religieux, saurait qu'on ne met pas à la porte un génie du théâtre, quoi qu'il dise.

La biographie de M. Lacouture fournit tous les faits qui accablent Malraux et les enrobe dans les termes les plus élogieux ; néanmoins je recommande ce livre à tous les jeunes intellectuels, en guise d'avertissement.

The Sunday Telegraph, 16 novembre 1975

Le génie serviteur de son maître

Depuis le dix-huitième siècle, sans jamais connaître le moindre déclin de renommée, Johann Wolfgang von Goethe (1749-1832) est considéré comme le plus grand écrivain allemand, un génie universel, l'incarnation de la culture allemande. Toutes les ambassades culturelles d'Allemagne dans le monde entier portent son nom ; presque toutes les grandes villes ont un Institut Goethe. C'est indubitablement un grand poète : Auden, grand poète lui-même, parle de « sa maîtrise étonnante de tous les styles poétiques, du trivial au spirituel, et du lyrique au sublime », et il pense « qu'aucune traduction ne peut en rendre vraiment compte ». Mais, à mon avis, l'immense prestige de Goethe a toujours été très lié à son respect de l'autorité. Son œuvre n'a jamais gêné les régimes tyranniques, ni les publics à œillères. Il est le parfait exemple de l'artiste vendu au pouvoir.

Il avait les dons d'un grand poète et l'âme d'un valet. L'auteur d'*Egmont*, la pièce dont le héros est prêt à mourir pour la liberté de sa patrie, et qui inspira à Beethoven son émouvante « ouverture », était en fait un haut personnage de la cour ducale de Weimar et un ami intime du duc Charles-Auguste. Il fut toujours plus sensible au rang, à l'autorité, et à l'attitude de la classe dirigeante qu'à ce que lui dictait son talent. Thomas Mann ne dit pas autre chose sur un mode plus flatteur lorsqu'il note que « l'œuvre de Goethe est inspirée à la fois par son génie et par son sens des convenances ».

Un sens des convenances qui impliquait hypocrisie et tromperie. Si l'on en croit Daniel Wilson, professeur d'allemand à Berkeley, qui a passé plus d'une année à explorer les archives d'État du dix-huitième siècle à Weimar, et qui a exhumé un grand nombre de faits importants concernant cette sacro-sainte figure du siècle des lumières, Goethe, qui était à la tête de la police secrète du duc Charles-Auguste, avait mis en place, à l'université d'Iéna, un réseau d'espions chargés d'avoir l'œil sur les étudiants et les professeurs radicaux, et de s'infiltrer dans leurs réunions. Il réduisait au silence ou licenciait les maîtres qui épousaient les idées de la Révolution française. Il fit même du pauvre Schiller, qui le considérait comme son ami, son informateur involontaire. Parmi ces agissements peu honorables dans le cadre de ses hautes fonctions à la cour de Weimar, il eut à son actif, quand il était ministre de la Guerre, la vente à l'armée du Hanovre de prisonniers qui furent contraints de se battre en Amérique aux côtés des Anglais pendant la guerre d'Indépendance. « Il est étrange, dit Daniel Wilson, qu'une personne comme Goethe, qui, dans ses écrits, avait des vues éclairées sur les droits de l'homme, ait fourni des troupes pour une armée qui combattait contre le droit des Américains à l'autodétermination. »

Il faut croire que les spécialistes allemands n'ont pas examiné de près les archives de Weimar pendant les cent soixante-dix dernières années pour que ce soit un Américain qui découvre de tels faits en l'an 2000. Comme dit Wilson, « Il y a eu tant de recherches sur Goethe en Allemagne qu'il est presque possible d'établir précisément à quelle heure le grand homme allait aux toilettes chaque jour, mais bien peu de chose a été publié sur ses activités politiques. Il semble que les universitaires allemands préfèrent donner une image avantageuse de leur éminent écrivain ».

Je ne pense pas qu'il faille juger un écrivain d'après sa conduite dans la vie. La musique et la sagesse du vers « *Zieret Stärke den Mann und freies mutiges Wesen* » (« La force, l'assurance et le courage ennoblissent un homme », vers initial de la XXIIe élégie romaine) ne sont en rien affaiblies par le fait que Goethe lui-même ne possédait aucune de ces qualités. L'ennui, c'est que ses défauts de caractère ont infecté ses écrits et ses opinions critiques, qui restent la bible de la littérature allemande, et ont empoisonné le climat littéraire et maintenu dans l'ombre des écrivains de plus grande valeur, tels que Kleist. C'est comme si Chateaubriand était encore considéré comme l'étalon de toute valeur en France.

Goethe manquait de courage moral — grave défaut chez un poète. Dans *Faust*, il s'indigne en des vers émouvants de l'exécution de Gretchen, une pauvre fille séduite et abandonnée par Faust, qui noie leur enfant pour cacher sa honte. Mais, ces vers pouvant être interprétés comme une critique de la peine de mort, il les supprima quand il monta la pièce à Weimar dans son théâtre. « Face à l'opposition ou à la dénégation, remarque Thomas Mann, Goethe se posait toujours en grand seigneur et en représentant du gouvernement. “Si j'avais le *malheur* d'être dans l'opposition”, dit-il un jour. »

C'est là le fait de ceux qui n'ont pas de force intérieure — ou plus exactement, qui n'éprouvent pas de sentiments forts. « Mon maître me mène du dedans », a écrit un poète plus grand, Attila József, et quiconque capable de passion aura ce sentiment. Il est clair que Goethe était incapable de passion. *Werther*, le seul de ses romans dont le personnage principal est un être passionné, est devenu illisible aujourd'hui : manifestement, quand il écrivit *Werther*, Goethe ne savait pas de quoi il parlait. Il semble pertinent de mentionner ici qu'il resta puceau jusqu'à l'âge de trente-sept ans. En d'autres termes, il n'a jamais suffisamment désiré une femme pour en tirer le courage de s'exposer à un refus. Là réside le lien entre le fonctionnaire indigne et hypocrite et le grand artiste qui ne l'était pas vraiment : il avait *un registre émotionnel limité.*

Ce sont les faibles qui sont les moins enclins à la pitié. Bien que le duc de Weimar lui-même fût en faveur de la clémence, Goethe vota et signa l'arrêt de mort d'une Gretchen bien réelle, une jeune domestique qui avait tué son enfant — note intéressante à adjoindre à son *Faust,* qui regorge de scènes frappantes et de vers merveilleux, mais qui raconte une histoire scandaleusement fausse. Faust pactise avec Méphistophélès, prend tout ce que le diable lui offre, et se retrouve finalement au ciel. (Après son exécution, la pauvre Gretchen lui pardonne et intercède pour lui auprès du Tout-Puissant.) Officiellement considéré comme le chef-d'œuvre suprême de la littérature allemande, le *Faust* de Goethe perpétue l'idée que l'on peut trafiquer avec les puissances du mal, commettre des actes ignobles, et demeurer malgré tout un être essentiellement noble, qui finira par refaire surface. C'est une idée qui, me semble-t-il, a beaucoup plus contribué au soutien accordé à Hitler par les classes cultivées que toutes les œuvres de Nietzsche. Goethe n'a cessé de tromper les autres pour éviter de les contrarier, pour se rassurer lui-même et pour les rassurer, pour avoir la conscience tranquille, et que les autres l'aient aussi. Cela a peut-être marché pour lui personnellement, mais l'histoire de l'Allemagne prouve que lorsqu'un écrivain faillit à sa vocation en ne disant pas la vérité, il ne rend pas service à ses lecteurs.

Le docteur Faust de Christopher Marlowe conclut un pacte avec le diable et, à la fin, il est emmené en enfer par des démons qui le mettent en pièces. Cette issue a infléchi différemment la littérature anglaise, puis américaine, des siècles qui suivirent, et peut-être aussi le cours de la politique. La conclusion de Marlowe est devenue un truisme de notre culture.

*

Sur quelque sujet que ce soit, on trouve presque toujours un vers de Goethe à citer, mais jamais il n'aurait pu écrire ces vers de Swinburne :

The woundless and invisible thought that goes
Free throughout time as north or south wind blows
Far throughout space as east or west sea flows
And all dark things before it are made bright[1].

Cette conception de la vérité comme une force aussi invincible que les éléments est ce qui distingue le génie assez hardi pour découvrir des choses nouvelles sans tenir compte de l'opinion générale. C'est grâce à de tels génies

1. La pensée intacte, invisible, libre,
Parcourt le temps au souffle du vent du nord ou du sud,
Parcourt l'espace d'est en ouest avec les flots
Et devant elle tout ce qui est obscur s'illumine.

que nous sommes descendus des arbres. Goethe n'est pas de ceux qui furent les premiers à sauter. D'après Thomas Mann, qui avait le don troublant d'exprimer les choses les plus terribles de la manière la plus bienveillante, Goethe pensait « qu'il ne lui était pas possible de parler franchement et de s'adonner à son talent créateur en toute liberté ».

Ceci n'est peut-être nulle part aussi manifeste que dans ses *Élégies romaines* et son *Journal*, poèmes érotiques très admirés, qui choquèrent les bien-pensants de son époque, et sont encore considérés comme ses œuvres les moins conventionnelles. Quand le duc Charles-Auguste, ainsi qu'un vieil ami de Goethe qui était devenu évêque lui conseillèrent de supprimer certaines des élégies, Goethe leur obéit « aveuglément », selon ses propres termes. Quant au *Journal* (le *Tagebuch)*, sans attendre d'être censuré par le duc, il décida de ne pas le publier. C'est dans sa vie sexuelle que son manque de courage apparaît en premier lieu. Stendhal, pauvre, gras, parfaitement inconnu dans le monde, fut l'amant de plusieurs brillantes et belles jeunes femmes ; quant à Sterne, qui traîna toute sa vie le fléau de la pauvreté et d'une mauvaise santé, de nombreuses femmes furent l'objet de ses « petites attentions discrètes » ; mais Goethe, lui, poète et homme d'État en vue, célèbre de par le monde, ne se sentait à l'aise au lit qu'avec des femmes qui lui étaient inférieures socialement et intellectuellement, et qui avaient besoin de ses largesses. À l'âge de trente-neuf ans, il prit pour maîtresse une pauvre fille qui l'avait abordé pour solliciter une faveur pour son frère et qui, en public, devait lui donner du « Monsieur le Conseiller privé ». Quel homme était-il donc pour désirer une partenaire aussi servile, une telle inégalité en amour et dans sa vie domestique ? Pour laisser sa maîtresse s'abaisser ainsi devant les autres ? *Cagot* est le seul terme à peu près convenable qui me vienne à l'esprit.

Dans les *Élégies romaines,* il s'agit de son badinage avec une veuve italienne pauvre qui se réjouit de ses largesses.

Elle brûle du feu qu'elle alluma en lui, bien aise
Qu'il ne soit, comme le Romain, regardant de son or[1].

(Élégie IV, vers 24-25)

Il aurait pu, dit-il, folâtrer avec des femmes qui ne s'intéressaient pas à sa bourse, mais de celles-là il prétend être las :

L'afféterie, les falbalas me rebutent ; car enfin,
De brocart ou de laine, toute jupe se trousse[1] !

(Élégie II, vers 17-18)

Ce sont là les paroles d'un homme riche qui trouvait bien plus facile de relever les jupes de laine des femmes du peuple que les robes de brocart des grandes dames, ses égales. Je ne

1. *Élégies romaines,* éd. Mille et une Nuits, trad. Raymond Voyat.

vois là rien à redire sur le plan moral ; Villon a écrit de merveilleux poèmes sur les marlous — la seule vertu requise de l'œuvre d'un poète est la véracité. Ce qui me gêne chez Goethe, c'est la fausseté, cette façon de prétendre qu'il ne lui aurait pas été plus difficile de séduire, par son seul charme, une femme de son milieu, que d'éblouir avec son argent une veuve dans le besoin. Personne ne savait mieux que lui, qui était encore puceau à trente-sept ans, que c'était là un gros mensonge.

Il y a beaucoup de beaux poèmes dans les *Élégies romaines* — la musique de ces vers fait monter les Allemands au septième ciel — mais ce sont des poèmes d'observations, de réflexions et de plaisirs tranquilles, érotiques et autres. On a l'impression d'entendre un grand musicien jouer sur un piano dont le clavier n'est pas complet, auquel il manque les octaves supérieures et inférieures. Et même en ce domaine, le souci majeur du poète est de se protéger. Goethe avait peur de la Révolution française et des sales maladies. Ce qui est rendu de la façon la plus vivante dans ses poèmes érotiques, c'est la crainte d'attraper des maladies vénériennes :

Protégez avec soin certain enclos charmant,
Préservez-moi de tout mal ; et accordez-moi
Quand Amour m'entraîne et qu'au fripon je me fie,
De connaître, insoucieux, un plaisir sans péril[1].

(Élégie XVI, vers 47-48)

1. *Élégies romaines*, éd. Mille et une Nuits, trad. Raymond Voyat.

Jamais il n'écrivit quelque chose d'aussi senti. Il est bon d'être prudent — on ne saurait l'être trop à l'époque du sida — mais chez Goethe la prudence vire à l'hystérie, à la terreur stupide qui supplante l'amour et la confiance.

Chacun se garde aujourd'hui de trahir la morne foi.
Qui par l'inclination n'est tenu, l'est par le souci.
Et encore, allez savoir ! Nul plaisir ne va sans risque.
Plus de sein où reposer sa tête en toute confiance,
Amour conjugal, amour adultère : la menace est partout.
Mari, femme et ami, l'un par l'autre sont atteints[1].

(Élégie XVI, vers 23-28)

Nombreux sont les spécialistes de Goethe qui ont loué sa manière d'envelopper son érotisme dans « le manteau de sa culture classique », mais à mes yeux, ses références constantes aux dieux et aux déesses de l'Antiquité sont comme les feuilles de vigne sur les statues. Les *Élégies romaines* nous rappellent tout ce que la littérature anglaise doit à Shakespeare qui a institué le naturel comme un droit que le poète acquiert en naissant. À lire les poèmes d'amour de Goethe, si pleins de suffisance, on mesurera combien Donne et Marvell sont de grands poètes de l'amour, et on se souviendra des Chansons et Sonnets « Lorsque m'auront tué, cruelle, tes

1. *Élégies romaines*, éd. Mille et une Nuits, trad. Raymond Voyat.

mépris » et « Je ne sais trop, ma foi, ce que nous pouvions faire/Avant de nous aimer ».

De même, en lisant le *Journal*, on ne pourra pas ne pas penser à la rencontre avec la femme de chambre dans le *Voyage sentimental* de Sterne, tellement plus chargé de poésie, de vérité et d'érotisme. Le poème de Goethe mêle l'amour et la vertu de la façon la plus invraisemblable : s'arrêtant dans une auberge pour y passer la nuit, le distingué voyageur fait des avances à une femme de chambre vierge, qui est elle-même si attirée par la beauté du monsieur que c'est elle qui propose de venir dans son lit quand elle aura fini son travail. C'est le genre d'histoire inventée qu'on entend dans la bouche de ceux qui n'ont guère l'habitude de courtiser les femmes. Jamais Casanova ne connut semblable expérience, lui qui, dans sa jeunesse, avait un charme fou et une réelle attirance pour les femmes, qui savait se comporter avec elles, excellait à leur tourner un compliment, et n'avait pas son pareil pour séduire les femmes de chambre. Dans ses mémoires, il raconte comment il lui fallait avoir recours à toutes sortes de cajoleries, de mensonges et de stratagèmes, et se dessaisir de dentelles, d'argent et de pierres précieuses pour parvenir à leur faire oublier qu'il partait le lendemain. Goethe prétend qu'une avance faite en passant lui a suffi à gagner le cœur d'une vierge. Sa vantardise s'assortit de modestie, car notre irrésistible héros avoue qu'il a du mal à se montrer à la hauteur de la situation — et puis voilà qu'il pense à sa chère épouse, et qu'au lieu de prendre dans ses bras la jolie fille nue allongée à ses côtés sur le lit, il se lève *pour écrire une lettre à sa femme.*

Ce poème explique l'énorme influence de Goethe sur des générations de lecteurs refoulés et conformistes dont les élans du cœur et le courage étaient aussi limités que les siens : il est question de sujets qu'il n'est pas convenable d'aborder, de sorte que c'est une lecture libératrice en quelque sorte — mais indolore ! Tout en rappelant aux lecteurs l'existence de leurs parties honteuses et de leurs sentiments inavouables, le poète leur administre une dose de vertu destinée à apaiser tout tressaillement de culpabilité.

Malgré tout, le Gros Mensonge renferme un bon nombre de vérités piquantes. En voici une sur les affres de la performance sexuelle :

Ainsi me tient-elle sur son doux sein,
Comme si elle ne se plaisait que dans mes bras.
Mais tandis que je baisais sa bouche, ses yeux,
son front,
Je me trouvai soudain en singulière posture
Car mon maître, d'habitude si prompt à ce jeu,
Recule comme un écolier, tout refroidi.

Effaré par cet accident jusqu'alors inconnu,
Il se dit : Tu dois comprendre à présent
Que le jeune marié se signe avec de l'eau bénite,
Pour se préserver du maléfice de l'aiguillette.

Ne parlons plus de l'homme. Ce que je désapprouve dans l'œuvre, c'est cet astucieux mélange de vérité et de dissimulation. Le talent prodigieux de Goethe a servi de caution à ce genre de compromis qui corrompt les écrivains et pousse les lecteurs à la paresse mentale.

Il y a des années, j'ai fait le compte rendu d'une traduction des *Élégies romaines* et du *Journal*, et l'éditeur londonien, Nicholas Jacobs, s'est offusqué du fait que je présente Goethe comme une âme servile. « À propos des positions politiques de Goethe, écrit-il dans une lettre au rédacteur du journal, votre critique a exprimé ailleurs son admiration pour Stendhal. Dirait-il que Stendhal était à la botte de Napoléon ? » Pour rendre justice à M. Jacobs, ce dernier ignorait tout du rôle de Goethe en tant que chef de la police de la pensée à Weimar, mais en dehors de ce fait, on ne peut pas comparer Goethe à Stendhal, qui était issu de la Révolution française et ne cachait pas son mépris pour les opinions de la bonne société. Prenez cette description d'un dîner qu'un évêque, entre autres invités, honore de sa présence :

> Le dîner fut médiocre et la conversation impatientante. C'est la table d'un mauvais livre, pensait Julien. Tous les plus grands sujets des pensées des hommes y sont fièrement abordés. Écoute-t-on trois minutes, on se demande ce qui l'emporte, de l'emphase du parleur ou de son abominable ignorance.

Est-ce là le ton de Goethe ?

Quant à l'attitude de Stendhal vis-à-vis de Napoléon, il écrivit une biographie critique lucide du personnage, et il s'inspira de sa propre expérience à la cour de Napoléon pour brosser une peinture accablante de la vie de cour dans *La Chartreuse de Parme.* Il fit l'éloge de Napoléon après Waterloo — à un moment où ce dernier avait plus de détracteurs que de partisans —, le présentant comme un souverain sous lequel il avait été possible de s'élever en ce monde par son seul talent et son seul courage.

Dans une autre lettre au journal, David Luke, le traducteur, s'offusqua de mes commentaires, objectant que « Goethe était une forte personnalité, résolue à survivre et à mettre en place une stratégie de survie ». M. Luke ne voyait, dans les flagorneries de Goethe, que du tact, tout simplement. « Le tact, écrivait-il, est une des formes d'hypocrisie et de mensonge que la vie et la survie exigent de nous. M. Vizinczey aurait-il préféré que Goethe meure jeune comme Kleist, ou fou comme Hölderlin ? »

Eh bien, oui.

The European, 27 juillet 1990

Le génie dont l'heure est venue

HEINRICH VON KLEIST
(18 OCTOBRE 1777 - 21 NOVEMBRE 1811)

Autant que je sache, c'est dans le *Times* du 28 décembre 1811 qu'il fut pour la première fois question de Heinrich von Kleist dans une publication anglaise, avec la parution d'un article désapprobateur dans la rubrique nécrologique du journal.

> L'attention des Berlinois a été très occupée ces derniers temps par la tragique aventure de M. Kleist, le célèbre poète prussien, et de Mme Vogel. Les bruits qui ont tout d'abord couru sur la cause de cette malheureuse affaire ont été vigoureusement démentis par la famille de cette dame, qui se refuse en particulier à admettre qu'une relation amoureuse soit en aucune façon à l'origine du drame. Mme Vogel était censée souffrir depuis longtemps d'un mal incurable ; ses médecins avaient déclaré sa mort inévitable ; elle avait elle-même pris la décision de mettre fin

> à son existence. M. Kleist, le poète, ami de sa famille, avait lui aussi depuis longtemps résolu de se donner la mort. Ces deux infortunés, s'étant ouvert l'un à l'autre de leur abominable intention, décidèrent de la mettre à exécution de concert. Ils se rendirent à l'auberge de Wilhelmstadt, entre Berlin et Potsdam, au bord du *Lac Sacré.* Ils passèrent une nuit et une journée à se préparer à la mort, en élevant des prières, en chantant, en buvant une quantité de bouteilles de vin et de rhum, et finalement en avalant quelque seize tasses de café... Cela fait, ils descendirent jusqu'à la rive du *Lac Sacré*, où ils s'assirent face à face. M. Kleist saisit un pistolet chargé et tira en plein cœur sur Mme Vogel, qui s'écroula, sans vie ; puis il rechargea le pistolet et se tira un coup dans la tête... Le public est loin d'admirer, ou même d'approuver cet acte de folie...

Cet article, traduit du *Moniteur*, contient quelques erreurs manifestes. Que Kleist et Frau Vogel aient été amants ou non, il est indéniable qu'ils n'ont pas passé les dernières heures qu'il leur restait à vivre à trop boire ou à chanter ; en fait, ce qui frappe surtout, c'est la grande décence avec laquelle ils se comportèrent, ainsi qu'en attestent les déclarations faites à la police par l'aubergiste, sa femme, et ses domestiques. Les deux clients de l'auberge passèrent la majeure partie de la nuit à écrire des lettres dans leurs deux chambres voisines, et, le lendemain matin, ils s'habillèrent avec soin et partirent se promener ; l'après-midi, ils demandèrent qu'on leur serve du café au bord du lac, et l'homme à tout faire qui leur descendit une table et deux chaises sur la rive témoigna ensuite que, lorsque le monsieur lui avait demandé de lui apporter encore un petit verre de rhum (il en avait déjà acheté une petite bouteille à l'auberge), Frau Vogel s'y était opposée.

> La dame lui a dit : « Est-ce bien nécessaire que vous repreniez du rhum aujourd'hui, cher enfant, ne croyez-vous pas que vous en avez assez bu ? » Et le monsieur lui a répondu : « Très bien, chère enfant, si telle est votre volonté, je renonce. Alors c'est bon, mon brave, ne m'apportez rien. »

Frau Vogel, qui avait appris qu'elle avait un cancer de la matrice, craignait peut-être que Kleist, éméché, n'arrive pas à la tuer rapidement et sans douleur. Il y avait deux pistolets, qu'elle portait dans un panier passé à son bras, recouverts d'un linge blanc, et Kleist les chargea tous les deux avec juste assez de poudre pour tuer sans défigurer.

Dans ses nouvelles, plusieurs personnages se suicident (tel le héros des *Fiançailles à Saint-Domingue*, qui « s'était mis le pistolet dans la bouche… et dont le crâne, complètement fracassé, avait giclé en morceaux sur les murs ») et, à propos de la mort de Kleist, on a souvent dit que, dans son cas, la vie imitait l'art. Mais si, entre autres considérations plus graves et plus désespérées, Kleist était curieux de faire l'expérience du suicide afin de vérifier la validité des descriptions qu'il en avait données, il était bien déterminé à ne pas laisser derrière lui le même gâchis que ses personnages. Bien qu'il ait tiré sur Frau Vogel de près et qu'il se soit enfoncé le deuxième pistolet dans la bouche, la seule trace visible sur son corps à elle était une petite tache de sang ronde sous le sein droit ; et sur le sien, quelques gouttes de sang autour des lèvres.

Cette fin nous laisse la même impression dominante que l'œuvre de Kleist tout entière : des actes désespérés et violents exécutés avec une précision extrême et une étrange délicatesse. « En art, tout dépend de la forme, et tout ce qui touche à la forme est mon affaire », écrivit-il un jour. Sa maîtrise de la forme, comme tout grand art, impliquait un irrésistible amour du jeu. Quand on le vit, de loin, pour la dernière fois, quelques instants seulement avant que les coups de feu ne retentissent, il faisait des ricochets sur l'eau avec des cailloux.

Pour ceux qui condamnèrent son « acte de folie », il est une réponse dans *Penthésilée :* les écrivains ont un pouvoir de réplique par-delà la tombe.

L'homme se révolte, secouant de ses épaules
Tout ce qui l'écrase au-delà de ce qu'il peut endurer ;
Sa souffrance doit avoir une limite, sinon il ne la peut supporter.

Pendant sa courte et terrible vie, ce génie fut un écrivain pauvre et sans succès. Il ne devint un « poète célèbre » qu'après sa mort ; c'est le scandale du double suicide au bord du Wannsee qui amorça le lent processus qui sauva de l'obscurité ses huit pièces de théâtre et ses huit nouvelles, ses essais, ses anecdotes, ses épigrammes, ses poèmes et ses traductions. Ce qu'il avait d'ailleurs peut-être pressenti : cette idée que la mort violente engendre une gloire posthume est très kleistienne. « Maintenant, immortalité, tu m'appartiens tout entière ! » s'écrie le héros de sa dernière pièce, *Le Prince de Hombourg*, en attendant l'exécution.

*

Contrairement à l'idée que l'on se fait souvent des suicidés, Kleist n'était pas un faible — c'était seulement quelqu'un qui n'était que trop familier avec la mort. Il avait dix ans au moment du décès de son père, officier de l'armée prussienne, et quinze quand mourut sa mère ; le jour de ses dix-huit ans, celui de ses cousins qui avait été son plus proche compagnon se tua. De plus, il vivait à une époque où la loi n'empêchait pas les enfants de mener une vie d'adulte. Il entra dans l'armée à quatorze ans, et à quinze ans il était au combat. C'est le genre d'adolescence qui a produit Napoléon et San Martín : pour qui a des dons innés, se trouver très jeune face à la mort et faire régulièrement son devoir sous le feu de l'ennemi semble favoriser le développement soudain d'une volonté, d'un courage et d'une intelligence exceptionnels, qualités que l'on peut observer chez tout grand homme, qu'il commande des armées ou des mots.

De bien des manières, Kleist s'apparente à son presque contemporain Stendhal, qui, lui aussi, devint soldat dès l'adolescence. Si Kleist se bat contre les Français alors que Stendhal s'ennuie en Allemagne, et si leurs préoccupations sont différentes, leur sensibilité est semblable — ils ont tous deux le goût de la musique, de la peinture et des mathématiques — et ils ont en commun une jeunesse marquée par la mort de leurs parents et par la guerre, ce qui a certainement contribué à donner à leur style son caractère alerte et incisif. Ils ne se sont jamais ni l'un ni l'autre attardés à des problèmes absurdes, et tous deux ont écrit avec objectivité, en officiers intelligents, bien conscients que des informations trompeuses peuvent être fatales et qu'il ne sert à rien de dire autre chose que la vérité.

Généralement, une telle démarche en littérature est sanctionnée par les injures de la critique et l'indifférence du public. « Se borner à raconter l'histoire, c'est se bannir soi-même de la bonne société », écrivit le premier critique de *La Marquise d'O.* L'ennui, c'est que, de quoi qu'il s'agisse, la vérité a tendance à choquer, soit parce qu'elle est porteuse de mauvaises nouvelles, soit parce qu'elle s'écarte de façon inquiétante des idées reçues (or, les gens sont vite offusqués et méprisants quand une chose échappe à leur entendement), ou encore parce qu'elle dénonce un faux-semblant qui plaît. Et le plus souvent, d'une façon ou d'une autre, c'est de l'amour physique qu'il s'agit.

Dans sa toute première pièce de théâtre, *La Famille Schroffenstein*, sa propre version de Roméo et Juliette, Kleist porte à la scène le désir sexuel, en une des scènes d'amour les plus fortes qui ait jamais été imaginée — à tel point que je doute qu'on ait pu la jouer en toute liberté avant les années 1960. Le Roméo de Kleist dévêt sa Juliette et échange ses propres vêtements avec ceux de la jeune fille tout en lui décrivant la façon dont il la dévêtira le soir de leurs noces. À l'âge de vingt-cinq ans, Kleist est déjà maître de ces actes simples qui expriment les grandes passions. Dans une scène d'amour antérieure, la jeune fille, qui soupçonne encore le beau garçon d'être son ennemi mortel, boit l'eau qu'il lui apporte alors qu'elle la croit empoisonnée. S'il a le désir de la tuer, eh bien elle est prête à mourir ! À la fin de la pièce, dans cette scène où ils échangent leurs vêtements, le désir sexuel est très perceptible, mais aussi le sens du sacrifice (et chacune de ces émotions renforce l'effet de l'autre) : sachant que son père va venir tuer la jeune fille, le jeune homme persuade celle-ci de changer de vêtements avec lui, afin de lui sauver la vie. Les jeunes amants de Kleist ne se donnent pas la mort ; ils sont assassinés par leurs pères respectifs — chaque père tuant son propre enfant en pensant tuer celui de l'autre. C'est la haine qui détruit, non l'amour. Par certains côtés, ce chef-d'œuvre est supérieur à celui de Shakespeare (dans sa conception en tout cas), et pourtant, mises à part une ou deux critiques favorables isolées, et une unique représentation à Graz, l'œuvre passa inaperçue du vivant de Kleist et, pendant deux siècles ou presque, elle n'a suscité que des commentaires dépréciatifs. J'y vois pour seule raison la « vulgarité », le « mauvais goût » et l'« absence de finesse » de cette scène au cours de laquelle un adolescent éprouve curiosité et émotion devant le corps de la jeune fille qu'il aime. Je suis pourtant persuadé que c'est cette même scène qui aidera à remplir les théâtres au cours du troisième siècle de la vie éternelle de Kleist.

Mais on peut comprendre les classiques. Il est possible d'appréhender clairement des personnages quand notre moi n'est pas impliqué dans leurs croyances et leurs actes, leurs habitudes et leur mode de vie — en d'autres termes s'ils sont loin de nous dans le temps et dans l'espace. Il y a peut-être de grands écrivains contemporains, mais il ne peut y avoir que très peu de grands lecteurs contemporains ; nous sommes trop impliqués dans les conflits actuels, trop fascinés par les mensonges dominants du jour, trop accoutumés à ce qui se trouve être « bien » ou « mal » en ce moment, pour pouvoir égaler l'impartialité lucide de la grande littérature. C'est aussi vrai de nous-mêmes que ce l'était des Allemands guindés du dix-neuvième siècle. Qu'auraient-ils pu comprendre au héros et à l'héroïne du *Tremblement de terre au Chili* ? Il s'agit de deux jeunes gens parfaitement charmants et convenables — il n'y a absolument rien à leur reprocher — et pourtant ils font l'amour ! Ils font l'amour bien qu'ils ne soient pas mariés. Pire encore, la jeune fille a pris le voile, et c'est dans le jardin du couvent qu'ils commettent leur péché mortel. Bien évidemment, des lecteurs qui considéraient une telle conduite comme sacrilège et dépravée ne pouvaient pas saisir pleinement la portée de cette peinture que nous donne Kleist de l'insolence et de la brutalité de ceux qui décident de juger les deux jeunes gens. La jeune fille est condamnée à mort et son amant jeté en prison ; au moment où elle est menée à l'échafaud et où il va se pendre dans sa cellule, le tremblement de terre leur rend la liberté — mais seulement pour être mis à mort par une foule enragée sous prétexte que ce sont eux qui par leur péché ont *causé* ce cataclysme.

Même parmi les lecteurs larges d'esprit que le sexe n'épouvantait pas, bien peu pouvaient comprendre la portée de cette nouvelle. Le lynchage est une évocation si choquante de stupidité vertueuse et de cruauté moralisatrice qu'il était difficile à des lecteurs persuadés que les êtres humains sont foncièrement bons d'en apprécier la juste valeur. Pour ne mentionner qu'un détail significatif, quand certains de leurs amis essaient de protéger les deux amants en prétendant qu'ils ne sont pas ceux que recherche la populace, « l'instigateur de toute l'émeute » tue par erreur une dame dont la réputation est sans tache.

> « Monstre, cria un inconnu, c'était donna Constance Xares !
> — Pourquoi nous a-t-on menti ? répondit le cordonnier. Cherchez la vraie, et à mort[1] ! »

Si Stendhal nous dit comment on devient amants, Kleist nous dit comment on devient assassin. Ce n'est presque jamais pour une bonne raison.

Dans *La Famille Schroffenstein*, le père qui a tué son fils en croyant tuer la fille de son ennemi demande à son vassal pourquoi il a commis ce meurtre. Il ne se souvient pas. « Eh bien, mais c'est Agnès, voyons », dit le vassal.

RUPERT

Agnès, mais oui, c'est vrai,
Elle m'a fait du mal, beaucoup de mal,
Ça, je sais… Mais qu'était-ce donc ?

SANTING

Je ne sais pas
Ce que vous voulez dire. La jeune fille elle-même
Ne vous a fait aucun mal.

1. *Romantiques allemands*, éd. La Pléiade, 1963.

RUPERT

Aucun mal ? Santing !
Alors pourquoi l'ai-je tuée ? Dis-moi vite
En quoi elle m'a offensé, je te prie.
Mets-y autant de venin que tu voudras. — Basilique,
Ne me regarde pas, parle, Démon, parle,
Et si tu ne sais pas, mens !

SANTING

Êtes-vous devenu fou ?
C'était la fille de Sylvester.

Autre moment capital : celui où Rupert apprend qu'en fait c'est son propre fils qu'il a tué.

*

Publiée anonymement dans une édition défectueuse, la pièce ne rapporta rien à Kleist ; il espérait parvenir à mieux. « Je vous jure, écrivait-il à sa sœur Ulrike, que je pourrais mieux faire que ce sot de Kotzebue » (allusion à un auteur dramatique célèbre de l'époque qui avait un grand succès). « Mais j'ai besoin de temps, c'est du *temps* qu'il me faut. Si seulement vous consentiez à me laisser travailler en paix chez vous pendant quelques mois, sans me rendre fou furieux en me posant des questions sur mon avenir… »

Mais rien de ce qu'il écrivit ne lui valut la moindre considération. Dans toute culture, il existe une séparation profonde entre ce qui est vivant et ce qu'on estime digne d'éloges, et la première décennie du dix-neuvième siècle était déjà affligée de cette armée de connaisseurs de la littérature qui écartait les vivants et portait les autres aux nues. Si Kleist avait été cet auteur vulgaire dénigré par les critiques, il aurait pu connaître le succès, mais pour attirer l'attention de lecteurs intelligents, il lui aurait justement fallu être recommandé par ces gardiens officiels de la littérature qui le trouvaient vulgaire. Comme il l'écrivit un jour :

> Le maquerellage, le cafardage des critiques — et surtout le fait que cette pratique soit désormais une nécessité pour le public — me montre à quel point la littérature et le goût doivent être partiaux et corrompus en Allemagne. Je n'ai pas encore rencontré un lecteur qui se dise honteux, à juste titre, d'avoir acheté d'occasion une perle de la littérature. Comme si, par tradition, le public était obligé de laisser la préséance aux critiques, de la même façon que, dans certains pays, les nobles avaient un droit sur les épouses de leurs serfs. Oui, en vérité ! — il y a en Allemagne des lecteurs assez aveulis pour ne plus vouloir d'un contact direct avec les œuvres de l'esprit et se contenter à longueur de temps de lire les journaux littéraires et de jouer le rôle de spectateurs.

Pâtissant de cette situation, bien connue de tout écrivain en difficulté, Kleist rechercha la faveur de celui qui était l'autorité suprême, s'adressant à lui avec la déférence de rigueur

(« Hochwohlgeborner Herr, Hochzuverehrender Herr Geheimrat, Ew. Excellenz) et lui disant, en toute sincérité, qu'il « mettait son cœur à genoux devant lui ». Mais, inévitablement, son réalisme — et en particulier sa peinture des passions destructrices — lui valut la désapprobation de Goethe, le demi-dieu de la culture allemande, dont on peut juger des propres critères esthétiques à sa manière de se vanter qu'« il avait fort bien réussi le portrait de ses héroïnes, car *toutes étaient bien mieux que dans la réalité* ». (Les italiques sont de moi.) Les cris d'« horreur et de dégoût » de Goethe contribuèrent plus que toute autre chose à priver Kleist d'un moyen de gagner sa vie, et ils ont encore assez de poids pour le priver de sa juste place dans la littérature allemande. Goethe, il est vrai, monta *La Cruche cassée* à Weimar, faisant de cette comédie rustique (qui s'apparente fort à *La Noce villageoise* de Bruegel) le fiasco le plus retentissant de la décennie, mais prétendant ensuite qu'il avait voulu « aider Kleist » et « le faire connaître ». Les œuvres de Kleist sont de terribles avertissements qui nous enseignent que nous ne pouvons pas échapper aux conséquences de nos actes, tandis que celles de Goethe n'offrent qu'un terrible mensonge en nous faisant croire que rien sur cette terre n'est décisif ou irréversible. Goethe trouvait les œuvres de Kleist « malades » parce qu'elles montraient ce qui est « déplaisant et effrayant dans la nature », alors qu'à mes yeux c'est « la noblesse d'âme bienfaisante » de Goethe (selon l'expression dûment révérencieuse de Thomas Mann) qui est aussi malsaine que dépassée, et je suis persuadé que Kleist, émergeant derrière l'ombre pâlissante de Goethe, ne manquera pas d'être considéré comme le plus grand écrivain allemand.

Mais en attendant, nous en sommes toujours à l'opinion de Goethe selon laquelle il est « impossible à un *esprit mûr* de trouver *un plaisir quelconque* dans la violence des thèmes de Kleist », et même un ouvrage de référence récent sur la littérature allemande condamne Kleist à cause de sa vision de la vie — « un labyrinthe dans lequel la raison, la foi et les sentiments ne sont pas des guides sûrs ». On ne saurait pourtant donner de la vie une description plus juste, mais on peut toujours n'y voir que le produit d'une imagination malade, preuve patente que Kleist « est né dépourvu du sens de l'orientation et d'équilibre ».

Subir ce genre de critique inepte, qui le condamna à la misère, et continuer néanmoins à peindre la vie selon la vision ironique qu'il en avait (jusqu'à trente-quatre ans, et, à ce moment-là, se suicider plutôt que de se mettre à faire de la littérature alimentaire), voilà qui requérait une résistance et une ténacité très rares, manifestes dans le caractère militaire de son style.

En effet, parmi tous les géants de la littérature mondiale, c'est bien cet officier prussien dont l'écriture ressemble le plus à celle d'un général. Dans une simple subordonnée, les villes sont en flammes et les gens massacrés, et déjà il s'engage sur une autre voie.

> Laissant les valets piller dans les faubourgs, Kohlhaas colla sur un pilier, à la porte d'une église, un avis dont la teneur était à peu près la suivante : lui, Kohlhaas, avait commencé à incendier la ville, et, si on ne lui livrait pas le baron, il ne laisserait pas debout le moindre pan de mur, de telle sorte que, selon son expression, il n'aurait pas à fouiller derrière pour y chercher le fugitif.
>
> L'épouvante des habitants de Wittenberg, devant cet acte sans précédent, fut indescriptible. Cette nuit d'été fut, par bonheur, assez calme, et les flammes ne dévorèrent que dix-neuf bâtiments, parmi lesquels une église. Au point du jour, l'incendie à peine maîtrisé, le vieux prévôt, Otto von Gorgas, envoya un escadron de cinquante hommes pour procéder à l'arrestation du monstre forcené qui semait la terreur[1].
>
> *(Michael Kohlhaas)*

Mais rien ne saurait mieux illustrer de façon plus frappante l'implacable objectivité de Kleist que les *Fiançailles à Saint-Domingue*, une histoire d'amour à l'époque sanglante de la guerre raciale en Haïti au début du dix-neuvième siècle, quand l'île était encore une colonie française. L'histoire commence par l'énumération des bontés d'un planteur envers celui de ses escla-

1. *Romantiques allemands*, éd. La Pléiade, 1963.

ves en qui il a mis toute sa confiance, qu'il affranchit, à qui il confie la gestion du domaine, donne une maison et une pension, et qu'il couche même sur son testament. Or, « dans la fièvre générale de vengeance », le dit esclave « fut l'un des premiers qui saisit la carabine et, se souvenant de la tyrannie qui l'avait arraché à sa patrie, envoya sa première balle dans la tête de son maître ».

Kleist relate les brèves fiançailles d'un officier suisse et d'une jeune mulâtresse qui ont mené leur combat, chacun avec son camp, d'une façon telle que pas un lecteur, blanc ou noir, ne pourrait lui reprocher un récit mal documenté, incomplet, sentimental, condescendant ou injuste. Je ne connais pas d'autre œuvre littéraire reflétant le conflit racial dont on puisse dire la même chose, et, Kleist n'eût-il écrit que les *Fiançailles à Saint-Domingue*, cette nouvelle suffirait à faire de lui l'écrivain le plus pertinent de notre temps. Cette lecture nous en apprend davantage sur notre situation raciale que tous les romans bien intentionnés de nos contemporains.

Une des raisons de cette réussite unique, c'est que Kleist n'a pas pour but de favoriser une meilleure compréhension entre les races — de telles entreprises sont perverses car elles tendent à fausser la réalité. Quel que soit le message, nous le recevons chemin faisant, pour ainsi dire — à l'occasion de la rencontre fatale des deux amants. Dans la grande littérature comme dans la vie, tout se tient ; rien n'est séparé du reste.

Kleist a choisi sa vie aussi bien que sa mort. Descendant d'une famille de militaires prussiens et comptant parmi ses ancêtres seize généraux et deux maréchaux, il aurait pu faire carrière en tant qu'officier au service de Frédéric-Guillaume III, mais en 1799, à l'âge de vingt et un ans, il quitta l'armée, signifiant son départ par sa première œuvre littéraire : *Essai sur le moyen de trouver le plus sûr chemin du bonheur et d'en jouir sans inquiétude — même parmi les pires épreuves de la vie.*

Il crut d'abord qu'il trouverait le bonheur avec le Savoir et une Bonne Épouse : il se fiança à la fille d'un général, Wilhelmine von Zenge, il s'acharna au travail à l'université de sa ville natale de Francfort-sur-l'Oder, puis il poursuivit ses études tout en occupant un poste de stagiaire dans l'administration à Berlin. Mais, se souvient sa sœur Ulrike, « un jour, quand son chef lui remit un livre ennuyeux en plusieurs volumes avec la consigne de le lire et d'en faire un rapport, Heinrich prit sa décision : il s'en irait ». Cela nous donne la clef de l'évolution d'un génie ; sans doute, Kleist finit par se donner la mort, mais, de son vivant, il sut protéger son esprit et son intelligence ; il sentait parfaitement combien des livres ennuyeux peuvent avoir un effet pervers. Il n'y a rien à tirer des livres qui vous ennuient ; ils affectent l'esprit de la même façon que le viol affecte le corps des femmes ; ce qui devrait être source de plaisir n'est qu'écœurement. Je me dis souvent que si l'on n'obligeait pas les étudiants à terminer les livres qui ne leur parlent pas, les études littéraires ne les laisseraient pas si insensibles à la littérature.

Quoi qu'il en soit, à peu près à l'époque où Kleist quitta son emploi, il lisait Kant, qui lui fit découvrir ce qui devait être un des motifs essentiels de toute son œuvre — l'incompréhensibilité fondamentale des choses, ou plutôt les insuffisances de l'entendement humain. Il écrivit à Wilhelmine à ce sujet, en espérant qu'« elle n'en serait pas aussi profondément, aussi douloureusement ébranlée que lui ». (Cette capacité à être profondément et douloureusement ébranlé par une idée est une des caractéristiques du génie.)

> Si tous les hommes, au lieu de leurs yeux, avaient des lunettes vertes, ils en concluraient que les objets qu'ils aperçoivent à travers elles sont verts — et jamais ils ne pourraient savoir si leur œil leur montre les choses telles qu'elles sont, ou s'il leur ajoute quelque chose qui n'appartient qu'à lui. Il en va de même pour notre entendement. Nous ne pouvons décider si ce que nous nommons vérité est vraiment la vérité, ou si elle nous paraît seulement telle… Ah, Wilhelmine, si l'épine de cette pensée n'atteint pas ton cœur, ne souris pas d'un autre qu'elle a blessé au plus profond de son être[1]…

1. *Correspondance*, éd. Gallimard, 1976, trad. J.-C. Schneider.

Ce fut une découverte capitale — car elle l'affecta au point qu'il en vit les conséquences sur tous les aspects de la vie et, à partir de là, put créer toute une série de personnages puissants que leur propres erreurs de jugement ou des apparences trompeuses entraînent à des extrêmes. Avec toute la fureur d'une femme dédaignée, Penthésilée lance ses chiens sur Achille, qu'elle aime ; elle lui transperce la gorge d'une flèche, lui arrache son armure et enfonce ses dents dans sa chair — seulement ce pauvre Achille était bien loin de la dédaigner. Le héros des *Fiançailles à Saint-Domingue* tue sa bien-aimée parce qu'il croit qu'elle l'a trahi — or, loin de le trahir, elle n'a fait que lui sauver la vie.

Il y a là beaucoup plus d'horreur que de plaisir, mais cette volonté de Kleist de nous horrifier n'est pas gratuite. Nous ne pouvons vraiment comprendre une chose que si elle nous émeut ou nous choque assez profondément pour atteindre notre subconscient ; les grands écrivains ne sont pas ceux qui nous disent que nous ne devrions pas jouer avec le feu, mais ceux qui nous brûlent les doigts.

Kleist n'édulcore jamais rien, que ce soit pour excuser ses personnages, ou pour mettre de l'ordre dans son récit. Il ne confond pas non plus profondeur et mystification, comme bien des auteurs modernes ; dans une œuvre de Kleist, on n'a jamais à se poser la question de savoir qui fait quoi à qui et pourquoi. Mais ce dont il ne se mêle pas, ou plutôt, ce qu'il met en lumière, ce sont les contradictions inexplicables de la vie. Goethe, comme jadis les producteurs d'Hollywood, pensait qu'il fallait transformer la réalité en la rendant plus équilibrée, plus harmonieuse, et moins brutale *(Ausgleichung, Aussöhnung* et *Abrundung)* au bénéfice du réconfort et de l'élévation morale ; or Kleist représentait la vie telle qu'il la trouvait — incertaine, inquiétante, et inexplicablement absurde.

La marquise d'O est enceinte, sans savoir comment ni de qui ; nous aurons la réponse à la fin du récit, mais entre-temps Kleist nous offre une représentation hallucinante de l'effarement, de ce sentiment exaspérant de *comment est-ce possible !* que les gens intelligents sont condamnés à éprouver quotidiennement. Dans *Sainte Cécile ou la puissance de la musique*, un couvent catholique est sauvé grâce à un authentique miracle, mais, apprenons-nous incidemment, il sera sécularisé « à la fin de la guerre de Trente Ans, selon les clauses du traité de Westphalie ».

On pourrait sans doute rendre compte des chefs-d'œuvre de Kleist en citant ces vers de son *Amphitryon :*

> C'est une affaire diabolique, un conte de lutin,
> Et pourtant, elle est aussi vraie qu'un rayon de soleil.

*

Aucun écrivain n'est capable de créer un seul personnage ou une seule scène qui outrepassent son propre registre émotionnel. Kleist, dont les œuvres flambent toujours de l'embrasement soudain des passions, avait une aptitude exceptionnelle aux émotions extrêmes — la félicité extrême aussi bien que le désespoir extrême, l'amour aussi bien que la haine. Il vivait, selon l'expression d'un de ses compagnons d'armes, « exposé à ses tempêtes intérieures ».

Ayant, à l'âge de vingt-trois ans, perdu sa foi dans le savoir et le pouvoir curatif des explications, il chercha le repos dans le voyage. « Je ne mérite pas d'être malheureux, et je ne le resterai pas toujours », écrivait-il de Paris à Wilhelmine. Il voyait maintenant que le bonheur était de « labourer un champ, de planter un arbre, de mettre un enfant au monde ». Il ne tarda pas à renoncer à ces ambitions simples, mais ces sentiments étaient si profondément ancrés en lui qu'ils subsistent partout dans son œuvre, et tous les « événements grotesques » de ses récits et de ses pièces de théâtre s'inscrivent toujours sur la trame solide d'un grand désir d'amour, de foyer et de famille. De Paris, il se rendit en Suisse, avec le projet d'acheter un petit domaine et de s'établir fermier, mais, à écrire ses deux premières pièces, il dépensa tout son capital, un petit héritage de ses parents. C'est alors que commencèrent ses efforts « pour cueillir la guirlande de l'immortalité », et son insolvabilité à vie. « J'ai décidé de me consacrer, avec joie ou déplaisir, n'importe, à la littérature », écrivit-il à Wilhelmine, rompant leurs fiançailles. « Dans un an, je serai vraisemblablement tout à fait démuni… Chère fille, ne m'écris plus. Je n'ai d'autre désir que de mourir bientôt. »

Sa première pièce de théâtre fut *La Famille Schroffenstein ;* et la seconde, une première version de *Robert Guiscard,* dont Wieland écrivit que « si l'esprit d'Eschyle, celui de Sophocle et de Shakespeare s'unissaient pour créer une tragédie, cela donnerait *La Mort de Guiscard le Normand* de Kleist, si tant est que l'ensemble soit de la même veine que ce qu'il m'a permis d'entendre ». Kleist, mécontent de lui, la brûla. Après l'avoir brûlée, il quitta Paris pour la Normandie, à pied, avec le projet de participer à l'invasion de l'Angleterre organisée par Napoléon à l'automne de 1803. Il détestait Napoléon, conquérant de l'Allemagne, mais il était certain que l'invasion serait un échec, et il se dit qu'il pouvait bien saisir cette occasion de « mourir de la mort glorieuse des batailles ».

D'après Thomas Mann, « il est difficile de concilier », chez Kleist, « l'ambition et le désir de mourir », mais il me semble qu'il n'avait pas plus envie de mourir qu'un papillon de nuit n'a envie d'être brûlé : il voulait s'approcher de la flamme. Dans son autobiographie, Graham Greene rapporte que, lorsqu'il était étudiant, il a joué à la roulette russe, pas juste une fois, mais un certain nombre de fois, et tout seul ; au moment de ces trous noirs où il pressait sur la détente, il devait plonger au plus profond de lui-même. Kleist, je crois, aimait éprouver cette sensation forte d'échapper aux balles de justesse qu'il avait connue quand il était un soldat adolescent ; cette sensation, qu'il rechercha à maintes reprises pendant ses plus grandes périodes créatrices, libérait son subconscient et donnait à son œuvre l'intensité des ultimes moments vécus en pleine santé et avec une perception sans voile. L'exaltation et l'inspiration qu'il tirait de la pensée de la mort, lorsqu'il parlait du suicide et envisageait diverses manières de mettre fin à ses jours, lui coûtèrent finalement la vie, quand la pauvreté et l'humiliation, ainsi que l'insistance d'une femme pour l'accompagner dans la mort le firent passer à l'acte, mais tant qu'il vécut, il produisit des œuvres illuminées par ce haut degré de conscience que l'on éprouve généralement en présence de la mort.

> La vie est le seul bien qui n'ait de valeur que si on n'y attache pas d'importance… Seul peut le faire servir à de nobles desseins celui qui saurait la rejeter aisément et avec joie. Celui qui l'aime et la couve est déjà moralement mort, car il laisse croupir sa suprême force vitale, celle qui lui permettrait de sacrifier cette vie qu'il cajole[1].
>
> (Lettre à Wilhelmine)

1. *Correspondance*, éd. Gallimard, 1976, trad. J.-C. Schneider.

Ceux qui ne craignent pas la mort peuvent se réjouir de leur liberté, de leur dignité et même de leur pouvoir. Le marchand de chevaux Michael Kohlhaas, qui a soulevé une révolte après que l'Électeur de Saxe a refusé de lui rendre justice dans une affaire de chevaux volés, se voit arrêté et condamné à mort, mais quand l'émissaire de l'Électeur vient lui offrir la vie et la liberté en échange d'un billet sur lequel une diseuse de bonne aventure a inscrit l'avenir de l'Électeur et de sa maison, Kohlhaas répond :

> Noble seigneur, si le souverain de votre pays venait en personne et me disait : « Je vais me tuer et je vais tuer avec moi tous ceux qui m'aident à tenir le sceptre » — tuer ! comprenez-vous, c'est au fond le plus cher désir de mon âme — eh bien, je lui refuserais encore ce billet qui lui est plus précieux que la vie et je lui dirais : « Tu peux me conduire à l'échafaud, mais moi, je peux te faire du mal et je veux t'en faire[1]. »

Sur les lieux de l'exécution, Kohlhaas, « d'un mouvement brusque qui surprit la garde, fit un pas vers lui et détacha la capsule de son cou. Il en sortit le billet, le décacheta, le lut et, ne quittant pas des yeux l'homme au panache bleu et blanc, au moment même où il s'abandonnait à un doux espoir, Kohlhaas mit ce billet dans sa bouche et l'avala.

« L'homme au panache bleu et blanc tomba

1. *Romantiques allemands*, éd. La Pléiade, 1963.

sur le champ sans connaissance, en proie à un coup de sang. Mais, tandis que les compagnons de l'homme le relevaient, affolés, Kohlhaas se tourna vers l'échafaud, et sa tête tomba sous la hache du bourreau. »

Tels sont les principaux leitmotive de Kleist, aussi bien dans sa vie que dans son œuvre : effarement, exaltation face à la mort, sentiment d'impuissance inattendu,

> C'est étrange : chaque fois que je m'apprête à partir d'un pas décidé, le sol se dérobe sous mes pieds[1].
>
> (Lettre à Marie von Kleist)

*

Aujourd'hui, la vision réaliste de la vie, qui occulte l'essentiel, ne jouit plus de la même vogue qu'il y a une vingtaine d'années, et je pense que le surnaturel, chez Kleist, loin d'être un obstacle à son succès, va au contraire le servir dans les années à venir. Je ne crois pas, en tout cas, qu'il y aurait aujourd'hui beaucoup de gens pour prétendre, comme Martin Greenberg dans son introduction de 1960 aux nouvelles de Kleist, que la fin de *Michael Kohlhaas*, avec son « surnaturel de conte de fées, a beaucoup moins de force et de gravité » que le reste.

M. Greenberg fait allusion à l'intervention,

1. *Correspondance*, éd. Gallimard, 1976, trad. J.-C. Schneider.

comme dans un conte, de la vieille tzigane (manifestement la réincarnation de l'épouse de Kohlhaas) qui lui remet le billet prédisant l'avenir de la maison de l'Électeur. Le fait que ce dernier veuille désespérément obtenir le billet donne à Kohlhaas le pouvoir de choisir entre sauver sa vie ou se venger de « l'homme au panache bleu et blanc ». Tout ceci me paraît parfaitement acceptable. Les esprits sans imagination qui considèrent que le fantôme dans *Hamlet* est une erreur ne seront pas d'accord, mais idéalement un incident littéraire est comme une loi de la physique, il ne représente pas un événement isolé, mais un processus universel, d'une façon qui vaut pour tous les temps et tous les lieux. Il est réel ou non, selon que ce qu'il signifie est vrai ou pas. Ainsi les démons à la fin du *Faust* de Marlowe sont vrais et justes — tout comme le billet magique de *Michael Kohlhaas* qui, en lui accordant un choix, rend visible ce qui, autrement, ne le serait pas, mais qui est néanmoins réel : la liberté intérieure du personnage. L'homme garde sa liberté spirituelle même au moment où on lui tranche la tête. Quoi de plus fort et de plus grave ?

Hypnotisés par l'éclat de la richesse et du pouvoir et par l'horreur de la pauvreté et de l'impuissance, la plupart d'entre nous ont tendance à penser qu'au-dessous d'un certain niveau de l'échelle sociale on peut subir toutes les infamies, alors qu'au-dessus d'un certain niveau, on peut être ignoble envers ses semblables en toute impunité. Certes, Staline est mort au pouvoir et dans son lit, le docteur Mengele coule de vieux jours tranquilles en Amérique du Sud, et nous connaissons tous des scélérats qui auraient dû être envoyés au bûcher et y ont échappé, mais ce que nous rappelle *Michel Kohlhaas*, c'est que ce sont des exceptions. L'Électeur au supplice, faute de pouvoir arracher le secret de son avenir à l'homme qu'il a anéanti, incarne la loi d'interdépendance, en montrant de la façon la plus étonnante et la plus palpitante qui soit que, si haut placé soit-on, on ne peut pas écraser ses inférieurs impunément. Quand Kohlhaas jubile de pouvoir, grâce au billet magique, « atteindre mortellement le talon de l'ennemi qui le terrassait », nous sommes placés devant cette vérité — sans laquelle l'âme n'existe plus — que nous ne sommes pas entièrement déterminés par notre position dans la société, que le prince n'est jamais totalement prince, ni le pauvre totalement pauvre — que le condamné n'est pas qu'un condamné.

Les gens se consolent en pensant qu'ils sont pris au piège, qu'ils doivent suivre, victimes des circonstances, qu'ils n'ont pas le choix, mais ce sont là des mensonges, des tranquillisants qui endorment l'esprit. C'est ce que nous prouvent tous ces livres déprimants reposant sur l'idée d'une humanité victimisée, même s'ils sont l'œuvre d'écrivains aussi doués que Kafka. Le M. K de Kafka n'a pas d'autre choix que de se soumettre à ses bourreaux et de leur tendre le couteau avec lequel ils vont le tuer ; le système a détruit en lui toute volonté. Mais ces images-là ne sont que des rêves éveillés d'individus qui se prennent pour Hitler, et des cauchemars d'êtres faibles — elles n'ont pas grand-chose à voir avec la réalité. Dans la vie réelle, aucun pouvoir ne saurait infailliblement triompher de l'énergie vitale et de l'amour. Même lorsqu'elles marchaient vers les chambres à gaz, les mères riaient, chantaient et jouaient avec leurs enfants pour les distraire de l'horreur de la fin. Kleist est un des écrivains les plus éloquents sur la fatalité tragique et sur l'inhumanité de l'homme envers l'homme : il montre les humains à la merci du hasard, des forces du mal et des passions, mais pourtant jamais il n'est déprimant ni démoralisant, car la liberté du choix éclaire ses œuvres. Nous ne sommes pas maîtres de notre destin, mais nous sommes libres de choisir le sens que nous voulons donner à notre vie et à notre mort.

*

Kleist a malheureusement été redécouvert à un moment où l'éloge suprême était de passer pour « moderne », et où on a pu, pour recommander activement ses œuvres, le comparer, à tort, à des auteurs modernes à la mode. Dans son introduction aux nouvelles, Martin Greenberg compare Kleist non seulement à Büchner et à Stendhal, ce qui n'aurait rien de mal, mais aussi à Nietzsche, Freud, Lawrence et Kafka, « héros de l'esprit moderne ». Quelque opinion qu'on ait de ces quatre héros de l'esprit moderne, on ne saurait nier leur obsession pour des sujets exclusifs. Freud, par exemple, met en lumière le subconscient et la sexualité, mais c'est au détriment de l'importance de tout le reste. Kleist est d'un autre ordre ; son génie est une balance qui donne le juste poids des choses.

Seul le désir de M. Greenberg de voir en Kleist un moderne a pu le pousser à prétendre que, dans *La Mendiante de Locarno*, se trouve l'idée implicite que « l'ordre moral n'est pas rationnel et juste, mais cruel, rapide et insensé ». Ce serait en effet une implication très moderne (autant que fausse), mais elle n'a rien à voir avec Kleist. Il ne fulmine pas contre l'ordre moral, il le définit. Un certain marquis de Locarno, ayant d'autres choses en tête, cause sans le vouloir, par sa dureté et son indifférence, la mort d'une vieille mendiante, dont le fantôme le hante ensuite jusqu'à ce qu'il perde la raison, mette le feu à son château et périsse lui-même dans les flammes. Cette histoire de fantôme suggère qu'en étant indifférent aux autres, on cause sa propre perte, ce qui est peut-être cruel, mais me semble tout à fait logique ; on récolte ce que l'on a semé. L'idée est plus ancienne et plus vraie que les gémissements des modernes. L'idée moderne est que le monde est si cruel qu'un peu plus ou un peu moins de cruauté ne changera rien à l'affaire ; Kleist montre qu'il suffit de peu de méchanceté pour s'attirer le pire châtiment.

Au moment même où j'écris ces lignes, le professeur Ilse Graham est en train de dire, à la BBC, que Kleist nous offre « des images kafkaesques de l'homme emprisonné dans sa coquille ». Cet emprisonnement de l'homme dans sa coquille est un état névrotique que certains modernes, ou du moins leurs critiques, ont noblement transformé en vision du monde ; Kleist n'est nullement coupable de cela. Il n'y a rien de moderne dans la profondeur avec laquelle il dépeint les êtres dans leur relation aux autres. C'est Stendhal qui a dit que l'« on peut tout acquérir dans la solitude, hormis du caractère », mais Kleist aurait pu le dire aussi. La représentation qu'il donne du monde intérieur de ses personnages indique la profondeur de leur relation aux autres : si les modernes décrivent des fantasmes subjectifs auxquels ils peuvent donner libre cours sans que la réalité les arrête, les personnages de Kleist sont constamment contrecarrés et modifiés dans leur subjectivité par les événements extérieurs et par les autres. Kleist n'est pas l'homme des parcours en solo, mais de l'interaction. On peut voir le héros « moderne » comme un solitaire ; les personnages de Kleist vivent en société.

Kleist est un écrivain classique au sens grec du terme. Le meilleur moyen d'entrer dans son œuvre est de suivre Aristote, pour qui, de tous les éléments de la tragédie, « le plus important est l'histoire, l'agencement des actes accomplis, car la tragédie représente non pas les hommes mais l'action et la vie, le bonheur et le malheur — et le bonheur et le malheur résident aussi dans l'action ». Il suffit d'ajouter que les hommes eux non plus ne sont jamais si bien représentés que dans l'action, d'autant qu'Aristote lui-même dit que « le caractère est ce qui révèle le choix personnel… les préférences et les aversions ». Et c'est seulement lorsque la personne agit, poussée par telle préférence ou telle aversion, que nous pouvons mesurer la force de celles-ci. C'est seulement lorsque nous savons comment agit la personne que nous pouvons savoir ce qu'elle veut vraiment et quels sont ses sentiments : seule l'action confirme le caractère.

J'insiste sur ce point, car il est toujours de mode de tenir l'histoire pour une sorte d'élément inférieur de l'art littéraire, au lieu de la considérer comme l'élément le plus important et le plus difficile, comme le veut Aristote. Kleist ne s'exerce presque exclusivement qu'au plus difficile : ce qu'il écrit n'est pratiquement que l'histoire — il ne retient que les actions révélatrices des aversions et des préférences les plus profondes de ses personnages, et ne relate que les événements ayant un rapport décisif avec leur vie ou leur mort. Il est le grand maître du destin, écartant tout détail qui n'est pas fatal. Si, dans un de ses récits, il est question du temps qu'il fait, c'est que le temps a une importance particulière : Kohlhaas s'apprête à mettre le feu à un couvent lorsqu'il est ramené à la raison par un coup de foudre.

Kleist combine le fatal et le caractéristique en un même moment dramatique ; ses personnages sont mis à l'épreuve jusqu'à la limite du possible par les revers de fortune les plus extrêmes. Dans son récit médiéval *Le Duel*, un comte libidineux, accusé d'avoir assassiné son frère, prétend qu'il a passé la nuit du meurtre dans les bras d'une jeune veuve. Chassée par sa famille, la veuve fait appel à son ami le seigneur Friedrich pour défendre son honneur. Ce dernier, qui est amoureux d'elle, provoque le comte en combat singulier, déclarant l'innocence de la veuve ; le comte relève le défi, en continuant à soutenir qu'il a couché avec elle. De par la loi et la tradition, le duel révélera lequel des deux dit la vérité : Dieu accordera la victoire au juste, tandis que le parjure, vaincu, montera au bûcher. Le seigneur Friedrich est vaincu et condamné à mort, et la pécheresse avec lui, pour avoir voulu couvrir un mensonge en invoquant le jugement de Dieu. S'il s'en remet aux convictions de son époque, qui sont aussi les siennes, le seigneur Friedrich a toutes raisons de conclure que la veuve lui a menti et, de ce fait, l'a envoyé à la mort. Quel homme, si amoureux soit-il, ne se retournerait contre la femme qui, en le trahissant, l'a mené à sa perte ? Or, dans son amour pour elle, ce n'est pas la dame qu'il met en doute mais le jugement de Dieu, et son premier souci est de la réconforter.

En forgeant des personnages dont les passions triomphent de leur désespoir au moment même de leur défaite terrible et inattendue, Kleist fait resurgir chez le lecteur les moments traumatiques de sa propre vie et l'aide à supporter de tels souvenirs.

*

Kleist est un très grand dramaturge, mais davantage encore dans ses nouvelles que dans ses pièces de théâtre. Dans *Penthésilée*, par exemple, toute la première partie de la pièce est consacrée à l'exposition. On ne pourrait reprocher ce défaut de structure à aucune de ses nouvelles. Malgré cela, il est, sans aucun doute, le plus grand dramaturge allemand. Même Thomas Mann, malgré sa révérence pour la belle élévation d'esprit de Goethe, affirme que, dans toute l'histoire du théâtre allemand, « les œuvres de Kleist sont les seules dans lesquelles on retrouve le souffle, l'émotion première du théâtre, l'effroi du mythe, la terreur sacrée de la tragédie antique ».

De son vivant, c'est *La Petite Catherine de Heilbronn* qui connut le plus de succès, avec quelques représentations à Vienne, puis, sans même qu'il le sût, à Graz et à Bamberg.

Cette pièce est généralement tournée en dérision et considérée comme un drame de chevalerie d'un romantisme échevelé : la fille d'un armurier tombe folle amoureuse d'un chevalier qui entre dans l'atelier de son père, au point de se jeter d'une fenêtre pour le suivre, se rompant les deux jambes. Cette affaire serait en effet d'un romantisme absurde, pour ne pas dire ridicule, mais Kleist ne nous montre pas cet épisode-là. Il présente une scène de tribunal où l'armurier demande la tête du chevalier, qu'il accuse de pratiquer la magie noire sur sa fille, en donnant pour preuve le fait qu'elle a sauté par cette fenêtre.

Catherine est follement amoureuse, il est vrai, mais sa folie nous est présentée à travers la rage jalouse de son père, d'une égale folie, et à travers le déroulement du procès. Contrairement aux Romantiques, qui n'arrivaient pas à assortir la violence de leurs sentiments d'un jugement solide, Kleist fait passer les passions en jugement, les plaçant dans un contexte critique et donnant la mesure exacte de leur écart par rapport à un comportement ordinaire.

Goethe, à qui Riemer, son secrétaire, apporta un exemplaire de la *Petite Catherine*, jeta le texte au feu en s'écriant :

> « Un beau mélange de raison et de déraison ! Encore ces maudits monstres ! Je refuse de la mettre en scène même si la moitié des gens de Weimar le réclament. » Riemer fut horrifié, car c'était une copie qu'il avait empruntée.

Encore une fois, la force de cette pièce tient beaucoup au libre usage des éléments surnaturels, qui sont souvent le moyen le plus émouvant ou le plus frappant d'exprimer une vérité sur le destin, ou les secrets de l'âme. Quoique éloignés l'un de l'autre et ne se connaissant pas, le chevalier et la fille de l'armurier se rencontrent en rêve et apprennent qu'ils sont destinés l'un à l'autre. Quand ils se rencontrent dans la réalité, la petite Catherine tombe aussitôt amoureuse et se soumet pour lui à l'épreuve du feu et de l'eau, parce qu'elle reconnaît en lui l'homme qui lui est destiné ; mais lui commence par la repousser, car il ne se souvient pas.

La pièce de Kleist que Thomas Mann préférait était « *Robert Guiscard,* cet acte unique et colossal, si réussi en soi qu'il est impossible de faire mieux et d'y ajouter quoi que soit ». Guiscard, le duc des Normands de Sicile, a conduit son armée aux portes de Constantinople ; la ville est sur le point de tomber, les assaillants sont sur le point de remporter la victoire, mais la peste gagne : les Normands meurent, et tout au long de l'acte, Guiscard essaie de maintenir son autorité et le moral de ses troupes, ne cessant d'envoyer des émissaires à la rencontre de leur délégation, et finissant par paraître lui-même devant elles pour dissiper leur juste crainte que lui-même ne soit atteint par le mal.

On peut mesurer la profondeur de cette conception dramatique en comparant la pièce à *La Peste* de Camus, dans laquelle toute une communauté frappée par ce mal se débat dans les problèmes de mort et de survie. Camus fait un portrait très vivant de ces personnages, et pourtant il y a quelque chose à la fois de trop évident et d'un peu faux chez ces gens qui essaient de se sortir au mieux d'une mauvaise situation. On croirait que les êtres humains sont doués d'un esprit judicieux qui les fait se tourner vers les problèmes réels et urgents au lieu de s'occuper de choses secondaires — comme si, menacés que nous sommes par la guerre nucléaire, la destruction de l'environnement, le terrorisme et l'anarchie, nous passions notre temps à essayer de surmonter ces dangers plutôt que de circuler en voiture à toute allure et de regarder la télévision. Dans *Robert Guiscard*, la peste, bien qu'elle sème la mort sur scène, est simplement une diversion pour des personnages préoccupés de sujets singulièrement inopportuns, tels que la prise de Constantinople et les prétentions rivales au duché de Sicile. Les gens se battent pour tout ce dont ils n'auront pas le loisir de jouir.

Il y a ici, comme toujours, cette « confusion d'effets » que Goethe considérait comme la faiblesse de Kleist en tant qu'écrivain. Mais en vérité, quand ce que nous voyons ou lisons ne suscite pas en nous des sentiments mêlés, c'est signe que nous sommes en présence d'une chose fabriquée et simplifiée. Si nous n'étions invités à voir que de l'ironie dans la situation de ces Normands qui essaient de saisir ce qui va échapper à leurs mains mortes, il n'y aurait pas de « confusion d'effets », et la présentation n'aurait aucune vérité. En nous montrant aussi la grandeur de Guiscard, qui lutte dans l'ombre de la mort comme s'il avait un avenir, Kleist nous inspire de la terreur et de la pitié.

*

Kleist ne vit jamais aucune de ses pièces représentée. Il écrivit, il espéra, et il échoua. À un moment, désespérant de sa vocation d'écrivain, il se décida à entrer en apprentissage chez un menuisier de Coblence, et finalement obtint un poste dans l'administration, où il resta vingt mois. À deux reprises il essaya de vivre du métier d'éditeur : en 1808, à Dresde, il créa, avec Adam Müller, le journal artistique *Phébus*, qui eut quelques admirateurs (parmi lesquels les frères Grimm et le secrétaire de Goethe) et de nombreux détracteurs, et qui dura un an ; puis, en 1810, il fonda et publia brillamment le premier quotidien allemand, les *Feuilles berlinoises du soir*. Depuis lors, ces deux journaux, réunis en volumes, sont devenus des classiques grâce aux articles de Kleist. Même à l'époque, les *Feuilles berlinoises* eurent un grand succès, jusqu'au moment où le journal se mit la censure à dos, essentiellement parce que Kleist était contre la paix avec Napoléon. La moitié des articles furent alors interdits, et la police reçut l'ordre de cesser de fournir les informations qui constituaient la rubrique la plus prisée du journal. Les *Feuilles berlinoises,* le dernier moyen de subsistance de Kleist, cessèrent de paraître en mars 1811. Huit mois plus tard, il était mort.

Son suicide, aussi affreusement inévitable que la mort de ses héros tragiques, aurait pourtant pu être facilement évité.

Après la disparition du journal, Kleist travailla à l'achèvement de ce qui devait être sa dernière pièce, *Le Prince de Hombourg.* C'est un classique souvent repris, le *Hamlet* de la scène allemande. Mais alors que dans *Hamlet* il s'agit de tuer ou de ne pas tuer, dans *Le Prince de Hombourg,* il s'agit d'être ou de ne pas être.

Le prince, plein d'ardeur, rêvant de se couvrir de gloire, risque sa vie en menant une charge de cavalerie victorieuse contre l'envahisseur ennemi — et en transgressant les ordres qu'il a reçus. Il est condamné à mort, et devant la perspective du peloton d'exécution, ce valeureux soldat perd tout son courage d'homme, et implore honteusement sa grâce, en proposant de renoncer à sa fiancée en échange de la vie. Mais à la fin, sa fierté l'emporte et il accepte de mourir plutôt que d'acheter sa vie par un mensonge. Les péripéties de l'histoire dépendent le plus souvent de la discipline militaire dans ce qu'elle a de bon et de mauvais, et la fin heureuse coupe court à la catharsis : comme *La Petite Catherine de Heilbronn,* cette œuvre se ressent désavantageusement de ses origines aristocratiques et militaires. De plus, elle est entachée de son besoin pressant de flatter les souverains prussiens (il espérait que sa pièce lui assurerait une pension annuelle de cent thalers). Pourtant, cette construction imparfaite renferme des scènes qui sont parmi les plus émouvantes et les plus dramatiques jamais écrites à propos d'un homme qui oscille entre la gloire et la mort, la honte et la mort, l'amour et la vie, l'orgueil et la peur — un prince qui découvre au nom de quelles valeurs il est prêt à vivre ou à mourir.

LE PRINCE

Ô ma mère, tu ne parlerais pas ainsi si tu te sentais environnée comme moi du frisson de la mort ! Il me semble que tu as des forces célestes de salut, toi, cette jeune fille, tes femmes, et tout ce qui t'entoure ; je pourrais me suspendre au cou du plus vil de tes valets, celui qui soigne tes chevaux, et lui dire en suppliant : sauve-moi ! Moi seul je suis sans ressources dans le vaste monde de Dieu, moi seul, abandonné de tous, je ne puis rien !

L'ÉLECTRICE

Tu es tout à fait hors de toi ! Que s'est-il passé ?

LE PRINCE

Hélas ! sur le chemin qui me menait vers toi, j'ai vu, à la lueur des torches, ouvrir la fosse qui doit demain recevoir mes restes. Vois, tante, ces yeux, qui te regardent, on veut les plonger dans la nuit, ce cœur, on veut le percer de balles meurtrières ; déjà sur la place du marché les fenêtres sont retenues qui donnent sur ce lugubre spectacle ; et ce même homme qui, du sommet de la vie découvre encore aujourd'hui l'avenir comme un féerique empire, sera couché demain, décomposé, entre deux planches étroites et une pierre dira de lui : il fut !

L'ÉLECTRICE

Mon fils ! Si c'est la volonté du ciel, il faudra t'armer de courage et de fermeté !

LE PRINCE

Oh, ce monde, ma mère, est si beau ! Ne me laisse pas, je t'en conjure, descendre prématurément dans le noir royaume des ombres ! Même s'il doit me punir parce que j'ai failli, pourquoi faut-il que ce soient les fusils ? Qu'il me destitue de mes fonctions, qu'il me casse de mon grade, si la loi l'exige, et m'éloigne ainsi de l'armée : par le Dieu tout-puissant, depuis que j'ai vu mon tombeau, je ne demande rien que la vie et peu m'importe que ce soit avec ou sans gloire[1] !

Et puis, avec quel calme, à l'âge de trente-quatre ans, Kleist allait lui-même mettre fin à ses jours ! Il termina la pièce à la fin de l'été de 1811, puis la dédia et la fit remettre à la belle-sœur du roi, une princesse de Hesse-Hombourg, dans l'espoir qu'une œuvre sur son ancêtre l'inciterait à lui accorder une pension. La princesse en fut grandement offensée et, loin de lui apporter aucune aide, elle s'assura que la

1. *Le Prince de Hombourg*, éd. Garnier Flammarion, 1990, trad. André Robert.

pièce ne serait ni publiée ni jouée tant qu'elle serait en vie. Le deuxième volume des incomparables nouvelles de Kleist parut au début d'août, et fit si peu de bruit que même sa sœur Ulrike, pourtant si dévouée et sans l'aide de qui il serait bien souvent mort de faim, crut avoir de bonnes raisons de ne plus lui prêter d'argent pour lui permettre de continuer à écrire.

Dans ses derniers efforts désespérés pour s'assurer de quoi vivre, Kleist présenta aussi au roi lui-même une demande de pension, ou de poste dans l'administration, ou encore de reprise de service dans l'armée, et on lui promit presque sa réintégration comme aide de camp auprès du roi, si la paix avec Napoléon était rompue. Le 19 septembre, il écrivit au chancelier Hardenberg (avec qui il avait eu des démêlés épistolaires à propos de sa demande d'indemnisation pour la suppression des *Feuilles berlinoises)* sollicitant une avance de vingt louis d'or sur sa nomination d'aide de camp auprès du roi. J'ai le sentiment que, si ces vingt louis d'or lui avaient été accordés, tout aurait pu tourner autrement.

> J'ose faire appel au patriotisme maintes fois éprouvé de Votre Excellence et solliciter de vous une avance de vingt louis d'or que je vous devrai à titre personnel. En répondant à ma prière, vous soulagerez mon cœur en lui montrant que vous n'éprouvez plus aucune animosité à mon égard ; en vous assurant que je m'acquitterai de cette dette d'honneur dès la fin de la guerre, je

vous prie de croire en ma reconnaissance éternelle et indéfectible[1].

Votre très obéissant,
H. v. Kleist

Mais son Excellence ne répondit pas. Avec quelle impatience Kleist dut-il attendre le courrier, se rapprochant chaque jour un peu plus de la mort en ne voyant rien venir.

À la fin de septembre, il se rendit à Francfort-sur-l'Oder pour voir ses sœurs Ulrike et Minette et leur demander sa part de ce que leurs parents leur avaient laissé. Elles furent horrifiées par son audace : sa part, il l'avait dépensée depuis longtemps, quand il s'était installé en Suisse pour écrire *La Famille Schroffenstein* et *Robert Guiscard*, et depuis, elles n'avaient pas cessé de l'aider. Leurs récriminations durèrent pendant tout un repas : pourquoi n'était-il pas resté dans l'armée, pourquoi n'avait-il pas gardé son poste à la *technische Deputation* ? Il aurait eu une situation stable et, s'il avait envie d'écrire, il aurait pu le faire pendant ses moments de liberté.

Après coup, il parla de cette entrevue dans une lettre à Marie von Kleist, une parente plus éloignée :

Je te l'affirme, je préférerais dix fois la mort, plutôt que de vivre une fois encore ce que j'ai éprouvé pendant le repas, lors de mon dernier

1. *Correspondance*, éd. Gallimard, 1976, trad. J.-C. Schneider.

séjour à Francfort entre mes deux sœurs (...). J'ai toujours beaucoup aimé mes sœurs, en partie à cause de leur bon naturel, en partie à cause de l'amitié qu'elles me portaient (...) et mon désir le plus profond, le plus sincère, était de leur faire un jour, par mes travaux et par mes œuvres, beaucoup de joie et beaucoup d'honneur. Mais il est vrai aussi que, dans les derniers temps, et pour bien des raisons, j'étais d'une fréquentation dangereuse et je leur reproche d'autant moins de s'être éloignées de moi que je songe à toute cette détresse dont une part pesait aussi sur leurs épaules ; mais la pensée de ne voir aucunement reconnu ce mérite, petit ou grand, que je possède tout de même, et d'être regardé par elles comme un membre parfaitement inutile de la société humaine, guère plus digne d'aucun intérêt, me cause une douleur extrême, en vérité cela ne me prive pas seulement des joies que j'attendais de l'avenir, mais empoisonne aussi tout mon passé[1].

Mais cet homme si seul en ce monde aurait détesté mourir sans personne. Chaque fois qu'il songea à se suicider, il eut l'idée de le faire en compagnie (il fit cette proposition à plusieurs de ses amis, hommes et femmes, à divers moments), et il aurait dû continuer à vivre s'il n'avait rencontré Frau Vogel, qui plutôt que de se voir mourir lentement d'un cancer, désirait vivement une fin soudaine et romantique. « Mon âme, au contact de la sienne, est devenue parfaitement mûre pour la mort », écrivit-il à Marie von Kleist.

1. *Correspondance*, éd. Gallimard, 1976, trad. J.-C. Schneider.

La froide objectivité du véritable écrivain ne l'abandonna pas, même en son dernier jour de désespoir. Dans une lettre d'adieu à l'épouse d'Adam Müller, il souhaite à celle-ci d'être « tout à fait heureuse sur la terre, comme cela est possible ».

Le 22 novembre 1811, le chancelier Hardenberg porta, sur la lettre de Kleist du 19 septembre restée sans réponse, la mention suivante : « À classer, le susnommé v. Kleist ayant quitté ce monde le 21.11.11. Hardenberg. »

On ne saurait écrire sur Kleist sans rendre hommage à Helmut Sembdner, qui a publié les œuvres complètes en allemand et divers volumes de documents biographiques. Plusieurs spécialistes scrupuleux l'ont précédé, mais Sembdner a fait pour Kleist ce que Martineau a fait pour Stendhal ; des œuvres et une vie laissées en désordre ont été sauvées, organisées et clarifiées une fois pour toutes. Depuis les travaux de Sembdner, la renommée de Kleist n'a cessé de grandir.

The Times, 26 novembre 1977

Post-scriptum : Est-il possible de faire d'un grand écrivain un éloge excessif ? Quand cet article parut dans le *Times*, le professeur Uriel Dann d'Oxford écrivit au journal en ces termes :

> Force est d'apporter certaines nuances à l'éloge de Kleist que fait M. Vizinczey.
> Le génie de Kleist et la puissance de son œuvre sont incontestables. Mais il ne fait pas de doute

que, suivant ses propres critères, M. Vizinczey glisse sur des aspects de l'auteur qui, en 1977, sont intolérables pour l'esprit collectif occidental : sa haine insensée des Français (« *Schlagt sie tot ! Das Weltgericht / Fragt euch nach den Gründen nicht !* ») ; son goût de la cruauté et du carnage ; ses préjugés sociaux — bien naturels étant donné ses origines, mais qui pèsent sur la vérité dramatique et sont, bien sûr, ridicules de notre point de vue (la petite Catherine devient une épouse acceptable pour le chevalier dès lors qu'elle s'avère être une fille de l'empereur). Et, sur un autre plan, les maniérismes du style de Kleist, avec ses phrases aux interminables détours. M. Vizinczey sait tout cela. Il serait plus convaincant s'il avait débattu de ces questions avec honnêteté.

Je glisse en effet sur cette « haine insensée de Kleist pour les Français », car elle ne me paraît ni très insensée ni très importante. Kleist apprit le français, fit des traductions du français, il appréciait beaucoup les écrivains français (Froissart, Molière, La Fontaine, Montesquieu, Rousseau) ; c'est à Paris qu'il partit à la recherche du bonheur et du savoir avant de devenir écrivain, mais il aimait son pays et, au moment des victoires de Napoléon, il voulait la mort des envahisseurs de sa nation — sentiment aussi pardonnable et, en fait, aussi admirable à mes yeux, que la haine des résistants français pour les Allemands pendant l'Occupation.

Certes, les haines de Kleist n'étaient pas celles d'un homme ordinaire, mais en ce qui nous concerne, nous ne pouvons que nous en réjouir, car c'est grâce à cette faculté d'émotions extrêmes que ses œuvres atteignent une telle intensité, et il n'y a guère peut-être que quelques poèmes patriotiques pour en pâtir, ainsi que sa pièce sur la retraite des Romains, chassés par les Germains. (Et même en ce qui concerne cette *Bataille d'Arminius*, les arguments du professeur Heibling pourraient nous persuader du contraire.) Mais Kleist aurait-il écrit d'innombrables diatribes contre les Français et dévoré deux caporaux de Napoléon chaque jour au petit déjeuner, cela ne diminuerait en rien l'importance de ses chefs-d'œuvre.

Ces vers d'Auden devraient figurer sur tous les panneaux d'affichage :

Great masters who have shown mankind
An order it has yet to find,
What if all pedants say of you
As personalities be true ?
All the more honour to you then
If, weaker than some other men,
You had the courage that survives
Soiled, shabby, egotistic lives,
If poverty or ugliness,
Ill health or social unsuccess
Haunted you out of life to play
At living in another way[1]…

1. Grands maîtres, qui avez montré aux hommes
Un ordre qu'il leur reste encore à trouver,
Qu'importe si tout ce que les pédants disent de vous

Il existe une sorte de philistinisme universitaire qui assimile la grandeur littéraire à la bonne conduite et produit tout un lot pathétique de diplômés de l'université parfaitement au fait des défauts réels ou imaginaires des grands hommes, mais qui n'ont pas la moindre idée de ce qui a fait leur grandeur ni des raisons pour lesquelles ils ont tant d'importance pour nous. À se fier à ce genre de critique incongrue, l'Angleterre s'est privée du génie et de la puissance de Kleist, pourtant reconnus par le professeur Dann : à la seule exception de *La Cruche cassée*, publiée par la Manchester University Press, aucune œuvre de Kleist n'était disponible en Angleterre en 1977, au moment de la parution de mon article.

La critique la plus significative du professeur Dann porte sur « la prédilection de Kleist pour la cruauté et le massacre ». C'est là une de ces idées qui datent du grand charlatan de Weimar et que Thomas Mann lui-même a répercutée, lui qui a pourtant fortement encouragé la renaissance récente des œuvres de Kleist, mais sans

---

En tant que personnes est vrai ?
Honneur à vous alors, et d'autant plus
Si, plus faibles que d'autres,
Vous avez eu le courage qui résiste
À une vie souillée, misérable, égoïste,
Si la pauvreté ou la laideur
La mauvaise santé ou l'insuccès social
Vous ont chassés de la vie pour jouer
À vivre autrement.

pour autant être capable de contester directement l'opinion conservatrice et académique du tout-puissant Goethe. À première vue, l'incrimination pourrait sembler justifiée : la plupart des œuvres de Kleist, c'est certain, mettent en jeu la violence et la haine. Cependant, dire qu'il avait « une prédilection pour la cruauté et le massacre » me paraît aussi absurde que de dire que Balzac avait une prédilection pour l'escroquerie, ou Dostoïevski pour l'ivrognerie et les rossées à son épouse.

Quant au style de Kleist, comme on peut le voir d'après les citations que j'ai faites, il est vrai que ses phrases n'en finissent pas, mais elles couvrent beaucoup de terrain — et on aurait du mal à y trouver une seule redondance. Un jour, Kleist félicita un ami d'arriver à dire *même ce qu'il ne disait pas*, et c'est sans doute là ce qui définit le mieux son propre style, dense et évocateur. Ses nouvelles sont la prose la plus alerte jamais écrite. Aucun autre écrivain ne possède tout à fait ce rythme. Ce qui, naturellement, ne plaît pas à tous les lecteurs : la majorité d'entre eux préfère qu'on leur donne le temps de s'intéresser à l'histoire, de se représenter une scène, de partager les sentiments d'un personnage ; d'où le succès des romans-fleuve, et de morceaux de musique comme le *Boléro* de Ravel, qui reprend un petit groupe de notes une centaine de fois afin de bien les enfoncer dans le crâne le plus obtus. Pour faire entendre ce qu'il veut dire, ou décrire une scène, Kleist ne prend pas plus de temps qu'il n'en faut à un lecteur vif et imaginatif pour saisir son propos. Mais il donne à ceux-là l'enivrante sensation de laisser leur esprit voler à la vitesse de la pensée d'un génie.

Kleist sur la forme, l'invention, l'action et la pensée

LETTRE D'UN POÈTE À UN AUTRE

Mon très cher ami !

Dernièrement, lorsque je t'ai trouvé occupé à lire mes poèmes, tu as fait preuve d'une extraordinaire éloquence, t'étendant sur la forme et rappelant complaisamment l'école à laquelle tu aimes à supposer que je me suis formé ; tu as vanté, d'une manière propre à me remplir de honte, tantôt la pertinence du mètre retenu, tantôt le rythme, tantôt le charme des sonorités, tantôt la pureté et la justesse de l'expression et de la langue d'une façon générale. Permets-moi de te dire que ton esprit s'attarde ici sur des mérites qui auraient bien mieux prouvé leur valeur si tu ne les avais pas remarqués. Si, en écrivant mes poèmes, je pouvais plonger dans mon cœur, saisir ma pensée avec mes mains et la déposer telle quelle dans le tien, alors, pour te dire la vérité, toute l'exigence intérieure de mon âme s'en trouverait satisfaite. (...) J'applique le meilleur de mes forces à donner de la clarté à l'expression, du sens à la versification, du charme et de la vie à la sonorité des mots : mais seulement pour que ces choses n'apparaissent pas et que seule ressorte l'idée qu'elles renferment. Car la qualité de toute forme vraie est que l'esprit en jaillisse instantanément et immédiatement, alors que la forme déficiente le retient comme un mauvais miroir et ne nous rappelle rien d'autre qu'elle-même. (...) Que m'importe le piquant des calembours échangés à la bataille d'Azincourt ; et quand Ophélie dit d'Hamlet : « Quel noble esprit vient ici d'être brisé ! », ou Macduf de Macbeth : « Il n'a pas d'enfants ! » — Quel peut être l'intérêt des iambes, des rimes, des assonances et autres mérites de ce genre auxquels ton oreille est toujours si attentive, comme s'il n'en existait pas d'autres ! — Adieu !

LETTRE D'UN PEINTRE À SON FILS

Tu m'écris que tu peins une madone et que tes sentiments, dans l'accomplissement de cette œuvre, te paraissent si impurs et si charnels qu'avant de prendre le pinceau tu voudrais chaque fois recevoir la communion pour les sanctifier. Laisse ton vieux père te dire qu'il s'agit là d'un faux mouvement d'enthousiasme qui te vient de l'école où tu as été formé et qui te colle à la peau, et que, d'après les indications de nos vénérables maîtres anciens, il n'y a rien à redire contre une envie commune mais néanmoins honnête d'exprimer ses idées en les portant sur la toile. Le monde est une institution bien étrange, et les effets les plus divins, mon cher fils, surgissent des causes les plus basses et les plus insignifiantes. L'être humain, pour te citer un exemple frappant, il est assurément une créature sublime ; et pourtant, à l'instant où on le conçoit, il n'est pas nécessaire d'y réfléchir avec une grande dévotion. Oui, celui qui commencerait par communier avant de se mettre au travail dans le seul but d'établir dans le monde sensible la conception qu'il en a produirait immanquablement un être misérable et fragile ; par contre celui qui, par une belle nuit d'été, embrasse une jeune fille sans se poser plus de questions, engendrera sans l'ombre d'un doute un petit garçon qui, plus tard, gambadera avec vigueur entre terre et ciel et donnera bien du fil à retordre aux philosophes. Et là-dessus, adieu.

DE LA RÉFLEXION

Un paradoxe

Partout on porte aux nues l'utilité de la réflexion, surtout la longue et froide réflexion précédant l'action. Si j'étais espagnol, italien ou français, les choses pourraient en rester là. Mais comme je suis allemand, je pense que je tiendrai un jour ce discours à mon fils, surtout s'il devait se destiner au métier des armes.

« Sache que la réflexion est beaucoup plus profitable quand elle se situe *après* qu'*avant* l'action. Si elle intervient avant ou à l'instant de la décision, elle ne fait, semble-t-il, que troubler, freiner et contrecarrer la force nécessaire pour agir, qui jaillit de la splendeur du sentiment ; alors qu'après, une fois l'action achevée, on peut l'utiliser aux fins où elle a été en fait donnée à l'homme, celles de se rendre compte des erreurs et des faiblesses commises dans le cours de l'action et de tempérer le sentiment pour d'autres occasions à venir. La vie est un combat avec le destin, et il en va de l'action comme de la lutte. À l'instant précis où il prend son adversaire à bras le corps, l'athlète n'a d'autres ressources que de procéder selon ses seules intuitions du moment ; et celui qui voudrait calculer quels muscles il doit tendre et quels membres il doit faire bouger pour vaincre se mettrait immanquablement en situation d'infériorité et irait droit à la défaite. Mais après, qu'il ait triomphé ou qu'il soit à terre, il peut être utile et opportun pour lui de se demander par quelle prise il a renversé son adversaire, ou quel blocage de la jambe il aurait dû lui opposer pour rester debout. Celui qui ne prend pas la vie à bras le corps comme ce lutteur et n'éprouve pas, ne ressent pas dans tous ses membres les méandres du combat, les résistances, les pressions, les esquives et les réactions : celui-ci n'imposera jamais ce qu'il veut, dans aucune discussion ; encore moins dans une bataille. »

SUR L'ÉLABORATION PROGRESSIVE DES IDÉES PAR LA PAROLE

Le Français dit : « L'appétit vient en mangeant » — et ce principe fondé sur l'expérience demeure vrai quand on le pastiche et qu'on dit : « L'idée vient en parlant. » (…) Avoir en face de soi le visage de quelqu'un est une singulière source d'enthousiasme où peut venir puiser celui qui parle, et un regard qui nous fait sentir qu'une pensée à demi formulée est déjà comprise nous prépare souvent la formulation de l'autre moitié. Je crois que plus d'un grand orateur ne savait pas encore ce qu'il allait dire au moment où il ouvrait la bouche. Mais la conviction de pouvoir puiser toutes les idées qui lui seraient utiles dans les circonstances extérieures et dans l'excitation de son esprit ainsi stimulé le rendait assez hardi pour commencer au petit bonheur. Je pense à la foudroyante « sortie » de Mirabeau clouant le bec au maître des cérémonies qui, le 23 juin, une fois levée la dernière séance monarchique du roi, où ce dernier avait enjoint les trois ordres à se séparer, était revenu dans la salle plénière où ils se trouvaient toujours et avait demandé s'ils avaient entendu ce que le roi avait ordonné. « Oui, répondit Mirabeau, nous avons entendu l'ordre du roi. » Je suis sûr qu'en commençant ainsi, de façon affable, il ne pensait pas encore aux baïonnettes avec lesquelles il allait conclure : « Oui, monsieur, répéta-t-il, nous l'avons entendu. » On voit là qu'il ne sait pas encore très bien où il va. « Mais qu'est-ce qui vous autorise » — poursuivit-il, et voilà soudain que surgit en lui une foule d'idées prodigieuses — « à nous donner ici des ordres ? Nous sommes les représentants de la Nation ! » — Il tenait là ce qu'il lui fallait ! « La Nation donne les ordres, elle n'en reçoit pas » — pour atteindre aussitôt le comble de l'audace. « Et enfin que je me fasse bien comprendre de vous » — et ce n'est que maintenant qu'il arrive à exprimer toute la résistance dont son âme est bardée. « Allez dire à votre roi que nous ne quitterons pas nos places, si ce n'est par la force des baïonnettes. » — Et là-dessus, satisfait, il s'assoit sur une chaise. (...) La Fontaine aussi, dans la fable *Les Animaux malades de la peste*, où le renard est obligé de faire l'apologie du lion, sans savoir où il va bien pouvoir en puiser la matière, nous donne un remarquable exemple de l'élaboration progressive des idées à partir d'une situation initiale imposée par la nécessité. On connaît cette fable. La peste règne au pays des animaux, le lion convoque tous les grands et leur déclare qu'il faut faire un sacrifice au ciel pour apaiser sa fureur. Il y a, à l'en croire, beaucoup de pécheurs parmi son peuple ; la mise à mort du plus grand d'entre eux devrait sauver les autres du péril. Il demande donc que chacun lui avoue honnêtement ses fautes. Pour sa part, il confesse que, poussé par la faim, il lui est souvent arrivé d'occire quelques moutons — et aussi le chien, quand celui-ci s'approchait trop ; il lui est même arrivé, par gourmandise, de croquer le berger. Il se déclare prêt à mourir si personne ne s'est rendu coupable de faiblesses plus grandes. « Sire », dit le renard, qui voulait détourner l'orage, « vous êtes trop magnanime. La noblesse de votre zèle vous entraîne trop loin. Qu'est-ce qu'égorger un mouton ? Ou un chien, cet animal de rien ? » Et quant au berger, poursuit-il, car c'est là le point capital : « on peut dire », bien qu'il ne sache pas encore quoi, « qu'il méritoit tout mal », lancé au petit bonheur ; et le voici maintenant embarqué ; « étant », mauvaise tournure, mais qui lui permet de gagner du temps : « de ces gens-là », et ce n'est qu'à ce moment qu'il trouve l'idée propre à le sortir de ce mauvais pas : « qui sur les animaux se font un chimérique empire ». Et le voilà qui prouve que l'âne, cet assoiffé de sang (qui mange toutes les herbes), est la victime toute désignée ; sur quoi tout le monde se précipite sur lui et le dévore. Un tel discours est une véritable réflexion à haute voix. Idées et formulations avancent par séries parallèles et les mouvements de l'esprit relatifs aux unes et aux autres convergent. La parole n'est pas alors une entrave, assimilable à un frein sur la roue de l'esprit, mais bien plutôt une seconde roue tournant en parallèle sur le même axe.

Un héros équivoque

L'une des contributions les plus importantes de George Lukács à la compréhension de la littérature est son analyse approfondie du problème de la signification, son argument pour la suprématie des héros littéraires qui sont à la fois des individus uniques et d'une pertinence universelle, qui expriment leur singularité à travers des conflits typiquement spirituels et sociaux, et, donc, nous offrent une image fidèle de leur époque. Lukács lui-même est un tel individu : à la fois louable et méprisable, c'est un héros pathétique, qui ne représente que trop clairement le rôle équivoque qu'ont joué les intellectuels pendant le vingtième siècle.

Il est aussi l'être le plus singulier que l'on puisse imaginer. Homme frêle, trapu, presque nain, doté d'une tête ovale (une tête d'œuf précisément), il m'apparut au cours de mon adolescence comme un être auguste, dont l'aura de candeur, et même de sainteté, était rehaussée par sa bonté discrète et sa patience. Cette impression ne dura pas longtemps. J'avais seize ans lorsqu'il me prit dans son Institut d'études esthétiques à l'université de Budapest, et j'eus le sentiment que de nouveaux mondes s'ouvraient à moi pendant ses conférences et ses séminaires, jusqu'au moment où j'en sus assez long pour me rendre compte qu'il interprétait toute œuvre littéraire de façon marxiste-léniniste.

Nous étions en 1949-1950, au début de la terreur communiste en Hongrie, au milieu des arrestations en masse, des déportations et des exécutions, mais Lukács et ses assistants (représentés ici par le Dr Mészáros) s'arrangèrent pour ignorer tout le sang versé et faisaient toujours allusion à Staline et à Rákosi comme à de grands philosophes et critiques, sans cesser de parler de l'importance de comprendre la réalité sociale. J'ai passé une année à l'Institut, et ce que j'ai appris de plus essentiel c'est que l'idéologie est le refuge de ceux qui évitent d'apprendre par l'expérience. Lukács, cet auteur d'une nouvelle théorie sur la totalité complexe de l'existence, semblait passer toute sa vie à l'intérieur de son cerveau.

À vouer la majeure partie de son temps à des ratiocinations théoriques (habitude sans doute héritée de son oncle talmudique, à laquelle s'est greffée une surabondance de philosophie teutonique), il a mené une vie toute cérébrale, ce qui explique à la fois son besoin d'une foi religieuse capable de répondre à toutes les questions et aussi à toutes les contradictions invraisemblables de sa carrière et de son œuvre.

Fils d'un riche banquier, qui avait l'habitude d'arriver à cheval aux cafés des intellectuels de Budapest et qui a écrit pendant sa jeunesse deux livres brillants sur l'esthétique, Lukács est devenu commissaire communiste en 1919 et bientôt, hélas, un idéologue de Moscou. Comme la plupart de ses contemporains, il a montré un sens moral infaillible pour des crimes commis à des milliers de kilomètres de chez lui, de l'autre côté de la frontière idéologique, et ignoré suprêmement les meurtres commis sous ses propres yeux. Comme tout écrivain au service de son parti, il a toujours été prêt à ravaler ses propres mots et à écrire avec enthousiasme sur les folies de ses chefs : il s'est même abaissé à disserter et à s'extasier sur la sagesse de la dernière et évidemment sénile contribution de Staline à la philosophie marxiste — la théorie qu'à la fin toutes les langues évolueront vers la langue du communisme (c'est-à-dire le russe). Doué d'une immense érudition, Lukács était précisément l'homme qu'il fallait pour parer cet idéal malveillant et impérialiste (qui visait l'anéantissement des cultures nationales des colonies russes à l'intérieur de l'URSS) de généreuses références à Fichte et Hegel.

« À force de lécher les bottes, vous avez le dos courbé », a écrit George Faludy à propos de Lukács. Lorsque ce grand poète hongrois fit à Lukács l'éloge de *L'Obscurité à midi*, le philosophe répondit : « Vous devriez être en prison. » (Il ne parlait pas ainsi quand il se trouvait à l'étranger.) Néanmoins, comme l'éditeur du présent livre nous le rappelle, Lukács aime penser que cela vaut la peine de se montrer sous une lumière trouble pour l'amour d'une idée. Ceci n'explique pas clairement toutes les affaires troubles dans lesquelles il a été impliqué en tant que théoricien bolchevique, mais sa complaisance lui a fourni l'occasion de s'adonner à son obsession salvatrice des génies de la littérature.

Il y a eu des exceptions notables : par exemple, Lukács n'a pas fait traduire l'œuvre de Kleist, qu'il considérait comme trop subjective, mais il a plaidé la cause de beaucoup d'œuvres classiques allemandes et françaises, ce qui leur a permis de circuler librement partout dans l'Empire soviétique. Ceci a créé une sorte d'oasis de liberté dans le désert intellectuellement aride de la dictature. Mais tandis qu'il défendait les grands écrivains du passé, il jouait aussi un rôle dans la répression et la persécution des écrivains contemporains en publiant des revues et en faisant des discours qui empêchèrent leurs œuvres de paraître et qui aidèrent à justifier leur emprisonnement.

The Guardian, 29 janvier 1970

Des loups déguisés en pape

Quand César Borgia, duc de Valentinois, apprit qu'un homme avait tenu des propos désobligeants à son égard, il fit couper la main droite et la langue de l'offenseur, et ordonna aux geôliers d'exposer la main tranchée à la fenêtre de la prison, la langue pendue au petit doigt. « Le duc a bon cœur », dit son père bienveillant, le pape Alexandre VI, « mais il ne tolère pas les insultes. »

Cette anecdote reflète bien le livre de Mme Bradford, qui porte tout autant sur le père que sur son fils ombrageux ; ces deux personnages parmi les plus célèbres de la Renaissance pour leur cruauté étaient inséparables dans leurs crimes.

Rodrigue Borgia (1430-1503), qui fut pape sous le nom d'Alexandre VI les onze dernières années de sa vie, et son fils cadet César (1475-1507) possédaient tous deux cette sensibilité à double face caractéristique de la démence morale : susceptibles et impitoyables, un seul mot pouvait les blesser, mais ils considéraient le vol, la trahison, la mutilation et l'assassinat de leurs semblables comme de simples questions de routine. Toutefois le terme « semblables » paraît difficile à employer avec les Borgia, qui entretenaient avec les autres hommes des rapports identiques à ceux d'un cuisinier avec de la volaille.

Leur conduite fit preuve du mépris le plus effronté pour la religion qu'ils étaient censés représenter. Rodrigue Borgia, peu enclin à observer le vœu sacerdotal de célibat, utilisa les revenus de l'Église pour s'offrir une vie d'empereur romain, et amassa les richesses pour lui-même, ses maîtresses et ses enfants.

Alors qu'il n'était encore que cardinal, il parvint à obtenir des bénéfices lucratifs pour la plupart de ses proches ; César fut protonotaire apostolique à l'âge de six ans, recteur et archidiacre à sept ans, et évêque de Paloma à quinze ans. À dix-sept ans, dans la semaine qui suivit l'élévation de son père à la dignité pontificale, il devint archevêque de Valence, et un an après il fut fait cardinal.

Alexandre eut l'ambition extravagante pour un pape de fonder une dynastie, en mettant la main sur les États de l'Église et en les transformant en un royaume Borgia. Il conçut comme première étape de cette entreprise insensée de tailler au sein des États pontificaux un ensemble constitué d'un duché et de deux villes, et le confia à son plus jeune fils, Juan. Ce projet entraîna l'assassinat de Juan par les Orsini, une charmante bande de brigands romains (les lecteurs se souviennent peut-être d'eux dans les *Chroniques italiennes* de Stendhal), et César, le fils ayant les plus grandes chances de succès, renonça à la dignité de cardinal pour se consacrer à la mise en place d'un État Borgia par le jeu des alliances conjugales et par la force des armes.

Le premier assassinat attribué avec certitude à César Borgia fut celui d'un moine carmélite qui prêchait à Rome contre la simonie (le péché consistant à acheter et vendre des offices ecclésiastiques), et de nombreuses autres morts suivirent. « Chaque nuit, selon l'ambassadeur vénitien, en 1500, on retrouve quatre ou cinq hommes assassinés — évêques, prélats ou autres —, de sorte que tout Rome tremble de peur d'être assassiné par le duc. » César organisait les assassinats et son père, qui en tant que pape héritait des biens personnels de tous les clercs qui mouraient intestat, encaissait les gains. Cette combinaison est bien décrite par Dumas dans *Le Comte de Monte-Cristo.*

La cupidité insatiable des Borgia et leur goût pour l'ostentation firent de la capitale de la chrétienté la ville la plus éblouissante et la plus corrompue de l'univers, où les prostituées comme la Belle Imperia, que l'on retrouve dans *Les Contes drolatiques* de Balzac, étaient dites *oneste* si elles étaient riches.

Cependant, en dépit de tous leurs crimes et de l'étalage de leur corruption, il n'est pas du tout évident que les Borgia aient été les plus grands scélérats de leur temps. C'était une époque où *virtù* était synonyme de force et de perfidie, et où la plupart des États italiens étaient gouvernés par des despotes, qui, selon la formule de Burckhardt, « se permettaient tout », et les Borgia étaient loin d'être les pires parmi ces princes italiens aux désirs effrénés. Si la période vous intéresse, la meilleure histoire est *La Civilisation de la Renaissance en Italie* de Burckhardt, où l'on rencontre des personnages comme Ferrante Ier de Naples, qui non seulement assassinait ses ennemis mais les faisait embaumer et les habillait tels qu'ils étaient le jour où ils avaient été tués, et qui exhibait fièrement les corps comme des trophées à ses invités. Les Borgia, un peu plus normaux, préféraient divertir leurs invités dans le Vatican avec des putains vivantes.

L'histoire de l'Italie des quinzième et seizième siècles est remplie de meurtres familiaux — des fils assassinant leurs pères, des pères assassinant leurs enfants, des maris empoisonnant leurs femmes, des femmes hachant menu leurs maris, dans une quête effrénée de pouvoir, de richesses et de plaisir. Au contraire les Borgia étaient une famille très unie. La rumeur selon laquelle César tua son frère Juan n'était qu'une calomnie sans fondement : il était dévoué à ceux de son sang, et quoiqu'il se débarrassât de l'un des amants de sa sœur Lucrèce et de l'un de ses maris, on peut affirmer en toute équité qu'il n'aurait jamais assassiné un Borgia.

Ce qui à mon sens met les Borgia à part et leur assure une place spéciale parmi les monstres de l'histoire, c'est leur impudence sans bornes. Quand, par exemple, il fut temps de mettre fin au premier mariage de Lucrèce Borgia et d'en arranger un politiquement plus avantageux, le père et le frère obligèrent le malheureux mari à signer un papier par lequel il se reconnaissait impuissant, de sorte que le mariage put être dissous pour cause de non-consommation. Tout autre qu'Alexandre et César se serait contenté de ce stratagème, sachant qu'ils avaient eux-mêmes été les amants de Lucrèce et qu'elle, de son côté, ne cachait pas la légèreté de ses mœurs ; mais Alexandre mit en place une commission pontificale « pour examiner la question » et pour déclarer solennellement que Lucrèce était encore vierge. « Une conclusion qui fit rire toute l'Italie », selon un chroniqueur de Pérouse, Matarazzo, « car tout le monde savait qu'elle avait été et était toujours la plus grande putain que Rome ait jamais connue. »

L'histoire des princes de la Renaissance italienne a une importance particulière pour la littérature, parce qu'à travers la *Storia d'Italia* de Guicciardini elle fut l'une des principales sources d'inspiration des auteurs dramatiques des périodes élisabéthaine et jacobéenne qui nous ont tant aidés à comprendre la cruauté et les abus que pouvait entraîner le pouvoir. Macaulay aussi recommande cette période extrêmement instructive de l'histoire italienne au lecteur désireux d'en savoir plus et de réfléchir sur la nature humaine et les problèmes posés par les notions de bien et de mal.

J'ai peur que le livre de Mme Bradford n'apporte pas grand-chose à un tel lecteur. Elle semble avoir tout lu sur la question, mais si son livre est riche en détails, ceux-ci ne sont pas reliés les uns aux autres par la moindre vision d'ensemble ou par un quelconque sens moral. Elle répète toutes les justifications qui ont été avancées pour défendre les crimes des Borgia : elle semble penser, par exemple, que la corruption pratiquée par Alexandre est rendue moins répréhensible par le fait qu'il y eut d'autres papes corrompus avant lui. Elle n'est pas aussi cynique que l'un des biographes l'ayant précédée qui qualifie l'empoisonnement de cardinaux d'« activité équivoque », mais elle aussi fait une distinction entre l'empoisonnement et « l'empoisonnement délibéré », et parle du « gangstérisme impitoyable » d'Alexandre tout en affirmant qu'il fut un grand pape. De la même manière, elle observe que César était incapable de se rendre compte des conséquences de ses actes (ce qui en faisait une nullité en tant que dirigeant politique ou chef militaire) mais elle parle aussi de son « génie ».

En somme, Mme Bradford semble être sous le charme de Machiavel, qui représenta César

Borgia dans *Le Prince* comme le dirigeant dont devraient s'inspirer tous ceux qui désirent s'élever au-dessus des autres hommes, parce qu'il savait manquer à sa parole, comment ne pas être bon : il comprenait qu'il valait mieux être craint qu'aimé, et qu'il était juste de détruire « tous les membres des familles dirigeantes qu'il avait dépouillées ».

Les maximes préconisant l'absence de pitié et de scrupules exposées par Machiavel sont encore considérées comme des principes très sensés dans le cadre de la *Realpolitik*. Mais en fait César Borgia, qui vécut selon ces maximes, n'obtint que des victoires très éphémères au prix de la détestation universelle. Son succès en infamie fit que tous souhaitèrent sa mort, et de fait dans les mois qui suivirent la mort de son père on l'expédia par bateau dans une prison en Espagne, et il fut tué à l'âge de trente et un ans.

Les exploits des Borgia nous apprennent peu de chose sur l'art de gouverner mais beaucoup sur l'incapacité des êtres humains à gérer un pouvoir excessif autrement qu'en détruisant et en se détruisant eux-mêmes.

The Sunday Telegraph, 4 juillet 1976

Une mêlée d'anarchistes

Cette collection de lettres, journaux intimes, mémoires, manifestes politiques et autres documents écrits par un groupe d'émigrés russes dans la période allant principalement de 1860 au début des années 1870 est le genre de livre qui nécessite également la lecture de plusieurs autres ouvrages, qui du reste sont absorbants et éclairants.

Tout d'abord, il y a *My Past and Thoughts* d'Alexander Herzen, le « révolutionnaire » dont parle le titre de l'ouvrage de Michael Confino, alors qu'en fait Herzen était plutôt un réformateur libéral et surtout un bon écrivain. Aristocrate fortuné comme Tolstoï d'une part, et enfant illégitime de l'autre, il avait de ce fait une double vision de la société russe.

Les mémoires de Herzen dépeignent le régime cruel et sans scrupules que les émigrés ont fui ainsi que la ferveur et l'absurdité de leur existence mouvementée à Paris, Genève, Florence ou Londres.

Ces exilés étaient les « hippies » du dix-neuvième siècle, associant aux joies du radicalisme politique celles des voyages incessants et de la liberté sexuelle. Ils ne manquaient pas d'argent ou ils connaissaient des gens prêts à leur en fournir par sympathie politique ; ils pouvaient donc se permettre de méditer sur les questions morales de l'époque tout en donnant libre cours à leurs passions.

La première femme de Herzen aimait à la fois un poète allemand et son mari, et quand Herzen mit fin à ce « triangle d'amour et d'amitié », elle dépérit et mourut — à l'âge de trente-cinq ans. Sur ce, le veuf forma son propre triangle, avec la femme de son meilleur ami.

L'ami se montra des plus généreux en cette affaire : sa femme alla vivre avec Herzen, à qui elle rendit la vie impossible, lui faisant d'interminables scènes, des crises de nerfs, et trois enfants qui allaient mourir jeunes.

Après avoir lu Herzen, la sélection de lettres et documents du professeur Confino, *Fille de révolutionnaire : Natalie Herzen et le cercle Bakounine/Nechayev* devient plus intelligible, quoique l'auteur laisse des vides déconcertants et a tendance à faire peu de cas de la curiosité du lecteur par des annotations dédaigneuses du genre « Voir Herzen à Natalie et Malwida, 20 octobre 1869, Sobranie, vol. XXX/1, p. 242, 252 ». Mille mercis, Monsieur le professeur, nous voilà bien renseignés.

Ceci dit, les lettres qu'échangèrent Herzen et sa fille Natalie (Tata) nous donnent un aperçu fascinant des relations platoniques de cette dernière avec un aristocrate sicilien aveugle (certaines vies n'ont rien d'ordinaire) et mieux qu'un aperçu de la fermeté avec laquelle Herzen s'acharne à garder sa fille préférée pour lui tout seul.

La mort de son père en fit une vieille fille incurable souffrant de migraines fréquentes mais héritière d'une dot suffisante pour le reste d'une longue vie vierge.

Elle n'était pas le genre de femme que l'on eût cru capable de se prostituer pour rassembler les fonds nécessaires à la libération de la Russie. Et pourtant, c'est ce que Bakounine, l'apôtre de l'anarchisme russe, lui proposa, en lui disant qu'elle ne devait se laisser que « le "strict nécessaire" pour vivre et sacrifier le reste à la cause commune ». Il espérait également qu'elle accepterait, du moins nominalement, d'être rédactrice en chef de son nouveau journal, qu'il avait intitulé *La Cloche* comme l'illustre prédécesseur du même nom, fondé par Herzen, alors qu'il allait totalement à l'encontre des idées de ce dernier.

Elle devait faire don de sa fortune, de son nom et de son corps — la voie anarchiste de la liberté totale, qui, de façon inexplicable, ne la tentait guère.

Bakounine et son protégé, le nihiliste Serge Nechayev, sont les vedettes de l'ouvrage du professeur Confino : individus un peu fous qui furent les sinistres précurseurs d'un activisme politique dénué de scrupules et de moralité.

Au fil de leurs lettres et grâce aux commentaires perspicaces de Tata Herzen, nous les voyons devenir mesquins, farfelus, voire déséquilibrés à mesure qu'ils passent de l'indignation morale à l'illusion d'un pouvoir divin et à l'idée qu'ils peuvent recréer la Russie comme il leur plaît.

Quoi de plus farfelu que l'intense curiosité de Bakounine pour les « activités réactionnaires de Marx et compagnie » ou ses louanges délirantes de Nechayev (« l'homme le plus remarquable d'entre nous, le plus pur, le plus *saint* des humains par son dévouement total à la cause et son sens de l'abnégation, une perle »), le tout rédigé *après* avoir découvert que Nechayev était menteur, voleur, maître chanteur et assassin.

Sur un ton différent, Bakounine prévient un ami que Nechayev est prêt à « ouvrir tous vos tiroirs, lire toute votre correspondance, et quand il trouve une lettre intéressante, c'est-à-dire compromettante en quoi que ce soit, pour vous ou un de vos amis, il la vole et la garde (…) ».

Après cet avertissement, il adresse la requête suivante à un autre ami le même jour :

> Ce serait formidable, et vous rendriez un énorme service à notre sainte et commune cause si vous pouviez réussir à voler à Nechayev tous les documents qu'il a volés et tous ceux qui lui appartiennent.

Et à propos de folie, le professeur Confino cite le *Catéchisme d'un révolutionniste (sic)* de Nechayev, qui ne doit avoir ni intérêts personnels, ni liaisons, ni émotions, ni attachements, ni scrupules et qui doit être totalement consumé par une seule passion, celle de « la destruction, terrible, totale, universelle, sans merci ». D'après Camus, c'était la première fois qu'il y avait séparation explicite entre la notion de révolution et celle d'amour et d'amitié.

Nechayev soutient que pour la bonne cause *tout est permis,* même « le meurtre d'un frère » et que tout révolutionniste doit traiter les autres en « capital non indispensable ». Un tel fanatisme trouve sa justification dans les listes de crimes commis par l'Ennemi et dans de grands mots du genre Liberté et Histoire, mais ici comme ailleurs ces mots ne servent qu'à rendre l'homme libre d'être aussi ignoble qu'il le souhaite, et d'en être fier.

Il y a une lettre très touchante et très choquante dans cet ouvrage, qui décrit comment ce grand rebelle commit son seul acte de violence, en tuant un étudiant moscovite qui était membre de sa minuscule organisation, « La Vengeance du Peuple ». Cet étudiant contribuait financièrement à la Cause, et voulait savoir à quoi servait son argent avant d'en donner davantage. Une telle transgression de la discipline révolutionnaire exigeait la peine de mort.

Ce furent ce meurtre et la personnalité de

Nechayev qui allaient servir d'inspiration à Dostoïevski dans son roman *Les Démons*, où il explore à fond l'avilissement de ceux qui, motivés au début par la compassion et la rage, sont poussés par vanité à tenter d'entreprendre la tâche quasi divine de créer des convulsions historiques et sont condamnés à devenir de lamentables criminels, persécuteurs de faibles.

Le comportement révolutionnaire confirme encore de nos jours l'analyse de Dostoïevski. L'Armée de libération symbionaise (*sic*), dans sa lutte contre l'oppresseur blanc, revendique jusqu'à présent un seul meurtre, celui d'un directeur d'école noir.

Selon une expression marxiste, ce n'est pas par choix mais bien par nécessité historique qu'un étranger travaille pour la réforme ou a recours à un acte criminel isolé. Il n'y a que ceux qui sont au pouvoir ou qui ont accès au pouvoir, administratif ou militaire, qui peuvent faire du mal à un nombre suffisant de gens et déclencher une révolution.

Il est donc possible, comme l'a fait Dostoïevski, de se rassurer trop vite de l'impotence de certains radicaux violents. Bakounine et Nechayev, aussi bien d'ailleurs que Lénine et son petit groupe de bolcheviques, n'ont pu détruire la Russie d'antan, mais le tsar le pouvait, et l'a fait.

The Sunday Telegraph, 19 mai 1974

Les lâches sont dangereux

Les Espagnols ont anéanti la plus grande partie de la population originelle de l'Amérique centrale et du Sud ; Staline, en édifiant une Utopie de sadique, a tué encore plus de gens qu'Hitler ; et il n'est guère de jour qui passe sans qu'on apprenne qu'un nouveau massacre a eu lieu.

Et cependant, il y a quelque chose de particulièrement terrifiant dans la « solution finale » des nazis — rassembler des hommes, des femmes et des enfants en troupeau avec des fouets et des chiens, pour les faire courir nus en haut de la colline jusqu'aux chambres à gaz. L'horreur du crime glace le sang.

Les camps tels qu'Auschwitz n'étaient pas les pires. Les personnes trop jeunes, trop âgées ou trop faibles y étaient tuées sur-le-champ, mais les autres étaient astreintes aux travaux forcés, et si elles résistaient à la faim et aux maladies elles avaient une chance de survivre.

Chelmno, Belsec, Sobibor et Treblinka, cependant, avaient été créés à seule fin de tuer : ceux dont les trains étaient par malheur dirigés vers ces camps étaient morts quelques heures après leur arrivée, à l'exception d'un petit nombre de déportés regroupés dans des Kommandos spéciaux, chargés de brûler les corps, d'empaqueter les biens des victimes en vue de leur expédition à Berlin, et de préparer et servir les repas des bourreaux.

Dans le seul camp de Treblinka, 1 200 000 hommes et femmes furent tués entre l'été 1942 et l'été 1943, et quand tout fut terminé — quand le camp fut rasé pour ne laisser aucune trace de ce qui s'était passé, et que les briques des chambres à gaz eurent été utilisées pour construire une ferme (comme si l'on n'avait jamais cessé de cultiver la terre à cet endroit) — lorsque les Kommandos spéciaux eurent à leur tour été expédiés à Sobibor pour être gazés, et que seules quelques femmes prisonnières eurent été épargnées pour qu'elles servent les derniers SS prêts à partir — l'*Unterscharführer* responsable déclara aux trois femmes qui finissaient de desservir : « Bon, les filles, maintenant c'est votre tour. »

> Et Tchetchia rit et répondit : « Ah, ah ! Je n'ai jamais cru à vos promesses, sales porcs. Allez-y, tuez-nous ! Faites-moi juste une faveur : ne nous demandez pas de nous déshabiller. »

De tous les détails atroces rapportés par le livre de Gitta Sereny, *Into that Darkness*, c'est celui qui me hante le plus. Un million deux cent mille victimes ne suffisaient pas à ces hommes : ils devaient tuer les trois dernières. Les seuls déportés qui soient sortis vivants de Treblinka sont ceux qui se sont échappés lors du soulèvement du 2 août 1943. En tout et pour tout, sur les quatre camps d'extermination polonais, seules 82 personnes ont survécu.

Fondé sur des interviews de ces survivants, des SS et de leurs parents, de juges, de diplomates, d'historiens et de prêtres, le livre de Mme Sereny est le récit du génocide nazi le plus saisissant et le plus éclairant que j'aie jamais lu, jetant la lumière, comme elle en avait l'intention, sur « toute une dimension de réactions et de comportements que nous n'avions jamais compris jusque-là ».

Son personnage central est l'*Hauptsturmführer* SS Franz Stangl, commandant de Sobibor et Treblinka. C'est le seul commandant d'un camp d'extermination qui ait jamais été jugé, et le seul qui ait jamais raconté sa vie.

Maître tisserand dans une usine textile en Autriche, Stangl, s'inquiétant pour ses poumons, s'engagea dans la police pour échapper à la poussière des ateliers et gagna sa première médaille en découvrant une cache d'armes nazies. Terrifié par la perspective de représailles après l'Anschluss, et par son nouveau chef de la Gestapo, il accepta sans se faire prier de s'occuper de l'aspect administratif du gazage des handicapés et des attardés mentaux.

Ni dans les premières années de sa vie, ni plus tard, Stangl n'a fait montre du moindre penchant pour le sadisme : c'était un homme *bien* sous tous rapports, dont le trait de caractère le plus répréhensible était la peur. C'est cela qui l'a conduit d'abord à l'« euthanasie » des infirmes, puis au meurtre de masse.

Mme Sereny n'a pas le courage intellectuel de ses propres découvertes, et se refuse à reconnaître qu'un travers aussi pardonnable que la peur puisse être la raison principale des effroyables crimes contre l'humanité commis par Stangl ; et elle ne cesse d'insister sur le fait que ses peurs étaient souvent injustifiées et ont peut-être été inventées après coup pour masquer une ambition personnelle crasse.

À en juger par les indices qu'elle présente, cependant, il semble que Stangl ait toujours été plus craintif qu'ambitieux ; et cette constatation me pousse à conclure que la peur n'est pas une émotion innocente. *Les lâches sont dangereux.*

Le corollaire à cela est également vrai, et je dirais que même dans des situations beaucoup moins extrêmes que celles créées par la terreur nazie, même dans notre situation relativement routinière de l'Angleterre d'aujourd'hui, un homme ne peut être *un homme bien* s'il n'est pas courageux.

La carrière de Stangl, par ailleurs, fait justice de la pernicieuse théorie des « bonnes intentions » constamment invoquée dans les discussions sur les atrocités pour embrouiller nos esprits et endormir notre sensibilité morale, et je recommande particulièrement *Into that Darkness* à ceux qui croient que les *raisons* pour lesquelles quelqu'un fait quelque chose ont la moindre importance.

L'une des raisons, précisément, pour lesquelles Stangl accepta de se charger de la construction de Sobibor et de la direction de Treblinka était que, en tant que père et époux aimant, il avait peur que ses supérieurs non seulement le tuent, mais tuent aussi sa femme et ses enfants s'il refusait. Personne n'aurait pu organiser la mort de millions de personnes du fait d'un plus grand attachement à sa famille.

Cependant, comment un homme plus ou moins normal pouvait-il en venir à diriger un camp d'extermination, organiser efficacement et sans heurts, jour après jour, la tuerie de plus de 5 000 personnes quotidiennement ? Comment pouvait-il faire cela ? Comment était-il capable de causer tant de souffrance et d'être responsable de tant de morts ? Eh bien, *en n'en pensant rien.*

> Bien sûr, comme je l'ai dit, je travaillais généralement dans mon bureau — il y avait tout un travail de paperasserie dont il fallait s'acquitter — jusqu'à environ onze heures du matin. Puis, j'effectuais ma tournée suivante, en commençant par le *Totenlager*. À cette heure-là, le travail était déjà bien avancé là-haut. [Il voulait dire qu'à cette heure-là, les cinq ou six mille personnes qui étaient arrivées le matin étaient

déjà mortes…] Un convoi était normalement traité en deux ou trois heures. À midi, je déjeunais — oui, nous avions le plus souvent à manger de la viande, des pommes de terre, quelques légumes frais…

Les vertus d'un homme, me semble-t-il, sont ses capacités, et ses vices sont ses défauts. Stangl manquait de la capacité d'imagination qui lui aurait permis de se mettre à la place des autres. Il était, hélas, tout à fait normal à cet égard — c'est la raison pour laquelle l'actualité d'aujourd'hui est celle que l'on connaît. La plupart des gens sont incapables de prendre conscience d'une chose simplement parce qu'ils la voient de leurs propres yeux : aucune chose n'est réelle pour eux, à moins qu'ils n'y pensent et y repensent pendant si longtemps que leurs faibles facultés soient finalement éveillées et qu'ils deviennent capables de l'*imaginer* : alors, la chose devient réelle.

Stangl est parvenu à ne pas comprendre ce qu'il faisait pendant qu'il était à Treblinka (« … bien sûr, des pensées me venaient, a-t-il confié à Mme Sereny, mais je les chassais de mon esprit. Je m'efforçais de me concentrer sur le travail… »), mais après la guerre, quand il vivait au Brésil et lisait tous les comptes rendus du procès d'Eichmann — et plus tard quand il fut jugé et emprisonné lui-même et eut ces conversations avec Mme Sereny, d'une durée totale de soixante-dix heures — il comprit finalement que la « cargaison » dont il s'occupait à Treblinka était composée d'êtres humains. Le lendemain du jour où il parut comprendre qu'il était coupable, il mourut.

Peut-être n'est-il pas déplacé de noter dans le cadre de la critique d'un livre que l'État, pour préserver sa sécurité, doit cultiver l'imagination.

The Sunday Telegraph, 8 septembre 1974

La dernière pseudo-science

Si vous êtes sur le point de vous faire renverser par une voiture, vous sautez sur le bas-côté ; s'il pleut, vous vous mettez à l'abri ; mais si vous êtes un universitaire, et que vous voulez en faire un livre, vous écrivez que

> le comportement humain peut être compris comme un « répertoire de réactions possibles » à une gamme d'événements possibles. La réponse spécifique dépendra de la situation à laquelle on est confronté.

Né en 1940, Terrence Des Pres essaie de dresser le profil des rescapés des camps de la mort nazis et soviétiques dans les termes de la sociobiologie, discipline qui est en passe de remplacer le structuralisme et la nouvelle linguistique dans le rôle de la dernière des pseudo-sciences à la mode — les sciences des vacuités énoncées dans un langage très spécialisé, aux frais des contribuables :

> La supposition du biologiste est que, comme tout autre animal, l'homme possède des formes « instinctives » de comportement de base.

C'est la manière sociobiologique qu'a M. Des Pres de dire — bien qu'il soit prématuré de tirer des conclusions définitives — que nous pouvons *supposer* que la nature humaine existe. Il n'est dogmatique que lorsqu'il énonce des absurdités patentes. « Les survivants ne sont pas des individus au sens bourgeois du terme », déclare-t-il. Comme le titre de son livre l'indique, il prétend qu'il n'y a pas eu de survivants particuliers de l'Holocauste : juste *le Survivant*, un type d'être humain, l'homme de la masse.

Cet homme de la masse mythique est censé s'être débrouillé dans les camps parce qu'il a été forcé de mettre de côté « ses illusions d'individualité » en même temps que les derniers vestiges de culture et de civilisation, et il en est ainsi venu à constater que « la Vie, la terre dans son silence, est la seule chose qui existe ».

Le message délivré est le suivant : pour survivre dans un monde d'atrocités, nous avons juste besoin de recourir à la « sagesse biologique » dont « sont dotées toutes les créatures vivantes », qui leur fait comprendre qu'elles ont « mutuellement besoin les unes des autres », ce qui les pousse à regagner la communauté. La seule manière de vivre, en bref, est de le faire en communion avec les autres. « Ce qui nous reste maintenant est un simple souci de l'autre, un souci biologiquement inspiré et activé par le besoin mutuel. » S'il est question une seule fois dans ce livre d'intelligence, d'aptitudes individuelles ou de qualités de caractère, je ne l'ai pas remarqué.

Ce qui m'a frappé *personnellement*, s'agissant des rescapés des camps de la mort qu'il m'a été donné de rencontrer, est qu'il s'agit de formidables individus qui, en dehors d'écouter le silence de la terre, parlaient plusieurs langues. Il s'agit de personnes d'une rare force mentale et morale, doués d'un sens de l'humour hautement développé, ce qui dénote un esprit indomptable et une aptitude à penser à la vitesse de la lumière.

C'est pourquoi, incidemment, les propres récits qu'ont ramenés les survivants de l'enfer sont loin d'être déprimants (comme ceux qui ne les ont pas lus pourraient le supposer), et j'aimerais recommander à ceux qui ne les connaissent pas au moins *Dans le tourbillon* d'Evguenia Ginzburg et *Je me suis évadé d'Auschwitz* de Rudolf Vrba, l'homme qui s'est échappé d'Auschwitz à l'âge de dix-neuf ans pour informer les Alliés et les Conseils juifs de l'extermination imminente des juifs hongrois. Par ailleurs, on ne mentionnera jamais assez ce chef-d'œuvre outrageusement comique qu'est *L'Archipel du Goulag*.

Ces livres, à mon sens, seront ceux qui resteront de notre époque, non seulement pour ce qu'ils nous apprennent sur les voies du mal, mais aussi parce qu'ils montrent comment un homme doit être à la fois son propre maître et le gardien de son frère s'il veut survivre ou mourir avec dignité dans ce monde.

Un autre ouvrage largement documenté et impressionnant, *Fighting Auschwitz : the Resistance Movement in the Concentration Camp*, de Józef Garlinski, montre que la soi-disant philosophie élitiste mettant l'accent sur l'initiative individuelle est en fait la plus communautaire — car chacun fera toujours mieux de cultiver ses capacités et ses talents au lieu de s'enfoncer dans l'inertie en pensant que ce que les gens savent ou peuvent faire n'a aucune importance.

« Le plus grand résultat de la clandestinité, écrit Józef Garlinski, fut de restaurer la foi des hommes en eux-mêmes et en leurs capacités. »

Alors que tout indique le contraire, M. Des Pres vante les pouvoirs salvateurs de la similitude, de l'uniformité et du collectivisme idiot. Et tout cela à propos des victimes des nazis — les pourvoyeurs par excellence du biosocialisme. Pour les nazis, tout tenait dans le sang ; pour les sociobiologistes, tout tient dans les cellules.

En fait, il est étonnant de voir comment un jeune universitaire américain bien intentionné en vient à se faire l'écho de certaines des thèses fondamentales du nazisme. M. Des Pres réussit à se convaincre lui-même, par exemple, par un raisonnement des plus spécieux, que la culture occidentale est un déni de la mort, et donc un déni de la vie, et doit pour cela être rejetée ; il ne semble pas vraiment avoir conscience qu'il s'agit précisément du type d'argument que les nazis utilisaient quand ils brûlaient les livres et apposaient une tête de mort sur les casquettes des SS. Assurément, personne ne pourrait accuser les SS de nier la mort.

Quant à cette culture occidentale et son « mépris pour la vie », je me suis demandé si M. Des Pres parle de celle qui a été créée par Eschyle, Dante, Donatello, le Bernin, Mozart, Beethoven, Stendhal, Balzac, Dostoïevski, Tolstoï, pour ne mentionner que ceux-là — ou d'une autre culture occidentale ? « Et pour ce qui est d'une éthique fondée sur l'amour altruiste, poursuit M. Des Pres, ce rêve nous a coûté deux mille ans de souffrance. » Rejeter à la fois l'individualisme et l'idéal religieux d'un amour désintéressé est un trait commun au nazisme et au communisme.

Il me semble que l'un des plus grands dangers pour les sociétés occidentales est l'expansion incontrôlée des universités, qui permet à des millions d'individus d'embrasser des carrières intellectuelles sans disposer de la moindre capacité intellectuelle. Incapables de saisir la complexité des choses, et cependant titulaires d'un diplôme les convaincant qu'ils *doivent* connaître les réponses à tous les maux du monde, ils sont reconnaissants au premier venu simplifiant tout qui leur dira qu'il y a plus à apprendre sur les dilemmes de l'humanité d'une tribu de babouins ou d'un troupeau d'oisons que de la Bible ou de Shakespeare, ou que l'histoire humaine peut être entièrement élucidée et simplifiée par l'application de quelques théories économiques ou l'étude des insectes, qui portent sur leurs dos minuscules l'édifice entier de la sociobiologie.

Lequel de ces esprits simplificateurs sera le plus adulé par ces hordes de diplômés de l'université qui n'ont besoin que d'une idéologie simpliste pour croire qu'ils ont élevé leur esprit ? La réponse à cette question pourrait décider du type de classe mandarinale qu'on nous prépare.

Pour autant que les hommes de bonne volonté puissent faire quoi que ce soit à ce sujet, je pense qu'il est temps de commencer à exiger au moins la suppression des bourses publiques pour les soi-disant « études interdisciplinaires ». J'estime que quiconque essaie d'expliquer une chose en fonction d'autre chose n'a rien d'important à dire.

Le livre de M. Des Pres en est un exemple typique. Il est indubitablement vrai qu'« une banque de connaissances enfouie dans les cellules du corps » pousse les hommes à se tourner vers les autres dans les temps difficiles, mais il ne s'ensuit pas nécessairement que l'instinct grégaire puisse les aider à survivre dans une situation sociale complexe dont les cellules du corps ne connaissent par définition que très peu de chose.

Des millions de personnes sont montées à bord des trains qui les emmenaient vers les camps de la mort sans opposer de résistance simplement parce que *les autres le faisaient.* Le désir compulsif d'appartenir à un groupe éprouvé par l'homme, qui peut l'aider à survivre, l'a conduit tout aussi souvent à la mort et à l'anéantissement — et le mouvement nazi tout comme les organisations de résistance dans les camps sont nés d'une pulsion biologique de solidarité.

Il est peut-être vrai qu'« au-delà de notre penchant pour le désastre existe une autre strate, beaucoup plus profonde, de la psyché humaine, celle qui tend à l'affirmation de la vie » ; mais de telles généralisations réconfortantes semblent inappropriées à Auschwitz, où la « strate psychique d'affirmation de la vie » des gardiens du camp les incitait à continuer à tuer les prisonniers plutôt qu'à risquer d'être envoyés au front pour s'y faire tuer eux-mêmes.

Dans le cas d'insectes indistinguables, cela peut ne guère prêter à conséquence, mais quand il est question d'êtres humains, de leur volonté de vivre et de leur esprit communautaire, il est vital de savoir de qui l'on parle.

The Sunday Telegraph, 11 avril 1976

L'honneur selon la Mafia

Mafioso signifie « intrépide, courageux, ardent, beau, vif et vibrant ». C'est ce que disent de nombreux films d'Hollywood, dont certains sont financés par la Mafia, et c'est ce que dit le patron du crime new-yorkais Joe Bonanno — apparemment à la retraite — dans son autobiographie rédigée par un nègre.

Avec l'aide dudit nègre, de son éditeur et de son avocat, auxquels va toute sa reconnaissance, Bonanno ment tout au long du livre, d'une manière sentimentale et pourtant roublarde, de la même manière que les criminels mentent après avoir discuté de leurs problèmes avec leurs conseillers juridiques, mêlant les demi-aveux aux dénégations et à l'obstruction pure et simple — et parviennent ainsi à duper les jurés.

Il précise par exemple que son père Salvatore a volé un candélabre en or à son directeur de conscience quand il a abandonné ses études pour devenir prêtre, mais il ajoute qu'il a agi ainsi pour « se délier de ses obligations envers l'Église et rentrer chez lui malgré les objections de sa mère ». À moins d'être vraiment sur ses gardes, le lecteur pourrait penser qu'il était absolument nécessaire pour le pauvre Salvatore de voler de l'or ; sinon, il n'aurait pas pu quitter le séminaire pour tuer deux hommes et prendre la tête du gang familial. Les meurtres du père sont reconnus de cette manière : « Peu après le retour de Salvatore Bonanno chez lui, deux membres du clan Buccellato trouvèrent la mort. » Bonanno fait le fanfaron à propos de son père, si dur et viril, tout en laissant planer un doute. On ne peut pas rendre un verdict de culpabilité.

Joe est un fils affectueux. Il se rappelle tendrement la débrouillardise dont son père a fait preuve en une autre occasion, lorsqu'il a été jugé pour le meurtre d'un fermier voisin. Pour discréditer le témoin à charge principal, Salvatore raconte au juge qu'il a couché avec son épouse et que son témoignage est la vengeance d'un mari cocufié. Pour prouver cette vile calomnie, il cite des détails intimes de l'anatomie de la femme, obtenus d'une sage-femme sans scrupules. Bonanno précise avec jubilation que son père a été acquitté et que par la suite les enfants de Castellammare mimaient des cornes avec leurs doigts chaque fois que le mari passait dans la rue ; il ne dit pas ce qu'il est advenu de la jeune femme.

En tout cas, c'est auprès de ce voleur, de cet assassin, de ce briseur de ménages que Joe Bonanno a appris ce qu'est la virilité et le caractère sacré de la vie de famille et de l'honneur, et il a fidèlement maintenu la « Tradition » aux États-Unis.

Il reconnaît avoir été bootlegger, *loan shark* (usurier aux méthodes expéditives) et tueur à gages pour Maranzano à New York. (Les termes exacts qu'il emploie sont les suivants : « J'étais à bien des égards comme un écuyer au service d'un chevalier. ») En 1931, après le meurtre de Maranzano, il devint le Padre de la Famille Castellammare, et le plus jeune parrain de la Mafia à New York (il devait également régner le plus longtemps). Nous glanons des informations sur sa poigne de fer de manière indirecte, lorsqu'il nous raconte comment il s'est montré miséricordieux à l'égard d'un de ses gorilles qui voulait cesser de travailler pour lui et rejoindre un de ses cousins à Buffalo. Ses sbires lui firent savoir que cet homme « méritait le châtiment réservé aux traîtres », mais il exprima son désaccord. « Mes hommes, *qui n'étaient pas habitués à une telle mansuétude* à l'égard de ceux qui trahissaient notre Famille, me regardèrent avec consternation… Le pardon est un luxe, (…) j'étais *trop sensible, trop scrupuleux.* » (Toutes les italiques sont de moi.)

En d'autres termes, ses hommes s'étaient habitués à l'entendre ordonner l'exécution de quiconque manifestait le désir de ne plus travailler pour lui. « L'archétype du Sicilien est stoïque et maître de lui-même, et il ne s'adonne à la violence que pour rétablir l'ordre, non pour faire étalage de sa force. » Il attend du lecteur qu'il pense le plus grand bien de lui parce qu'il n'a tué personne juste pour épater la galerie !

Pendant qu'il s'absente en Arizona, il apprend qu'une « insurrection » a éclaté dans la famille Bonanno et rentre précipitamment à New York pour restaurer l'ordre. « Les fusillades de cette époque ne constituaient pas à proprement parler une guerre — la guerre des Bananes, comme elle fut surnommée dans la presse. » (Ce n'est pas comme si des *centaines* d'hommes avaient été tués.) « Certaines personnes furent tuées, d'autres blessées. Dans la plupart des cas, il s'agissait d'hommes occupant des positions subalternes. » (Ce n'est pas comme s'il s'était agi de personnes *importantes.*)

Le livre respire l'insanité morale à la manière de la plupart des ouvrages de fiction d'aujourd'hui : les victimes tendent à devenir insignifiantes et à ne compter pour rien dès lors qu'elles disparaissent de ce monde, tandis que la vie intérieure du héros occupe la plus grande place. Et l'intérieur de Joe Bonanno est d'une extraordinaire richesse. On n'y trouve que bons sentiments et grands idéaux, nobles motivations et élans philosophiques. Vu qu'il ne s'est jamais jugé lui-même à la lumière de ses actes, il est tout à fait naturel qu'il se plaigne que les gens ne s'intéressent pas à « mes pensées les plus profondes, mes méditations et ma philosophie de la vie (...), à mes convictions sur l'honneur, la famille, la fidélité ».

Alors qu'il se considère lui-même comme un philosophe, les agents du FBI et du département de Lutte antidrogue (US Drug Enforcement Administration) ne sont qu'une « meute de chacals ». Ils « violaient la loi » quand ils mettaient son téléphone sur écoute. Les policiers se sont parjurés pour le coffrer. Il n'y a rien de tel que le crime organisé. Il s'agit d'une simple association informelle de gens dévoués à la Tradition. « Ce que les Américains appellent la Mafia » est une fiction de la « mentalité policière », l'œuvre d'une presse sensationnaliste « se livrant à un lynchage verbal ».

Le livre est évidemment destiné au type de lecteurs qui ne s'embarrassent pas de contradictions, qui ont besoin qu'on leur explique qui était Garibaldi, et qui connaissent si peu de chose sur le sujet qu'ils ignorent que *tout le monde*, en Italie comme aux États-Unis, appelle la Mafia la Mafia. Le préfet de Palerme est également le haut commissaire pour la coordination de la lutte contre la Mafia.

Bonanno nie catégoriquement toute implication dans la prostitution ou le trafic de drogue. Cependant, en tant que l'un des cinq « patrons familiaux » de New York, il était l'un des douze membres de la commission qui dirigeait le Syndicat national du crime organisé, et le Syndicat tirait le gros de ses ressources du jeu illégal et des narcotiques. Il est également établi que

Carmino Galante, l'un des adjoints directs de Bonanno, dont l'existence semble avoir disparu de la mémoire de ce dernier, a été condamné pour trafic d'héroïne. Et selon le journaliste italien Antonio Padalino, les alliés siciliens de la famille Bonanno formaient le gang Spatola-Inzerillo-Bontade, qui amassa des millions de dollars en acheminant la Mort Blanche aux États-Unis.

Tout est vicié dans ce livre. Pendant une courte période sous Mussolini, Palerme eut un préfet honnête, Cesare Mori, encore vénéré en Italie de nos jours, qui essaya d'éradiquer la Mafia et emprisonna un grand nombre de ses membres, jusqu'à ce qu'il s'en prenne aux « seigneurs » de l'organisation et que Mussolini le rappelle. Bonanno en conclut que les mafiosi étaient de bons antifascistes. Il va même jusqu'à nous faire croire qu'il émigra aux États-Unis en qualité de réfugié politique fuyant le fascisme ! Il est également le descendant d'un grand artiste (Bonanno de Pise bien sûr) et d'un prince, et reproduit un blason page 193 pour le prouver.

A Man of Honour est une entreprise mensongère de désinformation visant à améliorer l'image des gangsters auprès du public et à discréditer les gens qui tentent de nous protéger contre eux. Ce que je trouve le plus troublant dans cette affaire c'est la façon dont les initiateurs de ces absurdités criminelles, les éditeurs new-yorkais Simon & Schuster, oubliant ce que les hommes des clans familiaux de la Mafia infligent à d'autres familles, saluent en Joe Bonanno l'un des « hommes les plus fameux et les plus puissants de ce monde ténébreux et fascinant [qui] constituait une expression des plus profondes racines ethniques du peuple sicilien (...) pour qui la loyauté, l'honneur et les liens familiaux étaient primordiaux ». Non seulement ils vantent cette organisation criminelle, mais ils la mettent au passé, alors que ses méfaits sont tout à fait actuels.

Comment osent-ils ? Comment osent-ils prétendre que le « crime organisé » est *incompris* du gouvernement américain ? Et comment osent-ils placer le crime organisé entre guillemets, à un moment où ce dernier vend de la drogue aux soldats de l'OTAN comme aux enfants des écoles, bombardant les villes de l'Europe de l'Ouest et de l'Amérique du Nord de tonnes d'héroïne qui sont aussi dévastatrices que les V2 allemands de la Seconde Guerre mondiale ? Eh bien, ils n'y voient rien à redire. Michael Korda, de Simon & Schuster, que Bonanno remercie humblement pour « avoir reconnu mon vrai moi », a lancé ce livre sur les États-Unis — sur des jurés potentiels et des électeurs — avec une campagne de publicité nationale et un premier tirage de 75 000 exemplaires.

La Guardia di Finanza a reçu l'information selon laquelle la Mafia essaie d'acheter des journaux pour améliorer son image et soutenir ses amis. À New York, elle n'a pas à se donner cette peine : Michael Korda y dirige un grand groupe d'éditions selon le précepte « Je ne pense pas que ce soit à nous d'émettre des jugements moraux », et vend *A Man of Honour* sur le prétexte qu'il s'agit juste du « point de vue de Mr Bonanno sur le crime organisé et les traditions de la Mafia ».

Mais une imposture n'est pas un point de vue, et dans le cas présent, il s'agit ni plus ni moins d'une opération de propagande ennemie en temps de guerre.

The Sunday Telegraph, 4 septembre 1983

Un anthropologue observe les Iks

Les Iks sont une tribu montagnarde du nord-est de l'Ouganda dont les enfants sont chassés du giron de leur mère à l'âge de trois ans et apprennent à se nourrir et à se divertir « en ouvrant de force la bouche des vieillards pour leur retirer la nourriture qu'ils étaient en train de mastiquer et n'avaient pas eu le temps d'avaler. (…) Ou bien ils faisaient comme s'ils allaient prendre la nourriture, puis soudain se ravisaient, si bien que la victime, surprise, se hâtait d'avaler et s'étouffait ».

Le Ik se cache avec sa nourriture. Époux, parent, enfant, frère, nul n'aime donner, et chacun vole à l'autre le plus possible. Tomber malade et montrer des signes de faiblesse parmi les Iks est une sentence de mort, car ici pas de main secourable ; les plus vulnérables ne peuvent même pas garder dans la bouche un peu de nourriture. La définition d'un « homme bon » en langage Ik est « celui dont l'estomac est plein ».

Il semble que les Iks étaient jadis une tribu de chasseurs, mais que la plus grande partie de leurs terrains de chasse a été transformée en réserve naturelle, ce qui ne leur a laissé que des flancs de montagnes et de ravins arides et calcinés à cultiver. Ne se consacrant à cette tâche ingrate que par intermittence, et privés de leur mode de vie traditionnel et de toute autre activité utile, en proie à la faim, à l'ennui et à la solitude, ils perdent la raison et se battent pour des riens : racines, termites et aumônes.

Si c'était le sujet qui pouvait rendre bon un livre, celui-ci serait excellent. En effet, bien d'autres anthropologues, qui, semble-t-il, ont tendance à réagir au thème, plutôt qu'au texte même du livre, ne tarissent pas d'éloges sur *The Mountain People.*

Mais à mon avis — si minoritaire soit-il, nous retrouvons là encore cette triste croyance, de plus en plus répandue dans le monde de l'édition et de la critique, qu'écrire un livre est un travail non qualifié, qui n'exige ni talent, ni formation, ni expérience particulière ; une sorte d'activité de loisir, réservée de préférence aux gens vraiment sérieux qui sont experts dans d'autres domaines, universitaires par exemple.

L'universitaire qui nous concerne se nomme Colin Turnbull, un anthropologue qui a déjà publié les notes et les enregistrements de trois voyages d'études précédents. Une chaire professorale en vue, il s'est rendu dans les montagnes des Iks et voudrait maintenant tout nous raconter, si du moins il savait comment s'y prendre.

Il est à la fois déroutant et dérouté. « Les Iks démontrent clairement que l'homme n'est pas l'animal social qu'il a toujours cru être » — mais ailleurs dans le texte, les Iks « tiennent à vivre dans des villages » et il est « incontestable qu'ils restent unis avec une ténacité remarquable ». Il trouve qu'ils ne parviennent pas à « s'identifier sans réserves et sans conditions » avec leur environnement, tout en affirmant par contre qu'ils « préfèrent mourir de faim et de soif plutôt que de quitter leurs montagnes natales ». Il est rare qu'il dise quelque chose sans dire aussi exactement le contraire, et pas qu'une seule fois.

Il s'ensuit qu'il voit ses remarques se confirmer de façon souvent étrange. « Dans l'ensemble, le manque de sociabilité des Iks » lui est révélé même au moment de leur dernier soupir. « Alors, en véritable Ik, il m'a lâché la main, et il est mort seul. » Qu'y a-t-il de « véritablement Ik » à mourir seul ? Mourir en société comme feu mon compatriote Attila le Hun, qui fit mettre à mort et enterrer à ses côtés ses six cents épouses, me semble plus inhabituel.

M. Turnbull est toujours prêt à transformer ses suppositions en faits, et il suppose toujours le pire. Il affirme qu'une mère Ik pose son bébé à terre quand elle travaille aux champs « en espérant à demi qu'un prédateur va apparaître et l'emporter ». Comment peut-il deviner ainsi ces semi-espoirs non exprimés ? Il nous dit qu'une mère dont l'enfant avait été dévoré par un léopard était « ravie », sans nous faire savoir s'il avait été témoin de sa joie, s'il en avait simplement entendu parler ou s'il se fie encore une fois à son intuition.

Mais surtout, je pense que la balance mentale de M. Turnbull est déréglée : il ne donne pas aux choses leur véritable poids. Bien sûr, le fait, s'il est vrai, qu'une mère soit ravie que son bébé famélique soit dévoré par un léopard est épouvantable, mais ce n'est pas tout à fait la même chose que de battre à mort ses propres enfants. Les incidents que nous relate M. Turnbull pour prouver que les Iks sont « aussi méchants que tout un chacun » me font croire qu'il n'a jamais vu la première page d'un journal.

Même s'il paraît bien informé, il y a un défaut dans son raisonnement. Affirmant qu'il est « rare qu'un homme abandonne son humanité au même point que les Iks », il les compare de façon défavorable aux prisonniers des camps de concentration de la Seconde Guerre mondiale ; mais s'il a tellement envie d'établir une échelle de la cruauté humaine, pourquoi ne pas les comparer plutôt aux hommes qui régissaient ces camps ?

Les Iks ne suspendent pas les gens par des crocs de boucherie, ils ne les brûlent pas vifs, ils ne les asphyxient pas au gaz — ils sont en fait non violents et il est même rare qu'ils en viennent aux poings — et pourtant M. Turnbull, endurci par ses propres exagérations, se permet « d'espérer qu'ils resteront dans l'isolement le plus complet jusqu'à leur extinction totale ».

Qui plus est, la tragédie des Iks se perd dans l'apitoiement de l'auteur qui s'étend sans fin sur la gêne et les difficultés qu'il a éprouvées pendant qu'il observait les coutumes de cette tribu affamée. Il *remercie* les Iks, croyez-le, si vous voulez, « de m'avoir traité comme l'un des vôtres, c'est-à-dire aussi mal que possible ». Il ne pouvait pas manger en paix, ils lui volaient ce qu'il avait, ils lui mentaient, ils ne l'aimaient pas. Quant à moi, je ne peux pas m'empêcher d'admirer la tolérance et la modération des Iks, et j'ai du mal à comprendre pourquoi ils ne l'ont pas mangé, lui.

The Sunday Telegraph, 12 octobre 1973

Gogol par le petit bout de la lorgnette

Il n'est guère de page dans ce livre où je ne trouve pas quelque chose qui soit profondément offensant. Henri Troyat est censé nous parler de Gogol, mais le véritable sujet de cette biographie est ce sentiment tiède et douillet de supériorité qu'éprouvent les médiocres quand ils se trouvent confrontés au génie.

D'abord, ce « petit intrigant ukrainien », furetant constamment à la recherche de « nouvelles idées », s'enthousiasmait de manière ridicule pour l'art. Il *partait à l'assaut des* musées, il *se ruait sur* les ruines, et il a écrit un article beaucoup trop enthousiaste sur *Boris Godounov.* Gogol était sincère dans son admiration pour Pouchkine, concède M. Troyat, « mais, *comme d'habitude, il est allé trop loin* ». (Les italiques sont de moi.)

En une demi-phrase, tout est là, ce terrible travers de tous les véritables artistes : ils vont trop loin, ils tombent dans l'abîme et marchent sur l'air, alors que les Troyat de ce monde doivent de toute nécessité avancer en rampant à une allure mesurée, et s'embourbent quand même dans la boue de leur incompréhension.

Un grand écrivain est comme un grand scientifique : grâce à son œuvre, quelque chose de vital est révélé au monde. À Newton nous devons notre connaissance de la loi de la gravité ; à Nicolas Gogol (1809-1852) nous devons notre conscience des lacunes sidérales des capacités humaines. Dans toute la littérature mondiale, aucun écrivain *n'est allé aussi loin* dans l'exploration des profondeurs de notre ineptie, de la confusion de l'humanité, du pathos des entreprises vouées à l'échec.

Gogol est celui qui a compris que les gens ne pensent pas avec leur cerveau, mais avec les autres parties de leur anatomie. Dans *Les Âmes mortes*, le procureur

> était pratiquement incapable de débrouiller l'affaire, en dépit du fait qu'il était resté au même endroit pendant un certain temps, louchant de l'œil gauche et époussetant de son mouchoir les brins de tabac à priser accrochés à sa barbe.

Un peu plus haut dans le livre, on peut lire une grave discussion sur le fait de savoir ce que doit faire le héros, Tchitchikov, avec les serfs qu'il vient d'acheter ; des opinions libérales et réactionnaires s'affrontent en un sérieux et éclairant débat sur la question du servage. Le seul problème est que les serfs qui doivent être traités avec douceur ou dureté sont déjà morts.

Chez Gogol, tout est absurde et cependant naturel, naturel et cependant absurde : il est absurde que Tchitchikov parcoure la Russie pour acheter des âmes mortes, et pourtant, ce qu'il fait est parfaitement sensé, dans la mesure où il n'achète que les serfs qui sont encore en vie officiellement (c'est-à-dire, ceux qui figurent encore sur les listes de recensement du gouvernement), de telle sorte qu'il peut remettre ses actes de cession en nantissement pour obtenir un prêt important de la Banque d'État.

De l'avis général, *Les Âmes mortes* constituent le plus grand roman comique de la littérature, bien que Gogol ait raconté que lorsqu'il en a lu le début à Pouchkine, ce dernier se serait exclamé, les larmes aux yeux : « Oh mon Dieu ! Que notre Russie est triste ! »

Mais ces géants ne se sont jamais abaissés à écrire une seule ligne qui ne puisse vous toucher d'une demi-douzaine de façons. Souvenez-vous de l'amusante correspondance entre deux chiens d'appartement, dans *Le Journal d'un fou*. Elle vous apprend une étonnante quantité de choses sur les chiens d'appartement et l'appétit de leurs maîtres pour les décorations, ainsi que sur l'employé qui imagine tout cela alors qu'il devient fou.

Medji décrit à son ami Fidèle l'excitation qui s'est emparée de la maison quand le père de sa maîtresse a finalement reçu la distinction qu'il attendait :

> Toute la matinée, des messieurs en tenue de cérémonie sont venus le saluer. À table, Papa était plus gai que jamais et ne tarissait pas d'anecdotes. Après le dîner, il m'a prise dans ses bras, m'a soulevée jusqu'à sa poitrine et m'a demandé : « Regarde, Medji, qu'est-ce que c'est à ton avis ? » J'ai vu une sorte de ruban. Je l'ai reniflé, mais il ne sentait absolument rien. Finalement, je lui ai donné un coup de langue discret… C'était légèrement salé[1].

En dehors de l'émoi suscité par les décorations salées, dans l'univers de Gogol, la réussite est soit un malentendu de courte durée (un jeune employé insignifiant, pris pour l'Inspecteur du gouvernement, peut pendant un bref instant réaliser ses rêves de gloire), soit la chimère d'un esprit enfiévré. Pour devenir quelqu'un, l'esclave du bureau, dans « Le Journal d'un fou », n'a d'autre ressource que de devenir fou — et c'est ainsi qu'il devient roi d'Espagne.

Mais l'histoire ne s'arrête pas là, car une fois dans la peau du roi d'Espagne, il devient véritablement un grand homme, acquérant l'intégrité des saints et des martyrs : peu importe la quantité d'eau froide qu'ils lui versent sur la

1. Gogol, *Œuvres complètes, Les Nouvelles pétersbourgeoises*, « Le Journal d'un fou », éd. La Pléiade, 1966, trad. S. Luneau, p. 582.

tête, peu importe qu'ils le battent et le torturent, il n'abdiquera pas de son trône.

Pour introduire ces rebondissements et ces revirements soudains, Gogol a mis au point un style tout à lui sur lequel personne ne s'était penché jusqu'à l'étude brillante que lui a consacrée Nabokov, *Nikolaï Gogol*. Gogol, écrit Nabokov, utilise « une combinaison de deux mouvements — une secousse et une glissade » :

> Imaginez une trappe qui s'ouvre sous vos pieds avec une absurde soudaineté, et une bouffée lyrique qui vous aspire vers le haut pour aussitôt vous laisser choir dans la trappe d'à côté[1].

Mais pour en revenir à notre distingué membre de l'Académie française, M. Troyat note la moindre manifestation des extraordinaires talents de son sujet, puis entreprend de le ridiculiser, de le condamner ou de le traiter avec condescendance à cause d'eux. Il voit même quelque chose de déplaisant dans l'amour que Gogol porte à son œuvre, dénigrant les révisions « tatillonnes » auxquelles il a inlassablement soumis son manuscrit des *Âmes mortes*, rendant le travail sur les épreuves « interminable ».

À peine Gogol a-t-il appris que *Les Âmes mortes* avaient été admises finalement par la censure qu'il a commencé à « geindre » à propos des coupures qui lui étaient imposées.

1. V. Nabokov, *Nicolaï Gogol*, UGE 10/18, 1971, trad. M. Sibon, p. 175.

Comme M. Troyat semble écrire sans savoir ce qu'il dit, alignant des propositions se contredisant l'une l'autre sans le moindre scrupule (à une page, on nous dit que Gogol n'a jamais pu trouver aucun matériau pour ses romans à l'intérieur de lui-même, à une autre, nous apprenons que « c'est son monde intérieur qui ressort des *Âmes mortes* » et que « héros et comparses, bêtes et gens, meubles et paysages sont tirés de lui pour l'essentiel[1] »), il n'est pas surprenant que ce biographe ne puisse comprendre la passion de Gogol pour la perfection, sans même parler des aspects plus complexes de la créativité.

L'une des principales sources de la créativité de Gogol, à mon sens, a été son impuissance. Seule une vie dépourvue de sexualité pouvait lui permettre de saisir, sans les nuances adoucissantes de l'amour et du désir, ce qu'il y a d'absurde en tout homme et en toute chose.

M. Troyat ne consacre aucune analyse, et n'accorde aucune attention à cette impuissance à laquelle nous devons tant. La moindre réflexion sur ce sujet nous conduirait à prendre en compte les souffrances de Gogol ; elle nous ferait pressentir qu'une œuvre comme celle de Gogol doit être cher payée, qu'un homme doit consacrer à son œuvre tout ce qu'il possède, doit se donner à elle avec chaque cellule de son corps, chaque moment d'éveil et de rêve de sa vie. Et puis nous pourrions tirer la conclusion

1. H. Troyat, *Gogol*, éd. Flammarion, 1971, p. 374.

que les grands artistes sont loin au-dessus du commun des mortels et qu'ils ont *gagné* leur place là-haut.

Mais M. Troyat ne cherche pas à décrire pourquoi et comment les grands artistes sont supérieurs aux autres êtres humains ; avec le seul souci de divertir, il s'en tient aux demi-vérités qui feront paraître un génie inférieur à un lecteur de bibliothèque ordinaire. Ainsi évoque-t-il la gloutonnerie de Gogol, comme un substitut à sa vie sexuelle inexistante, tout en mentionnant à tout bout de champ, sur un ton sarcastique, ses repas pantagruéliques et ses lamentations à propos de ses maux d'estomac.

En fait, le Gogol de M. Troyat ne commet guère d'actions ou n'éprouve guère de sentiments qu'il ne partage pas avec les membres de la race humaine les plus crétins. Il mange, il est constipé, il a le mal de mer, il est de mauvaise humeur, il a l'esprit brouillon, il est furibard, il se pince lui-même pour être sûr qu'il est éveillé : et tout cela nous est livré comme le portrait de l'écrivain qui était l'égal de Molière.

M. Troyat concède que Gogol est un grand écrivain, mais il est contrarié que Gogol soit assez vaniteux pour penser la même chose, et lui reproche de *prendre la pose.* Un artiste peut receler en lui assez de lumière pour créer des œuvres qui brilleront à travers les siècles, mais il n'est pas censé le savoir.

À l'entendre, précise sur un ton maussade M. Troyat à propos du jeune Gogol, qui enseignait alors dans une école de jeunes filles à

Saint-Pétersbourg, il aurait inventé une conception « entièrement nouvelle de l'histoire ». Quel lecteur mal informé pourrait conclure que c'est exactement ce qu'a fait Gogol ? Il voulait embrasser « toute l'humanité d'un seul regard[1] », et concevait l'histoire comme une série de bévues épouvantables.

C'est cette vision historique qui lui a permis de dépeindre ce qu'il y a d'éternellement faussé dans les relations sociales. Comme tous les grands écrivains, il était profondément critique à l'égard de la société, mettant à nu non pas les maux qui peuvent être changés (ceux-ci sont éphémères et donc inintéressants), mais ceux qui *ne peuvent pas* être changés. C'est pourquoi il est encore aujourd'hui notre contemporain : il nous a légué, comme il l'a lui-même succinctement formulé, « le rire qui va au cœur des choses ».

Selon M. Troyat, cependant, Gogol estimait que le monde « lui devait tout et qu'il se sentait autorisé à *ne rien donner en retour* ». Ses chefs-d'œuvre ne comptent apparemment pour rien.

Nous vivons à une époque de Yahoos, et les biographies comme le *Gogol* de M. Troyat en confirment le credo fondamental — que seules les activités ne nécessitant pas de réflexion doivent être récompensées et respectées.

The Sunday Telegraph, 30 mars 1975

1. H. Troyat, *op. cit.*, p. 135.

Commentaire sur un poème [Imre Nagy et la révolution hongroise de 1956]

J'ai connu un homme qui a été pendu. Ou plutôt, j'ai marché pendant quelque temps à ses côtés sur l'avenue Rákóczi à Budapest au printemps 1956. J'ai été parmi les premiers à reconnaître l'homme corpulent et à la moustache de fermier, flânant par une journée de soleil, et j'ai pu ainsi me tenir tout près de lui sur le trottoir ; ceux qui sont arrivés quelques minutes plus tard n'ont pu trouver de la place que sur la chaussée. Bientôt, tant de gens ont essayé de le suivre que la foule a rempli l'avenue entière. C'était un événement typiquement hongrois, la version budapestoise d'une parade sur Wall Street sous une pluie de serpentins : des acclamations silencieuses pour un homme en disgrâce.

Trois ans seulement s'étaient écoulés depuis qu'Imre Nagy avait été placé à la tête du gouvernement hongrois par les successeurs de Staline au Kremlin, qui s'inquiétaient de l'agitation qui régnait dans leurs colonies européennes au lendemain des émeutes de Berlin-Est. Auteur de la réforme agraire de 1945 et opposant déclaré à la collectivisation forcée, communiste affilié de longue date à Moscou, dont les mains n'étaient cependant pas tachées du sang qui avait coulé sous le règne de Staline, Nagy semblait un choix idéal pour adoucir les effets de la dictature. Quand il devint Premier ministre, cependant, il se révéla davantage un libéral qu'un communiste, davantage un patriote hongrois qu'un pantin à la solde des Russes. Il inventa cette politique de réformes et de résistance qui devait être imitée plus tard par Alexandre Dubcek pendant le « Printemps de Prague » : il introduisit la démocratie à la fois dans le système du parti unique et dans l'industrie étatisée ; il abolit le régime des normes dans les usines, autorisa les artisans à créer leurs propres ateliers et les paysans à quitter les fermes collectives et à récupérer leurs terres ; il libéra les prisonniers politiques, mit fin aux tribunaux de police, et supprima la plupart des formes de censure. En bref, il alla *trop loin*, et en avril 1955 il fut limogé et exclu du Parti, et perdit même son poste à l'université. La presse le vilipenda quotidiennement pour ses « menées antiparti et antipopulaires ». Je me rappelle avoir été surpris qu'il n'ait pas été jeté en prison.

Imre Nagy avait soixante ans à l'époque. Privé d'emploi, voué à une condition de paria, il n'avait rien qu'on pût lui envier, et pourtant, chacun, lors de ce rassemblement spontané sur l'avenue Rákóczi, paraissait le révérer. Il n'y eut aucun cri, aucun mouvement de foule, aucune bousculade, personne n'essaya de me pousser pour le voir de plus près ; un cercle magique d'espace vide resta vacant autour de lui, sur lequel personne n'empiéta. Le respect des passants se révéla plus fort que leur curiosité. Il y avait des centaines d'hommes et de femmes devant et derrière nous, et la plupart d'entre eux ne pouvaient pas l'avoir vu, et cependant, ils continuaient à marcher, heureux, à l'évidence, de savoir qu'Imre Nagy se trouvait quelque part au cœur de la foule.

Les Hongrois — et c'est la première chose à comprendre à leur sujet — aiment les perdants.

*

Avec le recul, la révolution hongroise de 1956 — coup de folie d'une petite nation entrée en rébellion contre la puissante Union soviétique — apparaît comme une énigme. En fait, ce coup de folie n'était pas une aberration momentanée ; il s'agit d'un trait de caractère national. Les Hongrois n'ont jamais été suffisamment impressionnés par un quelconque pouvoir impérial, ni par les risques d'une défaite. En la matière, ils pensent à l'échelle des siècles. Comme Lajos Kossuth, le meneur de la révolution de 1848 contre le puissant empire des Habsbourg, aimait le dire avec un soupçon d'arrogance assez caractéristique, les Hongrois ont une « personnalité historique ». Non seulement peuvent-ils se targuer d'un millier d'années d'histoire en tant que nation constituée, mais à peu près le même scénario s'est répété tout au long du millénaire, de telle sorte que même les plus faibles d'esprit peuvent s'en souvenir ; c'est une histoire faite de défaites et de patience.

À la bataille de Mohâcs en 1526, les Turcs anéantirent l'armée hongroise, et pendant les deux siècles qui suivirent, la Hongrie fut une province de l'Empire ottoman. Pendant cette période, près de la moitié de la population du pays succomba à la faim ou à la peste, ou fut déportée vers les marchés d'esclaves de l'Arabie. Mais l'Empire ottoman n'est plus, et la Hongrie existe toujours. Comme les autres enfants magyars, j'ai acquis de tels repères avant même d'aller à l'école. L'histoire de nos défaites et de notre survie est pour nous une sorte de religion, comme pour les juifs ; le respect que nous avons de nous-mêmes en dépend ; nos têtes sont remplies par les calamités qui ne nous ont pas détruits. « Nous avons déjà été punis/Pour nos péchés passés et futurs », proclame l'hymne national, exprimant cet apitoiement provocant sur notre sort, qui nous maintient en état de fièvre et de rébellion quel que soit le nombre de nos défaites. Nos heures de triomphe ont été trop brèves pour nous donner toute la fierté dont nous avons besoin, mais nous nous glorifions d'avoir survécu à l'invasion tatare (1241), l'occupation turque (1526-1699), l'occupation autrichienne (1711-1918), et l'occupation allemande (1944-1945). C'est la raison pour laquelle nous n'avons pour la plupart jamais cru que les Russes resteraient pour toujours — la question était seulement de savoir quand ils partiraient et comment.

Les nations puissantes ont tendance à penser que les victoires sont éternelles ; en sujets indisciplinés, faisant payer cher leur soumission, les Hongrois, eux, croient au déclin inéluctable de tout pouvoir.

L'un des « perdants » que nous apprenons à admirer dès notre plus tendre enfance — qui enflamme nos imaginations et dont l'exemple a façonné notre caractère national plus que toute autre chose — est le comte Miklós Zrinyi, qui a tenu tête aux Turcs dans son château de Szigetvár jusqu'à ce que le sultan Süleyman le Magnifique décide finalement en 1566 de le mater avec une armée d'une centaine de milliers d'hommes. Le comte Zrinyi et ses soldats résistèrent à cette immense armée pendant plusieurs semaines, et quand ils eurent épuisé leurs réserves de nourriture et de munitions, ils revêtirent leurs uniformes de parade, mirent des pièces d'or dans leurs poches à l'intention des soldats qui auraient assez de courage pour les achever, et, dans une dernière sortie, s'élancèrent dans une charge de cavalerie suicide. Ils parvinrent assez loin à l'intérieur du camp ennemi avant d'être abattus, et Süleyman le

Magnifique, stupéfait par cet assaut inopiné, et souffrant déjà depuis si longtemps de la frustration et de la rage d'être arrêté au pied de cette « fourmilière », tomba raide mort d'une crise cardiaque pendant les combats qui se déroulèrent autour de sa tente. La lutte pour le pouvoir entre les potentats turcs qui s'ensuivit donna aux Hongrois plusieurs années de répit.

Par ailleurs, non seulement le comte Zrinyi réussit à remporter un succès spectaculaire dans sa défaite, mais son arrière-petit-fils écrivit un poème épique et vaillant à son sujet, de telle sorte que depuis lors le vieil homme a conduit sa charge de cavalerie dans les imaginations de chaque génération de Hongrois, les incitant à combattre quelle que soit la supériorité de l'ennemi, son exemple démontrant que le petit nombre peut porter des coups fatals au plus grand nombre. Le comte Zrinyi fut une figure très présente pendant la révolution de 1956.

J'écris ceci avec le plus grand sérieux. On entend trop souvent dire, notamment dans la bouche des hommes politiques et des chroniqueurs politiques, que les gens agissent sous l'inspiration du moment, mus exclusivement par des déclarations et des événements récents. On prétend, par exemple, que les Hongrois ont persisté dans leur soulèvement voué à l'échec parce que Radio Free Europe et la Voix de l'Amérique les auraient encouragés à combattre, entretenant l'espoir d'une intervention occidentale. En ce qui me concerne — et je pense que mon cas est assez représentatif — les émissions de radio ont très peu pesé sur mes actes et mes décisions. J'ai fait partie du groupe de jeunes écrivains à l'origine de la démolition de la statue de Staline le 23 octobre 1956, j'ai travaillé pour le premier journal de la révolution, *Vérité*, et après la deuxième occupation de Budapest par les Russes le 4 novembre j'ai combattu pendant une semaine avant de fuir à l'Ouest. Pendant cette période, je n'ai pas eu beaucoup le temps d'écouter la radio. Par contre, j'ai pensé très souvent à des hommes tels que le comte Zrinyi, qui m'ont poussé à la rébellion et m'ont empêché de prendre la fuite quand j'avais peur. J'ai été davantage influencé par les actes et les paroles de personnages morts que par aucun homme vivant.

*

Je doute qu'il y ait eu un seul combattant de la révolution de 1956 qui n'ait pas entendu les cloches de Hunyadi résonner à ses oreilles.

János Hunyadi était un condottiere du quinzième siècle qui commença sa carrière comme page et loua ses services dans l'Europe entière avant de devenir le plus riche baron de Hongrie, ainsi que le général d'une armée bien entraînée et payée qui vainquit les Turcs à plusieurs reprises. En 1546, il anéantit les forces turques dans une ville du sud du royaume, Nándor-fehérvár (aujourd'hui Belgrade), retardant par là même l'invasion de la Hongrie par les Turcs de soixante-dix ans et sauvant l'Autriche et l'Italie d'une conquête certaine par les armées de l'Islam. Pour célébrer la grande victoire de János Hunyadi sur les musulmans, le pape Calixte III ordonna que l'on fît sonner les cloches à midi ; et c'est pourquoi les cloches sonnent encore aujourd'hui à cette heure de la journée dans chaque église catholique de la chrétienté.

La véritable victoire de Hunyadi, bien sûr, ne fut pas remportée sur les Turcs, mais sur le temps — en faisant sonner les cloches encore aujourd'hui, et en nous préservant encore aujourd'hui du désespoir. La dictature vous rappelle en permanence que vos sentiments, vos pensées et vos désirs ne comptent pour rien, que vous n'êtes vous-mêmes rien, et que vous devez vivre comme vous le disent d'autres personnes qui désirent et pensent pour vous. Une dictature étrangère comme l'occupation de la Hongrie par la Russie vous plonge à double titre dans le désespoir : ni vous ni votre pays n'ont aucune importance. Maintenant, imaginez des gens devant vivre comme des moins-que-rien, et sachant cependant que l'un d'eux était si loin d'être un moins-que-rien que ses actes sont honorés chaque jour dans le monde entier. Non seulement Hunyadi nous apprend à ne jamais perdre courage, mais il nous montre également, à travers notre expérience personnelle, l'immense portée des actions historiques : que nous vainquions ou que nous soyons vaincus, il est possible, par nos actes, de préserver nos descendants du désespoir.

Les Hunyadi furent les initiateurs de l'âge d'or de la Hongrie, qui flamboie encore dans nos esprits. Le fils de János Hunyadi, Mátyás, devint l'un des grands souverains de la Renaissance : Mathias Corvin, roi de Hongrie de 1458 à 1490, patron des arts et des humanités, protecteur du peuple, premier roi à avoir contraint les nobles à payer des impôts et à avoir amélioré le sort des paysans, et héros de poèmes et de chants populaires mélodieux, qui prit l'habitude de parcourir son pays vêtu en paysan, afin que les puissants ne soient jamais sûrs que le pauvre homme qu'ils s'apprêtaient à maltraiter n'était pas le roi en personne. Mátyás estimait que chaque Hongrois était à sa manière un roi.

Le Hongrois le plus souvent représenté sur un trône est György Dózsa, couronné en 1514 sur un trône de fer chauffé à blanc avec une couronne de fer chauffée à blanc — un « roi des paysans » rôti vivant par les aristocrates, qui ne lui pardonnaient pas d'avoir encouragé une révolte visant à défendre les droits accordés à la paysannerie par les Hunyadi.

L'histoire de la Hongrie est riche en crimes inspirés par la cupidité et l'amour de la propriété ; cependant, quand il s'agissait de combattre une domination étrangère, des héros se dressaient pour apprendre aux Magyars à risquer non seulement leurs vies, mais également leurs biens. Le premier d'entre eux fut Ferenc

Rákóczi II, héritier de domaines qui couvraient environ un cinquième de la superficie de la Hongrie, et l'un des plus riches aristocrates européens de l'époque. Le prince Rákóczi risqua tout pour mener une guerre de libération prolongée contre l'Autriche (1703-1711), Il décida finalement de renoncer à toutes ses terres et de vivre en exil plutôt que de se soumettre aux Habsbourg.

« Dieu peut faire de moi ce qu'il veut », déclarait en 1848 Lajos Kossuth, prenant exemple sur Rákóczi. « Dieu peut me faire souffrir, il peut me faire boire la ciguë ou m'envoyer en exil. Mais il y a une chose que Dieu ne peut pas faire. Il ne peut pas faire de moi un sujet autrichien. »

De même que nous nous identifions aux héros de notre passé, nous identifions nos oppresseurs aux oppresseurs de nos ancêtres. Siècle après siècle, ce sont toujours les mêmes — des étrangers tentant de nous mettre sous leur joug. Ainsi les Hongrois haïrent les Habsbourg et leur résistèrent, non seulement pour eux-mêmes, mais à cause des Tatars et des Turcs, comme ils détestent aujourd'hui les Russes à cause des Tatars, des Turcs, des Autrichiens et des Allemands.

*

En 1955, à la fin de son premier mandat de Premier ministre, Imre Nagy fit une chose qu'aucun des leaders du régime colonial soviétique n'avait jamais faite : alors que la ligne du Parti changeait à Moscou, il ne changea pas. Il s'abstint d'accomplir le rituel obligatoire de l'autocritique et refusa de renier sa politique de libéralisation, et de cautionner la nouvelle politique de mesures encore plus répressives. Pour avoir refusé de renoncer à sa politique « antipopulaire », il fut traîné dans la boue par la presse, qui fit ainsi connaître au peuple hongrois son intégrité. C'est de cette manière, en effet, que nous apprîmes qu'une fois de plus un leader hongrois se levait pour faire savoir que la nation magyare en avait assez de la domination étrangère.

Les intérêts matériels de Nagy, ainsi que ses antécédents idéologiques — sa foi dans le leadership russe du communisme, dans le communisme lui-même —, auraient dû le rendre conforme aux attentes de ses maîtres. Il avait agi de la sorte dans le passé, il avait battu sa coulpe à deux reprises, quand la ligne du Parti lui demandait de s'opposer au nationalisme et de prôner la collectivisation ; la seule chose qu'il avait à faire était de s'incliner une troisième fois. Il aurait pu laisser Moscou se servir de sa popularité pour porter un coup d'arrêt au mouvement et revenir en arrière, et il aurait pu rester au sommet de l'État ; tout ce qu'on voulait de lui c'était des *mots*. Mais rien n'y fit : il préféra perdre sa position de privilégié et risquer sa vie plutôt que de condamner ses réformes et l'aspiration de son peuple à la liberté. Rendu public par les attaques de la presse, son silence révéla au grand jour l'humeur secrète de la nation : nous en avions assez des revers, des espoirs toujours différés d'une vie meilleure et plus libre ; son silence exprimait ce que nous éprouvions mais ne pouvions dire.

La plupart des Hongrois, bien que brûlant de ressentiment et de haine, prétendaient aimer les Russes et feignaient d'être contents, quoi qu'il advînt ; nous nous comportions comme on nous demandait de nous comporter. Mais le silence de Nagy était un défi à l'idée que nous nous faisions de nous-mêmes en tant que nation héroïque, c'était un signal, un rappel de notre gloire passée — la gloire de Dózsa assis silencieusement sur son trône de fer chauffé à blanc. Nagy fut vaincu, mais il ne plia pas. Il fit à nouveau penser les Hongrois à l'échelle des siècles.

Je crois avoir assisté au moment où Nagy comprit ce que son mutisme provocant signifiait pour la fierté de ses compatriotes, et il en eut la révélation pendant ce rassemblement spontané sur l'avenue Rákóczi sous un soleil de printemps. D'abord, il parut surpris et embarrassé par la foule. Il accéléra son allure, puis ralentit, tout en gardant les yeux baissés sur le trottoir, feignant de penser que nous étions tous des passants solitaires vaquant à leurs occupations. Prendre part à une manifestation non autorisée — sans même parler de l'inspirer — est un grave crime contre l'État dans une république populaire. Mais la démonstration d'admiration silencieuse finit par le toucher et il s'arrêta devant la vitrine d'une boutique comme s'il voulait regarder les articles qui y étaient exposés. La vitre reflétait de nombreux visages — les nôtres, en train de le regarder. Je ne me trouvais qu'à quelques mètres de lui et je pouvais voir le vieil homme rougir comme une jeune fille. Il ôta son pince-nez et le nettoya, puis le remit en place. Nous étions toujours là sur la vitre. J'imaginai qu'il devait se voir dans nos cœurs.

Finalement, il fut pendu pour la même raison que lorsqu'il était tombé en disgrâce après son premier mandat de Premier ministre — pour son silence éloquent.

*

Imre Nagy est l'un de ces rares personnages historiques qui rendent l'étude et l'interprétation d'événements complexes relativement simples : son caractère et sa destinée expliquent un moment de l'histoire sans avoir besoin de nombreux détails. Pendant ce moment, il fut un témoin sans compromission, qui agit délibérément contre ses propres intérêts, abandonnant le camp des forts pour se ranger aux côtés des faibles.

Comme la première fois, les Russes le nommèrent Premier ministre de Hongrie le 24 octobre 1956 au matin, le deuxième jour de la révolution. Il n'était pas le Premier ministre de la révolution, mais la réponse du Kremlin à cette dernière, confirmée par Mikoïan et Souslov, les envoyés personnels de Khrouchtchev à Budapest. Comme les rebelles exigeaient que Nagy soit placé à la tête du gouvernement, les Russes espéraient amadouer les insurgés avec cette nomination, qu'appuieraient leurs tirs d'artillerie. Pendant que les citoyens affrontaient les chars soviétiques dans les rues de Budapest, Nagy essayait de les calmer en annonçant à la radio son programme de réformes. Il était par nature réformiste plus que révolutionnaire, mais il rejeta toutes les exigences (telles que celle de la réintroduction du pluralisme des partis ou celle, encore plus forte, de l'indépendance nationale) qui allaient au-delà des principes du communisme libéral. Il éprouvait un grand respect pour le pouvoir soviétique. Il était protégé par les chars soviétiques. Qu'il s'agît d'un reste de sa formation moscovite ou d'une simple considération tactique, il estimait — comme le firent plus tard ses détracteurs — que ce que les Hongrois pouvaient espérer de mieux, c'était une vie plus libre et plus indépendante à l'intérieur de l'Empire soviétique, et qu'exiger davantage ne pouvait que provoquer des représailles massives et la perte de toutes les avancées possibles.

Cependant, les appels de Nagy en faveur d'une réflexion sereine et de la restauration de l'ordre, et ses annonces de diverses réformes furent sans effets. Il y avait eu trop de morts dans les premiers jours des combats pour que quiconque puisse se satisfaire de concessions susceptibles d'être retirées à tout moment tant que les soldats russes resteraient en Hongrie. Les gens ne risquent pas leur vie pour des demi-mesures. Les insurgés ne se souciaient que d'une seule chose : chasser les Russes. La haine pour les Russes devenait plus manifeste d'heure en heure. Et cette haine avait à voir non seulement avec le communisme et une domination étrangère, mais également avec l'alphabet cyrillique, les mœurs des Slaves, les vestiges d'orthodoxie russe et les effluves de vodka. Si la Hongrie avait été une colonie française, il ne fait aucun doute que les Hongrois auraient tout autant haï les Français, mais ils auraient eu une culture semblable, et des attitudes semblables devant la vie. Mais les Hongrois n'ont rien en commun avec les Russes ; tout ce qui se rapporte à eux nous est totalement étranger et incompréhensible.

Au bout de deux ou trois jours, ni Imre Nagy ni personne d'autre ne se faisaient plus d'illusions sur la possibilité d'instaurer une sorte de démocratie socialiste en Hongrie sous la coupe des Russes — pas nécessairement à cause des Russes, mais à cause des Hongrois. Il était évident que si les Russes restaient, ils ne resteraient que par la force des armes, et devraient écraser le peuple, dont le plus profond désir était de se débarrasser d'eux. Il ne pouvait pas y avoir de mariage d'amour — seulement un viol.

Un jour, pendant l'insurrection, le groupe d'étudiants dont je faisais partie arrêta un orateur politique qui haranguait la foule au coin d'une rue et exigeait que les troupes soviétiques se retirent de Hongrie en arborant le drapeau blanc de la capitulation sur chaque char et chaque camion. Nous ne voulions pas que des exigences aussi impossibles trouvent un écho dans la population ; nous n'aurions été que trop heureux de nous agenouiller sur les bas-côtés des routes et d'agiter des drapeaux rouges pour saluer les Russes, pourvu qu'ils partent.

De fait, à la fin du mois d'octobre, il apparut que les Russes eux-mêmes voulaient quitter le pays où ils étaient tant haïs. J'ai entendu dire dans les couloirs du Parlement, alors que Mikoïan se trouvait encore dans le bâtiment, qu'il avait déclaré à Nagy que les dirigeants soviétiques ne pouvaient pas se permettre de passer tout ce *temps* à essayer de régler les problèmes de la Hongrie. Mikoïan et Souslov acceptèrent même que Nagy rétablisse le système multipartis. Et le 30 octobre, le gouvernement soviétique annonça son intention de négocier le retrait de tous les soldats soviétiques de Hongrie.

Le même jour, cependant, les Anglais et les Français lancèrent leur ultimatum à l'Égypte à propos du contrôle du canal de Suez. Quelques heures plus tard, on apprenait que de nouvelles troupes soviétiques envahissaient le nord-est de la Hongrie. En une volte-face spectaculaire, Moscou, semble-t-il, avait décidé d'écraser la révolution. C'est après cela, le 1er novembre, alors qu'il faisait face à une invasion massive, à la défaite de l'armée hongroise, à l'exécution de milliers d'insurgés et à la soumission de toute la population, que Nagy accepta finalement de se faire l'écho de la volonté d'indépendance de la nation, et annonça le retrait de la Hongrie du pacte de Varsovie, en demandant aux Nations unies de garantir la neutralité du pays. Ce n'est que dans les derniers jours en effet qu'il décida de faire de son gouvernement le gouvernement de la révolution, le gouvernement de l'indépendance nationale — maintenant qu'il était évident que sa prudence et sa volonté de ménager Moscou n'empêcheraient pas la subjugation totale du pays, et après que le coup de force franco-britannique à Suez eut réduit à néant toute possibilité d'une intervention occidentale au secours de la Hongrie.

Nagy fut universellement condamné pour ce « coup de folie », même par les commentateurs étrangers les mieux disposés, sur le motif que son attitude ne laissait pas d'autre choix aux Russes que de riposter avec toute la force de leurs moyens. Mais leurs chars fonçaient déjà vers l'ouest, pour cerner Budapest et fermer la frontière avec l'Autriche. Pourquoi, dans ces conditions, *ne pas* proclamer l'indépendance ?

Les chars n'ont pas avancé plus vite à cause de cette proclamation. Nagy a peut-être espéré plutôt que son coup d'audace, exprimant le désir d'indépendance de toutes les colonies, inciterait les Russes à marquer une pause et à envisager d'éventuelles répercussions en Pologne, en Tchécoslovaquie, voire en Ukraine. En tout cas, il n'y avait rien à gagner à se montrer lâche avant d'être frappé. Les Polonais, qui s'étaient arrêtés avant de se soulever et de déclarer leur indépendance quelque temps auparavant en 1956, n'ont pas été récompensés pour leur pragmatisme, et ne sont pas plus libres aujourd'hui [1976] que les Hongrois.

Quelles que fussent les circonstances et les considérations du moment, il me semble qu'en fin de compte Imre Nagy décida de s'identifier avec l'aspiration de son pays à l'indépendance, pour la simple raison que le poids de l'histoire est plus fort que la classe ou l'idéologie. Du point de vue de l'histoire, même quelques jours d'indépendance revêtent une très grande signification, en créant un précédent pour l'avenir.

Dans l'immédiat, tout était perdu.

Vers quatre heures du matin, le 4 novembre, des unités de l'armée soviétique lancèrent des attaques simultanées contre Budapest et les principales villes de la Hongrie. L'armée hongroise et la garde nationale formée de toute urgence ne disposaient pas de la puissance de feu qui leur aurait permis de résister aux divisions blindées, mais les combats maison par maison continuèrent pendant environ dix jours. Je me suis enrôlé dans la garde nationale pour combattre avec un groupe d'ouvriers dont le bastion était l'usine tentaculaire voisine de la place Szena, l'une des principales voies d'accès à la capitale. Nous ne pouvions pas arrêter les chars, mais nous combattîmes l'infanterie avec nos fusils et nos mitraillettes russes. Nos provisions se limitaient à des boîtes de fromage de 2,5 kg *made in USA* — le seul indice de soutien occidental que j'aie pu constater pendant la révolution, en dehors d'une caisse d'oranges. Je n'oublierai jamais une certaine boîte de fromage. Je venais de l'ouvrir quand une nouvelle vague de chars apparut et essaya de nous déloger à coups de canon du tas de décombres que nous utilisions comme barricade. Pour me cacher, je me suis baissé, à côté de la boîte. Quand les chars sont passés et que j'ai regardé à nouveau autour de moi, la boîte avait été fendue avec son contenu par un gros éclat d'obus. Comme la plupart des groupes armés, nous avons tenu bon pendant une semaine ; à ce stade, le pays était redevenu une colonie et il nous a fallu songer à nouveau à ce que nous devions faire.

Le nouveau Premier ministre nommé par les Russes était János Kádár, victime d'un simulacre de procès à l'époque de Staline, mais qui avait été libéré de prison en 1954 par Imre Nagy. En tant que membre du gouvernement de Nagy, Kádár se faisait encore fort, quelques jours plus tôt, de combattre les chars russes avec ses « mains nues » s'ils tentaient d'entrer à nouveau dans Budapest. C'était un renégat de la pire espèce, et il avait grandement besoin que Nagy tourne lui aussi casaque pour justifier son propre revirement. Selon les archives de l'ambassade de Yougoslavie, où Nagy avait trouvé refuge avec sa famille et son équipe après que les troupes russes eurent réoccupé le pays, Kádár exhorta les diplomates yougoslaves à convaincre Nagy de confesser ses « fautes » politiques, les assurant que s'il faisait son autocritique, il pourrait non seulement rentrer libre chez lui, mais qu'il serait plus qu'encouragé à réintégrer la vie politique.

La proposition était d'autant plus alléchante qu'en Yougoslavie Tito — qui avait initialement invité Nagy à se réfugier dans son ambassade — commençait à faire des déclarations contre Nagy. Tito, semble-t-il, n'avait accueilli Nagy que pour s'en servir de monnaie d'échange politique dans ses tractations avec les Russes. Ce politicien retors, qui s'en est très bien sorti en faisant pencher sa neutralité tantôt du côté de l'Union soviétique, tantôt du côté des États-Unis, faisait de la même manière souffler alternativement le chaud et le froid dans ses relations avec le leader hongrois. S'il avait trouvé refuge dans l'ambassade de n'importe quel pays véritablement neutre, Nagy serait peut-être encore en vie aujourd'hui. Dans les faits, il se trouva bientôt dans la position d'hôte non désiré chez les Yougoslaves et dut prendre pour argent comptant — comme Tito feignait de le faire lui-même — les assurances écrites de Kádár au gouvernement yougoslave selon lesquelles Nagy et ses compagnons ne seraient pas arrêtés, et qu'il ne leur serait fait aucun mal s'ils quittaient l'ambassade.

Ils furent arrêtés quelques minutes après être sortis du bâtiment, et Kádár annonça sur Radio-Budapest le 25 novembre qu'ils avaient été placés sous la protection de la police parce que le gouvernement « a de bonnes raisons de penser que les éléments contre-révolutionnaires qui se cachent dans le pays pourraient recourir à des provocations en assassinant Imre Nagy ou l'un de ses collaborateurs, puis faire croire à la population que le gouvernement hongrois était responsable de ce meurtre ».

Trahis plusieurs fois et emprisonnés, Nagy et ses amis pouvaient encore faire le choix de la liberté et des gratifications du pouvoir en contrepartie d'une dénonciation de la révolution. Ceux de ses « collaborateurs » qui acceptèrent ce marché furent effectivement relâchés et reçurent de hautes responsabilités au gouvernement. Les Quislings, même s'ils avaient dû se faire prier et s'étaient décidés un peu tard, furent pardonnés et réintégrés dans le système. Staline était mort, et les hommes de pouvoir n'étaient plus tenus d'être des fanatiques purs et durs : il suffisait d'être opportuniste. Nagy, le général Pál Maléter et plusieurs autres membres de l'ancien gouvernement refusèrent de céder. Malgré tout, Kâdâr continua à parler du « camarade Nagy », qui s'était « fourvoyé » et « n'avait pas su prendre conscience des dangers du fascisme », mais qui serait accueilli à bras ouverts s'il rentrait au bercail. Selon le mensonge soviétique officiel, la révolution hongroise avait été fomentée par les impérialistes occidentaux. Si Nagy déclarait publiquement qu'il s'était rendu compte — bien que tardivement — de ce mensonge éhonté, comme le fit Kádár, la Hongrie pourrait être une colonie plus facilement et plus sûrement dirigée. Car si Imre Nagy cédait, qui résisterait et au nom de quoi ? Imre Nagy aurait pu contribuer à ce que la nation tout entière perde courage pour au moins une génération, et c'est pourquoi les Russes avaient bien compris qu'il fallait le travailler au corps le plus longtemps possible.

Pendant ses deux années de détention, Nagy se vit offrir à plusieurs reprises la vie sauve en échange d'une condamnation de la révolution. À nouveau, tout ce qu'on voulait de lui était des *paroles*. Même pendant le procès secret de 1958, Kádár fit savoir aux juges que ceux qui se repentaient de leurs activités contre-révolutionnaires devaient échapper à la condamnation à mort. Ce message fut dûment communiqué aux accusés — nous le savons par ceux qui ont saisi cette dernière chance de vivre et sont aujourd'hui libres. Mais Imre Nagy, le général Maléter, Miklós Gimes, un journaliste, et József Szilágyi, le secrétaire de Nagy, refusèrent de condamner le peuple et ce pour quoi ils avaient combattu, même pour avoir la vie sauve. C'est cela qui fait d'eux — et Nagy plus que les autres, en raison de sa stature politique — non seulement des victimes, mais des héros tragiques : ils pouvaient choisir entre plusieurs destins. Les Russes pouvaient battre Nagy, ils pouvaient le menacer, mais ils ne pouvaient pas le faire renoncer à la liberté du *Magyarország* — du « pays hongrois ». Il préférait être pendu.

*

À l'Est comme à l'Ouest, nous vivons dans une civilisation de l'instant ; il est communément admis que le passé est révolu, qu'on en a fini avec lui, et les puissants de ce monde, en particulier, partagent cette illusion selon laquelle les êtres humains n'ont pas de mémoire. J'irai même jusqu'à dire que le trait distinctif des hommes de pouvoir est la certitude psychotique que les gens oublient les actes d'infamie aussi vite que les dates des anniversaires de leurs parents. Mais une infamie est une infamie parce qu'elle porte atteinte au respect que nous avons de nous-mêmes : elle est une offense à nos sentiments et une insulte à notre intelligence — et il est rare qu'on oublie une insulte.

Il est évident que les dirigeants soviétiques espéraient que les Hongrois oublieraient le meurtre de l'homme qui avait pris leur défense de la manière la plus dramatique et la plus spectaculaire de ce siècle. Et cependant il n'aurait pas été possible de le trahir et de l'assassiner d'une manière plus mémorable qu'ils ne le firent quand ils lui offrirent un sauf-conduit pour le faire sortir de l'ambassade de Yougoslavie, le kidnappèrent sous le prétexte qu'ils voulaient le protéger, et, *ensuite*, le tuèrent.

À une date et en un lieu inconnus, lors d'un procès secret conduit par des juges et des procureurs anonymes, Nagy et trois de ses compagnons furent condamnés à mort. Le monde entendit parler du procès, du verdict, et des exécutions par une brève annonce, le 17 juin 1958. Aucun corps ne fut rendu aux familles ; aucune tombe, aujourd'hui, ne peut être fleurie.

Existe-t-il un pays susceptible de pardonner de tels crimes contre ses dirigeants ? En fait, les Hongrois ont dans ce domaine une mémoire plus aiguisée que la plupart des autres pays, à cause de leur poésie.

La poésie est aux Hongrois ce que l'opéra est aux Italiens, et bien davantage : elle touche chacun au plus profond de lui-même, et est appréciée de tous. Il y a, pour commencer, la langue.

Le hongrois est une langue d'une concision quasi unique. Par exemple, il n'y a pas de verbes auxiliaires en hongrois ; les verbes sont conjugués comme en latin, au moyen d'accrétions et d'altérations du radical ; en outre, les pronoms d'objet adhèrent au verbe au lieu de le suivre comme des mots séparés. « *I could have fallen in love with you* (J'aurais pu tomber amoureux de toi) », qui prend huit mots en anglais, n'en demande que deux en hongrois. Il n'y a pas non plus de prépositions ou de possessifs ; ces derniers sont remplacés par des suffixes qui adhèrent au nom lui-même, altérant la prononciation du nom et des adjectifs qui lui sont attachés. Ainsi chaque mot revêt de nombreuses formes différentes, chaque inflexion, chaque syllabe ayant sa propre signification et sa propre résonance, et offrant des possibilités quasi infinies en matière de rythme et d'assonance. Comme en latin, les noms ont cinq cas, et cette difficulté apparente constitue en fait le plus grand avantage imaginable. En anglais, nous connaissons le complément d'objet d'une phrase du fait qu'il vient toujours après le verbe ; en hongrois, comme il apparaît à l'accusatif, le mot peut être placé avant ou après le verbe — au début, au milieu, ou à la fin de la phrase. L'ordre des mots répond à des considérations d'ordre non grammatical, mais dramatique, mettant l'accentuation sur telle ou telle partie de la phrase, ménageant suspense et surprise, et offrant à lui seul une dimension sémantique supplémentaire.

Par ailleurs, les circonstances en Hongrie sont aussi favorables au développement de la poésie qu'elles sont défavorables de tous les autres points de vue. Comme la Hongrie a été dominée pendant la plus grande partie de son histoire par des gens venus au pouvoir par la perfidie et le massacre, et, très souvent, pour le compte d'une puissance étrangère haïe, l'autorité officielle n'est dans ce pays rien de plus qu'une autorité policière et les Hongrois voient dans leurs poètes leurs maîtres.

Pour les Magyars, la poésie est leur planche de survie ; c'est ce qu'ils possèdent au lieu de l'autodétermination, des élections libres, d'une presse libre, de la liberté de parole auxquelles ils aspirent. Dans la poésie se cachent toutes les libertés.

Au sommet de son inspiration, la poésie hongroise a la férocité ombrageuse d'une bête enfermée dans sa cage, ainsi qu'un manque total d'autocomplaisance, car les poètes savent que la meilleure partie de la nation est suspendue à leurs mots, de même que les Anglais étaient suspendus à ceux de Churchill dans leur heure de danger — une heure permanente en Hongrie.

Une bonne partie de la poésie hongroise traite de thèmes historiques — mais elle *est* elle-même une partie de l'histoire hongroise. Les deux révolutions de 1848 et 1956 ont été inspirées par des poèmes. (En 1848, ce fut *Debout, Magyar, c'est maintenant ou jamais !* de Sándor Petöfi, et, en 1956, *Une phrase sur la tyrannie* de Gyula Illyés.)

Ces poèmes ont le pouvoir de soulever le couvercle du subconscient : jadis, ils incitaient les gens à combattre, aujourd'hui, ils les incitent à se souvenir. Entre deux révolutions, c'est la poésie qui maintient le peuple en contact avec son passé.

Et avec le reste de la civilisation. George Faludy est devenu un poète connu quand il avait un peu plus de vingt ans avec ses traductions des *Ballades en jargon* et du *Grand Testament* de Villon, qui n'ont jamais cessé d'être diffusées depuis leur première publication en 1937. Quand il fut interdit par les nazis (il était socialiste et juif) et plus tard par les communistes, les gens se passèrent sous le manteau des exemplaires ronéotypés. Ces textes figurent parmi les poésies préférées des Hongrois ; il serait difficile de trouver un Hongrois un peu instruit qui ne connaisse pas par cœur au moins quelques vers du Villon de Faludy. Dans mon lycée, nous avions un vieil exemplaire que nous avons lu jusqu'à le réduire en lambeaux. J'étais encore étudiant quand je l'ai rencontré pour la première fois. Je suis allé chez lui à l'improviste, pour lui demander de lire quelques-uns de mes poèmes et de me dire ce qu'il en pensait. Il venait de terminer son *Ode à Staline pour son soixante-dixième anniversaire* — un événement qui fut célébré à l'époque comme s'il s'agissait de la seconde venue du Christ. Il y dit notamment :

Je rêve que je suis invisible et je cours
— Je monte à bord d'un navire, un train express —
Je te surprends dans l'obscurité de ta chambre
et te mords à la gorge.

Il y en a des millions comme cela. Je ne veux rien
D'autre de la vie que ta mort. Ô toi fléau de la terre
Qui a bâti ta Byzance avec du sang séché,
Toi Constantin le Grand.

Et cela se passait sous la terreur stalinienne ; à Moscou, Khrouchtchev dansait encore à quatre pattes autour de la table de Staline pour distraire le Père de l'Humanité Progressiste. Faludy ignorait tout de moi ; j'aurais pu être un espion de la police. Mais il était si fier de son poème qu'il ne pouvait le garder pour lui. Je ne me suis pas encore remis de la stupéfaction que j'ai éprouvée en entendant Faludy le lire ; je me sentais très courageux rien que de l'entendre.

Son commentaire sur mes poèmes était que si je voulais être publié, je devais trouver les points où mes sentiments, la vérité et la ligne du Parti coïncideraient. Il me dessina même une carte de l'esthétique de survie : il prit un stylo et dessina une ligne sinueuse, ondoyante, sur un bout de papier, traça une ligne droite à travers elle, puis entoura d'un cercle les points d'intersection.

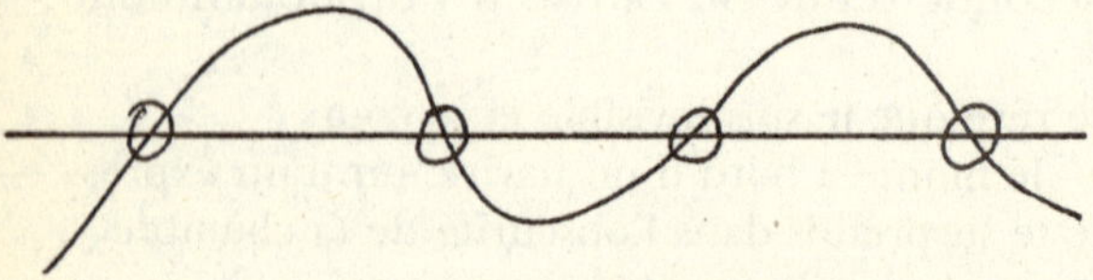

la vérité et la ligne du Parti

Faludy parut assez satisfait de son œuvre, mais il échoua singulièrement à trouver ces points dans la vie réelle, et il fut finalement arrêté. Après plusieurs passages à tabac et une parodie de procès pendant lequel il avoua avoir été recruté afin de travailler pour les services d'espionnage américains par le capitaine Edgar Allan Poe et le colonel Walt Whitman, il fut condamné à quinze ans d'emprisonnement et envoyé à Recsk, dans le goulag hongrois. Même en prison et au camp il continua à écrire des poèmes dans sa tête, qui furent préservés pour la postérité par ses nombreux admirateurs parmi les prisonniers politiques, dont chacun mémorisa un ou deux, voire davantage, d'entre eux. Son autobiographie, *My Happy Days in Hell (Les Beaux Jours de l'enfer*, Didier « Reflets », 1965), est un étonnant récit d'aventure ; il s'achève sur la fuite des gardiens sadiques du camp de travail et le départ à pied des prisonniers vers la liberté, libérés par Imre Nagy quand il devint pour la première fois Premier ministre en 1953.

Voici une traduction approximative en prose du poème de George Faludy, *L'Exécution d'Imre Nagy :*

Il dressa son bilan à l'aube,
marchant sous la voûte de sa cellule ;
tout était en ordre,
seul son pince-nez manquait.
Une autre minute s'était écoulée. Sa conscience
[était claire, et
dans moins d'une heure, ses jambes trapues
Rattraperaient Lajos Kossuth, Rákóczi, Dózsa.

Qu'est-ce qui le rendait si calme ?
Était-ce l'apathie, le courage, la force de caractère ?

Ou savait-il qu'à mi-chemin du but
il avait résolu l'énigme du siècle.
Et qu'est-ce qui le rendait grand et beau ?
Sa foi ? Ses intentions ? Son honnêteté ?
La fin ? La force des circonstances ? Je ne sais pas.

Maléter toussait
dans la cellule voisine. Soudain, un vent froid
toucha son front. Devait-il demander
du papier et de l'encre ? Pour quoi faire ?
Pour quoi faire, pensa-t-il. Les papiers sont emportés
comme les feuilles dans une tempête,
et parmi eux marche sereinement, avec des pas mesurés,
un homme râblé aux cheveux gris : l'action.

La fin. Il pressentait que ce serait dur
mais désormais cela n'avait plus d'importance
— la porte s'ouvrit : jurant,
les tortionnaires se jetèrent sur lui avec des barres de fer,
lui broyèrent les épaules
et lui cassèrent les bras
puis ils placèrent une lanière de cuir
sous son menton et l'attachèrent autour de sa tête
afin qu'en se tenant sous la potence
il ne soit pas capable de dire *Magyarország*,
et ils le firent avancer à coups de pied dans le couloir
et il trébucha, à moitié aveugle
sans son pince-nez, puis avec pitié
il balaya du regard la cour
mais il ne parvint pas à distinguer le visage effrayé
du bourreau, ni Kádár
qui se tenait là, se faisant tout petit, saoul,
encadré par deux officiers russes.

Puis il y eut seulement la chaux molle
qui se répandit sur lui comme une toge
ondoyante. Bientôt elle commença à couler,
prit sa forme,
s'attacha à lui et se pétrifia.
Elle fit fondre sa peau, sa chair, son visage,
mais elle préserva chaque poil de la boucle amie
de sa moustache, telle la nation.

Depuis lors, les jours sont de maigres,
souffreteuses couturières
et les nuits sont des putains suantes
bien que parfois, quand je suis à moitié endormi
une lueur tombe dans mon œil —
cela pourrait être un éclair lointain
ou le faisceau baladeur d'un projecteur
ou les lampadaires de la rue d'à côté,
mais cela pourrait être son pince-nez.

George Faludy vit aujourd'hui à Toronto, mais son poème — chant magique protégeant le peuple du lavage de cerveau — est là-bas en Hongrie, diffusé sous le manteau par le bouche à oreille.

Horizon, octobre 1976

*

Post-scriptum

Après l'écrasement de la révolution, Faludy et moi-même avons fini à Toronto. En 1986, il contracta un cancer du système lymphatique, et les médecins ne lui donnèrent plus que six mois à vivre. Puis le communisme s'effondra et le grand vieil homme effectua un retour triomphal dans son pays natal, où il fit l'objet d'une adulation que seuls connaissent les chanteurs de rock et les stars de cinéma dans le reste du monde. Le fait de voir son pays libre, de voir ses œuvres en vente libre et aimées, contribua sans aucun doute à ce miracle médical : son cancer disparut. La Hongrie a récemment célébré son quatre-vingt-dixième anniversaire. Ses recueils de poésies sont constamment réédités et augmentés ; j'ai entendu dire qu'un nouveau volume de poèmes est sous presse. Le deuxième volume de son autobiographie vient d'être publié à Budapest. Son Villon est plus populaire que jamais, et sa brillante traduction de Rabelais, mise au pilon par le régime communiste, va être republiée cette année. Mais alors que Faludy est le poète le plus honoré et le plus lu de la Hongrie d'aujourd'hui, la poésie elle-même devient moins centrale dans la vie des gens. La bonne littérature est moins importante qu'elle ne l'était pendant les années d'oppression. Les librairies sont remplacées par les clubs vidéo.

Après l'effondrement du communisme mes ouvrages purent eux aussi paraître en Hongrie et un magazine littéraire publia une traduction de mon compte rendu de *Lucien Leuwen.* Le rédacteur en chef, Domokos Varga, me confia qu'à son avis aussi bien Stendhal que moi-même étions absurdement pessimistes et cyniques à propos de la démocratie parlementaire occidentale.

« Vous autres là-bas vous êtes des enfants gâtés ! » dit-il. Je dus reconnaître que pendant toutes les années que j'avais passées au Canada et en Grande-Bretagne, je n'avais jamais craint d'être torturé ou assassiné. Mais Varga finit lui aussi par être gâté. Il vient de m'appeler pour me souhaiter une bonne année 2001. « À propos de *Lucien Leuwen*, ajouta-t-il, nous avions tort et Stendhal avait raison. »

Quel que soit le nombre de justes sacrifiant leur vie pour un monde meilleur, nous n'atteindrons jamais l'utopie. La Hongrie a plus que jamais besoin de ses martyrs et de ses poètes pour inspirer ceux qui veulent tirer de la vie davantage que des distractions idiotes et des compromis de pacotille. Nagy continue à vivre dans *L'Exécution d'Imre Nagy*, et quiconque sera touché par ce poème gagnera une once de courage moral.

London, 2001

ques à propos du [illegible]
[illegible].

Tous autres [illegible] ga-
[illegible]
toutes les années que [illegible] au Canada
et en Grande-Bretagne [illegible]
[illegible]
[illegible]
[illegible]
[illegible]
[illegible].

Quel que soit le [illegible]
[illegible]
[illegible]
[illegible]
[illegible]
[illegible]
[illegible]
[illegible]
[illegible]
[illegible].

[illegible]

Le pouvoir de la prétention

Après avoir lu ce livre, on comprend parfaitement pourquoi la plupart des gens intelligents ont renoncé à lire de la fiction. Présenté comme un grand roman allemand, « un jalon de la littérature du vingtième siècle », il s'agit en fait d'un innommable fatras vide de sens. Le narrateur, qui parle à la première personne, le décrit lui-même comme « un livre sans canevas ni plan d'ensemble solide, sans idée fondatrice, sans principe formel — un livre qui grandit et prolifère comme un cancer, nourri de mes humeurs et de mes fantaisies… ».

L'une des fantaisies du narrateur, précisément, est de définir l'Holocauste comme un « manque de retenue », et de regretter que l'antisémitisme appartienne au passé. « Quelle belle tension (…) avons-nous perdue par la faute des Allemands et de leur manque de retenue ! L'Europe sans la haine des juifs — franchement, c'est comme la foi en Dieu sans le diable ! La perte d'une dimension métaphysique. Une perte d'érotisme. Mon cœur ne manque jamais de s'accélérer à la pensée des caresses passionnées dont j'ai fait l'objet à Nuremberg quand j'ai tenu dans mes bras une fille aux cheveux noirs de retour d'un camp de la mort, et que je lui ai susurré à l'oreille "Sale youpine !", à quoi elle a répondu en tambourinant de ses poings sur ma poitrine et en soupirant : "Et toi, cochon de goy[1] !" »

Seule une personne à la sensibilité atrophiée, avec la petite cervelle et la peau épaisse d'un porc, ne verra pas de différence entre l'insulte anodine « cochon de goy », à laquelle aucun châtiment n'est attaché, et « sale youpine », l'une de ces injures qui se sont muées en condamnations à mort pour des millions de gens. Et cependant, on veut ici nous faire croire qu'une rescapée d'un camp de la mort a formulé elle-même cette équation, et qu'en se faisant traiter de « sale youpine » elle a réagi par des *caresses passionnées*, peu de temps après que sa famille, ses amis et ses voisins eurent été exterminés pour avoir commis le crime d'être des « youpins ».

Comme je l'ai démontré dans un autre con-

1. Dans la traduction française (*La Mort de mon frère Abel*, éd. Salvy, 1996, trad. Christian Richard, p. 319), les deux dernières phrases sont remplacées par les suivantes : «… La perte d'une dimension métaphysique. Nous l'avons troquée à vrai dire contre quelque chose d'autre : l'ironie. Avec le temps elle se fait de plus en plus sanglante. Et moi je deviens en conséquence de plus en plus lâche. »

texte[1], ceux qui commettent des violences contre les autres croient presque toujours que leurs victimes payent de retour leurs bourreaux par de l'amour, et c'est la version nazie de cette idée pathologique — le fantasme de la belle juive tombant follement amoureuse de l'antisémite — qui nous est servie ici. Avant la « sale juive », il y avait eu Stella, l'épouse judéo-roumaine, riche et sophistiquée, d'un diplomate anglais. Selon le narrateur, Stella l'aimait si passionnément qu'elle risqua sa vie pour lui, jusqu'à la perdre.

Comme l'auteur, le narrateur anonyme du roman est né en Roumanie, vit à Vienne dans les années trente et passe la plus grande partie des années de la guerre dans l'Allemagne nazie ; Stella, son ancienne maîtresse, est hors de danger en Suisse, mais elle désire si ardemment le revoir qu'en 1942 elle franchit la frontière pour aller le retrouver à Berlin, avant de disparaître dans un camp de la mort.

L'époux de Stella, que le narrateur admire au-delà de toute mesure (« C'est un remarquable aristocrate (...) son éducation est la plus raffinée qui soit (...) il a les meilleures manières que l'on puisse imaginer... ») a fait montre d'un fair-play sans faille pendant toute la durée de leur liaison. Il offre ces mots de réconfort au

1. Voir dans le présent ouvrage l'article que l'auteur a consacré au roman de William Styron, *Les Confessions de Nat Turner* (« Anatomie des sérieuses foutaises, ou la baie des Cochons de l'establishment littéraire américain »).

narrateur, après la disparition de cette jeune femme qu'ils aimaient tous les deux, cette femme assassinée dans un camp d'extermination : « *An excellent poke, indeed, a most exquisite fuck — didn't you think so ? Poor girl, what a shame she had to die so soon — although she, too, would be fairly close to her forties today. And you know, they don't age so well, those Bedouin Jewesses ; they become skinny and grow moustaches — oh, corne on, you wouldn't roll her as eagerly now as you did back then, would you*[1] ? » Ce radotage infâme nous est décrit comme « une impressionnante leçon d'élégante désinvolture ».

S'il s'avérait que le narrateur était en fait un ancien informateur de la Gestapo, une partie du texte pourrait avoir un sens. Mais ce porc nous est présenté comme un génie — comme le nouveau Proust qui aurait finalement achevé *À la recherche du temps perdu*. Il proclame la vertu de la candeur absolue et de l'exhaustivité : « Je veux *tout* dire dans ce livre : tout ce que je sais, imagine, crois, connais et éprouve : chaque chose que j'ai endurée et vécue ; comment je l'ai endurée et vécue ; et, si possible, pourquoi

1. « Un bon coup, vraiment ; une baiseuse hors pair — vous ne pensez pas ? Pauvre fille, quel dommage qu'elle ait dû mourir si tôt — même si, elle aussi, approcherait aujourd'hui de très près la quarantaine. Et vous savez, elles ne vieillissent pas si bien que cela, ces juives bédouines ; elles deviennent maigrelettes et il leur pousse de la moustache — allez, vous ne la sauteriez pas aujourd'hui avec autant d'ardeur qu'à l'époque, n'est-ce pas ? », *op. cit.*, p. 174-175. Ce passage est donné en anglais dans le texte original allemand.

et à quelles fins je l'ai endurée et vécue... » Par contre, il n'arrive jamais à dire ce qu'il faisait au juste en Allemagne pendant la guerre et de quoi il vivait.

Ce qu'il dit bien, en revanche, c'est qu'il n'y a « plus de culpabilité ». L'énormité des crimes nazis, nous explique-t-il, signifie que « la causalité de la culpabilité et de l'expiation, du crime et du châtiment est supprimée... » Il évoque « l'anonymat et l'ubiquité du mal », comme si les meurtriers n'avaient pas de nom. Des millions d'hommes sont morts à cause de « la permanence de l'instinct de meurtre dans la *condition humaine*[1] », comme si une *condition*, et non des hommes, les avait fait périr. Selon le narrateur, les crimes du régime nazi n'appelaient aucun jugement : au contraire, ils ont rendu « impossible toute tentative ultérieure de distinguer le bien du mal... Il n'y a plus ni meurtriers, ni victimes ».

Telles sont les assertions que l'on peut lire en conclusion de ce livre, qui s'achève par une attaque en règle contre le tribunal de Nuremberg chargé de juger des crimes de guerre — pour sa mise en accusation « dénuée de sens » des chefs nazis survivants, des individus pathétiques et minables qui (comme l'ensemble du régime nazi) n'étaient rien d'autre que l'expression de l'instinct de meurtre inhérent à la *condition humaine*. Ayant déclaré qu'il était im-

1. *Ibid.*, p. 791. Les italiques figurent dans le texte original.

possible de distinguer entre le bien et le mal — c'est-à-dire, entre le fait de venir en aide à ses prochains et celui de les massacrer — le narrateur a beau jeu de tourner en dérision le tribunal de Nuremberg, « mis sur pied trop précipitamment, avec trop d'indignation tatillonne et d'idéalisme fleur bleue, et sur de piètres bases juridiques », sans avoir rien d'autre à proposer que des « réflexions moralisantes sur l'histoire ». Ce tribunal a été « bâti sur du verbiage hypocrite[1] », principalement à cause des crimes de guerre perpétrés par les vainqueurs. Il y aurait beaucoup à dire sur le sujet, mais la question n'est pas là : ce qui a conféré aux vainqueurs le droit légal et moral de juger à Nuremberg n'était pas leur propre innocence, mais les crimes des accusés.

L'un des nombreux critiques à avoir admiré ce livre le recommande en tant qu'expression légitime de l'aspiration de l'Allemagne à se réconcilier avec son passé. C'est là une insulte pour la grande majorité des Allemands d'aujourd'hui. Combien de gens souhaiteraient s'accommoder de l'extermination systématique de millions d'hommes, de femmes et d'enfants ?

Dans le monde entier, les néonazis publient des brochures prétendant que les camps de la mort n'ont jamais existé. Les photographies, documents d'actualité, films, récits de témoins, confessions, témoignages de survivants, archives

1. *Ibid.*, p. 783, 785, 791.

des nazis, disent-ils, ont tous été fabriqués par les médias juifs. Dans leur bêtise, ils ne peuvent concevoir qu'une seule défense contre l'accusation de génocide : celui-ci n'a jamais eu lieu.

À un niveau plus sophistiqué, le soi-disant historien David Irving admet, quand il juge nécessaire de le faire, que l'Holocauste a eu lieu, mais il maintient qu'Hitler n'en a jamais rien su.

Gregor von Rezzori plaide en faveur d'un « non-lieu » pour toutes les charges retenues ; il qualifie avec dédain Hitler et sa bande de pauvres imbéciles toxicomanes, incompétents et bercés d'illusions — des *losers* en quelque sorte —, et cependant il parvient à la même conclusion que les misérables opuscules niant l'existence des chambres à gaz : personne ne peut, en toute bonne foi, être blâmé ou puni.

*

Étant donné que toute littérature est invention, de nombreux lecteurs, ainsi que des critiques, ne peuvent concevoir que la fiction puisse receler des mensonges. Les chevaux-philosophes de Swift, les anges de Mark Twain, les fantômes de Kleist incarnent des vérités profondes sur la nature humaine et la société (c'est en ce sens que tous les contes de Grimm sont véridiques), et à l'inverse, un roman apparemment réaliste, dans lequel rien de physiquement impossible ne se produit, et qui se présente par endroits comme un reportage sur des événements historiques, peut n'être rien d'autre qu'un tissu de mensonges. Bien que cela puisse paraître contradictoire, le roman de Rezzori est à la fois stupide et rusé — ce que, de fait, il doit être pour persuader ses lecteurs qu'il n'y a aucun moyen de faire la différence entre le bien et le mal. C'est le stratagème classique, utilisé depuis toujours pour excuser les pires forfaits. La vérité est que non seulement nous pouvons faire la différence, mais nous la faisons *de manière instinctive.* Tous les gens normaux sont écœurés par la brutalité ; la souffrance infligée à autrui les révolte. Rezzori, qui semble bien en avoir conscience, s'emploie méthodiquement à faire douter ses lecteurs de leurs réactions viscérales. Sa rescapée des camps de la mort qui réagit par des caresses passionnées au fait de se faire traiter de « sale youpine » est une impossibilité, dans la même mesure où la métamorphose de Kafka n'en est pas une. Elle constitue un mensonge destiné à miner le sens moral du lecteur. Pourquoi devrions-nous être révulsés par une insulte raciste si même une juive rescapée de l'Holocauste y trouve une excitation sexuelle ?

Dans le livre de Rezzori, la révulsion et l'indignation morale sont des *mauvaises manières* — elles sont la marque d'un *manque d'éducation.* Ce mensonge constitue l'essence même de la culture de l'oppression ; ni le fascisme ni l'apologie du fascisme ne peuvent réussir sans lui, et

Rezzori n'hésite pas à truquer l'évidence pour la rendre plus crédible.

Le lecteur est amené à croire que les victimes elles-mêmes — ou plutôt, les victimes les plus sophistiquées et cultivées — désapprouvaient les réactions émotionnelles excessives devant les atrocités nazies. En novembre 1938, au lendemain de la « nuit de cristal », le narrateur se rend à Salzbourg en compagnie de Stella chez une cousine de cette dernière, mariée à un haut fonctionnaire autrichien. En pénétrant dans l'élégant salon de la cousine, ils ont la désagréable surprise de le trouver occupé par un groupe de Berlinois (« à en juger par leurs noms, la forme de leur nez et leur accent, indéniablement des juifs[1] ») se plaignant bruyamment de la persécution de leurs coreligionnaires en Allemagne. Ces « juifs berlinois, certainement des juifs riches » (des réfugiés, en fait, bien que le narrateur les appelle des « émigrés »), ne savent même pas parler l'allemand correctement, et parmi eux un Hongrois « odieux geint avec l'accent yiddish » quand il parle. Mais ils ont l'impertinence de continuer à se répandre en injures contre Hitler, comme s'il « incarnait le mal suprême, et était l'ennemi de l'humanité » ! Stella « oppose d'habiles objections et des arguments judicieux » à leurs sorties grossières, et « chaque fois qu'elle le peut, atténue l'ardeur qui fait trop souvent *dégénérer l'indignation légi-*

1. *Ibid.*, p. 101-111.

time en invectives effrénées ». Cependant, elle ne peut pas grand-chose « contre l'aplomb et la jactance passionnée » de ses frères de religion berlinois.

De plus, ces derniers se plaignent de « cruautés à faire dresser les cheveux sur la tête », *auxquelles ils n'ont même pas assisté, et qu'ils ont encore moins subies.* « Le maître de maison (qui se montre en tout cas plutôt réservé) se permet à l'occasion une question : "Cela vous est arrivé à vous, personnellement ?" — ou bien : "Vous étiez témoin ?" »

Les juifs berlinois non seulement réagissent de manière outrancière face à Hitler, mais sont vulgaires, agressifs et mal élevés (ils n'ont pas été invités, et restent à dîner !). En comparaison, le maître des lieux, qui, poussé à bout, finit par perdre patience et confie qu'il vénère Hitler comme un saint, est un modèle de bonnes manières : il « est incapable de grossièreté, quelles que soient les circonstances ». Lui aussi est adoré par son épouse juive, avec qui il forme un couple d'une « extraordinaire culture musicale et littéraire ».

Rezzori entretient cette image d'un fascisme réservé, bien élevé, civilisé, en dissimulant à son lecteur les horreurs subies par les victimes. Bien que Stella soit censée être le grand amour du narrateur, et qu'il soit censé être prêt à témoigner sur son sort devant le tribunal de Nuremberg, rien n'indique qu'il sache quoi que ce soit sur le sujet, ou qu'il ait la moindre envie de savoir comment elle est morte, et où. Nous n'apprenons jamais ce qui lui est arrivé, ce qu'elle a subi ou ce qu'elle a souffert. L'information selon laquelle elle a disparu « dans un des camps de la mort » est expédiée en une seule ligne.

Dans ce livre, les juifs souffrent en dehors des pages. On entraperçoit seulement une fois l'Holocauste, et ce sont alors les victimes qui nous sont présentées comme révoltantes. Lors du déraillement de leur train, des prisonniers, autorisés à sortir des wagons à bestiaux, s'accroupissent à côté de la voie pour se reposer et faire leurs besoins naturels. Quand l'un d'eux tente de s'échapper (« il bondit de l'endroit où il se soulageait (...) jetant des regards autour de lui, les yeux exorbités »), un coup de feu retentit, et le « crapaud qui déféquait s'affaisse et pique du nez »). D'un autre côté, il y a des chapitres entiers, riches en détails descriptifs, sur l'horreur « ineffable, inconcevable » des bombardements alliés, la dévastation de Nuremberg et Hambourg, la faim et la misère dont a souffert le peuple allemand à la fin de la guerre. De bons romans ont traité des souffrances des Allemands pendant la guerre, mais il y a quelque chose qui cloche sérieusement dans un roman qui utilise ces souffrances pour étayer l'assertion selon laquelle personne n'était coupable de génocide.

Il n'y a simplement pas assez de place ici pour énumérer tous les moyens qu'utilise l'auteur pour amadouer le lecteur et lui faire accepter sa conclusion selon laquelle les nazis ne peuvent être tenus responsables de leurs crimes contre l'humanité. Entre autres, Rezzori est passé maître dans l'art de brouiller les pistes. Les dénégations du narrateur quant à la culpabilité nazie sont entrecoupées de longues ruminations sur sa propre culpabilité, sa responsabilité de diverses morts dont il ne porte, manifestement, aucune responsabilité. « JE SAIS QUE JE SUIS UN MEURTRIER », nous dit-il en lettres majuscules, en s'accusant de la mort de son cousin Wolfgang, qui se sectionne le pouce avec son pistolet, se fait mordre par un rat, et meurt d'un empoisonnement du sang. Il se reproche également la mort d'une de ses maîtresses d'après-guerre, décédée d'un cancer. Et par-dessus tout, il bat sa coulpe pour la mort de son éditeur, Schwab. J'imagine que vous pensez que le titre *La Mort de mon frère Abel* fait référence à quelqu'un ayant été véritablement assassiné. Vous n'y êtes pas ! « Abel » n'est autre que Schwab, un alcoolique passant son temps à se bourrer de comprimés de toutes sortes et qui meurt d'avoir mélangé de trop grandes quantités de drogues et d'alcool ; le narrateur a le sentiment d'avoir « tué » Schwab parce qu'il n'a pas fini ce roman pour lui, parce qu'il lui a survécu, parce qu'il ne l'aimait pas assez, etc. Il se présente comme un individu simplement trop scrupuleux pour ce monde, un homme dont la tendre conscience ne le laisse jamais en paix. Vous dirait-il qu'il n'y avait pas de meurtriers sous le Troisième Reich s'il en était autrement ?

Cela dit, j'aimerais toujours savoir ce qu'il pouvait bien faire en Allemagne pendant la guerre.

*

Un critique a porté aux nues *La Mort de mon frère Abel* en affirmant que l'ouvrage « éclaire l'antisémitisme de l'intérieur ». Si c'est de cela qu'on a besoin, *Mein Kampf* fait encore mieux l'affaire, surtout de manière rétrospective, parce que nous savons qui était Hitler, et ce qu'il a fait. Mais nous ne savons pas vraiment qui est ce narrateur. Seuls ses actes — qui font ici défaut — auraient pu mettre ses pensées et sentiments en perspective.

Par leurs actes tu sauras qui ils sont est la loi fondamentale de la fiction ; il ne peut y avoir de bon roman qui ne soit fondé sur elle. Seules les actions révèlent des choix moraux, seuls des actes définissent un personnage — et bien sûr, nulle part de manière aussi nette et dramatique que sous le règne de terreur d'Hitler, cette période de l'histoire où la vie côtoyait sans cesse la mort.

Pour combler ce trou béant dans le passé du narrateur, il y a un tas de choses qui renvoient aux théories du roman contemporain. Le roman contemporain dépourvu d'action ou d'intrigue significatives, et, partant, de perspectives sur le monde intérieur de ses personnages, est éminemment adapté à l'exposition du genre d'insanité morale représentée par le fascisme, qui est fondé sur un mépris similaire pour ce que *font* les gens, puisqu'ils n'en sont pas responsables. À la limite, peu importe ce qu'un écrivain écrit. « Nom d'un chien, ce qu'un homme *écrit* n'est pas si important. Les gens veulent savoir *comment* il s'y est pris ! » Ainsi, nous avons droit aux discussions du narrateur avec son éditeur souffrant, Schwab ; on nous parle de l'hôtel dans lequel il s'est installé pour écrire, de la quantité de papier qu'il utilise, des récipients où il l'emmagasine, etc. Et l'auteur trouve encore de la place pour des centaines de pages de bavardage truffé de noms bibliques-historiques-littéraires-philosophiques-scientifiques-topographiques célèbres.

Prenez les exploits inconciliables de Stella, par exemple. « Stella qui, à Berlin — le Berlin légendaire de la fin des années vingt ! —, avait été l'amie de Paul Flechtheim, Gottfried Benn, Max Reinhardt, George Grosz ; qui avait étudié la sociologie à Heidelberg, la psychologie à la Sorbonne, l'histoire de l'art à Florence et Fribourg, et qui était aussi connue à Prague qu'à Madrid ; Stella, qui avait son chalet d'hiver à Saint-Moritz, ses résidences d'été à Saint-Jean-Cap-Ferrat et à Biarritz, et remportait régulièrement à l'automne, aux courses de Baden-Baden, le prix d'élégance de la “lady dans son automobile”, ainsi que le premier prix du tournoi de golf. Stella, l'habituée des boîtes de nuit, la fumeuse acharnée dont la collection d'amants était aussi impressionnante que sa collection de futuristes. Stella, qui avait lu son Marx avec autant de passion que *La Divine Comédie*, qui avait une connaissance aussi approfondie d'Einstein que des écrits de Lily Braun[1]... »

Comment de telles absurdités peuvent être aussi largement publiées et encensées ? Je crois que la réponse doit être recherchée dans le pouvoir de la prétention. Des millions de gens pensent que le fait d'avoir entendu parler d'une chose revient à la connaître, et leur notion de la culture est un mélange de style de vie élégant et de noms qui en imposent. La seule mention côte à côte de Marx, de *La Divine Comédie*, d'Einstein et de Saint-Moritz leur confère le sentiment d'être cultivés — et ils pardonneront beaucoup à un livre qui leur aura donné une aussi merveilleuse émotion.

USA Today, 20 septembre 1985

1. *Ibid.*, p. 233.

Anatomie des sérieuses foutaises, ou la baie des Cochons de l'establishment littéraire américain

Le 27 avril 1968, le *Times* signalait que la municipalité de New York avait approuvé un projet de construction d'une usine de retraitement des eaux des égouts à Harlem, malgré les protestations du seul membre noir de la commission compétente, qui avait déclaré : « C'est là le genre de choses qui font que les gens ont l'impression de ne pas être égaux… Vous ne comprenez pas ce que vous faites à Harlem. » Cette décision prise par une administration municipale libérale (à la suite de l'assassinat de Martin Luther King, des émeutes qui avaient éclaté dans différentes villes du pays, et des efforts de la municipalité de New York pour améliorer les conditions de vie dans les ghettos) résume le problème racial aux États-Unis. La plupart des Blancs s'inquiètent du Black Power, ils en ont peur, tout en éprouvant de la sympathie pour sa cause, ils souhaitent sincèrement que le sort des Noirs s'améliore le plus vite possible — mais si dans le même temps, une usine de retraitement des eaux des égouts a besoin d'être construite, elle doit être installée à Harlem. En cas de problème, la merde ne manquera pas de puer, et les nez des Blancs doivent être protégés.

Du coup, il n'est pas vraiment surprenant que le roman qui a remporté le plus de succès pendant la même saison aux États-Unis et qui a été le plus acclamé par la critique, le lauréat du prix Pulitzer pour la fiction de 1968, ait été *The Confessions of Nat Turner* de William Styron — un compendium de toutes les fausses justifications qui empêchent les Américains blancs de comprendre ce qu'ils font aux Noirs et le châtiment auquel ils s'exposent.

Styron aborde la question de l'oppression des Blancs et de la révolte des Noirs dans son contexte en apparence le plus dramatique — en remontant à l'époque de l'esclavage dans l'État dont il est originaire, la Virginie, et en évoquant l'un des soulèvements d'esclaves les plus sanglants de toute l'histoire des États-Unis, l'insurrection de Southampton de 1831. De plus, il a élaboré un récit qui promettait d'offrir le traitement le plus rigoureux possible du thème choisi, puisque l'expression d'un point de vue favorable aux Blancs semblait exclue d'avance : l'ouvrage entier se compose en effet des méditations de Nat Turner, le chef rebelle, dans sa cellule de condamné à mort.

Artisan habile et prédicateur laïc lettré, le vrai Turner, comme celui de Styron, se mit en route avec seulement six partisans dans la nuit du 21 août 1831 pour prendre la tête d'une rébellion armée et libérer les esclaves du comté de Southampton, dans la région de la Tidewater (sud-est de la Virginie). Pendant deux nuits et deux jours, Turner et son groupe attaquèrent les fermes sur leur chemin, gagnèrent des esclaves à leur cause, volèrent armes et chevaux et assassinèrent les maîtres avec leurs familles, jusqu'à leur mise en déroute par un corps de miliciens à quelques kilomètres seulement de leur but, l'armurerie du chef-lieu du comté, Jerusalem. Turner s'enfuit et se terra dans un trou jusqu'à la fin du mois d'octobre, mais ses soixante partisans furent tués sur place ou exécutés au terme de procès expéditifs, et un nombre équivalent d'autres Noirs furent abattus lors de représailles aveugles ; les rebelles eux-mêmes avaient massacré cinquante-sept Blancs, hommes, femmes et enfants.

Cependant, le vrai Turner, à la différence de celui de Styron, a assigné une limite dans le temps à la tuerie. Selon le rédacteur en chef de l'*Enquirer* de Richmond, qui interrogea le chef des rebelles vaincus, « il n'entrait pas dans leurs intentions de continuer à massacrer de manière aveugle une fois qu'ils auraient consolidé leurs positions… » ; et dans ses propres *Confessions*, Turner déclare : « *Tant que nous ne serons pas armés et équipés, et tant que nous n'aurons pas rassemblé des forces suffisantes, nul, quel que soit son sexe ou son âge, ne doit être épargné.* » (Les italiques sont de moi.) Comme il accepte fièrement la responsabilité du massacre et refuse de se considérer coupable de ce qui, à ses yeux, devait être fait, il n'y a pas de raison de douter de sa parole. Ces déclarations, et le fait qu'il ait épargné une famille de petits Blancs, indiquent qu'il s'est soulevé contre la classe de propriétaires d'esclaves plutôt que contre la race blanche, se croyant lui-même désigné par Dieu pour anéantir le serpent de l'esclavage, pour conduire son peuple, tel Moïse, dans une croisade contre l'asservissement. Un personnage impressionnant à tous égards — mais pas assez impressionnant pour le romancier, qui fait apparaître son héros encore plus redoutable en le transformant en un fanatique religieux et raciste tout à la fois, qui se prétend investi de « la mission divine de tuer tous les Blancs de Southampton et aussi loin que le destin le conduira ».

À titre de comparaison, j'aimerais citer d'abord la description brute qu'a laissée de sa classe un propriétaire d'esclaves (dans une lettre au rédacteur en chef du *Richmond Whig)* :

> C'est une chose que nous aimerions que l'on comprenne bien et dont nous aimerions qu'on se souvienne — à savoir que la Constitution de cet État a fait de Tom, Dick et Harry une *propriété* — elle a fait de Polly, Nancy et Molly une *propriété* ; et que cette propriété soit un mal, une abomination ou je ne sais quoi, nous avons bien l'intention de la conserver. La propriété, qui est tenue pour très précieuse par ceux qui en jouissent, est une bonne chose ; et que ce droit soit remis en question par une poignée de saltimbanques politiques sans philosophie, sous

> l'empire d'une force surnaturelle ou de la fourberie, voilà qui est insupportable.

Maintenant, voici comment le Nat Turner de Styron décrit les maîtres d'esclaves qu'il a connu :

> Il y a de tout parmi eux, des saints (...). Certains sont corrects (...), ou à peine tolérables (...). Enfin il y a ceux qui sont parfaitement monstrueux...

J'imagine que William Styron, parlant pour lui, hésiterait à décrire la moralité de n'importe quel membre de la classe des propriétaires d'esclaves comme « correcte » ou « tolérable » ; mais l'idée qu'un Noir raciste fanatique (un homme voulant exterminer non seulement les maîtres d'esclaves mais la race blanche tout entière) donne du saint à un maître d'esclaves dépasse les bornes du ridicule pour nous plonger dans une sorte de semblant de réalité psychotique. C'est la force de ce roman : il corrobore les illusions des Blancs en les situant là où on les attend le moins — dans le cerveau de Nat Turner.

The New Republic

DANS TOUTE L'HISTOIRE DE NOTRE LITTÉRATURE, JAMAIS UNE FICTION N'A TRAITÉ DE L'ESCLAVAGE D'UNE MANIÈRE AUSSI PROFONDE.

C. VANN WOODWARD

Newsweek

UNE RÉVÉLATION POUR TOUTE UNE SOCIÉTÉ.

Raymond A. SOKOLOV

The New York Times

MAGNIFIQUE... IL S'AGIT D'UN DE CES RARES LIVRES QUI NOUS MONTRE NOTRE PASSÉ AMÉRICAIN, NOTRE PRÉSENT — NOUS-MÊMES — SOUS UN FAISCEAU DE LUMIÈRE ÉBLOUISSANT.

Eliot FREMONT-SMITH

Bien que la matière du roman soit le *stream of consciousness* de Nat Turner, son cours est orienté par T. R. Gray, le procureur du tribunal. Gray harangue le prisonnier et la cour en faisant étalage de ses opinions vicieuses et stupides sur les Noirs en général et les nègres présomptueux en particulier, et Turner répond à ces divagations (dont il se souvient mot pour mot) en se remémorant sa vie d'esclave et de rebelle de telle manière qu'il confirme chaque affirmation de Gray. Ce dont Gray se réjouit méchamment ou se moque, Turner le déplore tristement ; les calomnies sont rendues plus plausibles et crédibles par la pitié et le regret.

La plus importante de toutes ces calomnies concerne évidemment la menace posée par la révolte des Noirs — une menace que Gray nie au début, et continue de nier jusqu'à la fin du roman. Voici une partie de son adresse au tribunal, selon les souvenirs de Turner :

> Les confessions du prévenu, paradoxalement, loin de devoir nous alarmer, de nous plonger dans la consternation et la confusion, devraient

plutôt nous donner largement matière à nous sentir soulagés (…). Toutes les révoltes de ce genre sont non seulement appelées à être extrêmement rares, mais elles sont en définitive vouées à l'échec, et c'est là le résultat de la faiblesse et de l'infériorité intrinsèques, de la déficience morale du caractère des Nègres.

Et voici comment Turner réagit :

Maintenant, alors que Gray parlait, cette même sensation de souffrance et de désespoir que j'avais éprouvée lorsque, dans la cellule, Gray m'avait fait sonner aux oreilles la liste des esclaves acquittés, déplacés, mais non pendus — « ces autres nègres entraînés de force et qui renâclaient, c'est ces nègres-là qui t'ont foutu dans le bain, Révérend » — ce même désespoir déferla soudain sur moi comme une vague froide et écœurante[1].

Loin de contredire l'argumentation de Gray, le Turner de Styron évoque un exemple particulier pour la corroborer (une autre invention significative — aucune source historique n'indique que des esclaves aient été contraints et forcés de se joindre à l'insurrection, encore moins qu'ils aient « renâclé » et provoqué sa défaite).

Curieusement, Nat Turner, qui a une si bonne mémoire, ne se rappelle aucun détail susceptible de contredire l'assertion de Gray selon laquelle les oppresseurs se sentent d'autant plus tranquilles que les révoltes sont

1. W. Styron, *Les Confessions de Nat Turner*, éd. Gallimard, 1969, trad. M.-E. Coindreau, p. 36.

extrêmement rares ; il est par contre très prolixe lorsqu'il s'agit de se remémorer des exemples de la docilité des nègres, confirmant même, comme le fruit de sa propre expérience, le mythe selon lequel les nègres ne se suicident jamais :

> Je dus finir par admettre en moi-même, en y pensant plus profondément, que je n'avais jamais entendu parler d'un seul Noir s'étant donné la mort ; en essayant d'expliquer ce fait, je fus enclin à croire que (...) c'était la patience et le fatalisme des Noirs, qui découle de leur foi en la vie éternelle, qui les préservaient de l'idée du suicide.

C'est la note doucereuse de flatterie qui rend le mensonge si nauséabond. Dire que les nègres sont dociles serait trop grossier, mais les *admirer* parce qu'ils seraient plus patients et fatalistes que les autres membres de la race humaine revient à épicer les joies des préjugés d'une touche de magnanimité.

En fait, les esclaves n'étaient pas plus fatalistes que vous et moi : les propriétaires d'esclaves ne pouvaient maintenir leur pouvoir qu'en assurant une présence constante de troupes et de miliciens sur le terrain, et en battant à mort et en pendant non seulement les suspects ou les véritables rebelles, mais aussi les Blancs qui les aidaient. Malgré cela, la révolte de Turner ne fut qu'un épisode d'une longue série de violences — complots, fuites, incendies, assassinats, attaques, raids d'esclaves fugitifs — qui rendaient le Sud à peu près aussi sûr pour les Américains que Saigon l'est aujourd'hui [en 1968].

Le meilleur guide pour la période est l'étude fascinante de Herbert Aptheker, *American Negro Slave Revolts*, le livre à consulter si vous vous intéressez aux faits. En la matière, les faits ne sont à prendre en compte que dans la mesure où ils témoignent de la force des fausses justifications. Bien qu'il ait passé vingt ans à se documenter sur l'arrière-plan historique de son sujet, Styron a réussi à concevoir un Nat Turner n'ayant pas la moindre idée des tentatives héroïques d'autres Noirs, et pas le moindre espoir qu'un autre rebelle surgisse un jour pour prendre sa place. Ce qui est inexplicable tant qu'on ne se rappelle pas l'une des lois fondamentales de l'auto-illusion : nous considérons tous les événements qui contredisent nos espoirs comme des exceptions à la règle, et, de ce fait, sans importance.

Tout de même, il tombe sous le sens qu'il est impossible de contraindre des millions d'êtres humains à vivre comme des animaux sans susciter des troubles permanents, et sans ressentir la peur de ces troubles. Styron et ses admirateurs libéraux n'ont pu ignorer ce fait élémentaire de la psychologie sociale qu'en se convaincant que les Noirs n'appartiennent pas à la même race humaine que nous, qu'ils ne sont pas sujets aux mêmes réactions primaires que nous — ce qui en fait reflète la manière dont ceux qui détiennent le pouvoir ont toujours considéré les opprimés, et pas seulement les hommes d'une autre couleur. Le « meilleur élève hongrois de Staline », le dictateur Rákosi, continua à plaisanter sur l'esprit docile de ses « moutons » de compatriotes jusqu'au deuxième jour de l'insurrection de 1956, lorsqu'il prit un avion pour fuir le pays quelques minutes seulement avant que les rebelles investissent l'aéroport. À l'intérieur de la famille, aussi longtemps qu'ils dénièrent tous droits à leurs épouses, leurs filles et leurs sœurs, les hommes restèrent convaincus que les femmes étaient soumises par nature, et avec contentement.

Pour nous libérer de la culpabilité et de la peur du châtiment, nous avons toujours été prompts à inventer des tares congénitales et irrémédiables chez ceux que nous persécutons, qui peuvent ainsi être considérés comme des victimes de la *Nature*.

Mais alors que les opprimés sont méprisés pour leur humilité, il leur est en permanence conseillé qu'il serait à la fois immoral et inutile de leur part de se comporter comme des hommes et de riposter. C'est ainsi que le procureur de Styron, Gray, ne se lasse jamais de rappeler au prisonnier enchaîné (dont la seule chance qui lui reste de recourir à la violence une fois sur la potence consisterait à donner de violents coups de pied) que sa révolte était absolument futile et, pire, n'a fait qu'accroître les souffrances des esclaves.

« Ils [la Chambre] vont voter des lois qui feront ressembler celles d'aujourd'hui aux règlements d'un pique-nique pour école du dimanche. Ils vont enfermer les nègres dans une cave toute noire et jeter la clé… M'est avis que tu n'avais pas pensé à ça non plus ?
— Non, dis-je, en le regardant dans les yeux, si vous dites vrai. Non. »

Et à nouveau :

« Parce que, Révérend, pour parler franc et dans le sens le plus profond du terme, tu as été un pauvre raté — un fiasco complet du début à la fin, pour autant que tu aies eu l'intention d'accomplir quelque chose. Pas vrai ?

Comme toujours, Nat Turner acquiesce, se faisant tout petit tel un chien pris sur le fait : « Baissant la tête, regardant entre mes jambes, je sentais tout mon corps trembler. »

En cela, le roman exprime fidèlement la réaction des Américains blancs face au militantisme noir, prêchant aux dépossédés la supériorité morale et la sagesse pratique de la non-violence — tout en armant leur police de grenades à gaz paralysant, de chars et d'hélicoptères de combat. Leur slogan est : « *Notre violence paie, la vôtre, non.* »

Rien ne pourrait inspirer une telle duplicité hormis une terreur inavouée. De ce roman des plus profonds sur l'esclavage, qui éclaire également d'une lumière aveuglante les États-Unis d'aujourd'hui, un élément n'est que trop visiblement absent : la peur éprouvée par les Blancs.

Preuves à l'appui, le livre de Herbert Aptheker, *American Negro Slave Revolts*, nous renseigne sur la peur qui tenaillait sans relâche les propriétaires d'esclaves et leurs familles. Gouverneurs des États, commandants militaires et propriétaires d'esclaves ne cessent de correspondre pour s'avertir mutuellement de conspirations et d'actes de violence, véritables ou supposés ; d'autres lettres, et des journaux intimes, décrivent des propriétaires de plantations barricadés chaque nuit chez eux avec des fusils prêts à tirer, pendant que leurs femmes essayent de dormir avec des pistolets chargés sous leur oreiller et que des vigiles battent la campagne. Les villes du Sud ressemblaient en fait à des camps retranchés, avec des sentinelles et des patrouilles dans les rues et le couvre-feu à la tombée de la nuit. Les Blancs étaient peut-être très diserts sur la docilité des Noirs, mais ils n'auraient pour rien au monde misé leurs vies sur elle. Et pourtant l'esclave rebelle de Styron n'observe qu'une seule fois un seul signe de peur chez ses maîtres — en réponse aux cris d'un nègre à demi-fou. Immédiatement après la révolte, une certaine panique s'empare des plus téméraires, laquelle cependant, selon Gray, « a fini par s'apaiser », et dans les souvenirs fictifs de Nat Turner rien ne laisse penser que la peur ait été de tout temps endémique dans la société esclavagiste.

À nouveau, ce qui est consternant ici n'est pas tant la négation par Styron de l'histoire (après tout, il n'y a rien de répréhensible à prendre des libertés avec la vérité historique si elles permettent à une œuvre d'être véridique à l'intérieur de son cadre fictionnel, comme dans, mettons, *Richard III)* que sa négation de la nature humaine — un manque total de sensibilité qui lui permet de concevoir des relations humaines (en tout temps et en tout lieu) en vertu desquelles des hommes peuvent *posséder* d'autres hommes dans la plus grande sérénité et sécurité, seulement troublés, à supposer qu'ils le soient, par leurs consciences et le temps qu'il fait.

Commentary

UN SUPERBE ROMAN... UNE IMMENSE COMPRÉHENSION DE L'ESPRIT HUMAIN.

John THOMPSON

Vogue (édition américaine)

LE PLUS BEAU ROMAN AMÉRICAIN QUI AIT ÉTÉ PUBLIÉ DEPUIS DE NOMBREUSES ANNÉES.

Arthur SCHLESINGER, Jr.

The New York Review of Books

ALORS QUE LES NÈGRES DE WILLIAM FAULKNER RESTENT DANS UNE CERTAINE MESURE DES NÈGRES VUS PAR L'HOMME BLANC, CEUX DE STYRON SONT RÉSOLUMENT EUX-MÊMES (...) CE QUI CONSTITUE UNE NOUVEAUTÉ RADICALE, VOIRE UNE RÉVOLUTION, PAR RAPPORT À TOUT CE QUI A ÉTÉ ÉCRIT DANS LE PASSÉ

SUR LES NOIRS (...) STYRON A MÉTICULEUSEMENT EXPLORÉ LA HAINE VOUÉE AUX BLANCS PAR LE MILITANT NOIR (...) C'EST LA PREMIÈRE FOIS QU'UN ÉCRIVAIN BLANC S'EST CONFRONTÉ À CETTE HAINE « PURE » ET IMPLACABLE, QUI NE PEUT EN AUCUN CAS ÊTRE PERÇUE PAR LES PROPRIÉTAIRES D'ESCLAVES S'ILS VEULENT CONSERVER LEUR PHARISAÏSME, OU TOUT SIMPLEMENT LEUR ÉQUANIMITÉ (...) CET OUVRAGE LAISSE ENTREVOIR DES ANALOGIES AVEC LE PRÉSENT QUI RESTENT AUSSI ACTUELLES QU'ALARMANTES.

Philip RAHV

Nat Turner, l'ennemi si obstiné des Blancs, décrit son deuxième propriétaire comme un *saint*, lui qui vend nombre de ses esclaves aux chaînes de forçats, pour qu'ils meurent d'épuisement et des fièvres dans les plantations de coton du Sud profond (le saint homme *a besoin d'argent)* et qui rompt sa promesse solennelle d'affranchir Nat, préférant le céder à un abject pasteur baptiste. Le révérend Eppes, qui non seulement tente de violer Nat, mais qui le fait également travailler vingt heures par jour et le loue à des membres de sa congrégation, est le maître que le rebelle qualifie de *tolérable*, tout au plus. En explorant le racisme du militant noir, Styron constate qu'il est rempli des aperçus compatissants d'un romancier blanc du Sud.

On peut se demander comment les critiques réagiraient devant un roman allemand, *Les Confessions d'un juif à Auschwitz*, dans lequel le héros, juste avant d'être emmené à la chambre à gaz, se rappellerait ses maîtres avec une même sollicitude, parlant de nazis saints possédés par une « impressionnante bonté », et faisant de subtiles distinctions entre des SS « vraiment respectables » et d'autres qui ne le sont pas tant que ça. Pour autant que je sache, aucun romancier allemand n'est encore tombé aussi bas que les littérateurs américains libéraux, mais on peut voir ce que l'idée peut avoir de séduisant. Il est en effet si réconfortant de penser que même ceux qui nous haïssent nous *comprennent*, que même nos victimes s'associent de cœur avec les tristes nécessités qui nous obligent à les persécuter.

Mais Styron repousse la notion de haine compréhensive et compatissante au-delà de toutes les limites connues. Voici comment le Nat Turner de son roman se remémore ses sentiments juste avant qu'il essaye (mais, miraculeusement, n'y parvient pas) de frapper son maître avec une hache :

> Je me tournai vers Travis et, ce faisant, je me rendis compte avec étonnement que c'était la première fois, depuis tant d'années que je vivais près de lui, que je le regardais droit dans les yeux. J'avais entendu sa voix, perçu sa présence comme *celle d'un parent proche* (...). Maintenant, je voyais que sous la perplexité, le voile du sommeil, ses yeux étaient bruns, plutôt mélancoliques, sachant ce qu'est le labeur, lointains peut-être, quelque peu inflexibles, *mais pas du tout méchants,*

> *et j'eus le sentiment de le connaître enfin (...). Quoi qu'il fût d'autre, c'était un homme.* (Les italiques sont de moi.)

L'aversion qu'éprouve Turner pour tous les Blancs laisse place à son irrésolution (pardon — à sa bonté intrinsèque) une fois qu'il s'est aperçu que son maître était un homme. Un autre esclave rebelle, Will, agit à sa place — et Will est un maniaque homicide et fou furieux. Il est intéressant, soit dit en passant, de lire le propre récit du véritable Nat Turner de la manière dont Will s'est joint à la rébellion :

> Je les ai salués en arrivant, et ai demandé à Will comment il était arrivé ici, il me répondit que sa vie ne valait pas plus que celle des autres, et que sa liberté lui était aussi chère. Je lui ai demandé s'il avait l'intention de l'obtenir ? Il me dit qu'il l'obtiendrait, ou qu'il mourrait. Cela suffisait pour qu'on lui accorde pleine confiance.

Voilà ce qu'en fait le romancier Styron :

> Je venais de me relever quand j'entendis un bruissement dans les sous-bois derrière moi, et, me retournant, je vis le visage dément, ravagé par la haine et défoncé par les coups de Will, le meurtrier. (...) « Fous le camp d'ici, dis-je, nous n'avons plus besoin d'hommes. » (...) « Arrête de déconner, le prédicant ! » dit-il (...). « Je vais me taper de la viande, maintenant — de la viande blanche. Je vais me taper aussi du con blanc. »

Aux yeux de Styron, quand les activistes noirs sont prêts à aller jusqu'au meurtre, ils sont mus non pas tant par la rage et le désespoir que par un désir libidineux irrépressible pour le sexe des femmes blanches. Non seulement Will massacre le premier homme blanc pour rendre service à son chef, mais il saute incontinent sur la première femme blanche.

> Will venait de commencer, sa lubricité était si vorace qu'elle devenait insondable (...). D'un seul bond, il sauta sur le lit et chevaucha la grosse femme hurlante qui se débattait, cette bonne âme. (...) Ce petit homme noir balafré et torturé pouvait enfin consommer au moins dix mille turgescences de désirs frénétiques et inapaisables. Entre les cuisses nues de miss Sarah, qui se débattait affolée, il était couché, raide, cherchant sa voie comme un amant ; sa tête baissée masquait le visage de la femme, le cachait presque tout entier — à l'exception des tresses de cheveux emmêlées et de la pupille d'un œil qui clignait frénétiquement, fixé sur moi, vide comme un regard de folle, alors même que la hachette s'éleva, retomba et coupa net ses hurlements. Alors, un flot inimaginable de sang gicla et j'entendis l'âme quitter le corps et s'envoler, me frôlant l'oreille comme une phalène. (...) *« Ah, mon Dieu ! » pensai-je. « M'as-Tu vraiment appelé pour cela ? »*

Un volume entier ne suffirait pas à décrire ce qu'il y a de fallacieux dans ce fantasme de viol sadomasochiste, dans lequel le sang est « inimaginable », mais où l'on entend l'âme montant au ciel passer à côté de l'oreille du narrateur, pour soulager le lecteur, sous le choc de l'incrédulité, d'un zeste de spiritualité. Mais ce qui est le plus intéressant ici est que Styron renchérit même sur les historiens sudistes, qui n'ont pas réussi à prouver que des viols ou tentatives de viol auraient eu lieu au cours de la révolte de Turner. (L'un d'eux, R. R. Howison, cité par Aptheker, en est réduit aux conjectures désespérées : « En gardant à l'esprit les passions brutales des Noirs, nous ne pouvons expliquer ce fait [l'absence de preuves] qu'en supposant que les acteurs aient été atterrés par la réussite même de leur hideuse entreprise. »)

La synthèse du Noir doux et soumis animé de « passions brutales » est un exemple de premier choix d'illusion kaléidoscopique, dans lequel la négation de la peur omniprésente des Blancs se mêle aux autojustifications des propriétaires d'esclaves pour l'usage sexuel qu'ils font de leurs biens « femelles ». Comme les esclaves ne se trouvaient pas dans la position de répondre à une femme blanche, sans parler de la toucher, l'image du Noir violeur ne peut provenir que du viol des femmes noires par des hommes blancs — une projection de culpabilité dans l'âme de la victime, provoquée par la peur de se voir rendre la pareille. Styron nous donne la version moderne, progressiste, du Père Fouettard de jadis, sous l'apparence du pauvre « petit homme noir balafré et torturé ».

Pour le romancier, il va sans dire, la propre révolte de Turner est largement dominée par son désir de posséder une vierge blanche : on le voit ainsi rêver qu'il la viole « avec une fureur rageuse, brutale et frénétique » et qu'il décharge en elle des « giclées chaudes et outrageantes de souillure », et, plus loin, des « giclées profanatrices chaudes et laiteuses ».

Turner méprise son propre sperme, qui ne peut que souiller et profaner une Blanche ; Styron protège l'honneur de la femme sudiste jusqu'à l'intérieur du crâne du chef des esclaves. Nat Turner en vient à s'apercevoir que le maître blanc qu'il veut tuer est un homme tout comme lui ; par contre, la jeune fille blanche devra toujours lui apparaître comme un membre d'une espèce différente. C'est en conséquence la seule personne qu'il se trouve capable de tuer, et le roman couronne l'insurrection de Southampton de 1831 par une sorte de crime rituel sexuel :

> Ah, comme je la désire, pensai-je, et dégainai mon couperet.

Il finit par lui réduire le crâne en bouillie avec un piquet de clôture, mais ce n'est pas encore la fin de l'histoire. Quelques instants avant son exécution, Turner continue de rêver qu'il fait l'amour avec elle — désormais, enfin, sur un pied d'égalité :

> … avec des mouvements doux, caressants, je déverse en elle mon amour, tel un flot palpitant ; elle se cambre sous moi, pousse un cri, et le couple — noir et blanc — n'est plus qu'un.

Cette vision d'harmonie raciale est suivie de regrets et de remords pour le meurtre, car d'une façon ou d'une autre la jeune fille sudiste qui parle sans cesse (au cours d'une scène que Styron, dans sa sagesse, n'a pas fait figurer dans son livre) a communiqué à l'esclave-prédicateur une vraie connaissance de Dieu (« *Je l'aurais épargnée, elle qui m'a montré le Seigneur dont je n'avais jamais entrevu, voire jamais soupçonné la présence.* ») Quel rêve rassurant de voir un militant noir si préoccupé de sexe et si rempli de piété au moment même où il va être exécuté — juste avant que sa peau ne soit transformée en porte-monnaie, sinon en abat-jour. Des gens pareils nous pardonneront nos usines de retraitement des eaux usées.

Wall Street Journal

WILLIAM STYRON A ÉCRIT LA VÉRITABLE TRAGÉDIE AMÉRICAINE (…) IL NE FAIT DÉSORMAIS AUCUN DOUTE QU'IL EST L'AUTEUR LE PLUS ÉMINENT DE SA GÉNÉRATION EN MATIÈRE DE FICTION AMÉRICAINE.

Edmund FULLER

The New Statesman

IL A BEL ET BIEN ÉCRIT UN ROMAN MAJEUR (…) UNE LACUNE DANS L'IMAGE QUE SE

FAIT L'AMÉRIQUE DE SA PROPRE ÉVOLUTION A ÉTÉ COMBLÉE.

Ronald BRYDEN

La culture a supplanté la religion organisée en tant que force la plus efficace pour répandre la folie dans la société. Et la plainte selon laquelle les séries télévisées, les films, les magazines ou les livres ne satisfont pas aux critères conventionnels de la bienséance artistique ou sociale ne fait que masquer les ravages qu'ils infligent au cerveau. En fait, les églises, à qui l'on a reproché tant de crimes publics et de souffrances privées, n'ont jamais eu l'emprise sur la vie quotidienne, l'attention, l'imagination et la crédulité des gens que la culture organisée exerce de nos jours.

Les absurdités des divertissements et des pseudo-arts sont souvent défendues sur le motif que presque personne ne les prend au sérieux, mais cette supposition est démentie par les attitudes et les attentes absurdes si manifestes dans le monde tel qu'il est aujourd'hui. À l'ère des loisirs, les gens s'amusent dans les profondeurs de la psychose. Du coup, l'esthétique devient le problème de santé mentale numéro un, et pas seulement — tant s'en faut — en rapport avec les produits fabriqués pour la consommation de masse. Celle-ci n'est que la projection sur grand écran de la « haute » culture, laquelle, pour être moins suspecte, n'en est que plus insidieuse.

Les best-sellers sont des sondages Gallup sur nos attitudes psychologiques et — dans le sens de ce qu'il révèle et renforce — le roman de Styron peut être justement considéré comme une « véritable tragédie américaine ». Plus particulièrement, il illustre la tragédie de la littérature « sérieuse » qui, comme celle de genres plus faciles, sert essentiellement à calmer nos peurs et nos angoisses et à nourrir nos illusions. Constituant en soi un événement sans importance, bien que pernicieux, le livre de Styron révèle au grand jour la vacuité profonde de l'establishment littéraire qui l'a salué avec tant d'enthousiasme et dont la réaction a démoli le mythe d'une élite et d'une culture élitiste que nous imaginions moins sujettes à l'insensibilité, à la déraison et à l'ignorance que le commun des mortels. L'absurdité du roman déshonore moins William Styron lui-même (qui n'était pas le mieux placé pour considérer son œuvre avec détachement) que les critiques savants et les suppléments littéraires dont nous sommes tous enclins à regarder l'intégrité et la capacité de jugement comme indispensables — ne serait-ce que pour notre information. Bien sûr, l'effroyable médiocrité du roman de Styron est un secret de polichinelle dans les milieux littéraires — des amis américains m'ont confié que de nombreux critiques s'étaient repentis avant même l'attribution du prix Pulitzer aux *Confessions.* L'establishment culturel revient sur ses méprises avec une hâte inconvenante, dissimulant les preuves de son incompétence et de sa corruption, et conservant sa réputation intacte pour répandre la bonne nouvelle de la sérieuse foutaise de l'année suivante. Les hommes politiques ne se remettraient jamais vraiment du genre de bévues indécentes que les experts de la littérature commettent en toute impunité. Comme me l'a confié par écrit le rédacteur en chef d'une de ces importantes revues qui avaient proclamé que ce livre était un chef-d'œuvre, « *Nat Turner* a certainement été surestimé ». *Ils* savaient. Nul besoin de revenir là-dessus.

Mais les journaux sérieux en Angleterre (avec *The Observer, The Times Literary Supplement* et *The Times* comme exceptions notables) ont réagi avec juste un peu moins d'enthousiasme ; et à en juger par les critiques dithyrambiques consacrées à d'autres livres aussi effroyables, la différence peut être attribuée moins au bon sens britannique qu'au fait que ces îles ne sont pas immédiatement menacées par une insurrection de nègres. Il ne serait pas non plus difficile de trouver des romans presque aussi mauvais ayant remporté le prix Goncourt ou le prix Nobel en flattant quelque névrose nationale ou internationale. Il semble que la sagesse et même le goût dans le domaine des arts soient indissociables du courage — le courage de penser à rebrousse-poil et de refuser de nous abandonner aux rêveries et à l'autocomplaisance, de concevoir une idée fantasmatique de nous-mêmes à partir de nos vicissitudes ; et puisqu'un tel courage est aussi rare au sein de la classe cultivée que dans n'importe quel groupe social, tant la « haute culture » que celle sans prétentions intellectuelles consistent principalement en ce que Stendhal appelle le « *cant* universel ».

Bien sûr, le simple *cant* — le verbiage hypocrite — ne suffit pas, et le roman de Styron, le chef-d'œuvre américain de l'an dernier, devait satisfaire à la fois aux critères matériels et formels d'une *sérieuse foutaise.* La première condition requise est que l'œuvre doit aborder un sujet grave. En matière d'art, il est évident que la qualité dépend du traitement et non du thème ; tout le monde peut voir que la *Nature morte aux pommes* de Cézanne est une œuvre supérieure à *L'Enfance de la Vierge* de Rossetti. Même dans le domaine de la peinture, le sujet n'a jamais vraiment fait bon ménage avec la qualité. En URSS, un portrait d'un ouvrier est toujours considéré comme ayant davantage de valeur qu'une toile non figurative, tandis que dans les pays occidentaux, pendant des décennies, aucun tableau ne pouvait être tenu pour une véritable œuvre d'art s'il comportait des personnages humains reconnaissables. Le même type d'approche a empoisonné l'enseignement des lettres : les élèves sont interrogés sur le thème d'un roman, mais on ne leur demande jamais si ce qu'il *révèle* du thème est véridique ou intéressant. Ainsi, les lecteurs et les critiques imaginent que tout livre avec un gros sujet vraiment important est *ipso facto* un ouvrage important, et un roman traitant d'un soulèvement d'esclaves noirs, qui comble une lacune dans l'histoire américaine, ne peut être qu'une œuvre monumentale. Inutile de préciser que les sujets importants, du fait même qu'ils nous préoccupent tant, suscitent la plus grande quantité d'inepties volontaires ou involontaires. Et ainsi, nous nous trouvons confrontés à cette situation absurde : il est difficile d'imaginer Styron écrivant un livre tout aussi consternant sur un sujet *autre* qu'un soulèvement d'esclaves noirs, et cependant son roman n'aurait pas pu recevoir la moitié des louanges dont il a fait l'objet s'il avait traité d'un thème plus « léger ». La question décisive est : « De quoi parle ce livre ? » Ce qu'il *dit* en fait sur le sujet semble à peine compter.

Une autre condition requise, qui va de pair avec la première, est de citer le nom du Tout-Puissant à tout bout de champ. Il y a peu de pages dans ce volume, qui en compte quatre cent vingt-huit, qui ne soient pas ornées d'une citation de la Bible, ou au moins d'une mention de Dieu le Père ; et bien qu'autant d'absurdités futiles et superficielles aient été écrites sur les aspirations de l'esprit que sur n'importe quel autre sujet, j'ai lu peu de critiques négatives sur un quelconque roman invoquant la protection de Dieu. Styron fait figurer en exergue de son récit, où tous les personnages principaux tuent et/ou sont tués (et ne vivent que pour souffrir jusqu'au jour où ils sont dépêchés dans l'autre monde), ce texte biblique : « Et Dieu essuiera toute larme de leurs yeux, et la mort ne sera plus, et il n'y aura plus ni mort, ni deuil, ni pleur, ni douleur, car les premières choses ont disparu. » L'angle idéal à partir duquel contempler un spectacle d'affliction, de souffrance et de mort sans être trop gêné. À la dernière page, après la pendaison de Turner (« Certes je vais venir bientôt. Amen. Mais cependant, venez, Seigneur Jésus. Oh comme elle brille et qu'elle est belle, l'étoile du matin »), le lecteur se voit jeter à la figure des faits bruts (il apprend que le cadavre de Turner a été écorché, que de la graisse a été fabriquée avec sa chair, et un porte-monnaie avec sa peau), suivis immédiatement d'une dernière consolation tirée de la Bible (« Celui qui vaincra possédera toutes choses... »).

Comme la plupart des gens sont conscients de leur peur de la vérité, le romancier sérieux doit leur communiquer l'illusion qu'ils sont assez courageux pour la surmonter, sans véritablement les forcer à le faire. Ainsi, Styron nous sert une histoire d'horreur, mais il est infailliblement prévenant pour ses lecteurs si sensibles (ou plutôt pour lui-même — le roman étant à l'évidence inspiré par un authentique défaut de cran). Si l'idée sédative d'une immortalité dépourvue de souffrances ne suffit pas, il y a toujours la protection supplémentaire des mots : tout ce qui arrive se produit derrière un épais rideau de prose richement brodée. Quel que soit le style choisi, il doit être consistant pour être efficace, et Styron noie les plus infimes événements sous des tonnes de descriptions. Il peut arriver à des chrétiens ordinaires de ne pas être d'humeur à prier, mais voici dans quel état le prédicateur laïc, originaire du fin fond de la Virginie, se met lorsqu'il ne parvient pas à prier :

> Et, de nouveau, la prière effleura les bords de ma conscience, rôda autour, inquiète, comme un gros chat gris, cherchant à pénétrer dans mon esprit. Pourtant, une fois encore, la prière resta au-dehors et séparée de moi, bannie, exclue, hors d'atteinte, isolée aussi irrémédiablement que si des murs hauts comme le soleil avaient été bâtis entre moi-même et Dieu. Alors, en guise de prière, je me mis à murmurer tout haut…

Même les adjectifs craignent la lumière du jour : n'osant pas sortir seuls, ils apparaissent en troupeaux avec leurs compagnons du thesaurus. Styron unit tous les synonymes.

Il y a bien sûr une bonne dose de compassion dans le livre (la *sérieuse foutaise* doit témoigner de la profonde humanité de son auteur) et les mots eux-mêmes sont baignés par les larmes de Styron quand celui-ci fuit sur les ailes du chagrin les réalités qu'il n'a pas le cœur d'imaginer ou de comprendre. En fait, il fait si peu de cas des souffrances de Turner qu'il gaspille non seulement sa propre pitié, mais celle de Turner lui-même, à l'endroit du juge pendeur et du procureur, les deux hommes directement responsables de son exécution. Dans sa cellule de condamné, se remémorant son unique rencontre avec le juge Jeremiah Cobb, il se rappelle avec une profonde reconnaissance l'angoisse qui se lisait sur le visage de Cobb quand celui-ci méditait sur les souffrances des esclaves, et son cri angoissé (« Grand Dieu ! Parfois je pense… Parfois… *c'est comme de vivre dans un rêve ! »)* quand il assiste à la pendaison de l'un d'eux à un arbre. Nat décide alors : «… cet homme comptera parmi les rares qu'épargnera l'épée » ; et sa compassion ne fléchit pas, même après que Cobb l'eut condamné à mort. C'est l'instant qui suit l'annonce de la sentence :

> Nous nous regardions de très loin et cependant, nous étions tout près l'un de l'autre, terriblement près, comme si, pendant un très bref instant, nous partagions quelque rare secret — inconnu des autres hommes — un secret de tous les temps, de toute immortalité, de tous péchés et chagrins. Dans le silence, le poêle grondait et hurlait…

Avant que le lecteur ait pu élucider le mystère de cette intense sympathie mutuelle entre le juge pendeur et son prisonnier, un nouveau mystère nous est à moitié dévoilé, un secret précieux unissant les deux protagonistes, un secret inconnu des autres hommes, y compris, j'en suis sûr, de Styron lui-même. (En fait, les secrets de ceux qui sont condamnés à mort et de ceux qui les condamnent sont aux antipodes les uns des autres. Mais bien sûr tout cela n'a de sens que si l'on comprend que l'exécuteur projette son rêve sur sa victime.)

Quant au procureur, Nat ne le porte pas vraiment dans son cœur tout au long de l'interrogatoire, mais il change d'avis à la fin quand Gray lui apporte une bible. L'avocat de l'esclavage se révèle être un type bien, vraiment.

> « J't'apporte ce que t'avais demandé, Révérend », dit-il d'une voix douce. Il a l'air si calme, si tranquille, et il parle si gentiment que je pourrais penser qu'il est devenu un autre homme. « Je l'ai fait contre la volonté de la Cour. C'est à mes risques et périls... »

Ayant côtoyé des exécuteurs avec des cœurs en or, Nat Turner, dans ses derniers instants, prend non seulement en pitié le juge Cobb pour ses malheurs personnels (le juge pleure la mort de sa femme et de ses filles, et « s'apprête à passer l'arme à gauche »), mais il en vient même à plaindre Gray, un homme heureux, en parfaite santé, pour le simple fait d'être en vie : « Je me sens un déchirement de pitié pour Gray et ses années encore à vivre ici-bas. »

Il en va ainsi tout au long du livre — les gens torturent et souffrent, tuent et meurent, avec la plus extrême compassion mutuelle. C'est l'amour qui fait tourner le monde.

Styron me rappelle l'Humaniste de *La Nausée* de Sartre, qui est amoureux de l'idée d'aimer les gens, mais ne leur accorde jamais la moindre attention. Dans *Le Docteur Faustus* de Thomas Mann, Adrian demande à son ami : « Tiens-tu l'amour pour la passion la plus puissante ? — Pourquoi, en connais-tu une plus forte ? — Oui, répond Adrian, l'intérêt[1]. »

L'intérêt est la dernière chose que nous sommes prêts à nous accorder l'un à l'autre, car plus nous en savons sur les autres, plus nous sommes obligés de reconnaître qu'ils ne sont pas des prolongements de nous-mêmes. Nous aimons les gens de tout notre cœur tant que nous pouvons nous les représenter comme des ombres dans l'univers dont nous sommes le centre, des ombres dominées par nos sensations et nos sentiments, et non les leurs. C'est de cette manière que le bébé aime : comme sa mère n'est pas encore une entité distincte de lui-même, lorsqu'il lui suce le sein, c'est elle-même qu'il nourrit ; d'où ses pleurs amers, sa rage devant l'incompréhension, quand elle ne comprend pas qu'il a faim — une partie de son propre être l'abandonne. Tôt ou tard, nous apprenons à apprécier jusqu'à un certain degré l'identité distincte des autres (jusqu'à quel degré ? — on le mesurera à notre irritation quand quelqu'un rit alors que nous sommes dépri-

1. Thomas Mann, *Le Docteur Faustus*, Albin Michel, 1950, trad. Louise Servicen, p. 73.

més). Mais l'oppresseur ne grandit jamais ; il continue d'aimer comme un nouveau-né, refusant d'accorder aux autres une existence indépendante.

La pseudo-compassion littéraire de Styron est l'amour de l'oppresseur, car la reconnaissance minimale des autres êtres humains lui fait défaut — le fait de reconnaître que pour chaque homme la chose la plus réelle est ce qui lui arrive *à lui.* En nous présentant un monde fantasmatique dans lequel les attitudes des hommes ne sont en aucune façon influencées par leurs propres sensations immédiates de douleur ou de terreur, ce livre encourage notre pire, mais inéluctable penchant qui nous conduit à penser que les autres hommes *ne sont pas tout à fait réels.* Il devient une incitation à la folie qu'il incarne si froidement, attirant le lecteur dans ce pays des rêves psychotiques où toute l'humanité est enracinée dans son propre ego.

C'est là le terreau de cette violence qui empoisonne la société américaine. Plus nous nions l'identité des autres en projetant en eux nos sentiments, moins nous pouvons tolérer leur insistance à s'affirmer et à rompre le maléfice. Et c'est cela qui, au bout du compte, conduit l'assassin à viser des personnages publics : ils sont différents de lui d'une manière si flagrante, ils ne font de manière si évidente pas partie de lui, qu'il ne peut plus se projeter en eux que par le canon d'un fusil.

Les illusions qui nous incitent à la violence contiennent également notre absolution. La séparation complète des sentiments et des pensées des personnages de ce qu'ils font ou de ce qui leur arrive réellement, que l'on retrouve au cœur de toutes les contre-vérités de ce livre, est également le mensonge le plus recherché de toute la littérature. Le chef d'une insurrection meurtrière qui est en même temps l'individu le plus doux et le plus sensible, et les maîtres d'esclaves qui apparaissent ainsi à travers son regard dans tous les beaux atours de leurs auto-justifications, fournissent de la même manière la preuve fictive que nos actes n'ont rien à voir avec notre vraie nature, affirmant l'innocence du lecteur quels que puissent être ses crimes.

Des conceptions telles que celles-ci doivent être nimbées d'obscurité. Le roman de Styron est rempli de mots pompeux n'ayant pas de signification particulière, tels « vaste », « terrible », et « rare » ; et plus le mot est imprécis, plus son usage est fréquent. Dans deux pages consécutives, j'ai compté huit occurrences de « mystère » (notamment un « profond mystère », un « grand mystère », un « calme et immuable mystère », et « quelque chose de mystérieux, ineffable et innommé »). Et il y a bien sûr les « visions », les « rêves » et les « secrets » seulement suggérés. Tout cela, avec les synonymes, sert à créer une impression générale de sublimité et de profondeur, pour satisfaire ceux qui aiment lire des *livres profonds* s'ils peuvent le faire sans se donner la peine de penser. Plus importants, cependant, sont le soutien et le réconfort que de tels mots apportent à l'aveuglement de l'auteur et du lecteur. Ce roman peut être considéré comme un avertissement pour nous tous : chaque fois que nos désirs que nous prenons pour des réalités sont contredits par ce que nous apprennent nos sens, nous sommes tentés de cacher ces contradictions sous un manteau d'obscurité.

Plus nous nous mentons à nous-mêmes, plus nous croyons aux mystères.

The Times, 4 mai 1968

Le pouvoir de la critique

Heinrich von Kleist, l'un des plus grands écrivains de tous les temps, s'est donné la mort en 1811 parce qu'il ne parvenait pas à gagner sa vie avec ses chefs-d'œuvre. Il n'a jamais cessé de les adresser à Goethe, qui était considéré non seulement comme un grand poète, mais comme un génie universel, le juge le plus profond en matière d'art et de littérature. Un seul paragraphe d'approbation signé de la main de Goethe aurait valu à Kleist l'attention des cercles cultivés de toute l'Europe, et il aurait pu continuer à écrire jusqu'à un âge canonique, en nous laissant un beaucoup plus grand nombre d'œuvres immortelles. Malheureusement, comme Goethe jalousait le génie du jeune écrivain, plus audacieux que le sien, et ne faisait que de grincheux commentaires à son endroit, les Allemands civilisés estimèrent qu'ils ne perdaient rien à ne pas lire Kleist. À l'âge de trente-quatre ans, en parfaite santé et à l'apogée de ses pouvoirs créateurs, mais dans le plus grand dénuement, ignoré et humilié, il brûla le seul exemplaire de son unique roman et se tua d'une balle dans la tête. Quand le sujet de la critique littéraire me vient à l'esprit, je pense toujours au corps inanimé du jeune Kleist.

Le suicide de Kleist réalisa ce que Goethe et d'autres critiques allemands n'avaient pas voulu faire — il attira l'attention sur ses pièces de théâtre et ses nouvelles. Aujourd'hui, la plupart des gens sérieusement intéressés par la littérature ont dans leur bibliothèque au moins son volume de nouvelles. Une de ses lettres a été vendue à Marburg dans les années soixante pour plus d'argent qu'il n'en a jamais gagné de toute sa vie.

Stendhal n'a guère eu plus de succès en France. La manière dont il a décrit la classe dirigeante de son pays, y compris les prélats de l'Église catholique, ne l'aidait pas. Il a dépeint les divers types de dignitaires ecclésiastiques corrompus avec une profondeur si intemporelle que plus d'un siècle plus tard en Hongrie je pouvais reconnaître en eux les dignitaires du parti communiste qui dominaient les Hongrois avec le même mélange de bigoterie, d'hypocrisie, d'avidité et de malveillance. Certes, ils agissaient de la sorte au nom d'une autre Trinité, celle de Marx, Lénine et Staline, mais c'étaient exactement les mêmes personnages. J'ai appris chez Stendhal que la valeur des membres de n'importe quel parti ou église dépend moins de la nature de son credo ou de son idéologie que du pouvoir et des privilèges sociaux qu'il ou elle peut conférer. Aujourd'hui, Stendhal est un bon guide pour comprendre l'Eurocratie.

Le tableau impitoyable qu'il a dressé de l'Église catholique de son temps apparaît peut-être avec le plus d'acuité en la personne du héros de *La Chartreuse de Parme*, un homme d'église qui finit archevêque, et qui est en même temps l'un des plus grands amants de toute la littérature. Stendhal s'est inspiré pour le personnage de Fabrice del Dongo d'Alessandro Farnese, qui devint non seulement évêque, mais pape, et il lui prête la sensibilité d'un génie — la sienne propre. Fabrice suscite un regain de ferveur religieuse à Parme avec les sermons passionnés qu'il prononce à seule fin de faire en sorte que l'élue de son cœur, alors mariée à quelqu'un d'autre, vienne l'écouter, et une fois qu'elle est devenue sa maîtresse, il cesse de prêcher. À l'évidence, un roman traitant d'un archevêque sacrilège et adultère, qui est représenté *non comme un pécheur*, mais comme un homme brillant, intègre et supérieur à ses contemporains, qui se moque de règles absurdes, ne pouvait être apprécié des critiques français des années 1840. Freud devait appeler plus tard Stendhal « le père de la psychanalyse », mais aux yeux de ses contemporains, c'était comme s'il n'existait pas. Commentant les rares chroniques positives du *Rouge et le Noir*, Stendhal écrit à un ami : « Si j'en avais 10 000 comme cela, on me ferait baron et académicien. Mais que faire d'un fagot ou deux ? Cela ne suffit pas pour chauffer le four[1]. »

La Chartreuse de Parme, à la lecture de laquelle Tolstoï apprit comment raconter des batailles et dans laquelle Proust voyait « le plus grand roman jamais écrit », fut ignorée par les critiques, et elle aurait pu être perdue à tout jamais, avec le reste des écrits de Stendhal, si Balzac ne l'avait pas tirée de l'oubli un an et demi après sa publication avec une longue chronique, elle-même un chef-d'œuvre, qu'il écrivit sous l'empire de l'« admiration légitimée par la conscience », et qu'il publia lui-même dans son magazine éphémère, la *Revue parisienne*.

Chaque auteur, chaque lecteur est redevable à des critiques aussi courageux et perspicaces que Balzac, qui, sans se soucier des bienséances politiques et des modes de leur temps, braquent les projecteurs sur les grandes œuvres et ainsi maintiennent la littérature en vie. Le problème est qu'on les compte sur les doigts de la main, et que leur influence tend à être posthume.

L'IMMENSE POUVOIR de la critique littéraire — son pouvoir de décider ce que la majorité du public des lecteurs lira, et ainsi, quels auteurs vivront bien, et lesquels ne connaîtront jamais que la misère — son pouvoir de faire la différence entre la vie et la mort pour un écrivain

1. Stendhal, *Correspondance*, éd. La Pléiade, t. II, Lettre à Sophie Duvaucel, 28 avril 1831, p. 281.

— n'a aucun rapport avec la *qualité* de la critique, mais est fondé sur le fait que la plupart des lecteurs détestent être seuls dans leurs opinions et leurs jugements. Il faut beaucoup de force morale pour dire « ce livre est une ineptie, même si tout le monde dit que c'est du grand art » ou « j'ai aimé ce livre, c'est un grand livre, peu m'importe que tous les critiques l'aient éreinté ». Il est beaucoup plus confortable de constater qu'on partage l'opinion des « spécialistes », les chroniqueurs des journaux et des magazines les plus hautement considérés.

L'influence de la critique littéraire varie selon les pays, mais il semble que des esprits indépendants qui lisent un livre à la lumière de leur propre expérience et non à celle de l'opinion établie sont rares partout. Et paradoxalement, ils sont encore plus rares parmi les *littérateurs.* Fondé sur l'instinct grégaire, l'ascendant des critiques est particulièrement fort sur les gens qui se considèrent pourtant comme des individualistes — la classe intellectuelle. Leur goût pour la littérature et leur capacité à juger constituent une partie importante de l'image qu'ils se font d'eux-mêmes, qui est la source de leur amour-propre, et pour cette raison précise leur crainte de se tromper — du moins aux yeux des autres — les rend impatients de s'accorder avec l'opinion des « spécialistes ». C'est la raison pour laquelle des livres totalement factices, ineptes et ennuyeux peuvent se vendre à des centaines de milliers d'exemplaires en France s'ils remportent le prix Goncourt.

Je pense que j'ai toujours su cela de manière vague, mais (pour emprunter la définition qu'a donnée Shakespeare de la seule véritable connaissance) *je ne l'ai su intimement* qu'après la publication de *In Praise of Older Women*[1]. Au Canada, où j'ai d'abord publié moi-même ce roman et où il fut très bien accueilli par la plupart des critiques de la presse et des milieux universitaires faisant autorité, il devint un best-seller, atteignant la première place dans la liste des ventes. Quand il fut par la suite publié aux États-Unis, la plupart des publications américaines importantes l'ignorèrent ou l'attaquèrent, offusquées (je pense) par le fait que je décrivais le sexe sans l'assortir de fantasmes auto-complaisants, de mauvaise conscience ou de protestations de dégoût — ingrédients de base de la culture puritaine.

À ce moment-là, je reçus un coup de téléphone du Patriarche des Lettres Américaines, Edmund Wilson, qui m'appelait pour me dire à quel point il aimait mon roman. Je lui demandai alors de le faire savoir publiquement, mais il refusa. Je fus stupéfait qu'Edmund Wilson ait voulu me féliciter *en secret*, mais cela m'a permis de me forger une opinion à la fois sur les critiques et sur les lecteurs que j'ai pu vérifier depuis

1. *Éloge des femmes mûres*, Anatolia/Éd. du Rocher, 2001 (Folio n° 4367).

lors : si leur réaction par rapport à un roman ne s'accorde pas avec l'opinion reçue et est susceptible de susciter désapprobation ou hostilité, la plupart d'entre eux n'en diront rien. Ainsi, même s'il est apprécié et admiré par tous ceux qui le lisent vraiment, un livre peut mourir faute de publicité par le bouche à oreille, s'il n'est pas encensé par la critique.

L'édition originale américaine en grand format de *In Praise of Older Women* trépassa ainsi, et l'éditeur envoya au pilon ses stocks au bout de trois mois. Cependant, quelques mois plus tard, il recommença à se vendre aux États-Unis et atteignit un million d'exemplaires en un an. Que s'était-il produit ? Le livre n'était pas devenu meilleur, de même que les lecteurs n'avaient pas pu changer aussi rapidement. Mais entre-temps, le roman avait été publié en Angleterre, où il avait reçu la bénédiction d'écrivains et de critiques respectés d'importants journaux et magazines, et il devint sur-le-champ un best-seller. Comme les critiques anglais (à la différence des Canadiens, qui sont pourtant tout aussi bons) jouissent d'une certaine crédibilité aux États-Unis, et que des citations des articles parus à Londres couvraient la quatrième de couverture, les Américains se sentirent désormais libres d'aimer le livre et d'en parler.

Je ne dis pas que les critiques peuvent faire de n'importe quel livre un succès de librairie — Dieu lui-même serait incapable d'insuffler vie à certains livres — et il est également vrai que les écrivains qui ont obtenu de grands succès et une reconnaissance critique n'ont plus besoin de publicité. Ils ont leurs propres fidèles aux quatre coins du globe. Mais le reste des écrivains dépend des critiques — et aujourd'hui plus que jamais.

LA RAISON PRINCIPALE de cette situation est la croissance incontrôlée de l'édition, et, partant, l'expansion de la critique. Des *milliers* de romans sont publiés chaque année, et ces livres requièrent un nombre croissant de chroniqueurs, ce qui signifie une baisse des critères de qualité dans tous les domaines. Par conséquent, la plupart des romans publiés sont écrits par des gens qui ne savent pas écrire, et la plupart des critiques sont écrites par des gens qui ne savent pas lire.

Et puis il y a les dizaines de milliers de livres de sciences humaines et de documents publiés chaque année, la plupart étant des versions inférieures d'un excellent livre épuisé traitant du même sujet. Les grandes œuvres sont constamment chassées des rayons des libraires pour laisser place aux inepties du jour. Les essais littéraires de Balzac, qui comptent parmi les pages de critique littéraire les plus profondes qui aient jamais été écrites, ne sont plus disponibles depuis des décennies, alors que des charlatans universitaires comme Jacques Derrida publient un flot régulier de livres remplis de théories sans valeur et de jargon délibérément incompréhensible qui encombrent les bureaux des éditeurs, les étagères des librairies et les cerveaux des étudiants qui doivent les lire.

Quel rédacteur en chef ou critique pourrait se retrouver dans les dizaines de milliers de nouveaux livres et choisir ceux qui sont vraiment valables ? Le monde de l'édition et de la librairie, de par ses structures, exige une avalanche de nouveaux titres chaque année, et même de bons critiques et de bons directeurs de suppléments littéraires ne sont pas aussi bons qu'ils pourraient l'être dans la mesure où ils travaillent de manière trop précipitée, constamment pressés par la tâche suivante, par la pile de livres suivante qui atterrit sur leurs bureaux. La hâte, autant que le conformisme, explique la similitude et le manque de sincérité de la plupart des livres, ainsi que celle des critiques écrites sur eux. Faire une chose bien demande tout simplement trop de temps. Comme l'a dit Balzac : « Inventer en toutes choses, c'est vouloir mourir à petit feu ; copier c'est vivre. »

Cette citation est tirée de sa nouvelle « Pierre Grassou », et ce qu'il dit de la pléthore d'œuvres exposées au Salon du Louvre en 1817 peut s'appliquer au monde littéraire d'aujourd'hui :

« En offrant autrefois l'élite des œuvres d'art, le Salon emportait les plus grands honneurs pour les créations qui y étaient exposées. Parmi les deux cents tableaux choisis, le public choisissait encore : une couronne était décernée au chef-d'œuvre par des mains inconnues. Il s'élevait des discussions passionnées à propos d'une toile ; les injures prodiguées à Delacroix ou à Ingres n'ont pas moins servi leur renommée que les éloges et le fanatisme de leurs adhérents.

Aujourd'hui, ni la foule ni la critique ne se passionneront plus pour ces produits de bazar. Obligée de faire le choix dont se chargeait autrefois le jury d'examen, leur attention se lasse à ce travail (...). Avant 1817, les tableaux admis ne dépassaient jamais les deux premières colonnes de la longue galerie où sont les œuvres des vieux maîtres, et cette année, ils remplirent tout cet espace, au grand étonnement du public. Le Genre historique, le Genre proprement dit, les tableaux de chevalet, le Paysage, les Fleurs, les Animaux et l'Aquarelle, ces sept spécialités ne sauraient offrir plus de vingt tableaux dignes des regards du public, qui ne peut accorder son attention à une plus grande quantité d'œuvres. Plus le nombre des artistes allait croissant, plus le jury devait se montrer difficile. Mais tout fut perdu dès que le salon se continua dans la galerie (...). Au lieu d'un tournoi, vous avez une émeute ; au lieu d'une exposition glorieuse, vous avez un tumultueux bazar ; au lieu du choix, vous avez la totalité. Qu'arrive-t-il ? Le grand artiste y perd. » Non seulement parce qu'il se trouve perdu au milieu de la foule, mais parce que « ces infâmes médiocrités chargées d'élire aujourd'hui les supériorités dans toutes les classes sociales (...) naturellement s'élisent elles-mêmes et font une guerre acharnée aux vrais talents[1] ».

1. Balzac, *La Comédie humaine,* VI, éd. La Pléiade, 1977, p. 1091-1092, 1101.

N'est-ce pas également vrai de la littérature et de la critique aujourd'hui ? Il tombe sous le sens que si les éditeurs de chaque pays s'entendaient pour ne pas publier plus de cent romans et plus de deux cents ouvrages de sciences humaines ou essais par an, aussi bien les livres que la critique seraient d'un plus haut niveau et moins de bons livres seraient perdus pour le public. Aujourd'hui, un écrivain parvient relativement facilement à faire publier son livre, mais même s'il s'agit d'un chef-d'œuvre, il peut tout aussi facilement se perdre parmi les milliers de livres qui, tout bonnement, n'auraient jamais dû être publiés.

La grande majorité des livres inutiles est écrite au sujet de la littérature par des universitaires et imposée aux étudiants, ce qui les prive du temps dont ils auraient besoin pour lire et relire les grands écrivains. La plupart de ces livres ont pour objet d'énumérer les échecs de Tolstoï ou les imperfections de Shakespeare, ou de nous démontrer que Gogol était un petit homme un peu toqué. Ainsi, les étudiants apprennent à quel point leurs médiocres professeurs sont plus intelligents que les plus grands esprits de la civilisation occidentale.

Les livres invraisemblables de Derrida sont l'expression ultime de ce type d'impertinence universitaire. Seule une phrase, de temps à autre, présente un vague sens — et ce sens vient en général à l'appui de la théorie selon laquelle ce qu'un écrivain veut dire importe finalement peu (c'est à nous d'inventer la signification d'un texte littéraire). Derrida appelle cette théorie « déconstruction », ce qui, après tout, est un synonyme de destruction. Aucune littérature ne croît nulle part près de ces gens ; du moins, très peu de celle-ci n'est reconnue. Leur vanité et leur dilettantisme s'offusquent de l'art véritable, qui donne vie à des êtres humains de chair et de sang ; et s'ils montent en épingle un écrivain, il s'agit en général d'un médiocre de leur niveau. Honneur aux enseignants auxquels ces remarques ne s'appliquent pas, mais ils sont les mieux placés pour savoir qu'ils sont une minorité, combattant un ennemi à la supériorité écrasante.

Il y a quelques années, une étudiante faisant sa licence de littérature anglaise à Oxford est venue me voir à Londres, et quand elle a mentionné un certain livre je lui ai demandé s'il lui avait plu. Se redressant fièrement, elle m'a déclaré : « Je ne lis pas pour me faire plaisir, je lis pour évaluer ! » J'ai bien peur qu'elle soit représentative du genre d'« experts » de la littérature que l'enseignement supérieur produit : ils aiment les livres comme des enfants riches et gâtés aiment les domestiques, car ils se croient supérieurs à eux.

La critique littéraire est un sujet aussi vaste que la politique — il s'agit, de fait, de la politique de la littérature. Elle engage de nombreuses personnes douées et intègres, mais aussi des armées entières de flagorneurs et de petits tyrans qui font des courbettes devant ceux qui sont au-dessus d'eux, mais se redressent quand ils ont affaire à des écrivains inconnus. Certains de ces critiques ont si peu de talent ou de caractère, et tant de vanité, qu'il serait ridicule de penser qu'on a besoin de les corrompre, mais même les critiques intelligents et honnêtes sont soumis à un trop grand nombre d'influences corruptrices les poussant à se conformer à l'opinion que l'on attend d'eux, au lieu de livrer leur véritable opinion sur l'œuvre.

Il est certainement difficile pour un critique de dire ce qu'il pense à New York. Les États-Unis sont un grand pays où les livres rapportent de trop grandes quantités d'argent pour que l'opinion des critiques soit laissée au hasard. J'ai reçu un jour un appel d'une rédactrice du *New York Times Book Review*, qui me disait que le livre qu'elle voulait m'envoyer était un très bon roman d'une dame de la haute société new-yorkaise, qui avait donné des millions de dollars à des œuvres de charité. « Et si je ne l'aime pas ? » ai-je demandé. « Mais pourquoi ne l'aimeriez-vous pas ? » a-t-elle répondu, contrariée. « *Nous*, nous l'aimons. » Elle était à l'évidence choquée que je puisse envisager la possibilité de me trouver en désaccord avec les rédacteurs du supplément. J'ai refusé de faire un compte rendu du roman de cette charitable dame, mais j'ai ajouté que je serais ravi d'écrire pour la *NYTBR* à propos d'un autre livre. Ils ne m'ont rappelé que quatre ans plus tard. Si vous voulez écrire pour la *New York Times Book Review*, vous devez aimer les livres qui vous sont confiés avant même de les avoir lus.

Partant, combien de fois un critique américain pourrait-il ignorer les insinuations à propos du genre de critique qu'on attend de lui ? Surtout s'il gagne sa vie en écrivant des critiques de livres, ou si sa promotion à l'université dépend de sa collaboration aux pages de prestigieuses publications.

*

Je ne me suis jamais causé un aussi grand tort que lorsque j'ai écrit un essai intitulé « Anatomie des sérieuses foutaises, ou la baie des Cochons de l'establishment littéraire américain[1] », où j'analysais le roman de William Styron, *Les Confessions de Nat Turner*, qui a pour principal personnage un esclave rebelle noir voulant tuer *tous* les Blancs, hommes, femmes et enfants, mais qui éprouve en même temps une grande affection pour eux, les comprend et les prend en pitié — tous, y compris le procureur vicieusement raciste et le juge qui le condamne à la pendaison. Cette ineptie psychotique a été avalisée sans sourciller par la centaine de rédacteurs en chef et de critiques qui décident du succès d'un livre aux États-Unis. Il est facile pour eux d'être

1. Voir *supra*, p. 351-383.

du même avis : la plupart d'entre eux sont invités aux soirées de la dame charitable de la haute société, dans son hôtel particulier de la 5e avenue. Inutile de préciser que Styron est un membre de cette coterie, un vieil ami du rédacteur en chef de la *New York Review of Books*, la voix de la haute culture littéraire et universitaire des États-Unis. Sa photo a figuré sur les couvertures des magazines, son livre a été salué comme un grand, sinon le plus grand roman américain, et il a été couronné par le prix Pulitzer.

Le *Times* de Londres m'a chargé de rédiger une critique des *Confessions de Nat Turner*. Comme il s'agissait à mon avis d'un exemple particulièrement flagrant de la psychologie de l'auto-illusion et d'une mauvaise écriture pompeuse, j'ai transformé ma recension en un véritable essai, citant nommément les critiques célèbres qui avaient porté aux nues ce livre, et nommant également les journaux et les magazines dans lesquels leurs chroniques étaient parues (dans un certain nombre de cas, les critiques en question étaient également les rédacteurs en chef des publications). J'avais oublié la leçon des *Illusions perdues*, et je n'avais pas compris que je n'étais pas engagé dans une simple controverse littéraire.

Les critiques et les publications qui soutenaient le roman de Styron ont la réputation d'être les meilleurs juges en matière de livres aux États-Unis. Quand ils s'expriment d'une seule voix à propos d'un livre, celui-ci a de fortes chances de se vendre à plusieurs centaines de milliers d'exemplaires. Mettre en doute leur jugement revient à défier leur pouvoir de générer des ventes se chiffrant en millions de dollars. Quand par la suite j'ai inclus mon essai dans *The Rules of Chaos*, aucun des journaux que j'avais cités n'a consacré un seul mot à mon livre ; de même, aucun d'eux, à l'exception de *Newsweek*, ne devait consacrer plus d'une demi-ligne à mes livres ultérieurs, bien que plusieurs personnes qui travaillaient pour ces publications m'aient confié qu'elles avaient spécialement demandé de critiquer mes livres, mais les rédacteurs en chef s'y étaient opposé.

Harold Evans, qui croyait en *An Innocent Millionaire* et l'avait publié à New York, a dépensé plus de cent mille dollars pour la promotion du livre, en publiant de grandes annonces publicitaires plusieurs jours de suite dans le *New York Times*, mais malgré cela le grand quotidien newyorkais l'a ignoré — ce qui revenait à une condamnation à mort, car sans une recension positive dans le *NYT*, il est quasi impossible pour un roman sérieux d'attirer suffisamment l'attention des médias et d'être remarqué du public.

Habitant New York à l'époque, je suis tombé un soir, vers minuit, sur Lewis H. Lapham sur la 5e avenue. Il avait passé la soirée au Century Club à lire *An Innocent Millionaire ;* il avait encore le livre dans sa serviette. Il venait de le terminer et l'avait beaucoup aimé.

J'admirais Lewis H. Lapham pour ses essais caustiques et brillants et entièrement dépourvus de *cant* ; j'avais l'impression que nous écrivions pour le même type de lecteurs : quelqu'un qui aimait ses livres avait à mon avis de fortes chances d'aimer les miens. « Si vous aimez mon roman, s'il vous plaît, faites-en une critique », le suppliai-je. « Ils l'assassinent avec leur silence. »

« Rien de plus facile », dit-il. « Je dispose d'une colonne hebdomadaire dans le *Wall Street Journal*, et je choisis moi-même les livres dont je veux parler. »

Ma joie était à son comble.

Il serait difficile pour les autres journaux de continuer à ignorer le roman après une critique favorable de Lewis H. Lapham.

Deux jours plus tard, Lapham m'a appelé pour m'apprendre que le *WSJ* refusait qu'il fasse un compte rendu de mon roman. Il écrivait pour eux des critiques depuis des années et c'était la première fois qu'ils mettaient leur veto sur un livre à propos duquel il voulait écrire. Ce veto n'était pas motivé, et j'en suis encore aujourd'hui réduit aux conjectures, mais le responsable des pages culturelles du journal était encore ce même Edmund Fuller dont j'avais tourné en ridicule les louanges à l'endroit du roman de Styron dans mon essai publié dans *The Rules of Chaos* seize ans plus tôt.

C'est très bien ainsi, car je gagne ma vie avec mes livres en Europe et en Amérique latine, mais je n'ose même pas imaginer comment un écrivain ou un critique devant compter sur ses revenus aux États-Unis peut accepter de bon cœur d'être puni de la sorte pour s'être exprimé mal à propos.

Je sens la sueur de la peur dans un grand nombre de critiques parues dans la presse new-yorkaise. Même lorsque des gros sous ou des amis importants ne sont pas en jeu, le critique doit encore se soucier de prouver sa compétence, en distillant louanges et blâmes dans de justes proportions. Ce phénomène est particulièrement évident dans les critiques concernant les premiers romans, les livres d'écrivains sans réputation établie et sans gros budgets de publicité pour les soutenir. Quand on lit une critique de ce genre de livres qui est clairement et sans équivoque positive ou négative, on lit probablement une critique intègre. Mais dans la plupart des cas les critiques usent de faux-fuyants, de telle sorte que si les autres critiques font l'éloge du livre, eh bien, ils l'ont aimé aussi ; et si les autres critiques l'éreintent, voyons donc, alors ils l'ont éreinté aussi. À mon avis, c'est là la forme la plus méprisable de critique littéraire. Soit un roman vit, soit il ne vit pas, et ne pas révéler la plus importante vérité à son sujet est une cruelle trahison à la fois de l'auteur et du lecteur.

D'après mon expérience, pratiquement les seules critiques aux États-Unis auxquelles on peut se fier sont publiées dans des journaux tels que le *Cleveland Plain Dealer*, le *San José Mercury News*, l'*Hilton Head Island Packet* ou le *Sacramento*

Bee, i.e., dans des publications de province où elles sont écrites par des journalistes professionnels qui couvrent tout, des livres à la rubrique matrimoniale, ou par des gens en dehors du coup — avocats, ménagères, informaticiens, médecins — qui ne vivent pas de leur plume et ne sont pas impliqués dans la politique littéraire. Comme ils n'ont rien à craindre ni à gagner, et n'ont pas de théorie particulière à mettre en avant, ils peuvent dire sincèrement ce qu'ils pensent d'un livre. La littérature, comme la guerre et la politique, est trop importante pour être laissée aux professionnels. Mais là encore, la plupart des lecteurs en province n'écoutent pas les critiques locaux et n'achètent que les livres qui sont homologués par New York. Ça devrait être le contraire.

*

J'ai longtemps pensé que les États-Unis formaient un cas à part, mais je me suis trouvé par hasard en Italie au moment de la parution du *Pendule de Foucault* d'Umberto Eco — et la flagrante promotion travestie en critique littéraire dont le livre faisait l'objet aurait fait honte à New York. Le succès fabriqué de ce livre illisible combine les pires effets de l'argent et de l'insolence universitaire, qui font croire aux gens crédules que la littérature est ce que savent faire les professeurs : mentionner des faits peu connus, citer des documents obscurs, divaguer à propos de tout et de rien, mélanger des phrases incompréhensibles et des platitudes. *Il pendolo di Foucault* fut salué par les médias italiens comme la venue d'un nouveau messie. Les journaux publièrent des critiques dithyrambiques signées de grands noms italiens *sur leurs unes*, et tous les suppléments en couleurs lui consacrèrent de grands articles, Eco apparaissant à la télévision jour et nuit. À cette époque, je suis entré dans une librairie à Viareggio où j'ai été médusé par un spectacle que je n'avais encore jamais vu de ma vie. Des caisses entières remplies d'exemplaires du roman d'Eco venaient d'arriver et les vendeurs ne parvenaient pas à les déballer assez vite. Des centaines de gens faisaient le siège de cet avant-poste de la civilisation au bord de la mer, et, tels des moutons à qui on aurait appris à parler quatre mots, ils demandaient tous *Il pendolo di Foucault*. Et qui aurait pu leur en faire reproche ? C'était Le Livre auquel chaque radio et chaque chaîne de télévision, chaque journal et chaque magazine rendaient un hommage frénétique. Ces pauvres gens, dont bon nombre venaient de villages des collines, n'avaient jamais imaginé qu'un simple livre pouvait être si important !

Je fus particulièrement frappé par un jeune couple timide qui semblait entrer pour la première fois dans une librairie. Alors qu'ils attendaient qu'une nouvelle caisse du Livre soit ouverte, j'ai entrepris de leur parler et les ai invités à regarder d'autres livres ; c'était une librairie bien fournie, avec la plupart des trésors des littératures italienne et mondiale sur ses rayons. Comme ils n'en avaient lu aucun, pour autant que j'ai pu le comprendre, j'ai essayé de les intéresser au *Décaméron*, aux *Légendes de saint François* (de splendides contes), aux *Chroniques italiennes* de Stendhal, aux *Contes drolatiques* de Balzac, aux nouvelles de Cervantes, Maupassant, Mark Twain et Svevo, au *Voyage sentimental* de Sterne, au *Tricorne* d'Alarcón, au *Jour de la chouette* de Sciascia, aux *Nouvelles romaines* de Moravia et à *Félix Krull* de Thomas Mann — des livres que même quelqu'un n'ayant jamais lu un livre peut apprécier. J'ai réussi à maintenir l'attention du jeune couple pendant environ dix minutes avec mon mauvais italien, leur montrant tous ces livres, puis je les ai laissé faire leur propre choix. Je les ai vus un peu plus tard sortir de la librairie avec un exemplaire de *Il pendolo di Foucault.*

Je suis sûr que les critiques, les journalistes, les rédacteurs en chef et les éditeurs qui ont fait ce battage monumental à propos d'un roman illisible n'ont jamais réfléchi à la vile trahison de la cause de la lecture et de l'écriture dont ils se sont rendus coupables. Je pense souvent à ce jeune couple. Après cinquante pages tout au plus, ils ont dû décider que les livres n'étaient décidément pas faits pour eux et ils sont retournés regarder la télévision pour le restant de leur vie.

ABC Literario, 14 juillet 1990

[illegible]

[illegible]

[illegible]

Vérités et mensonges en littérature

> Mais la Vérité est la chose la plus stupide sous le soleil. Essayez de gagner votre vie avec la Vérité — et allez à la soupe populaire.
>
> HERMAN MELVILLE

J'ai lu *Billy Budd* il y a quelque quinze ans, mais le passage du temps n'a pas émoussé son impact : je suis encore pris de nausée chaque fois qu'un commentaire admiratif sur ce roman le rappelle à mon souvenir. L'histoire imaginée par Melville tire sa substance du plus grossier, du plus misérable mensonge de toute la littérature, le mensonge selon lequel un homme peut aimer son bourreau.

Entre le précédent paragraphe et celui-ci, j'ai relu *Billy Budd* pour vérifier si mes souvenirs étaient exacts. Bien que court, ce roman est difficile à lire jusqu'au bout, car il est écrit dans une prose extrêmement pâteuse et tourmentée — en général, un signe que quelque chose ne va pas. Voici l'intrigue en résumé. En 1797, peu après les mutineries de Spithead et du Nore, un jeune marin nommé Billy Budd — un beau, gai, franc et candide garçon au cœur pur — est accusé à tort d'avoir tenté de fomenter une mutinerie à bord de l'HMS *Indomitable*, un vaisseau de guerre de la marine anglaise. Convoqué dans la cabine du capitaine et confronté à Claggart, le capitaine d'armes malveillant ayant colporté ces mensonges à son sujet, Billy ne peut prononcer un seul mot pour sa propre défense : il souffre d'un défaut d'élocution qui le rend muet chaque fois qu'il est submergé par l'émotion. Rendu furieux par son incapacité à clamer son innocence, il se rue de désespoir sur son accusateur et le frappe à mort. Le capitaine Vere réunit une cour martiale sommaire et Billy Budd est pendu le lendemain matin.

Ainsi résumée à grands traits, cette histoire montre à quel point la vie d'un marin valait peu de chose au dix-huitième siècle. Il n'y avait pas pénurie d'hommes : si on avait besoin de nouvelles recrues, on pouvait toujours les enrôler de force à terre, ou les réquisitionner, comme Billy Budd, sur un navire marchand de passage. Les mutineries de Spithead et du Nore furent provoquées par les traitements barbares auxquels étaient soumis les marins anglais (bien que Melville soit plutôt enclin à voir leur cause dans la contagion révolutionnaire de la France — comme si le rapt de personnes, le fait de les flageller et de leur faire manger des vers ne suffisaient pas), et les conditions de vie étaient similaires sur les navires américains, connus pour être des geôles flottantes. À une date aussi tardive que 1842, à bord du brick de guerre américain *Somers,* le capitaine Slidell Mackenzie pendait trois jeunes marins (dont le fils de John Canfield Spencer, secrétaire d'État à la Guerre) sans preuves ni procès, sur le simple soupçon d'avoir tramé une mutinerie. L'incident est cité par Melville : les capitaines Vere et Mackenzie agirent tous les deux pour prévenir une possible mutinerie, dit-il, et ils éprouvèrent la même urgence à ce sujet, « que celle-ci soit fondée ou non ». Au cas où certains lecteurs pourraient penser qu'il y a une différence entre des exécutions « fondées » et celles qui ne le sont pas, Melville cite un auteur anonyme pour leur rappeler qu'ils savent très peu de chose des « responsabilités de l'homme privé de repos sur la passerelle ».

Si l'on en croit Philip McFarland, auteur de *Sea Dangers : The Affair of the Somers,* le capitaine Mackenzie prenait plaisir à assister à des exécutions particulièrement atroces. Au cours de ce bref voyage, il administra plus de *deux mille* coups de fouet à un équipage comptant seulement deux cents hommes. Pour défendre ce sadique pathologique de l'accusation de cruauté excessive, il fut dit que, comparé au nombre de punitions infligées sur les autres navires, celui des coups de fouet sur le *Somers* n'était que légèrement supérieur à la moyenne ; mais pour beaucoup, à l'époque et aujourd'hui, c'était la preuve qu'un système exceptionnellement cruel était dirigé par des hommes exceptionnellement cruels.

Melville voit dans le capitaine Vere un homme de cœur, s'acquittant de son pénible devoir, pendant haut et court un jeune marin pour un homicide involontaire, mais il me semble qu'un homme de cœur n'aurait pas été aussi prompt à faire taire sa conscience et à abdiquer toute responsabilité morale individuelle. Devant la cour martiale, il explique aux trois officiers qui prononceront le jugement qu'ils doivent réprimer leur répugnance naturelle à condamner un homme innocent : ils doivent oublier la Nature et songer aux boutons de leur uniforme.

> « Comment pouvons-nous condamner à une exécution sommaire et cruelle un homme innocent devant Dieu, et que nous estimons tel ? Me comprenez-vous bien ? Vous ne donnerez votre assentiment qu'à contrecœur. Eh bien, j'éprouve la même chose, j'en suis pleinement conscient. C'est la Nature. Ces boutons que nous portons attestent-ils notre allégeance à la Nature ? Non, au Roi (...). En étant investis de nos charges, nous avons cessé à bien des égards d'être des *agents libres naturels* (...). Car supposons que nos débats débouchent sur une condamnation. Serait-ce moins nous-mêmes qui prononcerions cette condamnation que *la loi martiale agissant à travers nous* ? De cette loi et de sa rigueur, nous ne sommes pas responsables. » (Les italiques sont rajoutés.)

C'est ce qu'on appellera plus tard la défense de Nuremberg, mais ce n'était pas moins spécieux à l'époque de Melville. En fait, cette argumentation ne tient pas debout même dans le cadre de cette histoire. Ni la loi ni la coutume ne forçaient le capitaine Vere à convoquer une cour martiale.

> S'agissant de la cour martiale sommaire, le chirurgien chef la considéra à tout le moins comme malavisée. La chose à faire, pensait-il, était de placer Billy Budd aux arrêts, selon une procédure dictée par l'usage, et de remettre toute nouvelle décision (...) au moment où le navire rejoindrait l'escadre, puis d'en référer à l'amiral.

C'est aussi l'opinion des trois officiers que le chirurgien chef doit appeler devant la cour martiale. « Ils partageaient entièrement sa propre surprise et son inquiétude. Comme lui, ils semblaient penser qu'une telle question devait être soumise à l'amiral. »

Mais le capitaine tient à ce que la loi sur les mutineries soit appliquée, même s'il reconnaît avec l'officier des fusiliers marins que Budd n'a projeté « ni mutinerie ni homicide ». Il veut une pendaison rapide, coûte que coûte.

> « Ne pouvons-nous pas condamner et cependant atténuer la peine ? » demanda d'une voix hésitante le lieutenant en second, parlant ici pour la première fois.

« Lieutenant, répondit-il (...) considérez les conséquences d'une telle clémence. »

Aux yeux du capitaine, tout ce qui serait plus doux qu'une exécution immédiate passerait pour de la clémence. Et s'il ne parvient pas à convaincre ses officiers de pendre Billy en se fondant sur le droit, il invoquera d'autres raisons.

« Les hommes » (il veut parler de l'équipage du navire) « (...) comment prendraient-ils cela ? Même si vous pouviez leur expliquer — *ce à quoi notre position officielle nous interdit* — ils n'ont pas cette capacité de réponse intelligente qui pourrait leur permettre de comprendre et juger, eux qui sont façonnés depuis longtemps par une discipline arbitraire. (...) Votre clémence passerait pour de la pusillanimité. Ils penseraient que nous flanchons, que nous avons peur d'eux... »

En d'autres termes, lui-même et ses officiers ne peuvent communiquer avec les hommes sous leurs ordres que d'une seule façon, par des bastonnades et des pendaisons. Lui, capitaine Vere, a commandé son navire de manière arbitraire, et ses hommes, « dont le caractère a été depuis longtemps façonné par une discipline arbitraire », attendent de lui qu'il les dirige toujours de la même manière : ils ne comprendraient pas — ils se *mutineraient* — s'il prenait tout à coup une décision intelligente et humaine fondée sur les faits et les circonstances d'une affaire.

Billy Budd, de son côté, n'éprouvera aucune

difficulté à comprendre pourquoi il doit être pendu bien qu'il soit innocent, et compatira avec ses bourreaux. Le capitaine s'en porte garant auprès des trois officiers.

> « Vous voyez maintenant où, mû par le devoir et le respect de la loi, je vous conduis sans dévier de ma route. Je ressens la même chose que vous à propos de ce malheureux garçon. Mais connaîtrait-il le fond de notre cœur, je le crois d'une nature assez généreuse pour compatir avec nous, à qui, en cette nécessité militaire, une si lourde obligation est imposée. »

Il est difficile de croire que Melville veuille que nous prenions les déclarations du capitaine au sérieux. D'ailleurs, lorsque le chirurgien chef entend parler pour la première fois de la cour martiale, il est rempli d'« inquiétude » et d'« appréhension », se demandant si le capitaine n'est pas « soudain affecté d'un trouble mental ». Mais non, il apparaît que les propos du capitaine sont pure sagesse. Les officiers qui se risquent à être en désaccord avec lui sont des « hommes bien intentionnés, mais immatures intellectuellement », tandis que le capitaine Vere bénéficie à la fois d'une sagesse livresque et d'une expérience pratique.

> Quand il parlait, quelque chose à la fois dans la substance de ce qu'il disait et dans sa manière de l'énoncer montrait l'influence d'études solitaires modifiant et tempérant la formation pratique d'une carrière active.

Un style tortueux s'accorde avec une pensée tortueuse. Dressant le portrait d'un homme sauvagement cruel dans sa conduite, Melville le perçoit en même temps comme homme de bien, sage et compatissant. C'est cette combinaison qui est si fausse. Le capitaine Vere est le meurtrier au cœur d'or : il *aime* Billy Budd. Le devoir l'oblige à pendre le pauvre garçon, mais toute l'affaire est plus pénible pour lui que pour Billy. Il se rend seul auprès de Billy pour l'informer de sa condamnation à mort et sort de la cabine du prisonnier le visage « exprimant l'angoisse des forts ». Le lieutenant de vaisseau s'en rend compte et en est très surpris. « Le condamné souffrait moins que celui qui avait principalement œuvré à cette condamnation. »

S'ils y prêtent attention, les lecteurs s'apercevront que l'un des plus fréquents mensonges de la littérature est l'assertion selon laquelle on souffre plus en maltraitant, en torturant et en tuant quelqu'un qu'en étant maltraité, torturé et tué. Et ceci a pour corollaire que les victimes n'opposent pas d'objections. Au contraire. Elles comprennent, elles compatissent avec leurs tortionnaires ; elles les respectent, voire les aiment.

Melville ne décrit pas la scène cruciale dans la cabine du prisonnier, il « conjecture » seulement que le capitaine, avec franchise et courage, aurait tout dit à Billy, sans lui dissimuler que c'est lui qui tenait à ce qu'il soit condamné à mort ; il lui aurait exposé toutes les bonnes raisons pour lesquelles il devait être pendu bien qu'il fût innocent, et Billy a compris et approuvé. Ce qui est sous-entendu dans les « conjectures » de Melville, c'est que le sympathique jeune marin reconnaît que les autres membres de l'équipage, qui tous le chérissent, se mutineront s'il n'est pas immédiatement pendu. Et loin de haïr le capitaine Vere pour être mis à mort sans raison, il est honoré que le capitaine soit venu lui révéler les « motivations qui le font agir ». Il en est fier, et même joyeux, d'une certaine manière.

> Non sans une sorte de joie a-t-il probablement apprécié la haute opinion que son capitaine avait de lui et de son courage en lui manifestant une telle marque de confiance.

Quelle négation de l'instinct de vie ! Quelle trahison de l'humanité souffrante ! Quelle idéalisation de la soumission la plus abjecte ! Pourquoi devrions-nous nous formaliser d'un meurtre si les victimes elles-mêmes n'en font aucun cas ? L'attachement « joyeux » éprouvé par Billy Budd pour son capitaine ne fléchit pas, même après que ce dernier se décide à l'envoyer de vie à trépas. Le lendemain matin, la corde autour du cou,

> Billy se tenait vers l'arrière. Au dernier moment, ses paroles, ses seules paroles, énoncées tout à fait distinctement, furent celles-ci : « Dieu bénisse le capitaine Vere ! »

Et l'équipage censément prêt à se mutiner, rassemblé pour assister à la pendaison de leur jeune camarade de bord, reprend en écho ce cri incroyable : « Dieu bénisse le capitaine Vere ! »

Il est difficile de mentir dans une prose claire et directe. La manière adoptée par Melville pour raconter des choses qui ne pourraient absolument pas survenir est à la fois de les dire et de ne pas les dire. On voit là l'avantage d'un style tortueux et d'images poétiques qui n'éclairent pas les faits, mais en détournent l'attention du lecteur. Billy Budd est pendu, mais son corps ne se tortille pas au bout de la corde. L'équipage crie sa bénédiction du capitaine homicide, mais pas vraiment :

> De manière spontanée, pour ainsi dire, comme si en fait les hommes du navire *n'étaient que les véhicules de quelque courant électrique vocal*, une seule voix se faisant entendre depuis la mâture jusqu'aux cales répondit en écho : « Dieu bénisse le capitaine Vere ! »

Quelques instants plus tard, l'équipage revient sur sa bénédiction — mais à nouveau, on peut nourrir des doutes.

> Le silence (...) fut progressivement troublé peu à peu par un son qui ne peut être aisément rapporté de manière verbale (...). Étant inarticulé, *il revêtait une signification douteuse*, outre qu'il semblait dénoter quelque capricieux revirement d'opinion ou de sentiment tel que

> ceux auxquels la populace sur terre est parfois sujette. Dans le cas présent, il *impliquait peut-être* que les hommes regrettaient d'avoir involontairement fait écho à la bénédiction de Billy.

Le capitaine lui-même meurt avec le nom de sa victime sur les lèvres : « Billy Budd, Billy Budd. » On pourrait penser que le capitaine regrette ce qu'il a fait. Mais non : « ce n'étaient pas là les accents du remords ».

À un moment donné, Melville compare le capitaine Vere et Billy Budd à Abraham et Isaac. Il aurait même eu, dit-on, l'intention d'écrire une version moderne du conte biblique : ainsi les invraisemblances n'ont pas d'importance ; l'histoire revêt un sens d'un point de vue symbolique. Mais si Starry Vere est Abraham et Billy Budd Isaac, alors qui est Dieu ? Devons-nous prendre les règles de la marine anglaise, voire la fausse interprétation qu'en fait un capitaine, pour la Parole Divine ? L'essence même de toutes les conceptions que l'on se fait de Dieu est que Dieu est l'entité qui se trouve au-dessus et au-delà du pouvoir terrestre ; Melville semble suggérer que les hommes de pouvoir doivent être obéis comme s'ils étaient divins. Quand bien même leurs décisions pourraient être injustes, irrationnelles ou meurtrières, nous devons nous y soumettre non seulement aveuglément, mais avec joie, en renonçant à notre propre raison, notre conscience et notre instinct de survie. Ce qui est faux en première instance le devient encore davantage si on le considère d'un point de vue symbolique.

Melville aurait pu réviser le manuscrit de *Billy Budd* si quelqu'un avait voulu le publier, mais tel quel, le roman semble être l'aboutissement logique de sa quête — poursuivie toute sa vie — de l'unique grande et ultime (*i.e.*, inexistante) Vérité, au détriment des multiples vérités plus modestes, mais réelles, de la vie. Comme l'a écrit Alfred Kazin, Melville a « trouvé une solution à sa longue recherche de la vérité par-delà les chimères de ce monde. La solution est la loi, ou l'autorité… l'autorité doit être préservée, même lorsque nous condamnons nos propres enfants ». Quelque chose est arrivé à l'auteur de *La Vareuse blanche*, qui donne une image si choquante du traitement réservé aux marins américains qu'on prétend que sa description a conduit à l'abolition du supplice du fouet dans l'US Navy. Les échecs prolongés, qui avaient conduit Kleist au suicide, ont poussé Melville a adorer l'Autorité, supérieure à ses yeux aux meilleurs instincts et sentiments humains. Dans le dernier livre de Melville, l'Autorité ne maltraite pas ses sujets par indifférence, vénalité, incompétence, insensibilité, mais *pour le bien commun.* Quelque arbitraire et cruelle dans ses actes puisse-t-elle paraître, elle est toujours bienveillante par essence.

Quelles conceptions dégradantes de la nature et de la société humaines sont inspirées par de tels mensonges !

*

Il y a fondamentalement deux sortes de littérature. L'une vous aide à comprendre, l'autre vous aide à oublier ; la première vous aide à devenir une personne libre et un citoyen libre, l'autre aide les gens à vous manipuler. L'une s'apparente à l'astronomie, l'autre à l'astrologie.

Le problème avec cette analogie est que la différence entre l'astronomie et l'astrologie, entre la science et le charlatanisme, est claire comme le jour pour la plupart des gens, alors que la différence entre la vraie et la fausse littérature ne l'est pas. La flagornerie, les mensonges lénifiants, la prétention, les illusions, les auto-justifications sont constamment pris pour de la grande littérature, alors que la grande littérature est le plus souvent vilipendée, ignorée et censurée.

Ce malentendu est à mettre en rapport avec la psychologie de la lecture. Orwell estimait que la plupart des gens ne peuvent trouver de mérite artistique à des romans qui vont à l'encontre de leurs opinions. C'est le commencement de toute esthétique. J'ajouterai que des aperçus nouveaux sont encore plus menaçants que des opinions contradictoires, ne serait-ce que parce qu'ils suggèrent que le lecteur s'est trompé sur quelque chose. Et s'il n'y avait que ça ! Nous sommes si intimement liés au romancier que nous lisons qu'il peut nous offenser de mille et une manières.

La lecture est un *acte créateur*, un exercice continuel de l'imagination qui donne chair, sentiment, couleur aux mots défunts couchés sur la page ; nous devons faire appel à l'expérience de tous nos sens pour créer un monde dans notre esprit, et nous ne pouvons le faire sans impliquer notre subconscient et mettre à nu notre ego. En bref, nous sommes extrêmement vulnérables lorsque nous lisons et ne nous satisfaisons que des auteurs qui partagent nos inclinations, préoccupations, préjugés, illusions, prétentions, rêves, et qui ont les mêmes valeurs, les mêmes attitudes par rapport au sexe, à la politique, à la mort, etc.

Malheureusement pour les astronomes littéraires, nous sommes peu nombreux à nous intéresser aux étoiles telles qu'elles sont, plutôt que comme nous voudrions qu'elles soient, avec de réconfortants petits messages lénifiants. De plus, la plupart des lecteurs (y compris la plupart des critiques, professeurs, rédacteurs en chef) non seulement ne voient aucune valeur dans des livres qui contredisent leurs opinions, mais peuvent même se fâcher et devenir assez vindicatifs à leur encontre. Mark Twain, le plus grand écrivain américain, édulcora sa langue et décida de ne pas publier certains de ses meilleurs ouvrages de son vivant, pour s'épargner les invectives qu'ils n'auraient pas manqué de provoquer. Récompenses et punitions poussent les écrivains à mentir, surtout à propos de sexe et de politique. Il tombe sous le sens, par exemple, que le génie de Dickens ne lui aurait pas du tout suffi pour gagner son immense popularité ou sa réputation parmi ses contemporains s'il avait jamais écrit un seul mot sincère sur le sexe et n'avait pas flatté bassement la classe marchande philistine de son temps. Pour prendre un exemple, parmi tant d'autres : sans aucune formation, Nicholas Nickleby joue de grands rôles de Shakespeare (c'est facile comme tout, n'est-ce pas, n'importe qui peut faire ce que font ces charmants, légers, désinvoltes gens de théâtre), puis renonce à une brillante carrière d'acteur afin de sauver la vertu de sa sœur. La faible valeur accordée aux entreprises artistiques, et l'incapacité et l'idiotie des femmes se retrouvent dans tout ce qu'a écrit Dickens ; et il ne s'agit pas de mensonges innocents, si tant est que ce genre de choses puissent exister, mais de mensonges étayant la domination des classes possédantes, l'exclusion des femmes des droits électoraux, les tyrannies et les crimes domestiques de l'Angleterre victorienne.

La première fois que j'ai lu Dickens, j'étais un jeune dramaturge en Hongrie communiste, où sévissait une censure politique très sévère, mais au moins personne ne prétendait que la littérature regardait seulement la littérature. Après avoir vu trois de mes pièces interdites à divers stades de la production, et en avoir écrit deux autres que je ne me suis même pas donné la peine de soumettre, j'ai appris d'expérience qu'aucun texte portant un regard critique sur la classe dirigeante des fonctionnaires et bureaucrates du Parti ne serait accepté. Ces derniers devaient être les personnages les plus altruistes de chaque histoire, motivés exclusivement par le souci du bien commun. Les membres du Comité central ne pouvaient avoir que des défauts n'impliquant aucune déficience morale, tel un goût trop prononcé pour le tabac ; les fonctionnaires d'un niveau inférieur pouvaient être affligés de travers *privés*. Le secrétaire du Parti local pouvait boire toute la soirée, il pouvait se disputer avec sa femme, et même la battre de temps en temps — mais la moindre allusion au fait qu'il transformait la vie de tout un chacun en enfer en faisant simplement son travail était de la propagande impérialiste vicieuse. Les personnages qui causaient de véritables soucis et souffrances devaient être des responsables de bas niveau, tel un directeur d'usine dans une petite ville de province, ou des individus marginaux, sans pouvoir, tels un capitaliste dépossédé ou un hooligan. La police secrète qui venait chercher les gens chez eux la nuit n'existait pas dans la littérature, à moins qu'elle n'apparût sur la scène pour sauver un enfant de la noyade ou accomplir quelque autre bonne action héroïque.

Quoi qu'il en soit, me voilà à Budapest à lire *Nicholas Nickleby*, tout en me demandant si les autorités se contenteraient d'interdire ma pièce, ou m'arrêteraient dans la foulée, et il me sembla, venant d'un monde littéraire régi par la police secrète, que Dickens n'était pas très différent d'un écrivain soviétique *arrivé*, imputant adroitement la responsabilité des maux de la société aux administrateurs d'institutions locales plutôt qu'aux dirigeants du pays. Il est vrai, aucun auteur soviétique ne pouvait se permettre de dépeindre un membre du Soviet suprême sous les traits d'un moulin à paroles cupide, malfaisant et menteur comme Mr Gregsbury MP, mais la chose importait peu, dans la mesure où ce personnage, bien que très drôle, constitue une caricature si grossière et si évidente qu'on ne risque pas de le confondre avec les escrocs de haut vol de la politique, qui ont d'impeccables manières et sont traités avec révérence par ce que Balzac appelait la « presse ministérielle ». Dans les romans de Dickens comme dans la littérature soviétique, les gens hauts placés et véritablement puissants n'ont que des vices privés : ils ne doivent pas apparaître malfaisants dans l'exercice de leurs fonctions politiques et sociales. Lord Frederick Verisopht, corrompu par de mauvais compagnons de rang inférieur, nourrit de perfides desseins à l'endroit de la vertu de miss Nickleby — comme si le pire péché commis par un aristocrate anglais au dix-neuvième siècle était de convoiter les hymens de pauvres jeunes filles, plutôt que de les faire trimer de l'aube jusqu'à une heure avancée de la nuit pour des clopinettes !

*

L'excellente introduction de Terence Kilmartin à la récente réédition du *Contre Sainte-Beuve* de Proust *(By Way of Sainte-Beuve*, The Hogarth Press, 1984) résume l'importance de cet ouvrage fragmentaire en relation avec *À la recherche du temps perdu*, mais à mon avis il est encore plus pertinent en ce qu'il offre un portrait du coupable dans le drame de la vie littéraire : le Critique Faisant Autorité, qui est véritablement un charlatan. Considéré comme un champion de la littérature, il est en fait son ennemi mortel, privant les meilleurs auteurs de leur public, et les lecteurs de la meilleure écriture, et agissant ainsi essentiellement en vertu de sa position, parce que les lecteurs ne sont que trop enclins à accepter son opinion les yeux fermés. À chaque époque, des millions de gens prêts à lire de bons livres, mais trop occupés par leurs propres affaires, se tournent vers le Critique Faisant Autorité, de la même manière qu'ils vont chez leur médecin quand ils ont la grippe : ils écoutent le spécialiste et prennent ce qu'il prescrit. Ils ne semblent pas soupçonner que les spécialistes de la médecine et les spécialistes de la littérature doivent passer des tests de genres tout à fait différents pour accéder à une position dominante dans leurs professions respectives. Proust l'explique bien clairement pour vous.

D'abord, le Critique Faisant Autorité doit

être convaincant, et éloquent. Charles Augustin Sainte-Beuve (1804-1869) était un homme d'« immense culture ». Il connaissait les classiques, anciens et modernes, et les citait aisément, il connaissait le latin et le grec, il formulait des observations pénétrantes, des comparaisons lumineuses et des remarques pleines d'esprit. Il ignorait tout des choses essentielles de la vie, et donc des choses essentielles de l'art, mais il pouvait être très intelligent sur tout le reste, et il écrivait ses fameuses *Causeries du lundi* avec ce que Proust appelait un *éclat incomparable.* Malheureusement (et c'est là que les choses ont commencé à se gâter) sa véritable ambition était d'être un grand poète : il publia trois volumes de poésie, qui ont tous été boudés par le public. Proust le décrit comme un poète ennuyeux et sincère, et comme un critique plein d'entrain et porté au mensonge. « Comme si le mensonge constant de la pensée tenait chez lui à l'habileté factice de l'expression, en cessant de parler en prose, il cesse de mentir. » C'est peut-être vrai, mais je pense que c'était le besoin de paraître serein et impartial tout en bouillonnant de haine et de dépit ou en tremblant d'excitation à l'idée de faire et défaire les réputations qui lui donnait des décharges d'adrénaline et lui inspirait son éloquence, de telle sorte que lorsqu'il s'est mis à écrire des poèmes sur la « pureté de l'amour, la tristesse des fins d'après-midi dans les grandes villes, la magie du souvenir » et d'autres sujets aussi anodins, il est devenu terne et ennuyeux. « Si le mensonge l'abandonne, écrit Proust, tous ses avantages l'abandonnent aussi. Comme un homme habitué à l'alcool et qu'on met au régime au lait, il perd, avec sa vigueur factice, toute sa force (...). Il n'y a rien de plus touchant que cette pauvreté de moyens chez le grand et prestigieux critique, rompu à toutes les élégances, les finesses, les farces, les attendrissements, les démarches, les caresses de style. Plus rien[1]. »

En mars 1830, Sainte-Beuve adressa à Stendhal un exemplaire de ses *Consolations* et reçut en réponse une lettre qui, aux yeux de Stendhal, constituait très certainement un tissu de viles flatteries. « Je vous crois appelé, Monsieur, aux plus grandes destinées littéraires, mais je trouve qu'il y a encore un peu d'affectation dans vos vers. Je voudrais qu'ils ressemblassent davantage à ceux de La Fontaine. Vous parlez trop de gloire. (...) Mais vous ferez mieux que *Les Consolations*, quelque chose de plus *fort* et plus *pur*[2]. » *Le Rouge et le Noir*, premier grand roman de Stendhal, fut publié quelques mois plus tard et ignoré par Sainte-Beuve ; en fait, Stendhal ne fit l'objet d'aucun article de Sainte-Beuve de son vivant — une punition qui reviendrait aujourd'hui à être ignoré de tous les journaux sérieux et de la télévision. Encore moins diplomate, Balzac écrivit un article cinglant sur le

1. Proust, *Contre Sainte-Beuve*, Gallimard/Folio, p. 145-146.
2. Lettre de Stendhal à Sainte-Beuve, 26 mars 1830.

Port-Royal de Sainte-Beuve et fut à tout jamais ignoré par le maître.

Le critique comme artiste manqué est un personnage banal ; la question intéressante est de savoir pourquoi ces médiocres envieux accèdent à des positions dominantes dans la bureaucratie de la culture, pour prononcer des sentences de vie ou de mort sur des écrivains luttant pour se faire connaître. La réponse semble résider dans le malaise qu'éprouve l'establishment devant la confiance exubérante du talent et l'autorité morale d'artistes qui se permettent de juger la société par leur propre intelligence, sans avoir été appointés à tel comité ou à telle commission. Comme cet état de fait constitue un défi pour tous les experts officiels, le critique doit être quelqu'un qui ne risque pas de se laisser entraîner par l'autorité de la vérité et de la beauté. Sainte-Beuve savait où se trouvait l'autorité. Quand Baudelaire fut poursuivi en justice pour *Les Fleurs du mal* et lorsque ses partisans demandèrent à son ami le grand critique de l'aider à se défendre, Sainte-Beuve refusa de témoigner, et même que son nom fût utilisé, car c'eût été faire montre d'irrespect à l'égard de l'empereur Napoléon III. Sainte-Beuve était l'ami *secret* de Baudelaire.

Un ami secret qui savait garder ses distances, même en privé. Sainte-Beuve n'a pas écrit de critique des *Fleurs du mal*, l'un des plus grands recueils de poésie jamais écrits, mais il adressa à Baudelaire une note personnelle à son sujet, discourant sur plusieurs de ses poèmes et louant deux d'entre eux. L'un d'eux, selon lui, aurait dû être écrit en latin, ou plutôt en grec ; l'autre, *Les Tristesses de la lune*, est « un charmant sonnet » — qui « a l'air d'être d'un poète anglais, contemporain de la jeunesse de Shakespeare ». Cela ressemble à un compliment — il est question de Shakespeare — mais il s'agit seulement du *jeune* Shakespeare, et en fait, même pas du jeune Shakespeare, mais d'un de ses contemporains. Comparer Baudelaire à un contemporain anonyme du Shakespeare de la maturité aurait été tout aussi prudent, mais Sainte-Beuve ne voulait vraiment prendre aucun risque.

Voici un passage du commentaire qu'a laissé Proust de cette lettre :

> J'oublie qu'un peu plus haut, il lui avait parlé de sa « finesse d'exécution ». Et (...) il termine ainsi : « Mais encore une fois, il ne s'agit pas de cela, ni de compliments ; j'ai plutôt envie de gronder. » (Il ne s'agit pas de compliments à quelqu'un qu'on aime et qui vient de vous envoyer *Les Fleurs du mal*, quand on a passé sa vie à en faire à tant d'écrivains sans talent[1] !)

Proust note que Sainte-Beuve était toujours prodigue de louanges pour des livres écrits par — ou écrits pour — des gens proches du gouvernement, mais son seul compliment pour son

1. Proust, *op. cit.*, Gallimard/Folio, p. 163.

ami Baudelaire était un compliment sur sa personne. Voici par exemple ce qu'il a écrit à propos de Baudelaire quand celui-ci était candidat à l'Académie française :

> Ce qui est certain, c'est que M. Baudelaire *gagne à être vu*, que là où l'on s'attendait à voir entrer un homme étrange, excentrique, on se trouve en présence d'un *candidat poli, respectueux, exemplaire*, d'un GENTIL GARÇON, fin de langage et tout à fait classique dans les formes[1].

Proust estime que lorsque Sainte-Beuve écrivait ce genre de choses il « cédait à cette espèce d'hystérie verbale de langage qui, par moments, lui faisait trouver un irrésistible plaisir à parler comme un bourgeois qui ne sait pas écrire[2] ». Il me semble cependant que l'amour des bonnes manières, en fait, la *vénération* pour les bonnes manières, est l'un des sentiments les mieux partagés par les menteurs et les hypocrites de tous acabits, qui ont constamment peur que leur interlocuteur soit assez mal élevé pour leur dire en face qu'ils sont des menteurs et des hypocrites. Quand Sainte-Beuve a finalement écrit sur Stendhal — dix ans après la mort du romancier — et alors seulement parce qu'il était devenu trop connu pour continuer à l'ignorer — il prétendit que Stendhal lui-même ne tenait pas en très haute estime sa propre œuvre. « Qu'il se

1. *Ibid.*, p. 165.
2. *Id.*

produise quelque chose comme une renaissance de Stendhal l'aurait beaucoup surpris. » (Et cela à propos de *Stendhal*, qui devait constamment adresser des messages à ses lecteurs au vingtième siècle !) Sainte-Beuve dit le plus grand bien du pauvre vieux Beyle en tant qu'auteur de récits de voyages et historien d'art, mais pardessus tout comme compagnon agréable et plein d'esprit. « Le fait est, Beyle a remporté ses plus grands triomphes quand il dînait avec des amis… »

Mon *Larousse* voit en Sainte-Beuve le fondateur de la critique littéraire française moderne, et c'est certainement vrai qu'il a mis au point la technique moderne consistant à mélanger louanges inutiles et perfidies acerbes. Apprendre que Stendhal brillait dans les dîners ne vous incitera guère à vous plonger dans ses livres, mais cela vous convainc des bonnes dispositions du critique. Sainte-Beuve n'a-t-il pas été au-delà de ce qu'on attendait de lui en louant Stendhal, en faisant état de sa plus grande réussite : ses triomphes parmi ses amis ? Comme il s'exprime comme un ami, qu'il loue même ses romans (« On y trouve quelques très bonnes choses »), vous n'avez aucune raison de douter de sa parole quand il vous dit qu'« à tout prendre » ses romans sont de « détestables échecs ». Comme ce genre de critique a pour objet de faire en sorte que le lecteur ayant lu l'article ne lira pas le livre, Sainte-Beuve n'hésite pas à mentir à propos de l'intrigue et à diffamer les personnages.

Ainsi Julien Sorel devient un « odieux petit monstre » et Mme de Rênal « une faible femme qu'il séduit et n'aime pas ».

Quant à la politique, la « description que fait l'auteur des partis de l'époque *manque de modération* ». C'est là une phrase clé ; elle signale toujours un défenseur du *statu quo* dans la société comme dans le domaine de la pensée. La modération peut être une vertu dans l'action, car les conséquences d'une action sont irréversibles et peuvent rarement être modifiées, mais lorsque nous lisons, ce que nous exigeons d'un auteur est qu'il dise ce qu'il a à dire nettement et clairement ; nous pouvons le modifier s'il le faut. Mais Sainte-Beuve veut de la modération dans l'acte de penser : il ne veut pas qu'un auteur écrive avec vigueur sur d'importantes questions touchant tout un chacun. Il veut que tout soit dit avec tant de réserve que lorsqu'il refermera le livre le lecteur constatera que son cerveau se trouve exactement dans le même état que lorsqu'il a commencé à lire. Sainte-Beuve ne veut pas que son esprit soit dérangé quand il se distrait avec la lecture d'un livre, et de la même manière il veut que vous ne soyez en rien troublé ou bouleversé par ce que vous lisez : tout au plus, vous pouvez acquérir de nouvelles idées sur des sujets sans importance, qui ne reflètent en rien la marche du monde. En bref, il ne veut pas que vous pensiez.

La grande fiction réaliste est libératrice parce qu'elle dépeint des individus à la lumière de leurs aptitudes et de leurs actes, et les classe selon leur valeur intrinsèque plutôt qu'en fonction de leur position dans la société. En ce sens, toute fiction véridique est subversive. Dans *Le Rouge et le Noir*, l'individu de plus haut rang est Julien Sorel : il jouit de plus grandes qualités — intelligence, énergie, courage —, de plus grandes aptitudes pour l'émotion, l'action, la réflexion, et, finalement, d'une plus grande intégrité que les aristocrates placés loin au-dessus de lui sur l'échelle sociale. C'est ce que Sainte-Beuve trouve le plus détestable. Il veut que la fortune et le rang soient traités dans les romans avec le respect qui leur est dû, et quand Stendhal ne s'incline pas devant eux, il est tellement offusqué qu'il ne sait même plus ce qu'il lit. Il imagine que Julien Sorel, « un coquin ressemblant à Robespierre », exècre le riche maire de Verrières parce qu'il est « *son supérieur* ». Dans le roman, c'est exactement le contraire qui se produit : c'est M. de Rênal qui hait le tuteur de ses enfants parce qu'il est plus jeune, plus beau, plus vivant, plus intelligent, plus cultivé, plus intéressant, et davantage aimé, même par ses enfants, que lui-même.

Les tentatives de Sainte-Beuve pour diminuer Stendhal et Balzac ne procédaient pas d'erreurs de jugement littéraires. Il s'agissait d'attaques politiques sous couvert d'esthétique, menées par un porc-épic humain, torpide et plein de piquants, dont les plus fortes émotions étaient le respect pour le rang et l'autorité, et la crainte que les tuteurs soient de nouveaux Robespierre. Il a accédé à sa position dominante de Critique Faisant Autorité précisément parce qu'il était ce genre de personne et qu'on pouvait lui faire confiance pour défendre les prétentions des privilégiés contre toute représentation fidèle des hommes et de la société. Tel le bourgeois philistin qu'il incarnait, il voulait que tout fût laissé en l'état et avait horreur des passions, car les passions font oublier aux gens leur place et les pousse à se forger leurs propres règles au lieu d'obéir aux règles qui ont été faites pour eux.

Il n'est pas étonnant qu'il n'ait pu supporter les personnages passionnés de Stendhal. Il se plaint que Stendhal ait passé beaucoup trop de temps en Italie et que *La Chartreuse de Parme* soit trop italienne. Fabrice est

> un Italien pur sang (...) sans honte, sans égards pour lui-même (...) et pour son état ; il ne se conduit nulle part comme un homme mais comme un animal livré à ses appétits... À la fin, quand cet amour lui est venu pour Clélia, il y sacrifiera tout, même la délicatesse et la reconnaissance envers sa tante.

Quand Sainte-Beuve écrit sur Balzac (après sa mort), il rencontre le même problème. Il regrette de ne pas trouver dans l'ensemble de l'œuvre de Balzac « le charme universel de pureté et comme de santé des courants d'air salubres qui circulent dans les pages de Scott », et il se demande lui-même en se lamentant : « Même la critique la plus cordiale aurait-elle jamais pu lui faire accepter quelques idées de sobriété relative, et les lui introduire dans le torrent de son talent, pour qu'il le contînt et le réglât un peu[1] ? » Balzac aurait dû toujours se souvenir de ce que Bettina avait dit à la mère de Goethe : « L'œuvre d'art doit seulement exprimer ce qui élève l'âme, ce qui lui donne un noble plaisir, et rien de plus. »

Sainte-Beuve vous fait croire aux réincarnations multiples. On voit des Sainte-Beuve dans toutes les pages des suppléments littéraires, portant aux nues tout ce qui est spécieux, anodin, prétentieux, et condamnant ce qui est vrai, vivant, passionné, turbulent — tout ce qui pourrait vous émouvoir profondément et vous inciter à penser — tout ce qui peut vous changer. Parce que si vous changez, qui sait, le monde pourrait changer — et cela ne doit être.

Harper's, juin 1986

1. Sainte-Beuve, *Causeries du lundi*, 2 septembre 1850, et 2 et 9 janvier 1854 ; *Nouveaux lundis*, 18 août 1862.

Note

Les articles dont les titres suivent furent écrits à l'origine comme critiques de livres dont le lecteur trouvera les références ci-après :

Rousseau massacré

The Making of a Saint : the Tragi-Comedy of Jean-Jacques Rousseau, de J. H. Huizinga.

L'arbre des Tolstoï

The Tolstoys : Twenty-Four Generations of Russian History, 1353-1983, de Nikolai Tolstoy.

Le grand maître de la frénésie

Dostoevsky, de Leonid Grossman, traduit du russe en anglais par Mary Mackler.

Un héros équivoque

George Lukács, the Man, his Work, and his Ideas, éd. G. H. R. Parkinson.

Des loups déguisés en pape

Cesare Borgia, de Sarah Bradford.

Une mêlée d'anarchistes

Daughter of a Revolutionary : Natalie Herzen and the Bakunin/Nechayev Circle, éd. Michael Confino.

Les lâches sont dangereux

Into that Darkness : From Mercy Killing to Mass Murder, de Gitta Sereny.

La dernière pseudo-science

The Survivor : An Anatomy of Life in the Death Camps, de Terrence Des Pres.

L'honneur selon la Mafia

A Man of Honour : the Autobiography of a Godfather, de Joseph Bonanno, en collaboration avec Sergio Lalli.

Un anthropologue observe les Iks

The Mountain People, de Colin Turnbull.

Gogol par le petit bout de la lorgnette

Gogol, de Henri Troyat, traduit du français en anglais par Nancy Amphoux.

Le pouvoir de la prétention

The Death of My Brother Abel, de Gregor von Rezzori, traduit de l'allemand en anglais par Joachim Neugroschel.

Titre original : *Der Tod meines Bruders Abel*, 1976.

../..

DU MÊME AUTEUR

ÉLOGE DES FEMMES MÛRES, Le Rocher, coll. Anatolia, 2001-2005, Folio n° 4367

VÉRITÉS ET MENSONGES EN LITTÉRATURE, Le Rocher, coll. Anatolia, 2001-2005, Folio n° 4437

UN MILLIONNAIRE INNOCENT, 2003, Le Rocher

VÉRITÉS ET MENSONGES EN LITTÉRATURE

« Un écrivain et critique qui n'a guère d'équivalent en France… Pour avoir vécu sa jeunesse sous une dictature, il a contracté une aversion insurmontable pour l'imposture et la tricherie. Aversion d'autant plus profonde qu'est exigeant son amour de la littérature. Oser s'exclamer que le roi est nu : nombreux sont les critiques qui le pensent mais qui n'ont pas le courage moral de le dire. Au mépris de son intérêt, Stephen Vizinczey a le culot de proclamer le scandale de la vérité. »

BRUNO DE CESSOLE, *Valeurs actuelles*

« Un bol d'air frais qui fait frissonner les universitaires… La grande force de ce recueil réside dans son souci constant de sujets sérieux, de la vie et de la mort. »

FREDERIC RAPHAEL, *The Sunday Times*

« On peut ne pas être d'accord avec lui, il nous fait néanmoins respirer l'air des cimes et montre ce que pourrait être une vraie critique littéraire. »

MAURICE NADEAU, *La Quinzaine littéraire*

« 350 pages caustiques, passionnées, lucides, stimulantes, féroces, libres, exubérantes, intransigeantes, revigorantes, et évidemment partiales, ce qui fait tout leur sel. »

POL CHARLES, *Le Mensuel littéraire et poétique*

« Un livre formidable... Vizinczey n'use pas de la langue nuancée et allusive de tant de critiques, mais suit l'exemple de son maître Stendhal... En parlant de Stendhal, il parle sans aucun doute de lui-même : "Il confiait qu'il ne voyait qu'une seule règle en matière d'écriture : être clair." Puis : "Il n'y a qu'une grande âme qui ose avoir un style direct." Comme Stendhal, Vizinczey est un professionnel passionné au service des œuvres qui soulèvent les peuples et font du pathos à l'aide des sentiments généreux. »

LUIGI SAMPIETRO, *Il Sole 24 Ore*

« Un défi à toute forme de tiédeur, à toute sorte de résignation et timidité. La vision de la littérature que nous donne Vizinczey remet le centre de la littérature là où se trouvent le sens et la vie, loin de la mollesse et du formalisme facile des universités. »

CHRISTER ENANDER, *Kvällsposten*

« Trente ans de critique littéraire des œuvres de la littérature mondiale. "La véritable grandeur est semblable à l'infini, nous ne pouvons la mesurer." C'est avec cette citation que Vizinczey commence son essai sur Stendhal, un travail important, profondément engagé et passionnant qui, par sa force et son sérieux, peut être placé sans réserve aux côté du fameux essai de Samuel Beckett sur Marcel Proust. Lire les essais de Vizinczey procure une grande joie et nous pousse à attraper sur les rayonnages les livres dont il fait l'éloge pour les relire. »

MARTIN GRZIMEK, *Deutschlandfunk*.

« Il y a dans ce livre quelques phrases qu'on voudrait voir affichées au fronton des bureaux de toutes les gazettes littéraires de la planète. »

BERNARD QUIRINY, *Chronic'Art*

« Une voix unique dans la littérature internationale… Vizinczey, dont la vie a été marquée à jamais par l'insurrection hongroise de 1956, possède un esprit élevé, un cœur immense et un sens implacable de la liberté… Il nous a rendu un grand service en nous indiquant avec passion et lucidité que notre patrimoine culturel n'est ni répressif ni restrictif, ce que d'aucuns aimeraient nous faire croire, mais au contraire libérateur, et, c'est vrai, joyeux. »

NORMAN SNIDER, *The Globe & Mail*

« Pour la lucidité, la liberté et le goût de la vie — contre la stupidité et la fraude littéraire. L'écriture hypercritique et le franc-parler de Vizinczey aideront certainement nombre de lecteurs (et plus d'un écrivain) à être moins pédants et moins prétentieux, à trouver davantage de sagesse et de lucidité et aussi, sans doute, de courage… Un livre intellectuellement passionnant, une source d'inspiration morale. »

JESUS MORENO SANZ, *Diario 16*

« L'ironie, la légèreté, la profondeur, le naturel et l'exactitude du romancier se retrouvent intacts dans les textes du critique. »

PIERRE LEPAPE, *Le Monde*

ÉLOGE DES FEMMES MÛRES

« Se lit comme les *Mémoires* de Casanova, le lecteur se perd moins dans leurs lits que dans leurs âmes. »

SOPHIE CREUZE, *L'Écho*

« Un roman brillant. Vizinczey *sait* vraiment, quand Henry Miller et les autres — même D.H. Lawrence — pensaient savoir. »

ALAN FORREST, *Sunday Citizen*

« À l'origine du plaisir, à l'origine de l'érotisme, Vizinczey pose la connaissance. Son roman se compose de scènes "qui se voient"... C'est stupéfiant : il vous laisse à bout de souffle. Ici, tout est ardeur vive, ferveur inépuisable. »

GIORGIO MONTEFOSCHI, *Il Corriere della Sera*

« Un récit amusant, un style sobre mais irréprochable, un propos anticonformiste et profond. »

FRANÇOIS BUSNEL, *L'Express*

« La redécouverte d'un grand écrivain européen... Il y a peu de livres qui traitent de l'amour de façon neuve et surprenante et celui-ci en fait incontestablement partie. »

RAINER MORITZ, *Deutsche Rundfunk*

« La grâce de ce livre est, de par la variété des styles, maniés avec ingéniosité et ironie, comme les mouvements de l'âme. »

IRENE BIGNARDI, *Vanity Fair*

« Contexte érotique, jeux, frustrations, erreurs naïves, humiliations, gaieté et larmes du plaisir... Vizinczey n'exagère jamais, il écrit avec un détachement qui ne manque pas d'ironie : son style gracieux et évocateur nous libère de l'angoisse qui accompagne si souvent l'amour. Un petit chef-d'œuvre où le sexe est à la fois savoir et bonne littérature. »

MARIA DOLS, *Ajoblanco*

« Une narration classique raffinée, où se mêlent paradoxe et humour. Un élégant divertissement qui émerge du chaos actuel. »

MICHAEL RATCLIFFE, *The Times*

« Il s'agit d'une histoire unique, tendre, agréable et divertissante, qui conquiert le lecteur. Aussi délicieux, aussi grisant qu'un verre de tokay. »

JORGE AMADO

« Plein de sagesse et d'ironie, avec une goutte de mélancolie. Un hommage aux femmes autant que le portrait d'une époque révolue. Il caresse le cœur et l'âme sans jamais tomber dans le sentimentalisme. »

BERND LUBOWSKI, *Berliner Morgenpost*

« Splendide, merveilleux... ne ressemble à aucun autre roman... Mérite d'être lu et relu — puis relu encore. »

JUAN-DOMINGO ARGÜELLES, *Universal*

« Ce roman est si rafraîchissant, si relaxant, si divertissant et si subtil, qu'il a, à juste titre, conquis le grand public une nouvelle fois. »

IJOMA MANGOLD, *Süddeutsche Zeitung*

« Un grand classique de notre temps. »

JACQUES DE DECKER, *Le Soir*

UN MILLIONNAIRE INNOCENT

« Avec intelligence et beaucoup d'humour… Stephen Vizinczey signe une œuvre profondément romantique. Cette histoire de revanche et de réussite cache une attaque en règle contre l'arrivisme, les parvenus ou autres maîtres du monde. Bon observateur des milieux du cinéma, de la jet-set, de la politique et des affaires, Vizinczey en fait une critique subtile, où l'ironie se mêle à une certaine résignation. Il ne perd toutefois jamais de vue l'autre grand projet de son livre : l'histoire d'amour… qui est, à nouveau, un bel éloge du féminin. »

JEAN-MAURICE DE MONTREMY, *Livres-Hebdo*

« On le dévore comme un roman d'aventures et le savoure comme un livre de chevet… *Un millionnaire innocent* est aussi un superbe roman d'amour, sensuel et sensible. Une histoire de peau, de mots et de cœur. »

MICHÈLE GAZIER, *Télérama*

« Ce qui semble être une critique acerbe d'un monde qui a renversé la morale traditionnelle est, en fait, un traité philosophique objectif qui montre où se trouvent les vraies valeurs — non pas dans la richesse ou le droit, mais dans ce territoire encore inviolé où un homme et une femme font l'amour… Ce roman m'a amusé, mais aussi profondément ému : il se situe au beau milieu de notre monde décadent, pollué et corrompu qui, curieusement, respire une sorte d'espoir désespéré. »

ANTHONY BURGESS

« Le héros de cette parabole réalise son rêve. L'or des Incas est à lui. À lui ? Ou le naïf jeune homme apprend à ses dépens "qu'être riche, c'est être en guerre avec le monde...". Pas un temps mort, pas un mot vain... On s'émerveille de la force d'un portrait troussé en trois adjectifs. Dans ce roman, on jubile, on réfléchit... Voici un livre qui réjouit l'esprit. »

LILI BRANISTE, *Lire*

« Tellement saisissant que c'en est presque insupportable... Vizinczey a créé un grand roman, mettant en scène une multitude de personnages extraordinairement vivants, bons ou méchants. Sa comédie humaine du monde moderne nous laisse stupéfaits. »

EVA HALDIMANN, *Neue Zürcher Zeitung*

« Maîtrise de la narration, sens du burlesque, écriture vive et aphorismes croquants, *Un millionnaire innocent* mérite déjà sa lecture. Mais c'est surtout la façon dont, tout au long du livre, Vizinczey nous fait sentir, juste sous la surface clapotante du récit, la complexité, l'absurdité et la cruauté du monde, qui est la plus admirable. »

AIMÉ ANCIAN, *Magazine littéraire*

« Un chef-d'œuvre... qui se lit facilement et qu'on a peine à oublier. »

WOLFGANG KREGE, *Buch Aktuell*

« Vizinczey raconte l'histoire de son jeune héros avec l'affection sardonique qu'éprouvent les gens d'un certain âge pour eux-mêmes lorsqu'ils étaient plus jeunes et meilleurs… "Pour rester riche, il faut être plus proche des morts que des vivants ; on ne peut pas se permettre de se laisser emporter par quoi que ce soit", dit le narrateur en un aparté stendhalien qui oppose passion et calcul, abandon et retenue, aventure amoureuse et finance, ces tendances diverses qui structurent le superbe nouveau roman de Vizinczey… Une version contemporaine de Stendhal sur l'amour, et de Balzac sur l'argent. »

MICHAEL STERN, *San José Mercury News*

« *Candide* aux Bahamas… Tout y est, pourtant c'est écrit de telle manière que le lecteur a l'impression d'atteindre la fin en un instant. »

MASOLINO D'AMICO, *La Stampa*

« *Un Millionnaire innocent* donne au lecteur l'impression qu'il est facile d'écrire des romans — tant le livre reflète fidèlement ce que nous pensons, ce que nous imaginons et ce dont nous rêvons, ce que nous faisons et ce qui nous arrive. »

MENENE GRAS BALAGUER, *La Vanguardia*

« Vizinczey est l'un de ces rares écrivains à pouvoir produire de l'enthousiasme et de l'identification à la lecture. »

JEAN-PIERRE DENIS, *Le Devoir*

« Une histoire d'amour passionnante et tragique. Le livre palpite littéralement de vie. Il ne fait aucun doute que Vizinczey est un des grands écrivains de notre temps. »

ANGEL VIVAS, *Album*

« Je suis très impatient de lire la fin… Bravo ! »

GRAHAM GREENE

Composition Nord Compo
Impression Maury
à Malesherbes, le 20 septembre 2006
Dépôt légal : septembre 2006
Numéro d'imprimeur : 123956

ISBN 2-07-033656-5./Imprimé en France.

141045